学生国学丛书新编

主编 王 宁
顾问 顾德希

汉魏六朝文

臧励龢 选注
李润生 校订

商务印书馆
The Commercial Press

学生国学丛书新编

主　　编：王　宁
顾　　问：顾德希
特约编辑：方　韬
审 稿 组：党怀兴　董婧宸　凌丽君
　　　　　　　赵学清　周淑萍　周玉秀

总序之一

——在阅读中走近中华优秀传统文化

王 宁

王云五、朱经农主编的《学生国学丛书》，是一套为中学生和社会普及层面阅读古代典籍所做的文言文选本。它隶属在王云五做总主编的《万有文库》之下，1926年开始陆续由商务印书馆出版。20世纪20年代开始策划时，计划出60种，后来逐渐增补，到1948年据说已经出版了90种；因为没有总目，我们现在搜集到的仅有71种。由于今天弘扬中华优秀传统文化和提高文言文阅读能力的社会需要，我们决定对这套丛书进行适应于现代的加工编辑，将它介绍给今天的读者。

在推介这套丛书的时候，我们保存了原编的主要面貌：选书与选篇基本不变，将原书绪言保留下来，每篇选文原注所选的注点，也作为这次新编的重要参考。这样

总序之一

做是为了尽量借鉴前贤的一些构思和做法,并保留当时文言文阅读水平的基本面貌,作为今天的参考。

《学生国学丛书》是本着商务印书馆"昌明教育,开启民智"的一贯宗旨编选的,阅读群体应当主要是当时的中学生。20年代的中学生阅读文言文的水平显然比今天高一些,因为那时阅读文言文的社会环境与现在不同,虽然白话文已经通行,但书信、公文、教科书和报刊中,都还保留了不少文言文。国文课的师资,很多也是在国学上有一些根柢的文士。在知识界和语文教育界,文言文阅读还不是什么难事。今天,文言文阅读水平既关系到继承和弘扬中华优秀传统文化的效能,又关系到现代社会总体人文素质的提高,应当达到什么程度最为合适?民国时期是可以作为一个基准线的。

《学生国学丛书》体现了20世纪之初一些爱国的出版家和教育家把中华优秀传统文化传承给下一代的情怀、理想和实干精神。他们策划这套丛书的宗旨和编则,可资借鉴的地方很多,他们的实践经验、教育精神和国学学养值得我们学习的地方也很多。这一点,是我们了解了丛书的主编和40多位编选者的情况后感受到的。

丛书的主编王云五、朱经农,都是我国20世纪初爱国、革新的出版家。王云五主编《万有文库》,开创了我国图书出版平民化的新纪元,体现了新文化运动中普及文化教育的先进思想。《学生国学丛书》是《万有文库》里专门为中学生编选的,目的是将弘扬民族文化精华的理念带入初等教育,这在当时不能不说是有远见的。两位主编不论在反对封建帝制的革命中,还是在民族危难的救国图强斗争中,都有可圈可点的事迹,值得钦佩。与两位主编合作的40多位编写者,多是辛亥革命的参与者和新文化运动的前沿人物。他们熟悉古代文典,对中国文化理解通透,领悟深刻,又有强烈的反封建意识;其中很多都在中小学教育领域里有过丰富的实践经验,教过国文,编过教材,研究过教法。这里有我们十分熟悉的教育家和文学家,如我国现代教育特别是语文教育的领军人物叶绍钧(他后来的名字是叶圣陶),新文化运动的先驱者、中国革命文艺的奠基人之一、著名作家茅盾(他当时的名字是沈德鸿,后来为大家熟悉的姓名是沈雁冰)。这两位,多篇作品都被收入中学语文课本,20世纪50年代以后的老师、同学是无人不知的。其他如著作丰厚、名震一时的藏书家胡怀琛,国学根柢深厚、考据功底极深、《中国人名大辞典》《中国古今地名大辞典》的主要编写人臧励龢,我国语文教育的改革家庄适等。

20世纪初的中国社会,多种文化思潮纷纭杂沓:改良主义者提出"师夷制夷""严祛新旧之名,浑融中外之迹"的折中主张;历史虚无主义者在"全盘西化"的徽

总序之一

帜下将西方的一切甚至文化垃圾照单全收；殖民主义文化论者叫嚣中国道德一律低级粗浅，鼓吹欧洲人生活方式总体文明高超；另一方面，封建复辟野心家的代言人则一味复古，用古代的文化糟粕来抵抗新文化的建构。这些，都对比出爱国的出版家、学问家、教育家既要固本又要创新的理想和实践精神的可贵；也让我们认识了新文化运动及革命文学的前沿人物坚守教育阵地的不懈努力，懂得了他们的编纂意图和深厚学养。保留丛书主要面貌，就是对他们成果的尊重和信任。

随着中华优秀传统文化的广泛传播，随着中小学语文教学改革的深入发展，在读书成为教师、家长和渴求文化的大众普遍要求之时，文言文阅读将会是其中一个重要的内容。有人说，文言只是一种古代的书面语，口语交际和现代文本已经不再使用，我们为什么还要学习文言文呢？在推介这套丛书的时候，我们有必要来回答这个问题。

文言是古代知识分子和正统教育使用的书面语言，具有超越时代、超越方言的特性，因而也同时具有了记载数千年中华民族灿烂文化的主要功能，它是与中华民族文明史共存的。许慎《说文解字叙》说汉字的作用是"前人所以垂后，后人所以识古"，这两句话即是对汉字记录的文言说的。我国历史悠久，文化遗产丰富，用文言记录的历史文献，用文言撰写的文学作品，多到不可

总序之一

计数，只有学习它，才能从古知今，以史为鉴。文言所记录的，不仅是古代社会的典章制度和政治经济，还有先贤哲人的人生经验和思想哲理，让我们看到中华民族一代又一代人的智慧。想想看，如果我们及早领会了古人"斧斤以时入山林"的采伐规则，便不会过度开发建材，造成那么多秃山荒岭，把气候搞得这样糟糕。我们读过也理解了"今之孝者是谓能养。至于犬马，皆能有养。不敬，何以别乎"这段话，就会在对待长者时，把他们的尊严看得和他们的生计同等甚至更加重要！"防民之口甚于防川""水能载舟亦能覆舟"，这是对阻塞言路者多么深刻的警醒。在道德重建的今天，中国传统道德中"己所不欲勿施于人"的利他主义，"爱民""富民""民为重"的民本思想，"以不贪为宝"的清廉品德，"志士不忘在沟壑，勇士不忘丧其元"的大义凛然态度，"吾日三省吾身"的自律精神，"君子怀刑"的守法意识，……这些，即使在今天的一般阅读中，也已经深入人心。可以想见，进入深度阅读后，我们一定会受到更多的启迪，在阅读中产生更多的惊喜。著名的国学大师、革命家和思想家章太炎，1905年7月15日在东京留学生欢迎会上演讲时说："近来有一种欧化主义的人，总说中国人比西洋人所差甚远，所以自甘暴弃，说中国必定灭亡，黄种必定剿绝。因为他不晓得中国的长处，见得别无可爱，就把爱国爱种的心,一日衰薄一日。若他晓得,我想就是全无心肝的人,那爱国爱种的心,必定风发泉涌,不可遏抑的。"阅读文言文,就是要使我们具有这种文化自信。是的,遗产是有精华也有糟粕的,古代的未必都适合今天;我们只有真正读懂文典,将历史面貌还原,再有了正确的价值观,才能辨析断识,而不是道听途说,更不会受人蛊惑。在这个意义上,文言文阅读作为吸收中华优秀传统文化的必要途径,绝不是可有可无的。

文言文阅读是产生汉语正确语感的一个重要源泉。汉语不是一潭死水,从古到今,不知吸收了多少其他民族的词汇和句法,也曾经夹杂着很多不雅甚至不洁的成分;但是,文言经过数千年的洗涤、锤炼,已经渐渐将切合者融入,不切合者抛弃。经过大浪淘沙、优胜劣汰而能流传至今的美文巨制,会更加显现汉语的特点。而现代汉语刚刚一个世纪,在根柢不深、修养不佳的人们的口语里、文辞中,常常会受外语特别是英语的影响,受不健康的市井俚语的侵染,产出一种杂糅的语言。我们想在运用现代汉语时真正体现出汉语的特点,比如词汇丰富、句短意深、注重韵律、构造灵活等,提高用健康、优美的汉语表达正确、深刻的思想的能力,文言会带给我们一些天然的汉语语感。热爱自己的本国语言,不断提高运用汉字汉语的能力,这是每一个人文化素养中最重要的表现；克服语言西化、杂糅的最好办法，是在学习规范、优美的现代汉语的同时，对文言也有深入的感受和体验。

文言文阅读还是从根本上理解现代汉语的重要条件。人们都认为现代汉语与文言差别很大，初读时甚至感到疏离隔膜、难以逾越。其实，汉语是一种词根语，词汇和语义的传衍非常直接，文言中百分之七十的词汇、词义，在现代汉语的构词法里都能找到。在书面语里，文言单音词的构词能量有时会比口语词更强。经过辗转引用积淀了深厚文化底蕴的典故、成语，成为使用汉语可以撷取的丰富宝库。如果我们对文言一无所知，是很难深入理解现代汉语的。有些人认为，在语文教学中现代文阅读和文言文阅读是两条线，其实，在词汇积累层面上，应该把它们并成一条线。学习文言与学习现代汉语，在积累词汇、理解意义、体验文化、形成语感方面是相辅相成的。

在推介《学生国学丛书》的时候，我们也有另外一重考虑。这套丛书毕竟经过了将近一个世纪，时代和社会都发生了根本的变化，我们有了更加明确的核心价值观和适应于现代的审美意识，语言、文字、文学、文献、教育都有了更新的研究成果，对丛书进行适度的改编，也是绝对必要的。所以，这次新编，我们主要做了五项

总序之一

工作：第一，为了今天在校学生和普通读者阅读的方便，改竖排为横排，标点符号也随之改为现代横排的规范样式。第二，变繁体字为简化字，在繁简转换的过程中，对在文言文语境中有可能产生意义混淆的用字，做了合理的处理。第三，采用今天所见较好的古籍版本对原书的选文进行了审校，订正了文句的错、讹、脱、衍。第四，对原书的注释进行了修改、加工、调整，使注释更加准确、易懂，对地名和名物词的解释，也补充了最新的资料。第五，撰写了新编导言，放在原书绪言的前面。原编者和新编者对同一部书和同一篇文的看法，或所见略同，或相辅相成，或角度各异，或存在分歧，都能促进阅读者的思考和讨论，引发延展性学习，带动更多篇目和整本书的阅读。

《学生国学丛书》本来是一套开放的丛书，我们还会根据教学和读者的需要，补充一些当时没有被选入的优秀古代典籍的选本，使新编的丛书不断丰富。

我国每年有将近两亿的青少年步入基础教育，一个孩子有不止一位家长，这是一个多么庞大的读书群体。将一个世纪以前的《学生国学丛书》通过新编激活，让它走进一个新的时代，更好地发挥它在语文教育和弘扬我国优秀传统文化中的作用，这是我们之所愿，也希望能使编写这套书的前辈们夙愿得偿。

总序之二
——植入健康的文化基因

顾德希

优秀的传统文化是中国人的精神家园。学生多读些国学典籍,将有助于把优秀传统文化的基因植入肌体。王宁老师的"总序",对本丛书的这一编辑意图已有深入全面的阐释,我打算就如何阅读这套丛书,或者说如何阅读文言文,做些补充性说明。

这套丛书的每一本,都专门写了新编导言。这是今日读者和原书连接的桥梁。人们常把桥梁喻为过河的"方法",所以也可以说,新编导言之所谓"导",就是力图为各类学生和更多读者提供一些阅读的方法。

这套丛书有好几十本,都是极有价值又有相当难度的国学经典,如不讲究阅读方法,编辑意图的实现会大打折扣。但这些经典差异性很大,《楚辞》和《庄子》的

总序之二

阅读肯定很不同,《国语》和《周姜词》的阅读方法差别就更大,即使同是词,读《苏辛词》与《周姜词》也不宜用完全相同的方法。因此本丛书新编导言所提供的阅读方法,针对性很强,因书而异。但异中有同,某些共性的方法甚至更为重要。不过,这些共性的方法渗透在每一篇导言中,未必能引起足够重视。下面,我想谈谈文言文阅读的四个具有共性的方法。

一、了解作者和相关背景,了解每本书的概貌,对每本书的阅读都很重要,这毋庸置疑。但一般读者了解这类相关知识,目的仅在于走近这本书。因而涉及作者、背景、概貌等,导言中一般不罗列专业忓强的知识,而诉诸比较精要的常识性叙述。比如对《吕氏春秋》作者吕不韦,并没有全面介绍,也没有像过去那样从伦理道德上对这个历史人物加以贬抑,而只侧重叙述了他作为政治家的特点,因为明乎此便很有助于了解《吕氏春秋》。又如《世说新语》的成书背景有其特殊性,也需要了解,但限于篇幅,叙述的浓缩度很大。凡此种种必要的常识,新编导言里一般是点到为止,只要细心些,便不难从中获得多少不等的启发。兴趣浓厚者,查找相关知识也很容易。

二、借助注解疏通文本大意之后,就要反复诵读。某些陌生的词句,更要反复诵读。一句话即使反复诵读

总序之二

二十遍也用不了两三分钟，但这两三分钟却非常重要。

"诵读"是出声音的读，但并不是朗诵。大家所熟悉的现代文朗诵，不完全适用于文言诗文。朗诵往往是读给别人听，诵读却是读给自己听。古人所谓"吟咏"，是适合于当时人自己感悟的一种诵读。今天的诵读，用普通话即可，节奏、抑扬、强弱、缓急，都无客观规定性，可随自己的感受适当处理。如果阅读文言文而忽略了诵读，效果至少打一个对折。不念出声音的默读，是只借助视觉器官去感知；出声音的诵读，是把视觉、听觉都动员起来的感知，其所"感"之强弱不言而喻。而且一旦读出声音，就让声带、口腔等诸多器官的运动参与进来了，凡诉诸运动器官的记忆，最容易长久。会骑车的人，多年不骑，一登上车还是会骑。因为骑车的感觉是一种运动记忆。文言语感的牢固形成与此类似。古人所谓"心到、眼到、口到"之说，实在是高效形成文言语感的极好方法。不管是成篇诵读，片段诵读，还是陌生词句的反复诵读，都是提升文言文阅读能力的好办法。本丛书的每一篇新编导言并未反复强调"诵读"，但各种阅读建议无不与某些片段的反复读相关。既读，就要"诵"，这是文言文阅读的根本方法。

三、应用。这是与文言翻译相对而言的。把文言文阅读的重点放在"翻译"上，副作用很多。一是不可避免信息的丢失。概念意义、情味意蕴，都会丢失。课堂教学中让学生把一篇文言文从头到尾"对号入座"地搞翻译，是文言教学中的无奈之举。一句一句，斤斤计较于文言句法词法和现代汉语的异同，结果学生的诵读时间没有了，刻意去记的往往是别别扭扭的"译文"，而精彩的原文反倒印象模糊，这不是买椟还珠吗！所以，在疏通大意、反复诵读的同时，一定要重视"应用"。应用，就是把某些文言词句直接"拿来"，用在自己的话语当中。比如，在复述大意时，在谈阅读感受理解时，不妨直接援引几句原话。如果能把原文中的某些语句就像说自己的话一样，自然而然地穿插到自己的述说中，那就是极好的应用。本丛书新编导言中援引原作并有所点评、有所串释、有所生发之处很多，但绝不搞对号入座的翻译，这不妨看作文言文阅读方法的一种示范。新编导言中有很多建议，要求结合作品谈个什么问题，探究个什么问题，都不同程度地含有这种"应用"的要求。

四、坚持自学。这套丛书，为学生自学文言文敞开了大门。学生文言文阅读的状况永远会参差不齐。同一个班的高中生，有的已把《资治通鉴》读过一遍，有的能写出相当顺畅的文言文，但也有的却把"过秦论"读成"过奏论"，这是常态。只靠面对几十个人的文言课堂讲授，几乎不可能使之迅速均衡起来。只有积极倡导自

总序之二

主性学习，才可能有效提高教学质量。本丛书的新编导言，高度重视对文言自学的引导。每篇新编导言都就怎样去读提出许多建议。这些建议有难有易，不是要求每一个人全都照着去做。能飞的飞，能跑的跑，快走不了的慢走也很好。新编导言在"导"的问题上，从不同层次上提出不同建议，相信各类学生都能找到适合自己的要求。只要选择适合自己或者自己感兴趣的要求，坚持不懈去"读"，去"用"，文言文的自学一定会出现令人惊喜的成果。从这个意义上说，本丛书的每一本，都是适合于各类读者自学国学经典的好读本。每一本中经过精心处理的注解，是自学的好帮手；而每一篇新编导言，又都可对自学起到切实的引导作用。只要方法对，策略恰当，那么这套丛书肯定能帮助我们有效提高文言文阅读水平。

目前，在深化高中语文课改的大背景下，很多学校高度重视突破过去那种一篇篇细讲课文的单一教学模式，开始重视"任务群"的学习，重视整本书的阅读，重视选修课的开设，重视校本课程的建设。在这样的大背景下，如果学校打算从本丛书中选用几本当作加强国学教育的校本教材，那么"新编导言"对使用这本书的教师来说，也可起到某种"桥梁"作用。

不管用一本什么书来组织学生学习，都必须对学生

总序之二

怎样读这本书有恰当引导。这是提高教学质量的一定不移之理。恰当的引导,要有助于各类学生更好地进入这本书的阅读,要有助于各类学生更好地开展自主性学习,要使之在文本阅读中进行有益的探究,并获得成功的喜悦。为了使新编导言的"导"能起到这样的作用,本丛书专门组织了多位一线优秀教师先期进入阅读,并把成功教学经验融入新编导言。因此,我们有理由相信,新编导言可以成为组织学生学习活动的有益借鉴。导言中结合具体作品对阅读所做的那些启发、引导,针对不同水平读者分层提出的那些建议,都将有助于教师结合自己学生的实际情况进一步拟出付诸实施的具体导学方案。

我相信,只要阅读文言文的方法恰当,只要各类读者从实际情况出发,循序渐进地学,优秀传统文化的基因就一定能更好地植入肌体。

目　录

新编导言 ·· *1*
原书绪言 ·· *11*

汉文 ·· *13*
　汉文帝赐南粤王赵佗书 ······························ *13*
　南粤王赵佗上汉文帝书 ······························ *16*
　贾山至言 ··· *19*
　贾谊过秦论 ·· *30*
　贾谊论积贮疏 ··· *37*
　贾谊吊屈原赋 ··· *39*
　晁错论贵粟疏 ··· *42*
　邹阳谏吴王书 ··· *46*
　枚乘谏吴王书 ··· *51*
　东方朔答客难 ··· *54*
　司马相如子虚赋 ······································ *60*

司马相如上林赋…………………………70

　司马迁报任安书…………………………91

　路温舒尚德缓刑书………………………104

　刘向战国策序……………………………108

　王褒圣主得贤臣颂………………………114

　王褒僮约…………………………………119

　扬雄反离骚………………………………125

　扬雄解嘲…………………………………131

　贾让治河议………………………………139

后汉文………………………………………146

　班固封燕然山铭…………………………146

　崔瑗座右铭………………………………149

　蔡邕郭有道碑……………………………149

　蔡邕女诫…………………………………152

　许慎说文序………………………………154

　徐淑答夫秦嘉书（一）…………………165

　徐淑答夫秦嘉书（二）…………………167

　孔融论盛孝章书…………………………168

　孔融荐祢衡表……………………………170

陈琳为袁绍檄豫州 ………………………… *173*
　　王粲登楼赋 ……………………………… *182*

魏文 …………………………………………… *185*

　　魏文帝典论论文 …………………………… *185*
　　魏文帝与朝歌令吴质书 …………………… *188*
　　曹植王仲宣诔 ……………………………… *190*

晋文 …………………………………………… *196*

　　嵇康与山巨源绝交书 ……………………… *196*
　　羊祜让开府表 ……………………………… *204*
　　李密陈情表 ………………………………… *207*
　　陆机文赋 …………………………………… *210*
　　张载剑阁铭 ………………………………… *220*
　　刘伶酒德颂 ………………………………… *222*
　　张华女史箴 ………………………………… *223*
　　潘岳哀永逝文 ……………………………… *226*
　　江统徙戎论 ………………………………… *228*
　　郭璞尔雅序 ………………………………… *235*
　　王羲之兰亭集序 …………………………… *237*

王羲之报殷浩书 ·················· 239
范甯罪王何论 ···················· 240
陶潜五柳先生传 ·················· 242
陶潜归去来辞 ···················· 244
陶潜桃花源记 ···················· 246

宋文 ························· 248
颜延之陶征士诔 ·················· 248
鲍照登大雷岸与妹书 ··············· 254
鲍照芜城赋 ····················· 259
鲍照飞白书势铭 ·················· 262
谢惠连祭古冢文并序 ··············· 263
谢庄月赋 ······················ 266

齐梁文 ······················· 271
孔稚珪北山移文 ·················· 271
谢朓辞随王子隆笺 ················· 276
丘迟与陈伯之书 ·················· 279
江淹恨赋 ······················ 283
江淹别赋 ······················ 287

任昉为卞彬谢修卞忠贞墓启 …… 292
沈约梁武帝集序 …… 293
钟嵘诗品卷上序 …… 296
刘峻送橘启 …… 303
刘峻广绝交论 …… 304
刘潜谢始兴王赐花纨簟启 …… 316
刘令娴祭夫徐敬业文 …… 317
梁简文帝与萧临川书 …… 319
梁简文帝相官寺碑 …… 320

陈及北朝文 …… 324

徐陵玉台新咏序 …… 324
陈后主与詹事江总书 …… 331
沈炯经通天台奏汉武帝表 …… 333
北齐文宣帝禁浮华诏 …… 335
庾信春赋 …… 336
庾信枯树赋 …… 339
庾信小园赋 …… 343
庾信哀江南赋并序 …… 351
颜之推家训文章 …… 391

新编导言

汉魏六朝涵盖西汉、东汉、三国、两晋、南北朝,共约八百年。这八百年是中国文学走向自觉的时代,也是中国文学异彩纷呈的时代。

一

两汉时期,文学的价值逐渐受到重视。先秦时期的著作,《尚书》《春秋》《左传》《国语》等重在述史,《论语》《孟子》《庄子》等诸子是"入道见志之书"(刘勰《文心雕龙·诸子》),以讨论政治、哲学、伦理等问题为指归,皆非真正意义上的文学作品。《诗经》是我国第一部诗歌总集,但在先秦两汉主要被视为儒家的政治伦理教材。《楚辞》是以屈原作品为代表的楚地诗歌总集,其瑰丽的语言、奇特的想象、热烈的情感,真正触及到文学的审美本质,给当时人们极大的启发。

汉魏六朝文

汉代文学的主要体裁是辞赋。汉赋由楚辞演化而来，汉赋以繁富的文字、精巧的结构、奇特的事物、绚丽的景象刺激读者的感官，从而使读者获得审美快感。司马相如、枚皋、严助、东方朔、吾丘寿王、婴齐等人在汉武帝周围形成了一个文学侍从群体，创作了大量辞赋。在辞赋创作的推动下，汉代作家将日益成熟的修辞技巧运用于其他的文学样式，如颂、连珠、赞、箴、铭、吊文、哀辞、诔等，推动了这些文体的发展，增强了其文学性。

魏晋是中国文学自觉的时代。东汉末年，群雄并立，战乱频仍，中国历史进入长期分裂动荡的时代。大一统时代结束，儒术独尊的局面被打破，统治阶级斗争残酷，社会结构急剧变革。这一时期思想自由活跃，玄学、佛学、诸子学等并兴，一些异端思想也得以流行。社会思想的解放，生存境遇的巨变，推动了文人学士个人意识的觉醒。加之先秦两汉文学艺术的积累与发展，文学在"曹丕的一个时代，可以说是'文学的自觉时代'，或如近代所说是为艺术而艺术的一派"（鲁迅《魏晋风度及文章与药及酒之关系》）。曹丕《典论·论文》[1]云：

> 盖文章经国之大业，不朽之盛事，年寿有时而尽，荣乐止乎其身，二者必至之常期，未若文章之无穷；是以古

---

[1] 本书正文部分篇名均保留原选注者所定名称。

之作者，寄身于翰墨，见意于篇籍，不假良史之辞，不托飞驰之势，而声名自传于后。

这个时期，文章是"经国之大业，不朽之盛事"，不再是"壮夫不为"的雕虫小技（扬雄《法言·吾子》），作者可凭借文章"声名自传于后"。因此之故，魏晋南北朝时期，上至皇帝士族，下至平民布衣，都热衷于文学创作。从汉末至南朝的作家群非常多，如以曹操、曹丕父子为中心的建安作家群，魏晋之际以阮籍、嵇康为首的"竹林七贤"，东晋时期以王羲之为代表的王氏家族、以谢安为代表的谢氏家族，南朝宋临川王刘义庆门下的众多文人学士，南齐永明年间竟陵王萧子良召集的"竟陵八友"，梁代昭明太子萧统、简文帝萧纲各自组织的文学集团，等等。

由于作家众多，魏晋南北朝的文学创作呈现出一派生气勃勃的繁荣景象，由此推动文学发展成为一个独立的门类。南朝宋文帝时，国家于儒学馆、玄学馆、史学馆之外，别设文学馆，"文学"正式成为国家教育体系中的专门科目。南朝宋范晔撰《后汉书》，首次立《文苑传》，梁代萧子显著《南齐书》，专设《文学传》，正史专门为文学家群体建立类传记述他们的事迹，也反映出文学在当时的重要地位。

文学受到重视，文学作品日益丰富，文体在东汉的基础上进一步发展，文体的区分也更为精细。曹丕《典论·论文》

论及"奏议、书论、铭诔、诗赋"等四科八类,陆机《文赋》列举了"诗、赋、碑、诔、铭、箴、颂、论、奏、说"等十类文体的文学特征,南朝梁代昭明太子萧统编《文选》分文体为三十七类,刘勰《文心雕龙》详细论述了三十五类文体,叙述各种文体的起源与发展,并举出代表作家和代表作品,并进行了评论。魏晋南北朝的文体研究,不仅说明文学在创作实践上进入自觉的时代,而且表明文学理论研究也进入了理性的时代。

二

汉魏六朝,是文学追求唯美的时代。南朝梁元帝萧绎《金楼子·立言》云:

> 吟咏风谣,流连哀思者,谓之文。……至如文者,惟须绮縠纷披,宫徵靡曼,唇吻遒会,情灵摇荡。

"绮縠"指丝织品,"绮縠纷披",喻指辞采的华丽;"宫徵靡曼",指声韵的和谐动听;"唇吻遒会",形容"吟咏风谣"的情态;"情灵摇荡",指文章"流连哀思"一类深沉的情感激荡人心。萧绎这段话揭示出汉魏六朝唯美文学的特征:辞藻富丽,音律和谐,感情浓烈,动人心魄。汉魏六朝时代,辞赋与骈文是中国唯美文学的典范。

新编导言

赋是汉代文学最有代表性的样式，它介于诗歌和散文之间，韵散兼行，它是诗的散文化、散文的诗化，其内容和形式，都体现出唯美的特质。汉代大赋一般用铺陈、渲染的手法，华丽的辞藻，描绘汉帝国的宫殿巍峨、园囿广大、物产丰富以及天子田猎的盛大场面、帝王生活的豪华奢侈，这种由巨大的人力、物力、财力所构成的景象中蕴含着华丽、庄严、宏伟、博大之美。例如，司马相如在《上林赋》中描绘天子游猎后的奏乐盛况，场面宏大，气势壮阔：

> 于是乎游戏懈怠，置酒乎颢天之台，张乐乎胶葛之宇；撞千石之钟，立万石之虡；建翠华之旗，树灵鼍之鼓。奏陶唐氏之舞，听葛天氏之歌；千人唱，万人和；山陵为之震动，川谷为之荡波。

随着汉帝国没落，歌功颂德、润色鸿业的大赋也随之衰落，清新流丽、抒情咏物的小赋代之而起。抒情小赋在艺术上继承了大赋的铺排手法，但语言上清丽自然，洗练优美，感情上真挚激切、低回沉郁，常常在短小的篇幅中创造出情景交融、意象生动的诗一般的意境。例如陶渊明的《归去来辞》：

> 乃瞻衡宇，载欣载奔，僮仆来迎，稚子候门。三径就荒，松菊犹存。携幼入室，有酒盈樽。引壶觞以自酌，眄庭柯

以怡颜，倚南窗以寄傲，审容膝之易安。园日涉以成趣，门虽设而常关；策扶老以流憩，时翘首而遐观。云无心以出岫，鸟倦飞而知还；景翳翳以将入，抚孤松而盘桓。

《归去来辞》是陶渊明辞去彭泽令归耕田园的抒怀之作。上面这一段以清新别致的语言描绘了他辞官归家的情景：抵家之喜悦、童稚之深情、居室之闲适、庭院之乐趣。"乃瞻衡宇"至"有酒盈樽"四字一句，以节奏轻快的笔触描写出作者归家之初轻松喜悦、畅快自如的心情；"引壶觞以自酌"六字一句，每句用"以、之、而"等虚词，语调转入舒徐缓慢，表达出作者归家之后闲适惬意、悠然自得的心境。"云无心以出岫，鸟倦飞而知还"，语意双关，既写景，又抒情，营造出情境交融的意境。该篇辞赋感情真挚、语言优美、音韵和谐、意境悠远，是汉魏六朝抒情小赋中的杰作。

辞赋发展到骈文盛行的南北朝，也开始骈偶化，产生了骈赋。骈赋继承抒情小赋的传统，以对偶的精工、声韵的婉转、辞藻的精美、用典的新巧，将汉魏六朝文学的唯美主义风潮推向极致。鲍照《芜城赋》、谢庄《月赋》、江淹《恨赋》《别赋》、庾信《春赋》《小园赋》《哀江南赋》等是历来脍炙人口的不朽之作。例如江淹的《别赋》：

黯然销魂者，唯别而已矣。况秦吴兮绝国，复燕宋兮千里。或春苔兮始生,乍秋风兮暂起。是以行子肠断,百感凄恻。风萧萧而异响,云漫漫而奇色。舟凝滞于水滨,车逶迟于山侧。棹容与而讵前,马寒鸣而不息。掩金觞而谁御,横玉柱而沾轼。居人愁卧,怳若有亡。日下壁而沉彩,月上轩而飞光。见红兰之受露,望青楸之离霜。巡层楹而空掩,抚锦幕而虚凉。知离梦之踯躅,意别魂之飞扬。

江淹《别赋》的主旨不是抒发作者的离情别绪,而是描写人间种种离别的情境。作者首先对各类离别悲伤的特征进行总概括和描写:"黯然销魂"一语概括本篇所要表达的种种感受,先声夺人,摄人心魄,一个"况"字,进一步指出距离远、时间长,离别让人更增伤悲;然后从离别双方的感受出发,对"行子肠断"与"居人愁卧"的种种细节进行了铺陈与描绘,通过一幅幅色彩斑斓的画面,形态逼真地展现出行子依依惜别的深情、居人刻骨镂心的思念,其情其景,不禁让人为之心酸、为之落泪!

在诗歌和辞赋讲究骈句俪辞对称美的影响下,汉代散文中的骈偶句式逐渐增多,魏晋时期,骈文正式形成。魏晋骈文的共同特点是:句法整齐而对偶不求工整,辞采丰赡而色彩不求浓艳,声调抑扬而不拘平仄,用典平易而未有意深求。这时期,不仅有韵的文体如颂赞、箴铭、哀祭等演变为骈体文,而且应用性散文如论说、奏议、诏令、书牍等也骈偶化，骈文呈现出兴盛繁荣的局面。南北朝时代，骈文进入鼎盛时期，这时期的骈文的特点是：句式多为四六句式，"骈四俪六"成为骈文的基本特点；修辞上讲究对偶，不仅句式要两两相对，而且用词也要骈对严整；声律上要求平仄相押，音韵和谐；语言上注重用典和藻饰。例如孔稚珪的《北山移文》：

> 于是南岳献嘲，北陇腾笑，列壑争讥，攒峰竦诮。慨游子之我欺，悲无人以赴吊。故其林惭无尽，涧愧不歇。秋桂遣风，春萝罢月。骋西山之逸议，驰东皋之素谒。

《北山移文》是南朝骈文的名作，孔稚珪借用官府移文的形式与朋友周颙开玩笑的游戏之作，戏谑他表面爱好栖隐，实则贪求官位的行为。以上选段描写周子出山做官后北山被嘲蒙耻的情状，骈四俪六，对仗精工，用语俏皮，音韵铿锵，色彩鲜明，富有诗意。

三

汉魏六朝文学上承先秦，下启唐宋，在我国文学史上具有重要地位。为了便于大家研读汉魏六朝文学，本书编者臧励龢先生从汉魏六朝众多篇什中精选了近80篇经典名作。通过阅读本书，既可以从宏观上把握汉魏六朝文体之变迁、文学之演进，又可以有重点地了解汉魏六朝各个时期文学的主流与特点。阅读本书，我们认为须注意以下几个方面：

（一）按文体分类阅读

本书以时代为次编排选文，读者固然可按时代顺次读下去，先了解每个时代文学的风貌和特点，然后选择自己喜欢的篇目重点阅读。但真正深入研读，宜根据文体将全书所有篇目分类，然后再分类读之，深入了解每类文体的特点，进而采用相应的阅读方法。刘师培《汉魏六朝专家文研究》云：

> 文章之用有三：一在辩理，一在论事，一在叙事。文章之体亦有三：一为诗赋以外之韵文，碑铭、箴颂、赞诔是也；一为析理议事之文，论说、辩议是也；一为据事直书之文，记传、行状是也。三类之外又有所谓"序"者，实即"赞"之一种。

> 文章之体既明，然后各就性之所近，先决定所欲研究之文体，次择定擅长此体之专家，取法得宜，进益必速，故不可不慎也。……且一类之中，亦有轻重：士衡笔壮，故长于碑铭；安仁情深，故善为哀诔。要宜各就性之所近，专攻一家。"用志不分，乃凝于神。"

刘师培先生的话虽然针对学术研究而言，但对于我们阅读欣赏汉魏六朝文学，也具有重要的指导意义。

（二）借助注释疏通文意

汉魏六朝文学语言上的重要特点是辞藻绮丽繁缛、讲究隶事用典，因而这时期的文章或多僻字僻言，或用语平常而含义深邃，这个特点给今天的读者造成了很大的阅读障碍。本书编者参酌各家，详为注释，我们校订时又经过仔细核查、补苴增订。读者阅读选文时，一定要利用好每篇文章的注释，扫除文字障碍、疏通文意，为进一步阅读赏析打下坚实基础。

（三）反复诵读入耳入心

汉魏六朝文学是唯美主义的文学，其"美"不仅表现在文章思想内容的感动人心，而且表现在文章语言的艺术美、形式美。汉魏六朝人用诗一般的语言创作辞赋、散文、骈文，读者只有通过反复诵读，才能感受到汉魏六朝人对汉语声律美的探求与创造，才能体会汉魏六朝辞赋、散文、骈文等各种文体中诗一般的意境与意象。

原书绪言

汉魏六朝,文学递变之时代也。前乎此者为周秦,骈文络乎散文之间,韵文络乎不韵文之间,盖流露于不觉,非有意为之也。汉时,贾、晁、董、刘诸家,其文章面目,犹未离古;武帝时,司马相如创为辞赋,竞尚宏丽,其后扬雄、班固从而效之,而文格一变,骈文与散文,韵文与不韵文,始截然分离;东汉之末,建安七子,崇尚文辞,遂成风俗。浸假而尚排偶,谐声韵,散文歇寂,骈文代兴;永明天监之际,太和天保之间,洛阳江左,文雅尤甚。江左宫商发越,贵于清绮,河朔词义贞刚,重乎气质。大同以后,争驰新巧,徐庾之风大行,声病之律弥甚,风云月露,累牍连篇,香草美人,空言寄意,以儒素为古拙,以辞赋为君子,"其声轻以浮,其节数以急,其词淫以哀",虽不免为退之所讥,然随时代而升降,风会所趋,亦不期然而然也。古之时,文以载道,行有余力,则以学文,盖以行为文之本,文为道之表见者耳;孟荀以道鸣,杨、墨、管、晏、老、庄、申、韩诸家以术鸣，然其术之所长者，未尝不包于道之中。两汉以后，醇儒虽少，而文景之时，诸家奏议，指陈时政，大旨主乎经世，即相如之辞赋，虽多虚辞滥说，而意存讽谏，非诞妄贡谀者比；魏晋而降，竞以辞胜夸过其理，与文以载道之旨远矣；然采不滞骨，炼不伤神，峭奇淡宕，清丽芊绵，各极其胜，文人之文，要亦未可厚非。本编所选，上起两汉，下迄六朝，凡有功世道之作，妃黄俪白之篇，有美必收，各体具备，在今之时代，此等文字，于社会潮流，固似可摈，而探稽古籍，取法乎上，亦未能偏废，学者各就其意读之可也。选注既竟，因书数言于简端。

臧励龢

一九二七年十二月

汉文

汉文帝赐南粤王赵佗书①

皇帝②谨问南粤王,甚苦心劳意。朕,高皇帝侧室之子③,弃外奉北藩于代④,道里辽远,壅蔽朴

---

① 汉文帝,高祖中子,名恒,初封代王,周勃平诸吕,迎立之,在位二十三年,以敦朴为天下先,为三代后贤主。南粤,史记作"南越",越,即粤也,今广东、广西地。赵佗,秦真定人,为南海龙川令,南海尉任嚣死,佗行南海尉事,秦灭,自立为南粤武王,汉高帝十一年,遣陆贾立佗为南粤王;高后时自尊为南粤武帝,发兵攻长沙边邑,文帝立,复使陆贾往,以此书让之,佗覆谢,去帝号,建元四年卒。
② 古有三皇五帝,秦始皇灭六国,自以为德兼三皇,功高五帝,因自称曰皇帝。
③ 朕,古者贵贱皆自称曰朕,秦始定为皇帝之自称。高皇帝,秦末沛人,姓刘,名邦,字季,始为泗上亭长,起兵为沛公,项羽立为汉王,后破项羽,即帝位,匹夫崛起而有天下者自此始,在位十二年。古谓非嫡出子曰侧室,《左传·文公十二年》"赵有侧室曰穿"是也,文帝为薄姬所生,故自谓侧室之子。
④ 古有代君,在常山北,为赵襄子所灭,高帝初,立兄宜信侯喜为代王,十一年冬,破陈豨,定代地,立子恒为代王,故云"弃外奉北藩于代"。

13

愚，未尝致书。高皇帝弃群臣，孝惠皇帝即世①，高后②自临事，不幸有疾，日进不衰，以故悖③暴乎治。诸吕④为变故乱法，不能独制，乃取它姓子为孝惠皇帝嗣⑤，赖宗庙⑥之灵，功臣⑦之力，诛之已毕。朕以王侯吏不释⑧之故，不得不立，今即位。⑨

乃者闻王遗将军隆虑侯⑩书，求亲昆弟⑪，请罢长沙两将军⑫。朕以王书罢将军博阳侯⑬，亲昆弟在真

---

① 孝惠皇帝，名盈，高帝子，吕后所生，在位七年。即世，去世。
② 高后，高帝后，姓吕，名雉，惠帝崩，后临朝称制凡八年。
③ 悖，bèi，昏乱。
④ 诸吕，指吕产、吕禄辈，高后既临朝，封吕氏四人为王，后崩，周勃、陈平等族诛诸吕。
⑤ 它，古"他"字，也写作"佗"。它姓子，指少帝。初高后命惠帝后取他人子养之。
⑥ 宗庙，宗谓祖宗，庙号以祖有功而宗有德，故统称之曰宗庙。周制，天子七庙，诸侯五，大夫三，士一。
⑦ 功臣，指周勃、陈平等。
⑧ 不释，辞让帝位，不见置也。
⑨ 此段叙由代入即帝位。
⑩ 隆虑侯，周灶，即高后所遣击佗者。
⑪ 求遣兄弟之在真定故乡者。
⑫ 长沙，汉王国，封吴芮，在今湖南。两将军，即遣击佗者。
⑬ 博阳侯，周聚。

汉文

定^①者,已遣人存问^②,修治先人冢^③。前日闻王发兵于边,为寇灾不止。当其时长沙苦之,南郡^④尤甚,虽王之国,庸独利乎!必多杀士卒,伤良将吏,寡人之妻,孤人之子,独人父母,得一亡十,朕不忍为也。^⑤

朕欲定地犬牙相入^⑥者,以问吏,吏曰:"高皇帝所以介^⑦长沙土也。"朕不能^⑧擅变焉。吏曰:"得王之地不足以为大,得王之财不足以为富,服领以南^⑨,王自治之!"虽然,王之号为帝,两帝并立,亡^⑩一乘之使以通其道,是争也;争而不让,仁者不为也。愿与王分弃前患,终今以来^⑪,通使

---

① 真定,汉真定国,又为恒山郡,后改常山郡,今河北省正定县。
② 遣使往候曰存问。
③ 文帝在真定为佗亲冢置守官,以时奉祀。
④ 南郡,秦置,今湖北江陵县西北古纪南城。
⑤ 此段存省兄弟坟墓,劝令息兵。
⑥ 犬牙相入,相错如犬牙。言将画清两国地界,意在征讨。
⑦ 介,隔开之意。
⑧ 能,一作"得"。
⑨ 服领以南,言南服五岭以南。
⑩ 亡,通"无"。
⑪ 终今,以现在为限。以来,犹以后。

如故!①

故使贾②驰谕告王朕意,王亦受之,毋为寇灾矣!上褚③五十衣,中褚三十衣,下褚二十衣,遗④王。愿王听乐娱忧⑤,存问邻国⑥!

南粤王赵佗上汉文帝书⑦

蛮夷大长老夫臣佗昧死再拜上书皇帝陛下⑧:老夫故粤吏也,高皇帝幸赐臣佗玺⑨,以为南粤王,使为外臣⑩,时内⑪贡职。孝惠皇帝即位,义不忍绝,

---

① 此段不贪其土地,劝去帝号。
② 贾,此指陆贾。
③ 以绵装衣曰褚,分上、中、下者,绵之多少厚薄之差也。
④ 遗,wèi,投赠。
⑤ 听乐娱忧,谓听乐以消其忧也。
⑥ 邻国,谓东越及瓯骆等古部族。
⑦ 赵佗得文帝赐书,顿首谢,愿奉明诏,长为藩臣,奉贡职,下令国中,去帝制,因为此书以报文帝。
⑧ 昧死,谦辞,言冒昧而犯死罪,陛下,天子之称;陛,天子阶也。汉蔡邕《独断》:"天子必有近臣立于陛侧,以戒不虞,……群臣与天子言,不敢指斥,故呼在陛下者与之言,因卑达尊之意也。"
⑨ 玺,xǐ,印也,古时尊卑共之,秦汉后惟天子印称"玺"。
⑩ 外臣,古时此国之君对他国之君自称之辞,下大夫自名于他国君曰"外臣某",此言外臣者,犹言外国之臣。
⑪ 内,后作"纳"。

汉文

所以赐老夫者甚厚①。高后自临用事，近细士②，信谗臣，别异蛮夷，出令曰："毋予蛮夷外粤金铁田器③，马牛羊即予，予牡④，毋与牝⑤。"老夫处辟⑥，马牛羊齿已长⑦，自以祭祀不修，有死罪，使内史藩、中尉高、御史平凡三辈上书谢过，皆不反。

又风闻⑧老夫父母坟墓已坏削，兄弟宗族已诛论⑨。吏相与议曰："今内不得振⑩于汉，外亡以自高异。"故更号为帝。自帝其国，非敢有害于天下也。高皇后闻之大怒，削去南粤之籍，使使⑪不通。老夫窃疑长沙王谗臣，故敢发兵以伐其边⑫。

---

① 甚厚，一本作"厚甚"。
② 细士，指小人。
③ 予，赐予。外粤，言非中国，故云。
④ 牡，雄性禽兽。
⑤ 牝，雌性禽兽。予牡不予牝，即不能生育，死即绝，虽予犹不予也。
⑥ 辟，后作"僻"；处辟，言处于僻地。
⑦ 齿，年也。马牛羊，自称之谦辞。
⑧ 风闻，言得之传闻。
⑨ 诛论，谓论罪而被诛。
⑩ 振，举用。
⑪ 使使，上使字，役也，令也；下使字，受命而聘问之人。
⑫ 高后时，有司请禁粤关市铁器，佗曰："此必长沙王计也，欲倚中国，击灭南越而并王之。"因发兵攻长沙边。

且南方卑湿，蛮夷中西有西瓯①，其众半嬴②，南面称王；东有闽粤③，其众数千人，亦称王；西北有长沙④，其半蛮夷，亦称王。老夫故敢妄窃帝号，聊以自娱。

老夫身定百邑之地，东西南北数千万里，带甲百万有余，然北面而臣事汉，何也？不敢背先人之故。老夫处粤四十九年，于今抱孙焉，然夙兴夜寐，寝不安席，食不甘味，目不视靡曼之色⑤，耳不听钟鼓之音者，以不得事汉也。

今陛下幸哀怜，复故号⑥，通使汉如故，老夫死骨不腐，改号不敢为帝矣！谨北面因使者献白璧一双，翠鸟千，犀角十，紫贝⑦五百，桂蠹⑧一器，

---

① 西瓯，即骆越，言西者，以别东瓯，其地为今越南北部，及越南河内以南，顺化以北等地。
② 嬴，léi，瘦瘠、疲弱；《史记》作"其西瓯骆裸国"，则嬴者，臝之讹也。校订者按：臝，即"裸"字。
③ 闽粤，亦作闽越，今福建，本周时七闽地，后为粤人所居，故曰闽粤，汉时有闽粤王。
④ 长沙，见《汉文帝赐南粤王赵佗书》"长沙"注。
⑤ 靡曼，细理弱肌。靡曼之色，即美色。
⑥ 故号，指高帝所封之南粤王号。
⑦ 紫贝，一名文贝，壳质白如玉，有紫斑，大者至尺余，亦称砑螺。
⑧ 桂蠹，桂树中之蝎虫。一说：此虫食桂，故味辛，而渍之以蜜食之。

生翠①四十双,孔雀二双。昧死再拜,以闻皇帝陛下。

贾山至言②

臣闻为人臣者,尽忠竭愚,以直谏主,不避死亡之诛者,臣山是也。臣不敢以久远谕,愿借秦以为谕,唯陛下少加意焉!夫布衣韦带之士③,修身于内,成名于外,而使后世不绝息。至秦则不然。贵为天子,富有天下,赋敛重数④,百姓任罢⑤,赭衣⑥半道,群盗满山,使天下之人戴目而视,倾耳而听。一夫大呼,天下向⑦应者,陈胜⑧是也。秦

---

① 翡翠出海南邕、贺二州,亦有腊而卖之者,故此云生翠。
② 贾山,汉颍川人,涉猎书记,不能为醇儒,尝给事颍阴侯灌婴为骑。孝文时,言治乱之道,借秦为喻,名曰《至言》。至言,即直言之谓。
③ 韦带,以单韦为带,无饰也。韦带之士指贫贱之人。
④ 数,shuò,频繁、频频。
⑤ 任,役事也。罢,读为疲,言疲于役使。
⑥ 赭衣,赤色之衣,古囚徒服之,因谓罪人为"赭衣"。
⑦ 向,通"响",《易·系辞》:"其受命也如向。"汉时"响"多作"向"。
⑧ 陈胜,秦阳城人,字涉,二世元年,与吴广起兵,自此群雄并起,遂以亡秦,后为其御庄贾所杀。

非徒如此也，起咸阳①而西至雍②，离宫③三百，钟鼓帷帐，不移而具。又为阿房之殿④，殿高数十仞⑤，东西五里，南北千步，从车罗骑，四马骛驰⑥，旌旗不桡⑦。为宫室之丽至于此，使其后世曾不得聚庐而托处焉。为驰道⑧于天下，东穷燕齐，南极吴楚⑨，江湖之上，濒海之观毕至。道广五十步，三丈而树⑩，厚筑其外，隐以金椎⑪，树以青松。为驰道之丽至于此，使其后世曾不得邪径而托足焉。

---

① 咸阳，秦孝公所都，今陕西省西安市长安区西之渭城故城。
② 雍，汉时县，属右扶风，今陕西省凤翔县，或谓即古九州中之雍州，非是。
③ 离宫，行宫，古帝王出巡，筑之以为驻跸之所。校订者按：驻跸，古时帝王外出暂停小住。
④ 阿房，言殿之四阿皆为房也。一说：大陵曰阿。宫之故址，在今陕西省西安市西咸新区。
⑤ 仞，八尺曰仞。
⑥ 骛驰，奔驰。
⑦ 桡，一或作挠，弯曲。
⑧ 驰道，天子道也。
⑨ 燕、齐、吴、楚，皆封国名。
⑩ 三丈而树，三丈为中央之地，惟皇帝得行，两旁树之以为界，详见《三辅皇图》。
⑪ 隐，筑也，谓以铁椎筑之。一说：隐，即"稳"字，以金椎筑之，使坚稳。

汉文

死葬乎骊山①，吏徒数十万人，旷日十年。下彻三泉②，合采金石，冶③铜锢其内，漆涂其外，被以珠玉，饰以翡翠④，中成观游，上成山林。为葬薶⑤之侈至于此，使其后世曾不得蓬颗⑥蔽冢而托葬焉。秦以熊罴之力，虎狼之心，蚕食⑦诸侯，并吞海内，而不笃礼义，故天殃已加矣。臣昧死以闻，愿陛下少留意而详择其中！⑧

臣闻忠臣之事君也，言切直则不用而身危，不切直则不可以明道；故切直之言，明主所欲急闻，忠臣之所以蒙死而竭知也。地之硗⑨者，虽有善种，不能生焉；江皋⑩河濒，虽有恶种，无不猥⑪大。昔

---

① 骊山，在陕西省西安市临潼区城南，亦曰丽戎之山，秦始皇葬此。
② 三泉，三重之泉，言其深也，《史记·秦始皇本纪》："穿三泉，下铜而致椁。"
③ 冶，一本作"治"。
④ 翡翠，鸟名，雄曰翡，雌曰翠。一说，鸟各别类，非雌雄异名也。
⑤ 薶，即"埋"字。
⑥ 蓬颗，颗谓土块，言块上生蓬者耳，北土通呼物一由为一颗，"由"即"块"字。
⑦ 蚕食，言侵蚀他国之土地，如蚕之食叶。
⑧ 此段言秦亡之惨以悚听。
⑨ 硗，qiāo，瘠薄。
⑩ 江皋，江岸。
⑪ 猥，繁盛。

者夏商之季世，虽关龙逢、箕子、比干之贤[1]，身死亡而道不用。文王[2]之时，豪俊之士皆得竭其智，刍荛[3]采薪之人，皆得尽其力，此周之所以兴也。故地之美者善养禾，君之仁者善养士。雷霆之所击，无不摧折者；万钧[4]之所压，无不糜灭者。今人主之威，非特雷霆也；势重，非特万钧也，开道而求谏，和颜色而受之，用其言而显其身，士犹恐惧而不敢自尽，又乃况于纵欲恣行暴虐，恶闻其过乎！震之以威，压之以重，则虽有尧舜[5]之智，孟贲[6]之勇，岂有不摧折者哉！如此，则人主不得闻其过失矣；弗闻，则社稷危矣。古者圣王之制，史在前，书过失，工诵箴谏，瞽诵诗谏，公卿比谏[7]，

---

[1] 关龙逢，夏桀臣，谏桀，被杀。箕子、比干，商纣之诸父，《论语·微子》："箕子为之奴，比干谏而死。"
[2] 文王，周武王之父，名昌，商纣时为西伯，施行仁政，有天下三分之二。
[3] 刍荛，执贱役之人也；刍，刈草；荛，草薪，言草之供燃烧者。
[4] 万钧，言其重也，一钧三十斤。
[5] 尧舜，唐虞二代之帝，尧禅舜，舜禅禹，为上古圣主。
[6] 孟贲，贲，bēn。齐人。秦武王好力士，贲往归之，能生拔牛角。
[7] 比谏，当为"正谏"，字之误。

汉文

士传言谏过①,庶人谤于道,商旅议于市,然后君得闻其过失也。闻其过失而改之,见义而从之,所以永有天下也。天子之尊,四海之内,其义莫不为臣。然而养三老于太学,亲执酱而馈②,执爵而酳③,祝饐在前,祝鲠在后④,公卿奉杖,大夫进履,举贤以自辅弼,求修正⑤之士使直谏。故以天子之尊,尊养三老⑥,视⑦孝也;立辅弼之臣者,恐骄也;置直谏之士者,恐不得闻其过也;学问至于刍荛者,求善无厌也;商人、庶人诽谤己而改之,从善无不听也。⑧

昔者,秦政⑨力并万国,富有天下,破六国以

---

① 此句不应独有"过"字,盖涉下文而衍,《汉纪》无"过"字。
② 馈,进食。
③ 酳,yìn,少少饮酒,谓食已而荡其口。
④ 饐,yē,古饐字,同"噎",谓食不下也。鲠,骨刺卡喉中。以老人易饐鲠,故为备祝以祝之。
⑤ 修正,谓修身正行者。
⑥ 古天子设三老五更,养之于太学,三老为三人,五更为五人;一说,各为一人而皆老者云。
⑦ 视,通"示"。
⑧ 此段言古人能养直士,置谏臣,故兴也。
⑨ 秦政,即秦始皇,政,其名也。

为郡县①,筑长城②以为关塞。秦地之固,大小之势,轻重之权,其与一家之富,一夫之强,胡可胜计也!然而兵破于陈涉③,地夺于刘氏者,何也?秦王贪狼暴虐,残贼天下,穷困万民,以适其欲也。昔者,周盖千八百国,以九州之民养千八百国之君,用民之力不过岁三日,什一而籍④,君有余财,民有余力,而颂声作。秦皇帝以千八百国之民自养,力罢⑤不能胜其役,财尽不能胜其求。一君之身耳,所以自养者驰骋弋猎之娱,天下弗能供也。劳罢者不得休息,饥寒者不得衣食,亡罪而死刑者无所告诉,人与之为怨,家与之为仇,故天下坏也。秦皇帝身在之时,天下已坏矣,而弗自知也。秦皇帝东巡狩⑥,至会稽、琅琊⑦,刻石著其功,自以为过尧舜

---

① 六国,战国时韩、赵、魏、齐、楚、燕也,皆为秦所并。郡县,秦始皇并六国,废封建,分天下为三十六郡,为郡县之始。
② 长城,秦始皇使蒙恬所筑,起临洮,迄辽东。今之长城,乃明之九边,非秦之长城也。
③ 陈涉,即陈胜。
④ 什一,谓十分之中公取一也。籍,借,谓借人力也。
⑤ 罢,读曰疲。
⑥ 巡狩,天子巡行诸国。古者夫子五载一巡狩,见《尚书·舜典》。
⑦ 会稽、琅琊,二山名。会稽在浙江省绍兴市东南,琅琊在山东省诸城市东南,秦始皇皆刻石颂功德于此。

汉文

统^①；县石铸钟虡^②，筛土筑阿房之宫，自以为万世有天下也。古者圣王作谥，三四十世耳，虽尧、舜、禹、汤、文、武，累世广德，以为子孙基业，无过二三十世者也。秦皇帝曰死而以谥法^③，是父子名号有时相袭也，以一至万，则世世不相复也，故死而号曰始皇帝，其次曰二世皇帝者，欲以一至万也^④。秦皇帝计其功德，度^⑤其后嗣，世世无穷，然身死才数月耳，天下四面而攻之，宗庙灭绝矣。秦皇帝居灭绝之中而不自知者何也？天下莫敢告也。其所以莫敢告者何也？亡^⑥养老之义，亡辅弼之臣，亡进谏之士，纵恣行诛，退诽谤之人，杀直谏之士，是以道谀偷合苟容，比其德则贤于尧舜，课其功则贤于汤武，天下已溃而莫之告也。《诗》曰："匪

---

① 统，继也，自以过尧舜可至万世也。一说：统，治也，言治理天下过于尧舜也。
② 县，称量。石，百二十斤。称铜铁之斤石，以铸钟虡。虡，jù，猛兽之名，钟鼓之栒之饰也。
③ 谥法，死而以行为谥也，周时始有此制。
④ 秦始皇以为谥法乃子议父、臣议君也，因废之，自称始皇帝，其后则称二世皇帝、三世皇帝……，传之无穷。
⑤ 度，duó，谋划。
⑥ 亡，读如"无"。

言不能，胡此畏忌，听言则对，谮言则退。"①此之谓也。②

又曰"济济多士，文王以宁③。"天下未尝亡士也，然而文王独言以宁者，何也？文王好仁则仁兴，得士而敬之则士用，用之有礼义。故不致其爱敬，则不能尽其心；不能尽其心，则不能尽其力；不能尽其力，则不能成其功。故古之贤君于其臣也，尊其爵禄而亲之；疾则临视之亡数，死则往吊哭之，临其小敛大敛，已棺涂④而后为之服锡缞麻绖，而三临其丧⑤，未敛不饮酒食肉，未葬不举乐，当宗庙之祭而死，为之废乐。故古之君人者于其臣也，可谓尽礼矣；服法服⑥，端容貌，正颜色，然后见之。故臣下莫敢不竭力尽死以报其上，功德立于

---

① "匪言不能"四句，见《诗经·大雅·桑柔》。
② 此段言秦不养老，无辅臣谏士，故亡。
③ "济济多士"二句，见《诗经·大雅·文王》。济济，指多威仪。
④ 已棺，指已大敛。涂，指涂殡。
⑤ 锡缞，十五升布，无事其缕者也，布八十缕为升。麻绖，制丧服所用的麻，在首在腰皆曰绖。三临其丧，言三次临其丧也，《礼记·丧大记》："君于大夫疾，三问之；在殡，三往焉。"三往，即三临也。
⑥ 法服，法制所定之服。

汉文

后世，而令闻不忘也。

今陛下念思祖考，术追①厥功，图所以昭光洪业休德，使天下举贤良方正之士，天下皆欣欣②焉，曰："将兴尧舜之道，三王之功矣。"天下之士莫不精白③以承休德。今方正之士皆在朝廷矣，又选其贤者使为常侍诸吏，与之驰驱射猎，一日再三出。臣恐朝廷之解弛④，百官之堕⑤于事也，诸侯闻之，又必怠于政矣。陛下即位，亲自勉以厚天下，损食膳，不听乐，减外徭卫卒，止岁贡；省厩马以赋县传，去诸苑以赋农夫，出帛十万余匹以赈贫民；礼高年，九十者一子不事，八十者二算不事⑥；赐天下

---

① 术，通"述"。一说：古"述"字为"遹"，术追，犹言"遹追来孝"也。遹，通"聿"，助词。
② 欣欣，欢喜。
③ 精白，厉精而为洁白也。校订者按：厉精，振奋精神。《汉书·平帝纪》："令士厉精乡进，不以小疵妨大材。"
④ 解，通"懈"，懈弛，懈怠、松懈。
⑤ 堕，通"惰"，懈怠。
⑥ 一子不事，蠲其赋役。二算不事，免其二口之算赋也。校订者按：蠲，juān，减免。

男子爵，大臣皆至公卿^①；发御府金赐大臣宗族，亡不被泽者；赦罪人，怜其亡发赐之巾，怜其衣赭书其背^②，父子兄弟相见也而赐之衣^③。平狱缓刑，天下莫不说^④喜。是以元年膏雨降，五谷登，此天之所以相陛下也。刑轻于它时而犯法者寡，衣食多于前年而盗贼少，此天下之所以顺陛下也。臣闻山东^⑤吏布诏令，民虽老羸癃^⑥疾，扶杖而往听之，愿少须臾毋死^⑦，思见德化之成也。今功业方就，名闻方昭，四方乡^⑧风，今^⑨从豪俊之臣，方正之士，直与之日日猎射，击兔伐狐，以伤大业，绝天下之望，

---

① 大臣者，既官之为大臣矣，而言公卿者，言赐爵也，非三公九卿之谓也。
② 衣，yì，谓服之也。书其背，古者于罪人，以版牍书其罪状与姓名着于背，表而示于人。
③ 而赐之衣，言罪人已赦归，与父子兄弟相见，上怜其无发则赐之巾，怜其曾衣赭书背，则赐之衣也，文特参错其辞。
④ 说，yuè，通"悦"。
⑤ 战国时称六国为山东，以其在崤函之东也，故名。一说，太行山以东为山东。
⑥ 癃，疲病。
⑦ 须臾毋死，犹从容延年之意也。
⑧ 乡，xiàng，通"向"。
⑨ 今，意为"即"，《资治通鉴》引"今"作"而"。

汉文

臣窃悼之!《诗》曰:"靡不有初,鲜克有终。"① 臣不胜大愿,愿少衰射猎,以夏岁二月,定明堂②,造太学,修先王之道。风行俗成,万世之基定,然后唯陛下所幸耳。古者大臣不媟③,故君子不常见其齐严之色④,肃敬之容。大臣不得与宴游,方正修洁之士不得从射猎,使皆务其方⑤以高其节,则群臣莫敢不正身修行,尽心以称大礼。如此,则陛下之道尊敬,功业施于四海,垂于万世子孙矣。诚不如此,则行日坏而荣日灭矣。夫士修之于家,而坏之于天子之廷,臣窃愍之!陛下与众臣宴游,与大臣方正朝廷论议。夫游不失乐⑥,朝不失礼,议不失计,轨事之大者也。⑦

---

① "靡不有初"二句,见《诗经·大雅·荡》。
② 明堂,明政教之堂也,古祀上帝,祭先祖,朝诸侯,养老尊贤,皆于此行之,其制历代不同。
③ 媟,xiè,通"亵",狎也。
④ 见,xiàn,显示。齐严,即齐庄,汉避明帝讳改;齐,读曰"斋"。
⑤ 方,道也。
⑥ 游不失乐,言与乐同节也。
⑦ 轨,法度。此段言宜以礼待大臣,不宜从射猎燕游。

汉魏六朝文

贾谊过秦论[1]

秦孝公据殽函之固[2],拥雍州[3]之地,君臣固守而窥周室,有席卷[4]天下,包举宇内,囊括四海之意[5],并吞八荒[6]之心。当是时,商君佐之[7],内立法度,务耕织,修守战之备,外连衡[8]而斗诸侯,于是秦人拱手而取西河之外。[9]

---

[1] 贾谊,汉洛阳人,文帝召为博士,超迁至中大夫,谊请定正朔,易服色,制法度,兴礼乐,为大臣所忌,出为长沙王太傅,迁梁王太傅而卒,年三十三,世称贾太傅,又称贾长沙,以其年少秀才,又称贾生。《过秦论》,论秦之过也,共三篇,上篇言始皇之过,中篇言二世之过,下篇言子婴之过,兹录其上篇。

[2] 秦孝公,穆公十六世孙,名渠梁,自穆公而后,累世衰微,至孝公教耕战,致富强,遂后世有天下。殽函,殽山、函谷也;"殽"一作"崤",殽山在河南省洛宁县西北,有二,故称二殽;函谷关,在今河南省灵宝市,为秦时重险。

[3] 雍州,古九州之一,今陕西、宁夏全境及青海、甘肃、新疆部分。

[4] 席卷,言取天下如卷席之易。

[5] 囊括,谓囊而括之也,括,结囊也。四海,古谓中国四境皆环海,故称中国曰海内焉。

[6] 八荒,四方及四隅谓之八方,此言八方荒远之外,《说苑》"八荒之内有四海,四海之内有九州。"

[7] 商君,战国时卫人,名鞅,相秦孝公定变法令,孝公封之于商,故曰商君,孝公卒,被杀。

[8] 连衡,连六国以事秦也;衡,通"横"。

[9] 西河,黄河以西之地,魏历次割让于秦,其地在昔本有属秦而为魏取者,正是乃尽规复之,且地区益广耳。此段言孝公之强国。

汉文

孝公既没，惠王、武王①蒙故业，因遗策，南兼汉中②，西举巴蜀③，东割膏腴之地，北收要害之郡。诸侯恐惧，会盟④而谋弱秦，不爱珍器重宝肥美⑤之地，以致天下之士，合从⑥缔交，相与为一。当是时，齐有孟尝⑦，赵有平原⑧，楚有春申⑨，魏有信陵⑩，此四君者，皆明知而忠信，宽厚而爱人，尊贤重士，约从离横⑪，并韩、魏、燕、楚、齐、赵、宋、卫、中山⑫之众。于是六国之士，有甯越、徐

---

① 惠王，惠文王，孝公之子，名驷。武王，惠文王之子，名荡。按"惠王、武王"四字，一作"惠文武昭"，昭，昭襄王也，武王之异母弟，名稷。
② 汉中，今陕西秦岭以南郑等县地。
③ 巴蜀，古二国名，巴，今四川东部和重庆等县地，蜀，今四川成都等县地。
④ 会盟，古者诸侯会集，歃血立誓，以维持和平者也；有事而会，不协而盟，语见《左传》。
⑤ 美，一作"饶"。
⑥ 合从，联合六国以敌秦也；从，通"纵"。
⑦ 孟尝，即田文，齐之公族，为齐相，称孟尝君。
⑧ 平原，即赵胜，相赵，封于平原，称平原君。
⑨ 春申，即黄歇，相楚，封春申君。
⑩ 信陵，即魏公子无忌，信陵君为其封号。四公子皆好客，而信陵君在四公子中为最贤。
⑪ 约从离横，言六国缔约为从，以离秦之横也。
⑫ 中山，国名。今河北省定州市一带。

尚、苏秦、杜赫之属为之谋[1]，齐明、周最、陈轸、昭滑、楼缓、翟景、苏厉、乐毅之徒通其意[2]，吴起、孙膑、带佗、兒良、王廖、田忌、廉颇、赵奢之朋制其兵[3]。常以十倍之地，百万之众，叩[4]关

---

[1] 甯越，中牟人，苦耕作之劳，发愤学十三年，而周威公师之。徐尚，宋人。苏秦，洛阳人，说秦惠王不用，往说燕赵，合六国之从拒秦，秦为从长。杜赫，周人。

[2] 齐明，东周臣，后事秦、楚及韩。周最，东周成君子。陈轸，夏人，仕秦亦仕楚。昭滑，楚人。楼缓，魏相。翟景，即魏翟强。苏厉，苏秦弟，齐臣。乐毅，魏人，仕燕昭王，伐齐，下七十余城，封昌国君，昭王薨，惠王用齐人反间，使骑劫代之，毅奔赵，赵封之于观津，号望诸君。

[3] 吴起，卫人，事魏文侯，文侯以为将，击秦，拔五城，后被谮奔楚，楚任之为相，南平百越，北却三晋，西伐秦，而楚之贵戚大臣多怨之，卒为楚所杀。孙膑，齐人，孙武之后，与庞涓俱学兵法于鬼谷子，涓为魏将，嫉膑之能，刖其足，齐淳于髡使魏，载膑归，威王以为师，魏攻赵，膑伐魏，设计困涓，涓智穷自刎，膑由是名高。带佗，楚将。兒良、王廖，《吕氏春秋·审问览·不二》篇"王廖贵先，兒良贵后，此十人者，皆天下之豪士也。"注："王廖谋兵事，贵先建策也，兒良作兵谋，贵后。"兒，ní。田忌，齐将，伐魏，三战三胜。廉颇，赵将，惠文王时破齐，孝成王时破燕，因罪亡魏，赵数困于秦兵，欲复用之，而颇年已老，又为人所谗沮，不复用。赵奢，赵之田部吏，秦伐韩，赵王令赵奢将而救之，大破秦军，封马服君。朋，一作"伦"。

[4] 叩，《汉书》作"仰"，《史记》作"叩"，叩，击也，对下开关字，作叩为当。

汉文

而攻秦。秦人开关延敌，九国①之师，逡巡②遁逃而不敢进，秦无亡矢遗镞③之费，而天下诸侯已困矣。于是从散约解，争割地而奉④秦。秦有余力而制其敝，追亡逐北⑤，伏尸百万，流血漂卤⑥。因利乘便，宰割天下，分裂河山，强国请服，弱国入朝。延及孝文王、庄襄王⑦，享国日浅，国家无事。⑧

及至秦王⑨，续六世⑩之余烈，振长策而御宇内，吞二周⑪而亡诸侯，履至尊而制六合⑫，执棰

---

① 九国，即韩、魏、燕、楚、齐、赵、宋、卫、中山。
② 逡，qūn，逡巡，迁延之意。
③ 镞，zú，箭头。
④ 奉，一作"赂"。
⑤ 北，从二人相背，有背向意，故谓败走曰北。《史记·管晏传》："吾尝三战三北。"
⑥ 漂卤，言血可漂卤，犹《尚书·武成》言血流漂杵也，漂，浮也，卤，通"橹"，大盾。
⑦ 延，一作"施"，施，yì，延也。孝文王，昭襄王子，名柱，在位一年。庄襄王，孝文王子，名楚，在位三年。
⑧ 此段言惠王、武王之强国。
⑨ 秦王，即始皇，《汉书》即作"始皇"，灭六国，统一天下，即帝位十一年。按贾谊之《陈政事疏》亦称始皇为秦王，以谊恶暴秦，不称其"始皇"。
⑩ 六世，孝公、惠文、武、孝文、昭襄、庄襄。
⑪ 二周，西周、东周，周考王以王城故地封其弟揭，是为河南公，后称西周，至考王末年，河南惠公封其少子班于巩以奉王，号为东周，后俱为秦所灭。
⑫ 六合，天地四方，谓之六合。

捶①以鞭笞天下，威振四海。南取百越②之地，以为桂林、象郡③，百越之君俯首系颈，委命下吏。乃使蒙恬北筑长城而守藩篱④，却匈奴七百余里⑤，胡人不敢南下而牧马，士不敢弯弓而报怨。于是废先王之道，焚百家之言，以愚黔首⑥。堕⑦名城，杀豪俊，收天下之兵⑧聚之咸阳⑨，销锋铸鐻⑩，以为金人十二⑪，以弱黔首之民；然后斩华为城⑫，因河为津，据亿丈之城，临不测之溪以为固。良将劲弩守要害

---

① 棰，杖也。笞，刀柄。
② 百越，亦作百粤，其种落不一，故称以百。
③ 桂林、象郡，皆郡名。桂林，今广西北部；象郡，今广东西南部、广西南部及越南北部。
④ 蒙恬，秦将。长城，见《贾山至言》"长城"注。始皇时，使蒙恬率兵三十万，北筑长城，威震匈奴，始皇崩，二世立，恬自杀。
⑤ 匈奴，北狄之强大者，当时活动范围位于今蒙古国、我国内蒙古自治区。蒙恬以兵击之，取其河南地。
⑥ 黔首，犹言黎民，以其首黑，秦因称之为黔首。
⑦ 堕，一作"隳"。校订者按：隳，huī，毁坏。
⑧ 兵，兵器。
⑨ 咸阳，见《贾山至言》"咸阳"注。
⑩ 鐻，jù，同"簴"，所以悬钟鼓者。
⑪ 金人十二，始皇二十六年，有大人长五丈，足履六尺，见于临洮，故销兵器铸而象之。
⑫ 斩，一作"践"。华，即华山，五岳之一，在今陕西华阴市南。

之处，信臣精卒陈利兵而谁何①，天下以定。秦王之心，自以为关中②之固，金城③千里，子孙帝王万世之业也。④

秦王既没，余威震于殊俗。陈涉⑤，瓮牖绳枢⑥之子，氓⑦隶之人，而迁徙之徒⑧，才能不及中人，非有仲尼、墨翟⑨之贤，陶朱、猗顿之富⑩，蹑足行⑪伍之间，而倔起什伯之中⑫，率疲散之卒，将数百之

---

① 何，通"呵"；谁何，呵问之也。
② 自函谷关以西，秦岭以北，总称关中，因其地居函谷关、峣关、武关、萧关、散关之中也。
③ 金城，言其坚固也。《史记·秦始皇本纪》："关中之固金城千里，子孙帝王万世之业也。"
④ 此段言始皇之强。
⑤ 陈涉，见《贾山至言》"陈胜"注。
⑥ 瓮牖绳枢，言以败瓮之口为牖，以绳扃户为枢也。枢，户枢。
⑦ 氓，同"民"。
⑧ 陈涉为戍卒长，遣戍所。
⑨ 墨翟，宋人，其学说以兼爱为主。
⑩ 陶朱，即范蠡，越臣，既辅勾践灭吴，变姓名而之陶，自称陶朱公，十九年之中，三致千金，三散之。猗顿，春秋鲁人。间术于朱公，适河东，畜牛羊于猗氏之南，以兴富猗氏，故曰猗顿。
⑪ 行，háng。
⑫ 而倔起什伯之中，一本：无"而"字，"倔"作"俛"，"什伯"作"阡陌"。

众，而转攻秦，斩木为兵，揭竿为旗①，天下云集响应，赢粮而景从②。山东豪俊遂并起而亡秦族矣。③

且夫天下非小弱也；雍州之地，殽函之固自若也。陈涉之位，非尊于齐、楚、燕、赵、韩、魏、宋、卫、中山之君；锄耰棘矜④，非铦于句戟长铩也⑤；適戍⑥之众，非抗于九国之师；深谋远虑，行军用兵之道，非及乡⑦时之士也。然而成败异变，功业相反也。试使山东之国与陈涉度长絜⑧大，比权量力，则不可同年而语矣。然秦以区区之地，致万乘⑨之权，招八州而朝同列⑩，百有余年矣。然后以

---

① 揭，高举。竿，竹之干。言举事仓促，无旌旗以为号召，故揭竿以为标志也。
② 赢，担也。景，通"影"。
③ 此段言秦之亡。
④ 锄，田事所用之器。耰，yōu，似锄之田器，而非锄也。棘，木名。矜，白梃之类。
⑤ 铦，xiān，锋利。句戟长铩，言有钩之戟与长刃矛。句，同"钩"。铩，shā。
⑥ 適，zhé，通"谪"，罚罪。戍，远守之卒。
⑦ 乡，读如"向"；一作"曩"。
⑧ 絜，xié，度量、比较。
⑨ 万乘，古者天子得有车万乘，以为天子之称。
⑩ 招，qiáo，举也。八州，秦居雍州，其外尚有兖、冀、青、徐、豫、梁、扬、荆八州。

六合为家，殽函为宫，一夫作难而七庙堕[1]，身死人手，为天下笑者，何也？仁义不施而攻守之势异也。[2]

贾谊论积贮疏 [3]

筦子[4]曰："仓廪实而知礼节。"民不足而可治者，自古及今，未之尝闻。古之人曰："一夫不耕，或受之饥；一女不织，或受之寒。"生之有时，而用之亡度，则物力必屈。古之治天下，至纤至悉也[5]，故其畜积足恃。今背本而趋末[6]，食者甚众，是天下之大残也；淫侈之俗，日日以长，是天下之大贼也。残贼公行，莫之或止；大命将泛[7]，莫之振

---

[1] 七庙，见《汉文帝赐南粤王赵佗书》"宗庙"注。堕，一作"隳"。
[2] 此段言败亡之故。
[3] 汉文帝即位，躬修节俭，思安百姓，时民近战国，皆背本趋末，谊因上此疏，帝感谊言，开籍田，躬耕以安百姓，见《汉书·食货志》。《资治通鉴》因文帝二年有开籍田诏，遂置此疏于文帝二年，然文帝二年，汉方二十七年，此云四十年，必在长沙召回时也。
[4] 筦，通"管"。筦子，即管仲，字夷吾，春秋时相齐桓公，霸诸侯，称仲父，谥敬，亦称管敬仲，所著书曰《管子》。
[5] 纤，细小。悉，尽其事。
[6] 背本而趋末，言弃农业而趋工商。
[7] 泛，通"覂"，fěng，翻覆。

救。生之者甚少而靡之者甚多，天下财产何得不蹶①！汉之为汉几四十年矣，公私之积犹可哀痛。失时不雨，民且狼顾②；岁恶不入，请卖爵、子③。既闻耳矣④，安有为天下阽危者若是而上不惊者！⑤

世之有饥穰⑥，天之行也，禹、汤被之矣⑦。即不幸有方二三千里之旱，国胡以相恤？卒然⑧边境有急，数十百万之众，国胡以馈之？兵旱相乘，天下大屈，有勇力者聚徒而衡⑨击，罢夫羸老易子而咬其骨；政治未毕通也，远方之能疑⑩者并举而争起矣，乃骇而图之，岂将有及乎？⑪

夫积贮者，天下之大命也。苟粟多而财有余，

---

① 蹶，jué，罄尽。
② 狼顾，狼性怯，走喜还顾，言民见天不雨，即心恐也。
③ 卖爵、子，卖爵又卖子。
④ 闻耳，闻于天子之耳。
⑤ 近边欲堕曰阽，故言危曰阽危。此段言靡财者多立虞竭蹶。
⑥ 饥穰，饥荒年。穰，丰年。
⑦ 禹、汤被之矣，谓禹曾遭水而汤曾遭旱。
⑧ 卒，cù，仓促，急遽貌。
⑨ 衡，通"横"。
⑩ 疑，通"拟"，僭越。如《韩非子·说疑》："内宠并后，外宠贰政，枝子配適，大臣拟主，乱之道也。"
⑪ 此段言积贮以备兵旱。

何为而不成！以攻则取，以守则固，以战则胜。怀敌附远，何招而不至！今驱民而归之农，皆著于本，使天下各食其力，末技游食之民转而缘南亩，则畜积足而人乐其所矣。可以为富安天下，而直为此廪廪①也，窃为陛下惜之！②

贾谊吊屈原赋③

共④承嘉惠兮，俟罪长沙⑤。侧闻屈原兮，自沉汨罗⑥。造托湘⑦流兮，敬吊先生。遭世罔极兮⑧，乃殒厥身。呜呼哀哉，逢时不祥！鸾凤伏窜兮，鸱

---

① 廪，通"懔"，廪廪，危殆。
② 此段结出本意。
③ 谊为长沙王太傅，闻长沙卑湿，自以寿不得长，又以谪去，意不自得，及渡湘水，为赋以吊屈原。屈原，战国楚人，名平，别号灵均，仕楚为三闾大夫，靳尚辈谮而疏之，乃作《离骚》，冀王感悟，襄王时，复用逸，谪原于江南，于五月五日自沉汨罗江以死。谊哀屈原离谗邪之咎，亦因自伤为邓通等所诉也。
④ 共，敬也，通"恭"，一本即作"恭"。
⑤ 长沙，见《汉文帝赐南粤王赵佗书》"长沙"注。
⑥ 汨罗，二水名，合流曰汨罗江，在今湖南省湘阴县北。
⑦ 湘，水名，湖南省巨川也，发源广西省兴安县之阳海山，下流入洞庭湖。
⑧ 《诗经·小雅·青蝇》："谗人罔极。"罔极，言无中正，说话无定准。

枭翱翔。阘茸①尊显兮，谗谀得志；贤圣逆曳兮，方正倒植。世谓伯夷贪兮②，谓盗跖廉③；莫邪为顿兮④，铅刀为铦⑤。于嗟嘿嘿兮⑥，生之无故！斡弃周鼎兮宝康瓠⑦，腾驾罢牛兮骖蹇驴，骥垂两耳兮服盐车⑧。章甫荐屦兮⑨，渐不可久；嗟苦先生兮，独离⑩此咎！

讯⑪曰：已矣，国其莫我知，独堙郁⑫兮其谁

---

① 阘茸，猥贱。阘，tà。
② 伯夷，殷时孤竹君之子，与其弟叔齐皆让国逃去，武王克殷，耻食周粟，夷齐皆饿死于首阳山。贪，一作"涽"。
③ 盗跖，春秋时，柳下惠之弟，日杀不辜，食人之肉。跖，黄帝时大盗之名，以柳下惠弟为天下大盗，故谓之盗跖。一本作"跖、蹻"，亦兼二人而言也。
④ 莫邪，古女子名，阖庐使干将铸剑，铁汁不下，莫邪窜入炉中，铁汁出，遂成二剑，雄曰干将，雌曰莫邪。邪，yé。
⑤ 铅刀，谓以铅为刀，言其钝也。铦，xiān，锋利。
⑥ 于，xū，一本作"吁"。嘿，mò，嘿嘿，不得意，一本作"默默"。
⑦ 康瓠，大瓠。
⑧ 夫骥服盐车上大山，中坂迁延，负辕不能上，伯乐下车哭之，见《战国策·楚策四》。
⑨ 章甫，殷冠名，即缁布冠。荐屦，言反在屦下。屦，一作"履"。
⑩ 离，通"罹"，遭受。
⑪ 讯，一作"谇"，告知，即乱辞，乐之卒章曰乱。
⑫ 堙郁，抑郁。堙，一作"壹"。

语?凤漂漂其高遰①兮,夫固自缩而远去。袭九渊②之神龙兮,沕③深潜以自珍。弥融爚以隐处兮,夫岂从螘与蛭螾④?所贵圣人之神德兮,远浊世而自藏,使骐骥可得系羁兮,岂云异夫犬羊!般纷纷⑤其离此尤兮,亦夫子之辜⑥也!瞵九州而相君兮⑦,何必怀此都也?凤凰翔于千仞之上兮,览德辉而下之;见细德之险微⑧兮,摇增翮逝而去之⑨。彼寻常之污渎⑩兮,岂能容吞舟之鱼!横江湖之鱣鱏⑪兮,固将制于蝼蚁。

---

① 遰,shì,通"逝",往,离去。
② 《庄子·列御寇》:"千金之珠,必在九重之渊而骊龙颔下。"
③ 沕,mì,潜藏。
④ 螘,一作"虾"。蛭,水虫。螾,蚯蚓,也写作"蚓"。
⑤ 般,分也;纷,乱。一说:般,pán,或曰般桓不去;纷纷,构谗之意。
⑥ 辜,一作"故"。
⑦ 瞵,chī,遍视、历观。古分天下为九州,制各不同:《禹贡》为兖、冀、青、徐、豫、荆、扬、雍、梁九州;《尔雅》有幽、营,无梁、青;《周礼》有幽、并,无徐、梁。
⑧ 微,一作"征"。
⑨ 一作"遥增击而去之"。
⑩ 污渎,不泄之水。
⑪ 鱣鱏,大鱼。鱏,一作"鲸"。

晁错论贵粟疏[1]

圣王在上而民不冻饥者,非能耕而食[2]之,织而衣[3]之也,为开其资财之道也。故尧、禹有九年之水,汤有七年之旱,而国无捐瘠[4]者,以畜积多而备先具也。今海内为一,土地人民之众不避[5]汤、禹,加以亡天灾数年之水旱,而畜积未及者,何也?地有遗利,民有余力,生谷之土未尽垦,山泽之利未尽出也,游食之民未尽归农也。民贫,则奸邪生,贫生于不足,不足生于不农,不农则不地著[6],不地著则离乡轻家,民如鸟兽,虽有高城深池,严法重

---

[1] 晁错,汉颍川人,文帝时为太子家令,景帝时,请削诸侯封地以尊京师,吴楚七国遂反,帝用爰盎策,绐错载行东市杀之。按:《汉书·爰盎晁错传》言守边备塞、劝民力本二事,此盖与守边备塞书同时所上,《汉书》以入《食货志》,故本传不载,盖为班固所分析尔。疏既上,文帝从其言,令民入粟边,六百石爵上造,稍增至四千石为上大夫,万二千石为大庶长,各以多少级数有差。

[2] 食,sì,以食食人也。

[3] 衣,yì,以衣衣人也。

[4] 瘠,瘦病。言无相弃捐而瘦病。

[5] 不避,不让。

[6] 地著,即土著,安居而不徙之谓也。

汉文

刑，犹不能禁也。夫寒之于衣，不待轻暖；饥之于食，不待甘旨；饥寒至身，不顾廉耻。人情，一日不再食则饥，终岁不制衣则寒。夫腹饥不得食，肤寒不得衣，虽慈母不能保其子，君安能以有其民哉！明主知其然也，故务民于农桑，薄赋敛，广畜积，以实仓廪，备水旱，故民可得而有也。①

民者，在上所以牧之，趋利如水走下，四方亡择也。夫珠玉金银，饥不可食，寒不可衣，然而众贵之者，以上用之故也。其为物轻微易臧②，在于把握，可以周海内而亡饥寒之患，此令臣轻背其主，而民易去其乡，盗贼有所劝，亡逃者得轻资也。粟米布帛生于地，长于时，聚于力，非可一日成也；数石之重，中人③弗胜，不为奸邪所利，一日弗得而饥寒至。是故明君贵五谷而贱金玉。④

今农夫五口之家，其服役者不下二人，其能耕者不过百亩，百亩之收不过百石。春耕夏耘，秋

---

① 此段言重农桑乃能有其民。
② 臧，通"藏"，收存。
③ 中人，处强弱之中。
④ 此段言贵贱轻重操之自上。

获冬藏，伐薪樵，治官府，给徭役；春不得避风尘，夏不得避暑热，秋不得避阴雨，冬不得避寒冻，四时之间亡日休息；又私自送往迎来，吊死问疾，养孤长幼在其中。勤苦如此，尚复被水旱之灾，急政暴虐，赋敛不时，朝令而暮改。当具①有者半价而卖，亡者取倍称②之息，于是有卖田宅鬻子孙以偿责③者矣。而商贾④大者积贮倍息，小者坐列贩卖，操其奇赢⑤，日游都市，乘上之急，所卖必倍。故其男不耕耘，女不蚕织，衣必文采，食必粱肉，亡农夫之苦，有仟伯之得。因其富厚，交通王侯，力过吏势，以利相倾；千里游敖，冠盖相望，乘坚策肥⑥，履丝曳缟。此商人所以兼并农人，农人所以流亡者也。今法律贱商人，商人已富贵矣；尊农夫，农夫已贫贱矣。故俗之所贵，主之所贱也；吏之所卑，法之所尊也。上下相

---

① 具，一作"其"。
② 倍称，取一偿二。
③ 责，通"债"。
④ 商贾，行卖曰商，坐贩曰贾。
⑤ 奇赢，谓有余财而畜聚奇异之物。一说，奇为残余物，则奇赢者，谓余物与赢利也。
⑥ 乘坚策肥，谓乘好车，策肥马。

汉文

反,好恶乖迕①,而欲国富法立,不可得也。②

方今之务,莫若使民务农而已矣。欲民务农,在于贵粟;贵粟之道,在于使民以粟为赏罚。今募天下入粟县官③,得以拜爵,得以除罪,如此,富人有爵,农民有钱,粟有所渫④。夫能入粟以受爵,皆有余者也;取于有余,以供上用,则贫民之赋可损,所谓损有余补不足,令出而民利者也。顺于民心,所补者三:一曰主用足,二曰民赋少,三曰劝农功。今令民有车骑马一匹者,复卒三人⑤。车骑者,天下武备也,故为复卒。神农之教曰:"有石城十仞,汤池⑥百步,带甲百万,而亡粟,弗能守也。"以是观之,粟者,王者大用,政之本务。令民入粟受爵至五大夫⑦以上,乃复一人耳,此其与

---

① 乖迕,乖违;迕,wǔ。
② 此段言农苦而商乐。
③ 县官,朝廷。
④ 渫,xiè,发散。
⑤ 复卒,当为卒者免其三人,不为卒者复其钱。校订者按:复卒,免服兵役或免纳赋税。
⑥ 神农,古帝名,始教民为耒耜,兴农业,故称神农氏。汤池,以沸汤为池,不可辄近,喻严固。
⑦ 五大夫,汉第九等爵。

骑马之功相去远矣。爵者，上之所擅，出于口而亡穷；粟者，民之所种，生于地而不乏。夫得高爵与免罪，人之所甚欲也。使天下人入粟于边，以受爵免罪，不过三岁，塞下之粟必多矣。①

邹阳谏吴王书②

臣闻秦倚曲台③之宫，悬衡④天下，画地而人不犯⑤，兵加胡越；至其晚节末路，张耳、陈胜连从兵之据⑥，以叩函谷⑦，咸阳⑧遂危。何则？列郡不相亲，

---

① 此段请入粟以拜爵免罪。
② 邹阳，齐人。吴王，名濞，高祖兄仲之子，封吴。王以子贤入见，与皇太子饮博，相争不恭，为皇太子所杀，因有邪谋，阳时事王，奏书谏，为其事尚隐，恶指斥言，乃先引秦为喻，因道胡越齐赵之难，以致其意，不内，卒以反诛。
③ 曲台，秦宫名。汉未央东有曲台殿，盖缘秦宫而名者。
④ 衡，犹秤之权也，此言其悬法度于其上。
⑤ 此句一本无"人"字。
⑥ 张耳，初为赵相，与陈余友善，为刎颈交，后奔汉，与韩信共破赵军，杀陈余，汉封为赵王。陈胜，见《贾山至言》"陈胜"注。据，引也，言相引以为援也。
⑦ 函谷，见《贾谊过秦论》"殽函"注。
⑧ 咸阳，见《贾山至言》"咸阳"注。

汉文

万室不相救也。今胡数涉北河①之外，上覆飞鸟，下不见伏兔②，斗城不休，救兵不至③，死者相随，辇车相属④，转粟流输，千里不绝。何则？强赵责于河间⑤，六齐望于惠、后⑥，城阳顾于卢、博⑦，三淮南之心思坟墓⑧。大王不忧，臣恐救兵之不专⑨，胡马遂进

---

① 北河，戎地之河上。
② "上覆飞鸟"二句，言胡来人马之盛，扬尘上覆飞鸟，下不见伏兔。一曰：覆，灭尽。
③ 至，一作"止"。
④ 属，zhǔ，连也。
⑤ 强赵责于河间，赵幽王为吕后所幽死，文帝立其长子遂为赵王，立遂弟辟强为河间王，至子哀王无嗣，国除，遂欲复得河间。
⑥ 六齐望于惠后，文帝闵济北逆乱自灭，尽封悼惠王诸子为列侯，齐文王薨，无子，分齐为六，封将闾为齐王，惠为济北王，贤为淄川王，雄渠为胶东王，邛为胶西王，辟光为济南王，故曰六齐。望，怨望。惠、后，惠帝、吕后，言惠帝时吕后割齐地封吕合及刘泽，故六子追怨之。一说："惠后"即惠帝；后，帝王。
⑦ 城阳顾于卢、博，谓城阳王喜顾念济北王兴居诛死事而怨天子。卢、博，济北地；卢县，济北王都，故城在今山东济南市长清区西三十里；博县，济北属县，故城在今山东泰安市东南。
⑧ 三淮南之心思坟墓，谓淮南厉王之子，念其父见迁杀，思墓欲报怨也。三淮南，淮南王、衡山王、济北王。
⑨ 不专，言诸国各有私怨欲申，若吴反，天子来讨，诸国不肯专为吴以兵相救也。

窥于邯郸①,越水长沙,还舟青阳②。虽使梁并淮阳③之兵,下淮东,越广陵④,以遏越人之粮,汉亦折西河⑤而下,北守漳水⑥,以辅大国,胡亦益进⑦,越亦益深⑧,此臣之所为大王患也。

臣闻蛟龙骧首奋翼⑨,则浮云出流,雾雨咸集;圣王底⑩节修德,则游谈之士,归义思名。今臣尽知毕议,易精极虑,则无国而不可奸⑪;饰固陋之心,则何王之门不可曳长裾乎?然臣所以历数王之朝,背淮千里而自致者,非恶臣国而乐吴民也,窃高下风之

---

① 邯郸,战国赵都,秦置郡汉置县,即今河北省邯郸市。言既引胡入境,转恐其袭赵。
② 越水长沙,还舟青阳,言南越与长沙,或观望不进,不足恃也。青阳,旧说即今长沙市。
③ 梁孝王初王于淮阳,及徙梁后,仍兼有淮阳。
④ 广陵,汉县名,今江苏省扬州市。
⑤ 西河,见《贾谊过秦论》"西河"注。
⑥ 漳水,上游有清漳、浊漳二源,皆出山西境,下流至河北省大名县南入卫河。
⑦ 胡马,故曰进。
⑧ 越水,故曰深。
⑨ 蛟,一作"交"。骧,一作"襄",襄,上举。
⑩ 底,通"砥",磨砺。
⑪ "而"字一本无。奸,gān,求取。

汉文

行,尤说大王之义,故愿大王之无忽,察听其至①。

臣闻鸷鸟②累百,不如一鹗③。夫全赵④之时,武力鼎士⑤,袨服丛台之下者⑥,一旦成市,而不能止幽王之湛患⑦,淮南连山东之侠,死士盈朝,不能还厉王之西⑧也。然则⑨计议不得,虽诸、贲⑩不能安其位,亦明矣。故愿大王审画而已!

始孝文皇帝据关入立,寒心销志⑪,不明求衣⑫。自立天子之后,使东牟、朱虚东褒仪父之后⑬,深割

---

① 至,极也,谓极言之。校订者按:极言,直言规劝。
② 鸷鸟,鸷击之鸟,鹰鹯之属。
③ 鹗,大鸟之鸷者,俗称鱼鹰,古谓之雎鸠。
④ 全赵,谓赵未分之时。
⑤ 鼎士,谓力能举鼎之士。
⑥ 袨服,犹言黑衣,古戎服尚黑。丛台,赵王之台,连聚非一,故名,在今河北省邯郸市东北。
⑦ 幽王,谓赵幽王友也。湛患,言赵幽王为吕后幽死;湛,通"沉",深、大之意。
⑧ 厉王之西,谓淮南厉王长废迁严道而死于雍也。
⑨ 然则,一作"然而",古时"而"与"则"同义。
⑩ 诸、贲,专诸与孟贲,皆古勇士;贲,bēn。
⑪ 寒心,如履冰。销志,戒逸乐。
⑫ 不明求衣,未明而起。
⑬ 使东牟、朱虚东褒仪父之后,谓文帝遣朱虚侯章东喻齐王,嘉其首举兵,欲诛诸吕,犹《春秋》褒邾仪父也。一说:使东牟、朱虚东,言其东使就王封。"仪"亦作"义",义父,似谓齐悼惠王。

婴儿王之①。壤子王梁、代②,益以淮阳③。卒仆济北④,囚弟于雍⑤者,岂非象新垣⑥等哉。今天子新据先帝之遗业,左规山东⑦,右制关中⑧,变权易势,大臣难知。大王弗察,臣恐周鼎复起于汉,新垣过计于朝,则我吴遗嗣,不可期于世矣。高皇帝烧栈道⑨,灌章邯⑩,兵不留行⑪,收弊民之倦,东驰函谷,西楚⑫大破。水攻则章邯以亡其城,陆击则荆王⑬以失

---

① 深割婴儿王之,谓褒其后,故封其子皆为王也。封时有幼者,故举言婴儿也。
② 壤,通"攘",攘,肥大。王梁、代,《汉书·文三王传》:"代王武徙王淮阳,复徙王梁,太原王参徙王代"是也。
③ 益以淮阳,谓割淮阳北边列城以益梁也。
④ 卒仆济北,谓济北王兴居反见诛也。仆,僵仆。
⑤ 囚弟于雍,谓淮南王长有罪见徙死于雍。雍,见《贾山至言》"雍"注。
⑥ 新垣,即新垣平,一本有"平"字。文帝时,新垣平以望气见,因说帝立渭阳五庙,欲出周鼎,当有玉英见,诈觉,夷三族。
⑦ 山东,见《贾山至言》"山东"注。
⑧ 关中,见《贾谊过秦论》"关中"注。
⑨ 栈道,险绝之处,傍山架木,以通道路,故以为名,在陕西省汉中市褒城县北,接凤县界,张良说汉王烧绝栈道即此。
⑩ 灌章邯,章邯为雍王,高祖以水灌其城也。灌,一作"水"。章邯本秦将,降项羽,立为雍王,高祖还定三秦,邯败走自杀。
⑪ 兵不留行,谓攻之易,故不稽留也。
⑫ 项羽自立为西楚霸王,都彭城,地为今江苏省徐州市铜山区。
⑬ 荆王即楚王,谓项羽。

其地，此皆国家之不几^①者也，愿大王孰察之！

枚乘谏吴王书^②

臣闻得全者全昌，失全者全亡^③。舜无立锥之地^④，以有天下；禹无十户之聚^⑤，以王诸侯。汤、武之土，不过百里，上不绝三光^⑥之明，下不伤百姓之心者，有王术^⑦也。故父子之道，天性也；忠臣不避重诛以直谏，则事无遗策，功流万世。臣乘愿披腹心而效愚忠，唯大王少加意念恻怛之心于臣乘言！^⑧

夫以一缕之任系千钧之重，上悬无极之高，下垂不测之渊，虽甚愚之人犹知哀其将绝也。马方

---

① 不几，不可希冀。
② 枚乘，汉淮阴人，字叔，为吴王濞郎中，王有异谋，上书谏，不纳，去之梁，孝王尊为上客，至景帝时，濞卒以反诛，武帝时，征枚，枚道卒。吴王，见《邹阳谏吴王书》"吴王"注。
③ "得全者全昌"二句，一、三"全"字谓保全之道，二、四"全"字谓完全。一本作"得全者昌，失全者亡。"
④ 锥末至微，今乃并立锥之地而无之，极言其贫弱也。
⑤ 聚，聚邑。
⑥ 三光，日月星。言上感天象，故无错谬。
⑦ 王术，谓王天下之术；王，wàng。
⑧ 恻怛，心有不忍之意。此段以王道不外人情为言。

骇，鼓而惊之，系①方绝，又重镇之；系绝于天，不可复结，坠入深渊，难以复出，其出不出，间不容发②。能听忠臣之言，百举必脱。必若所欲为，危于累卵③，难于上天，变所欲为，易于反掌④，安于泰山。今欲极天命之寿，弊⑤无穷之乐，究万乘之势⑥，不出反掌之易，以居泰山之安，而欲乘累卵之危，走上天之难，此愚臣之所以为大王惑也！⑦

人性有畏其景而恶其迹者，却背而走，迹愈多，景愈疾，不知⑧就阴而止，景灭迹绝。欲人勿闻，莫若勿言；欲人勿知，莫若勿为。欲汤之沧⑨，一人炊之，百人扬之，无益也，不如绝薪止火⑩而

---

① 系，缚物之绳。
② 间不容发，谓相距极近，中无一发之间隙，喻相差极微而关系极大也。
③ 累卵，以卵重累则易仆，喻极危险之事。
④ 反掌，犹言反手，喻甚易也。
⑤ 弊，竭尽。
⑥ 究，穷尽，终极。万乘，见《贾谊过秦论》"万乘"注。
⑦ 此段言安危之间，其相去间不容发。
⑧ "不知"之"知"，当为"如"字之误，与下文两"莫若"一"不如"同例。
⑨ 沧，cāng，寒冷。
⑩ 《吕氏春秋·尽数》："夫以汤止沸，沸愈不止，去其火则止矣。"即绝薪止火之意。

已。不绝之于彼，而救之于此，譬犹抱薪而救火[1]也。养由基，楚之善射者也，去杨叶百步，百发百中[2]。杨叶之大[3]，加百中焉，可谓善射矣。然其所止，乃百步之内耳，比于臣乘，未知操弓持矢也[4]。福生有基，祸生有胎；纳[5]其基，绝其胎，祸何自来[6]？

泰山之霤[7]穿石，单极之绠断干[8]，水非石之钻，索非木之锯，渐靡[9]使之然也。夫铢铢[10]而称之，至石[11]必差，寸寸而度之，至丈必过。石称丈量，径[12]而寡失。夫十围之木，始生如蘖[13]，足可搔而绝，手

---

[1] 抱薪救火，谓欲除害而更益之也，《文选》注："不治其本而救其末，无异凿渠而止水，抱薪而救火也。"
[2] 养由基，楚人，战国时，苏厉谓周君，楚有养由基者，善射，去柳叶者百步而射之，百发百中。
[3] 杨叶之大，言其至小。
[4] 比于臣乘，未知操弓持矢也，其意谓乘自言所知者远，非若彼止见百步之中也。
[5] 纳，犹容受。
[6] 此皆设喻言，宜绝恶于未萌。
[7] 霤，liù，屋檐的流水，引申之山水自上下流亦谓之霤。
[8] 极，屋栋谓之极，引申指井上的辘轳。绠，gěng，同"绠"，井上汲水的绳索。干，交木井上以为栏者。
[9] 渐，jiān，浸润。靡，通"摩"，摩擦。
[10] 铢，古衡名，十黍为累，十累为铢。
[11] 石，古代重量单位，重一百二十斤。
[12] 径，直接。
[13] 蘖，niè，芽之旁出者。

可擢而拔[1]，据其未生，先其未形也。磨砻底厉，不见其损，有时而尽，种树畜养，不见其益，有时而大；积德累行，不知其善，有时而用，弃义背理，不知其恶，有时而亡。臣愿大王孰计而身行之！[2]

东方朔答客难[3]

客难东方朔曰："苏秦、张仪[4]一当万乘之主，而都[5]卿相之位，泽及后世。今子大夫修先王之术，慕圣人之义，讽诵《诗》《书》、百家之言，不可胜数，著于竹帛[6]，唇腐齿落，服膺[7]而不释，好学乐

---

[1] 擢，亦拔也，或谓疑当作"攫"，攫，jué，用爪抓取。
[2] 该句下一本有"此百世不易之道也"八字。此段言宜绝恶于未萌。
[3] 东方朔，平原厌次人，字曼倩，善诙谐，事武帝为郎，时以讽谏救帝之过，长于文辞，以位卑，著论设客难己，以自慰谕。
[4] 苏秦，见《贾谊过秦论》"苏秦"注。张仪，战国魏人，相秦惠王，以连横之策说六国，使背纵约而事秦。
[5] 都，居也。
[6] 竹帛，古用以记载文字，上古用竹、木，至秦，以帛代之。
[7] 服膺，犹言存之胸中，见《礼记·中庸》。校订者按：《礼记·中庸》："子曰：'回之为人也，择乎中庸，得一善，则拳拳服膺弗失之矣。'"

道之效，明白甚矣①；自以智能②海内无双，则可谓博闻辩智矣。然悉力尽忠以事圣帝，旷日持久，官不过侍郎③，位不过执戟④，意者尚有遗行邪？同胞之徒无所容居，其故何也？"⑤

东方先生喟然长息，仰而应之曰："是固非子之所能备也。彼一时也，此一时也，岂可同哉？夫苏秦、张仪之时，周室大坏，诸侯不朝，力政⑥争权，相禽⑦以兵，并为十二国⑧，未有雌雄，得士者强，失士者亡，故谈说行焉⑨。身处尊位，珍宝充内，外有廪仓⑩，泽及后世，子孙长享。今则不然。

---

① "好学"二句一本无。
② "智能"之"能"一作"为"。
③ 侍郎，官名，汉郎官初上台称尚书郎中，满岁称尚书郎，三岁称侍郎，五岁迁大县，或补二千石。
④ 执戟，古侍郎之职，凡郎官皆主更直，执戟宿卫诸殿门，以侍卫之故，通谓之侍郎。
⑤ "同胞"二句一本无。此段设难。
⑥ 力政，犹力征；政通"征"。
⑦ 禽，通"擒"。
⑧ 十二国，战国时有十二国，鲁、卫、齐、宋、楚、郑、燕、赵、韩、魏、秦、中山是也。
⑨ 故谈说行焉，一作"故说得行焉"，一作"故说听行通"。
⑩ 廪仓，一作"仓廪"，米藏曰廪，壳藏曰仓。一本无"珍宝充内，外有廪仓"二句。

圣帝流德①，天下震慑②，诸侯宾服③，连四海之外以为带④，安于覆盂⑤，动犹运之掌⑥，贤不肖何以异哉？遵天之道，顺地之理，物无不得其所；故绥之则安，动之则苦；尊之则为将，卑之则为虏；抗之则在青云之上，抑之则在深泉之下；用之则为虎，不用则为鼠，虽欲尽节效情，安知前后⑦？夫⑧天地之大，士民之众，竭精谈⑨说，并进辐凑者不可胜数，悉力慕之，困于衣食，或失门户⑩。使苏秦、张仪与仆⑪并生于今之世，曾不得掌故⑫，安敢望侍郎⑬乎！传曰：'天下无害，虽有圣人，无所施才，上下和

---

① 圣帝流德，一作"圣帝在上"。流德，一作"德流"。
② 天下震慑，一作"泽流天下"。震慑，恐惧；慑，一作"慴"。
③ 一本"诸侯宾服"下有"威震四夷"四字。
④ 连四海之外以为带，言如带之相连。
⑤ 安于覆盂，言不可动摇。
⑥ 动犹运之掌，一作"动发举事犹运之掌"。一本此句上有"天下均平，合为一家"八字。
⑦ 安知前后，言不知今昔之异也。
⑧ 夫，一作"方今以"。
⑨ 谈，一作"驰"。
⑩ 或失门户，言被诛而丧其门户也。
⑪ 仆，自谦之辞。
⑫ 掌故，汉百石吏，主故事者。
⑬ 侍郎，一作"常侍郎"，一作"常侍侍郎"。

同，虽有贤者，无所立功。'故曰时异事异。①

虽然，安可以不务修身乎哉！《诗》云：'鼓钟于宫，声闻于外②。''鹤鸣于九皋，声闻于天③'。苟能修身，何患不荣！太公体行仁义④，七十有二，乃⑤设用于文武，得信⑥厥说，封于齐，七百岁而不绝。此士所以日夜孳孳⑦，修学⑧敏行而不敢怠也。辟若鶪鸰，飞且鸣矣⑨。传曰：'天不为人之恶寒而辍其冬，地不为人之恶险而辍其广，君子不为小人之匈匈而易其行。''天有常度，地有常形，君子有常行；君子道其常，小人计其功。'⑩

---

① 此段言天下太平，有才亦无所用之。
② "鼓钟于宫"二句，见《诗经·小雅·白华》，言有于中必形于外也。
③ "鹤鸣于九皋"二句，见《诗经·小雅·鹤鸣》。皋，沼泽。言处卑而声高也。
④ 太公，本姓姜，名尚，其先封于吕，故亦曰吕尚，文王得之曰："吾太公望子久矣。"故曰太公望。佐武王克殷有功，封于齐。体，一作"躬"。
⑤ 乃，一作"延"。
⑥ 信，通"伸"，申述。
⑦ 孳孳，勤勉。
⑧ 修学，一本无此二字。
⑨ 辟，通"譬"。鶪，小青雀，飞则鸣，行则摇，甚勤苦。
⑩ "天不……小人计其功"，见《荀子·天论篇》。匈匈，欢议声。道，经由。此段言无论见用与否，总宜好学修身。

《诗》云：'礼义之不愆，何恤人之言[①]？'故曰：'水至清则无鱼，人至察则无徒，冕而前旒，所以蔽明；黈纩充耳，所以塞聪[②]。'明有所不见，聪有所不闻，举大德，赦小过，无求备于一人[③]之义也。'枉而直之，使自得之；优而柔之，使自求之；揆而度之，使自索之[④]。'盖圣人之教化如此，欲其自得之；自得之，则敏且广矣。今世之处士，魁然[⑤]无徒，廓然[⑥]独居，上观许由[⑦]，下察接舆[⑧]，计同范蠡[⑨]，忠合子胥[⑩]，天下和平，与义相扶，

[①] "礼义"二句，见《左传·昭公四年》，逸诗也。愆，过失。恤，担忧。
[②] "水至清"六句，见《大戴礼》，孔子之辞。黈，tǒu，黄色。纩，丝绵。以黄绵为丸，用组悬之于冕，垂两耳旁，以示不外听也。
[③] 语见《论语》。
[④] "枉而直之"六句，见《大戴礼》，孔子之辞。
[⑤] 魁然，独立貌，与"块然"同义。校订者按：块然，《荀子·君道》："块然独坐而天下从之如一体。"
[⑥] 廓然，空寂貌。
[⑦] 许由，字武仲，尧时隐士，尧让以天下，不受而逃之。
[⑧] 接舆，春秋楚之隐者，姓陆，名通，《论语·微子》有"楚狂接舆"。
[⑨] 范蠡，见《贾谊过秦论》"陶朱"注。
[⑩] 子胥，春秋楚人，姓伍，名员，子胥其字也，父奢兄尚，皆为楚平王所杀，子胥奔吴，伐楚入郢，后吴败越，越王勾践请和，夫差许之，子胥谏，不听，太宰嚭谗之，夫差赐子胥死，盛以鸱夷革，浮之江。

寡耦少徒，固其宜也，子何疑于我哉？[1]

若夫燕之用乐毅[2]，秦之任李斯[3]，郦食其之下齐[4]，说行如流，曲从如环，所欲必得，功若丘山，海内定，国家安，是遇其时也，子又何怪之邪！语曰：'以管窥天，以蠡测海，以莛撞钟[5]'，岂能通其条贯，考其文理，发其音声哉[6]！繇是观之，譬犹鼱鼩[7]之袭狗，孤豚之咋虎[8]，至则靡耳[9]，何功之有？今以下愚而非处士，虽欲勿困，固不得已，此适足以明其不知权变而终惑于大道也。"[10]

---

[1] 此段言人言不足畏，解"尚有遗行"一句。
[2] 乐毅，见《贾谊过秦论》"乐毅"注。
[3] 李斯，秦始皇之相，本楚上蔡人，仕于秦，始皇信任之。
[4] 郦食其，食，yì，其，jī。汉陈留高阳人，谒沛公说下陈留，号为广武君，又说齐下七十余城。
[5] 以管窥天，以蠡测海，以莛撞钟，言所见之小。蠡，瓠瓢。莛，tíng，草茎。
[6] 《说苑》："建天下之鸣钟而撞之以莛，岂能发其音声乎哉？"
[7] 鼱鼩，jīngqú，小鼠也。
[8] 豚，猪子。咋，zé，啃咬。
[9] 靡，碎灭。
[10] 此段结明答意。

汉魏六朝文

司马相如子虚赋 [①]

楚使子虚[②]使于齐，齐王悉发车骑，与使者出畋[③]。畋罢，子虚过姹乌有先生[④]，亡是公存焉[⑤]。坐定，乌有先生问曰："今日畋乐乎？"子虚曰："乐。""获多乎？"曰："少。""然则何乐？"对曰："仆乐齐王之欲夸[⑥]仆以车骑之众，而仆对以云梦[⑦]之事也。"曰："可得闻乎？"子虚曰："可。王驾车千乘，选徒万骑，畋于海滨，列卒满泽，罘[⑧]

[①] 司马相如，汉成都人，事武帝为郎，长于辞赋，所作丰赡富丽，六朝之人多仿之。《子虚赋》者，相如虚借子虚、乌有先生、亡是公三人为辞，以推天子诸侯之苑，其卒章归之于节俭，因以讽谏。
[②] 子虚，虚言也，假以称说楚之美。
[③] 畋，田猎；一作"田"。
[④] 姹，chà，夸诳之也，一作"姹"，又作"诧"。乌有先生，乌有此事也，假以难诘楚事。
[⑤] 亡是公，无是人也。存，一作"在"。
[⑥] 夸，华言无实。
[⑦] 云梦，楚薮，在今湖北安陆市南，本二泽，云在江北，梦在江南，方八九百里，后悉为邑居聚落。
[⑧] 罘，fú，捕兔网。

汉文

网弥山，掩兔辚①鹿，射麋脚麟②，骛于盐浦③，割鲜染轮④，射中获多，矜而自功，顾谓仆曰：'楚亦有平原广泽游猎之地，饶乐若此者乎？楚王之猎，孰与寡人？'仆下车对曰：'臣，楚国之鄙人也。幸得宿卫十有余年，时从出游，游于后园，览于有无，然犹未能遍睹也，又焉足以言其外泽乎？'齐王曰：'虽然，略以子之所闻见言之。'仆对曰：'唯唯⑤。'

"'臣闻楚有七泽，尝见其一，未睹其余也。臣之所见，盖特其小小者耳，名曰云梦。云梦者，方九百里，其中有山焉。其山则盘纡弗郁⑥，隆崇嵂崒⑦，岑崟⑧参差，日月蔽亏⑨。交错纠纷，上干青云；

---

① 辚，lìn，谓车践轹之也。校订者按：轹，lì，车轮碾压。
② 脚，偏引其足。麟，牡鹿。
③ 骛，乱驰。盐浦，海水之涯，多出盐。
④ 割鲜，切生肉。染轮，盐而食。
⑤ 唯唯，恭应之辞。
⑥ 弗郁，山势曲折；弗，fú。
⑦ 隆崇嵂崒，山高峻貌；嵂崒，一作"律崒"。或引《子虚赋》无此四字。
⑧ 岑崟，山石高峻奇特貌；崟，yín。
⑨ 蔽者，全隐也；亏者，半缺也。言高山壅蔽，日月亏缺半见。

罢池陂陀^①，下属江河。其土则丹青赭垩^②，雌黄白坿^③，锡碧金银^④，众色炫耀，照烂龙鳞^⑤。其石则赤玉玫瑰^⑥，琳珉昆吾^⑦，瑊玏玄厉^⑧，碝石碔砆^⑨。其东则有蕙圃^⑩：衡兰芷若^⑪，芎䓖^⑫菖蒲，江蓠蘪芜^⑬，诸柘巴苴^⑭。其南则有平原广泽：登降陁靡^⑮，案衍坛曼^⑯，缘

① 罢池，pítuó，倾斜而下貌，靡迤下尽也。陂陀，pōtuó，险阻，倾斜不平。
② 丹，朱砂。青，空青。赭，赤土。垩，白土。校订者按：空青，指青绿色。
③ 雌黄，药名，出武都山谷。白坿，以白灰饰之。
④ 锡，青金。碧，玉之青白色者。
⑤ 众色炫耀，照烂龙鳞，言采色相耀，如龙麟之间杂。
⑥ 玫瑰，石之美者。
⑦ 琳，美玉。珉，石之次玉者。昆吾，本山名，出善金，因以名金。
⑧ 瑊玏，jiānlè，石之次玉者。玄厉，黑石可用磨也。
⑨ 碝石，石之次玉者；碝，ruǎn，一本作"礝"。碔砆，wǔfū，赤地白彩，葱茏白黑不分；一作"武夫"。此段叙山土石。
⑩ 蕙圃，蕙草之圃。
⑪ 衡兰，二草名；衡，杜衡，其状若葵，其臭如蘪芜；兰，通称兰草。芷，白芷。若，杜若，亦为香草，杜衡之大者。
⑫ 芎䓖，一作"穹穷"，香草，茎高一二尺，叶似芹，秋间细花五瓣，色黄白，其根可供药用。
⑬ 江蓠，香草；蓠，一作"离"。蘪芜，草名，一名蕲芷，茎高尺许，叶为羽状复叶，夏开小花五瓣，色白有清香。也作"藨芜。"
⑭ 诸柘，一名甘蔗；柘，一作"蔗"；一说：诸柘为二物，诸乃山芋也。巴苴，一曰巴蕉；巴，一作"猣"；苴，一作"且"。
⑮ 陁靡，斜貌。
⑯ 案衍，窳下。坛曼，平博。

62

汉文

以大江，限以巫山①；其高燥则生葴菥苞荔②，薛莎青薠③；其埤湿则生藏莨蒹葭④，东蘠雕胡⑤，莲藕觚卢⑥，菴䕡轩于⑦：众物居之，不可胜图⑧。其西则有涌泉清池：激水推移，外发芙蓉菱华⑨，内隐巨石白沙；其中则有神龟蛟鼍⑩，瑇瑁⑪鳖鼋。其北则有阴林⑫：

---

① 巫山，在重庆巫山县东，即巫峡，山有十二峰，峰下有神女庙。
② 葴，zhēn，马蓝。菥，sī，草名，似燕麦。苞，bāo，藨草，其物可为草履，亦可作席。荔，草名，似蒲而小，根可作刷。
③ 薛，一作"薜"，藾蒿。莎，草名，产道旁及园圃中甚多，叶可为笠及蓑衣。青薠，似莎而大；一作"青蘋"。一本无"薛莎青薠"四字。
④ 埤，bì，低洼潮湿的地方。藏莨，草名，可为牛马刍。蒹，荻也，似萑而细小。葭，芦苇。
⑤ 东蘠，似蓬草，实如葵子，十月熟；蘠，一作"蔷"。雕胡，菰米。
⑥ 觚卢，瓠也。
⑦ 菴䕡，草名，状如艾蒿；菴，一作"奄"。轩于，莸草，生水中。
⑧ 不可胜图，谓不可尽举而图写之也。此叙东之草地，而言南之平原广泽，亦最宜畋猎，但下文叙猎，只东西北三处，独不及南，盖虚实互相备也。
⑨ 芙蓉，莲花。菱，一作"蔆"。
⑩ 蛟，龙属无角。鼍，tuó，与鳄鱼为近属，俗称猪婆龙，生于江湖。
⑪ 瑇瑁，dàimào，今作"玳瑁"，龟属，甲有文，生南海中；一作"毒冒"。
⑫ 阴林，言其树多而大，常如阴也。

其树楩柟豫章①，桂椒木兰②，檗离朱杨③，樝梨梬栗④，橘柚芬芳；其上则有鹓雏孔鸾⑤，腾远射干⑥；其下则有白虎玄豹，蟃蜒貙犴⑦。于是乎乃使剸诸⑧之伦，手格此兽。⑨

"'楚王乃驾驯駮⑩之驷，乘雕玉之舆，靡鱼须之桡旃⑪，曳明月⑫之珠旗，建干将之雄戟⑬，左乌号

---

① 其树，一说：当为"巨树"，属上"阴林"断句。楩，大木。柟，nán，即今所谓楠木。豫章，大木，似楸。
② 木兰，木名，亦名杜兰，又名林兰，又谓之木莲，或谓生零陵山谷间。
③ 檗，bò，皮可染者。离，山梨。朱杨，赤茎柳。
④ 樝，zhā，似梨而甘。梬，yǐng，枣，似柿而小。
⑤ 鹓雏，似凤。孔，孔雀。鸾，鸾鸟。一本此句上有"赤猨蠷猱"四字。
⑥ 腾远射干，二鸟名。一说：兽名。
⑦ 蟃蜒，wànyán，兽名，似狸。貙犴，chū'àn，《尔雅》注："文山民呼貙虎之大者为貙犴。"盖一物也；豻，一本作"犴"。此句下一本有"兕象野犀，穷奇獌狿"八字。
⑧ 剸诸，春秋时吴之刺客，公子光享王僚，剸诸置匕首鱼腹中刺之，王僚立死，诸亦为王左右所杀。剸，一本作"专"。
⑨ 此段叙西北，开下畋猎之地。
⑩ 驯，温顺。駮，如马，白身黑尾，一角锯牙，食虎豹。一说：驯駮，止是駮马耳，虎尝见而伏，故出猎驾之，非真駮也。駮，一作"驳"。
⑪ 鱼须，大鱼之须，出东海，见《尚书大传》。桡旃，曲旃；桡，náo，弯曲。
⑫ 明月，珠名。
⑬ 干将，剑戟之通称，非谓人名也。雄戟，戟中有小子刺者。

汉文

之雕弓①,右夏服之劲箭②。阳子③骖乘,孅阿④为御,案节未舒⑤,即陵狡兽,蹴蛩蛩⑥,辚距虚⑦,轶野马,轊騊駼⑧,乘遗风⑨,射游骐⑩。倏眒倩利⑪,雷动猋⑫至,星流霆⑬击,弓不虚发,中必决眦⑭,洞胸达掖⑮,绝乎心系⑯。获若雨兽⑰,掩草蔽地。于是楚王

---

① 乌号,柘桑,其材坚劲,乌栖其上,将飞,枝劲复起,摽呼其上,伐取其材为弓,因名乌号;号,háo。
② 夏服,盛箭器,夏后氏之良弓名烦弱,其矢亦良,即烦弱箭服,故曰夏服。
③ 阳子,仙人阳陵子。
④ 孅阿,月御,本山名,有女子处其岩,月历数度跃入月中,因为月御。
⑤ 案节,犹弭节。未舒,言未尽也。
⑥ 蹴,cù,踩、踏;一本作"轶"。蛩,qióng,蛩蛩,北海白兽,似马,见《山海经》;亦作"邛邛"。
⑦ 距虚,似骡而小。一说:距虚即蛩蛩,变文互言耳。
⑧ 轊,wèi,车轴头。騊駼,北狄良马;一曰野马,盖野马、騊駼为一物,与蛩蛩、距虚之一物二名,相对为文。
⑨ 遗风,秦始皇马名。
⑩ 骐,《尔雅·释兽》:"�,如马,一角。不角者,骐。"
⑪ 倏眒、倩利,皆疾貌;一作"鯈眒倩浰";倩,又作"凄"。
⑫ 猋,biāo,暴风从下上也,《尔雅·释天》:"扶摇谓之猋。"
⑬ 霆,一作"电"。
⑭ 眦,目眶也。
⑮ 掖,通"腋",臂下。
⑯ 绝乎心系,中心绝系也。
⑰ 获若雨兽,言获杀之多,如天雨兽也。

65

乃弭节①徘徊，翱翔容与②，览乎阴林，观壮士之暴怒，与猛兽之恐惧，徼郤受诎③，殚睹众物之变态。④

"'于是郑女曼姬⑤，被阿緆⑥，揄⑦纻缟，杂纤罗，垂雾縠⑧。襞积褰绉⑨，郁桡溪谷⑩。纷纷排排⑪，扬袘戌削⑫，蜚襳垂髾⑬。扶舆猗靡⑭，翕呷萃蔡⑮；下靡兰蕙，上拂羽盖⑯；错翡翠之威蕤⑰，缪绕玉绥⑱。眇眇忽

---

① 弭节，示安徐也。
② 翱翔容与，言自得也。
③ 徼，遮挡，通"邀"。郤，jù，倦极也。诎，力尽也。
④ 此段猎于阴林，即上文北有阴林也。
⑤ 郑女曼姬，郑女多美，故郑女为当时美女恒称；曼，柔美；姬，妇人通称。
⑥ 阿，细缯。緆，xī，细麻布。
⑦ 揄，曳也。
⑧ 雾縠，今之轻纱，薄如雾。
⑨ 襞积，衣裙上的褶子。褰绉，缩蹙之也。
⑩ 郁桡溪谷，言委屈如溪谷也。
⑪ 纷纷排排，皆衣长貌；纷，fēn，排，fēi。
⑫ 袘，裳下缘。戌削，裁制貌，状行时裳缘之整齐。
⑬ 蜚，古书多假借为"飞"字。襳，袿衣之长带。髾，shāo，燕尾，皆衣上假饰。"曲、谷"为韵，"削、髾"为韵，此上六句，皆下二句叶韵也。
⑭ 扶舆猗靡，衣裳称美之貌。
⑮ 翕呷萃蔡，衣之声，衣声有似翕呷，故取为状；萃，cuì。
⑯ 下靡兰蕙，上拂羽盖，垂襳飞髾，飘扬上下，故或磨兰蕙，或拂羽盖；靡，一作"磨"。
⑰ 威蕤，旗名，盖以翠饰威蕤之上也；威，一作"葳"，亦作"菱"。
⑱ 绥，登车所执。玉绥，车之绥以玉饰之也。

汉文

忽，若神仙之仿佛①。于是乃相与獠②于蕙圃，婆姗勃窣③，上下金堤④。掩翡翠，射骏鸃⑤，微矰⑥出，孅缴⑦施。弋白鹄，连鴐鹅⑧，双鸧⑨下，玄鹤加。怠而后发，游于清池。浮文鷁⑩，扬旌栧⑪，张翠帷，建羽盖。罔瑇瑁，钩紫贝⑫。摐金鼓⑬，吹鸣籁。榜人⑭歌，声流喝⑮。水虫骇，波鸿沸，涌泉起，奔扬⑯会。

---

① 眇眇忽忽，若神仙之仿佛，言其容饰奇艳，殊非人世所见也；一作"缥乎忽忽，若神仙之彷彿"；一本无"仙"字。
② 獠，猎也。
③ 婆姗勃窣，匍匐上也；勃，一作"教"；窣，sū。
④ 上下金隄，一本无"下"字；一本"下"作"乎"。
⑤ 骏鸃，jùnyí，赤雉，似山鸡而小。
⑥ 矰，短矢。
⑦ 孅缴，一作"纤缴"；缴，zhuó，生丝。
⑧ 鴐鹅，野鹅。
⑨ 鸧，cāng，麋鸧。
⑩ 鷁，水鸟。画其象于船首，故曰文鷁。
⑪ 栧，yì，船舷；一作"枻"。树旌于上，故曰旌栧。
⑫ 钩，一作"钓"。紫贝，见《南粤王赵佗上汉文帝书》"紫贝"注。
⑬ 摐，chuāng，撞击。金鼓，钲也，其形似鼓，故名。
⑭ 榜人，船长。
⑮ 喝，读若暧，所谓暧乃之声，即櫂歌也，"暧乃"与"欸乃"同。
⑯ 扬，一作"物"。

礛石①相击，硠硠磕磕②，若雷霆之声，闻乎数百里之外③。将息獠者，击灵鼓④，起烽燧⑤，车按行⑥，骑就队，纚乎淫淫⑦，般乎裔裔⑧。

"'于是楚王乃登云阳之台⑨，怕⑩乎无为，憺⑪乎自持，勺药⑫之和具，而后御之。不若大王终日驰骋，曾不下舆，脟割轮淬⑬，自以为娱。臣窃观之，齐殆不如。'于是齐王无以应仆也。"⑭

乌有先生曰："是何言之过也！足下不远千里，来贶⑮齐国，王悉发境内之士，备车骑之众，与使

---

① 礛石，转石。
② 硠硠磕磕，石声；硠硠，一作"琅琅"；磕，kē。
③ 此叙与众女猎于蕙圃，游于清池，即上文"东有蕙圃、西有清池"也。
④ 灵鼓，六面击之，所以警众也。
⑤ 烽燧，于高处举薪火也。
⑥ 按行，归依行列。
⑦ 纚，xǐ，若织丝相连属。淫淫，渐进。
⑧ 般，pán，以次相连而行。裔裔，流行貌。
⑨ 云阳之台，一作"阳云之台"。云梦中高唐之台，言其高出云之阳也。
⑩ 怕，无为也；一作"泊"。
⑪ 憺，通"澹"。
⑫ 勺药，五味之和也，盖古时五味之和，总谓之勺药。
⑬ 脟，通"脔"，切肉。淬，cuì，灼也。言脔割其肉，搵车轮盐而食之。
⑭ 此段息獠。
⑮ 贶，一作"况"。

汉文

者出畋，乃欲勠力致获，以娱左右，何名为夸哉！问楚地之有无者，愿闻大国之风烈，先生之余论也。今足下不称楚王之德厚，而盛推云梦以为高，奢言淫乐而显侈靡，窃为足下不取也。必若所言，固非楚国之美也；无而言之，① 是害足下之信也。彰君恶，伤私义，二者无一可，而先生行之，必且轻于齐而累于楚矣！且齐东陼② 钜海，南有琅邪③，观乎成山④，射乎之罘⑤，浮渤澥⑥，游孟诸⑦。邪与肃慎为邻⑧，右以汤谷⑨为界；秋田乎青丘⑩，彷徨⑪乎海外，

---

① 《汉书·司马相如传》"无而言之"句上有"有而言之，是彰君之恶也"。由下文"彰君恶"可知，此书脱漏，当据《汉书》补。
② 陼，小洲，言齐东临大海为渚也；一本作有。
③ 琅邪，山名，在今山东省诸城市东南。
④ 成山，在今山东省荣成市东北海滨，其角突出海中，称成山角。
⑤ 之罘，山名，在今山东省烟台市福山区东北。
⑥ 渤澥，即今渤海。
⑦ 孟诸，宋之大泽，在今河南省商丘市东北，故属齐。
⑧ 邪，读为斜。肃慎，古国名，今吉林及俄属东海滨省之地。
⑨ 汤谷，日所出，以为东界。一说：言为东界，则"右"当为"左"字之误。
⑩ 青丘，盖今蓬莱诸岛在海中者。
⑪ 彷徨，一作"仿偟"。

吞若云梦者八九于其①胸中，曾不蒂芥②。若乃俶傥瑰玮③，异方殊类，珍怪鸟兽，万端鳞崪④，充牣⑤其中，不可胜记，禹不能名，卨⑥不能计。然在诸侯之位，不敢言游戏之乐，苑囿之大；先生又见客⑦，是以王辞不复，何为无以应哉？"⑧

司马相如上林赋⑨

亡是公听然⑩而笑曰："楚则失矣，而齐亦未为得也。夫使诸侯纳贡者，非为财币，所以述职⑪也；封疆画界者，非为守御，所以禁淫也。今齐列为

---

① 于其，一作"其于"。
② 曾不蒂芥，言不觉其有也。
③ 俶傥，卓异不羁；俶，tì。瑰玮，珍奇。
④ 崪，通"萃"，聚集。
⑤ 充牣，充满；牣，一作"仞"。
⑥ 卨，xiè，人名，也写作"离"。《广韵·薛韵》："离，殷祖也。或作偰，又作契。"
⑦ 见客，见犹至也，言至此为客，若今人称见顾见至。
⑧ 此段乌有折言虚。
⑨ 上林，苑名，在今陕西省西安市鄠邑区和周至县界。秦旧苑，汉武帝更增广之，周袤三百里，离宫七十所。
⑩ 听，yǐn；听然，笑貌。
⑪ 诸侯朝于天子曰述职，述职者，述所职也。

东藩,而外私肃慎①,捐国逾限②,越海而田③,其于义固未可也。且二君之论,不务明君臣之义,正诸侯之礼,徒事争于游戏之乐,苑囿之大,欲以奢侈相胜,荒淫相越,此不可以扬名发誉,而适足以贬君自损也。

"且夫齐楚之事,又乌足道乎!君未睹夫巨丽也?独不闻天子之上林乎?左苍梧④,右西极⑤,丹水⑥更其南,紫渊⑦径其北。终始灞、浐⑧,出入泾、渭⑨;

---

① 肃慎,见《司马相如子虚赋》"肃慎"注。
② 捐,舍弃。逾,一作"隃"。
③ 谓田于青丘。
④ 苍梧,汉郡名,其县治在今广西壮族自治区,在西安东南,故言左。
⑤ 《尔雅·释地》"西至于邠国",是为西极,在西安西,故言右。
⑥ 丹水,源出陕西商州市西北冢岭山,东南流入河南,注于均水,或谓指《山海经》丹穴山所出之丹水言,以在西安极南之境故也。
⑦ 紫渊,在今山西省吕梁市离石区北。
⑧ 灞、浐,二水名,灞水源出陕西省蓝田县南山谷中,经西安入渭。浐水与灞水同源而异流,经蓝田、西安合于灞。
⑨ 泾、渭,二水名,泾水有两源,其南源出甘肃省泾源县西南大关山,东流入陕西省彬州市至西安市高陵区与渭水合。渭水源出甘肃省渭源县西北鸟鼠山,东流经甘肃省天水市入陕西省宝鸡市凤翔区至西安市北,与洛水会,又东至华阴合洛水入河。泾水清,渭水浊,世言泾清渭浊。

酆、镐、潦、潏[1]，纡余委蛇[2]，经营乎[3]其内，荡荡乎八川[4]分流，相背而异态。东西南北，驰骛往来：出乎椒丘[5]之阙，行乎洲淤[6]之浦，经乎桂林[7]之中，过乎泱漭[8]之野。汨乎混流[9]，顺阿[10]而下，赴隘陿[11]之口。触穹石[12]，激堆埼[13]，沸乎暴怒，汹涌彭湃[14]。澅弗

---

[1] 酆、镐、潦、潏，四水名。酆水历史上源出今西安市鄠邑区（一说在今长安区），流经西安、咸阳，入渭。镐水，即滈水，源出西安市鄠邑区和长安区之间，北流入渭，河道已湮废，不可复辨。潦水，即涝水，源出西安市鄠邑区，北入渭河。潏水，源出终南山，北流经西安市，注入渭河。
[2] 委蛇，wēiyí，绵延曲折。
[3] 乎，一本无此字。
[4] 潘岳《关中记》以灞、浐、泾、渭、酆、镐、潦、潏为关中八川。
[5] 土高四堕曰椒丘，非江西省南昌市新建区之椒丘也。
[6] 水中可居者曰洲，三辅谓之"淤"也。
[7] 桂林，桂树林。
[8] 泱漭，广大。
[9] 汨，gǔ，疾貌。混流，言流之盛也；混，一作"浑"。
[10] 阿，大土山。
[11] 陿，xiá；隘陿，两岸相迫近者。
[12] 穹石，大石。
[13] 埼，qí，堆埼，沙壅而成曲岸也。
[14] 汹涌，谓水之上腾也。彭，一作"澎"；彭湃，指水之旁溢。

汉文

宓汩[1],偪侧泌瀄[2]。横流逆折,转腾潎洌[3],滂濞沆溉[4];穹隆云桡[5],宛潬胶戾[6];逾波趋浥[7],涖涖下濑[8];批岩冲拥,奔扬滞沛[9];临坻[10]注壑,瀺灂霣坠[11];沉沉隐隐[12],砰磅訇礚[13];潏潏淈淈[14],湁潗[15]鼎沸。驰波跳沫,汩㶀[16]漂疾。悠远长怀,寂㵱无声,肆乎永

---

[1] 潬,一作"浡";潬弗,谓水盛出也。宓,mì,一作"滵";宓汩,水疾流貌。
[2] 偪侧,一作"湢测",相逼也。泌瀄,bìzhì,水波冲击貌。
[3] 潎洌,piēliè,水流轻疾貌,状横流逆折之水。
[4] 滂濞,水声;滂,一作"澎"。沆溉,徐流;溉,一作"瀣"。
[5] 穹隆云桡,言水势起伏,乍穹然而上隆,旋如云而低曲也。
[6] 潬,shàn;宛潬,犹蜿蜒,状水势之绵远;一作"蜿灗"。戾,通"戾",戾,曲也;胶戾,邪曲。
[7] 逾波,后波凌前波也。浥,湿也。趋浥,犹易言流湿就下之意。
[8] 涖涖,一作"莅莅",水声。濑,水流沙上。
[9] 批岩冲拥,奔扬滞沛,言水触岩冲壅,奔而忽扬,滞而仍沛。
[10] 坻,chí,水中隆高处。
[11] 瀺灂,chánzhuó,小水声。霣,即"陨"字。坠,一作"队","队"即"坠"字。
[12] 沉沉,一作"湛湛";沉沉隐隐,言水声殷然。
[13] 砰磅訇礚,pēngpānghōngkē,皆水流鼓怒之声。
[14] 潏,jué;潏潏,水涌出貌。淈,gǔ;淈淈,水出之貌。
[15] 湁潗,chìjí,水沸貌。
[16] 汩㶀,急转貌;㶀,yīn,一作"㵪"。

归。然后灏溔潢漾①，安翔徐回；㶚乎滈滈②，东注太湖③，衍溢陂池。④

"于是乎鲛龙赤螭⑤，𩶤𩶘渐离⑥，鰅鳙鳍魠⑦，禺禺鱿魶⑧，揵鳍掉尾，振鳞奋翼，潜处乎深岩。鱼鳖欢声，万物众夥。明月珠子⑨，的皪江靡⑩。蜀石黄碝⑪，水玉磊砢⑫，磷磷烂烂，采色澔汗，藂积乎其

---

① 灏溔潢漾，水无际也；灏，hào；溔，yǎo；潢，huàng。
② 㶚，hè；滈，hào；㶚乎滈滈，水白光貌也。
③ 太湖，一作"大湖"，指关中巨泽言，非吴地震泽。
④ 此段水，脉络极分明："触穹石"四句，始言水之变态有力；"潎弗"五句，极言其有力；"穿隆"四句，言其自然；"批岩"二句，承上言有力；"临坻"二句，承上言自然；"沉沉"二句，又言有力；"潏潏"二句，又言自然；"驰波"十句，皆言自然。"湃、溉、濑、沛、坠、礚、沸"为韵，"怀、归、回、池"为韵；而一韵之中，上有数句，又各私自为韵，如"潏、折、浏"私自为韵，"蟄、湿"私自为韵；古人平去通用，则"湃"至"池"本为一韵矣。
⑤ 有角曰虬，无角曰螭，皆龙类而非龙也。
⑥ 𩶤𩶘，gèngméng，一名黄鱼，今呼为鲟鳇。渐离，鱼名。
⑦ 鰅鳙鳍魠，皆鱼名。鰅，yú，皮有文；鳙，一作"鳙"，即鲍鱼；鳍，qián，似鲤而大。魠，tuō，哆口鱼，即今河豚。
⑧ 禺禺鱿魶，皆鱼名。禺禺，皮有毛，黄地黑纹；鱿，qū，比目鱼；魶，tǎ，版鱼也，亦比目鱼之一种。
⑨ 明月珠子，二物名，明月，即海月，大如镜，白色正圆。珠子，即蚌。
⑩ 的皪，鲜明貌。江靡，江边。
⑪ 蜀石，石次玉者。黄碝，碝石黄色。
⑫ 水玉，水精。磊砢，魁礨貌。

汉文

中。鸿鹔鹄鸨①，駕鹅属玉②，交精旋目③，烦鹜庸渠④，箴疵䴔卢⑤，群浮乎其上。汎⑥淫泛滥，随风澹淡，与波摇荡，奄薄水渚，唼喋⑦菁藻，咀嚼菱藕。⑧

"于是乎崇山矗矗⑨，巃嵸崔巍⑩，深林巨木，崭岩参差⑪。九嵕嶻嶭⑫，南山⑬峨峨，岩陁甗锜⑭，摧崣

---

① 鸿鹔鹄鸨，皆鸟名。鸿，大鸟，一作"鸠"；鹔，鹔鹴，绿身，其形似雁；鹄，黄鹄；鸨，似雁背有黄黑斑纹。
② 駕鹅，见《司马相如子虚赋》"駕鹅"注。属玉，一作"鸀鳿"，状如鸭而大，长项赤目，一名鹭鸶。
③ 交精，一作"䴔䴖"，似凫而脚高，有毛冠。旋目，一作"鹛目"，《禽经》："旋目其明鹛，方目其名鸠。"
④ 烦鹜，鸭属。庸渠，一作"鹒鶏"，形似鹜，灰色而鸡足。
⑤ 箴疵，一作"鳡鹛"，似鱼虎而苍黑色。䴔卢，一作"䴔鸬"，《一切经音义》载"䴔鹏，一名䴔鸬。"即今鸬鹚，盖一物，旧说作二物，误。
⑥ 汎，浮也。
⑦ 唼喋，shàzhá，水鸟争食貌。
⑧ 此段水中之物。
⑨ 矗矗，高耸貌；一说，无此二字，盖"崇山巃嵸崔巍"六字连读，后人加此二字，失之。
⑩ 巃嵸崔巍，皆高峻貌。
⑪ 崭岩，尖锐貌。参差，一作"参嵯"，不齐也。
⑫ 嵕，zōng；九嵕，山名，在陕西省礼泉县东北。嶻嶭，jiéniè，山名，在陕西省三原县西；一说，高峻貌。
⑬ 南山，即终南山。
⑭ 陁，一作"陀"，zhì，崖际。甗锜，yǎnqí，隆屈窊折貌。

崛崎^①。振溪通谷，蹇产^②沟渎，谽呀豁閜^③，阜陵别隝^④，崴磈嵔廆^⑤，丘虚堀礨^⑥，隐辚郁壘^⑦，登降施靡^⑧，陂池貏豸^⑨，沇溶淫鬻^⑩，散涣夷陆^⑪，亭皋千里^⑫，靡不被筑。^⑬掩以绿蕙，被以江蓠^⑭，糅以蘪芜^⑮，杂以留夷^⑯。布结缕^⑰，攒戾莎^⑱，揭车衡兰^⑲，稿本射干^⑳，茈姜

---

① 摧崣，山高貌，犹崔巍。崛崎，斗绝也。
② 蹇产，诘曲。校订者按：诘，jié，弯曲。
③ 谽呀，大貌；谽，hān，一作"舒"。豁閜，空虚；閜，xiǎ。
④ 隝，即"岛"。
⑤ 崴磈嵔廆，皆高峻貌；廆，一作"瘣"。
⑥ 丘虚崛礨，皆堆垄不平貌；虚，一作"墟"；崛礨，一作"崫嵂"。
⑦ 隐辚郁壘，堆垄不平貌。
⑧ 登降施靡，犹言高下连延；施，同"迆"。
⑨ 貏，bǐ；貏豸，渐平貌。
⑩ 沇溶淫鬻，水流于溪谷间。
⑪ 散涣夷陆，言散布于平地。
⑫ 亭，平也。皋，水旁地。亭皋千里，犹言平皋千里。
⑬ 以上言山。
⑭ 江蓠，见《司马相如子虚赋》"江蓠"注。蓠，一作"离"。
⑮ 蘪芜，见《司马相如子虚赋》"蘪芜"注。
⑯ 留夷，香草。
⑰ 布，一作"尃"，尃即古"布"字。结缕，似白茅，蔓生如缕相结。
⑱ 攒，聚也。戾，同"荑"，草也，可以染留黄。留黄，绿也，此言莎草浓绿，以荑状其色，故曰荑莎。
⑲ 揭车，香草。衡兰，见《司马相如子虚赋》"衡兰"注。
⑳ 稿本，香草。《荀子》："西方有木曰射干。"

汉文

茈荷①,葴持若荪②,鲜支黄砾③,蒋芧青薠④,布濩⑤闳泽,延曼太原⑥,离靡⑦广衍,应风披靡,吐芳扬烈,郁郁菲菲,众香发越,肸蠁布写⑧,晻薆咇茀。⑨

"于是乎周览泛观,缜纷轧芴⑩,芒芒恍忽,视之无端,察之无涯⑪,日出东沼,入乎西陂⑫。其南则隆冬生长,踊水跃波;其兽则猉旄貘犛⑬,沉牛麈

---

① 茈,zǐ;茈姜,子姜。蘘荷,叶似初生甘蔗,根似姜芽。
② 葴持,今酸浆草,江东呼曰苦葴,见《尔雅翼》;持,一作"橙"。若,杜若。荪,香草。
③ 鲜支,即燕支,花如蒲公英,见《古今注》。黄砾,砾,通"栎",栎可以染流黄。
④ 蒋芧,二草名。蒋,菰蒲草,俗称茭白。芧,zhù,即三棱草。青薠,见《司马相如子虚赋》"青薠"注。
⑤ 布濩,遍布。
⑥ 太原,犹言广原。
⑦ 离靡,谓相连不绝也。离,一作"丽",两字古通用。
⑧ 肸蠁,xīxiǎng,布散、传播。此谓香气四达而入人心。
⑨ 晻薆,yǎn'ài,香气。咇茀,bìbó,香气盛,也写作"馝馞""苾勃"。此段言山上之草。
⑩ 缜纷,众盛也。轧芴,致密也。
⑪ 涯,一作"崖"。
⑫ 西陂,池名,西安有西陂池、东陂池。
⑬ 猉旄貘犛,皆兽名。猉,yōng,一作"庸",又作"犏",似牛,领有肉堆。旄,旄牛,野牛,状如水牛。貘,mò,体小于驴,皮厚似犀,毛短颈粗,鼻突出,长于下唇,屈伸自由,性柔易驯。犛,máo,黑色牛。

麛①，赤首圜题②，穷奇③象犀。其北则盛夏含冻裂地，涉冰揭④河；其兽则麒麟角端⑤，騊駼橐驼⑥，蛩蛩驒騱⑦，駃騠驴骡。⑧

"于是乎离宫别馆，弥山跨谷；高廊四注⑨，重坐曲阁⑩；华榱璧珰⑪，輂道纚属⑫，步櫩⑬周流，长途中宿。夷嵏⑭筑堂，累台增成⑮，岩窔洞房⑯，俯杳眇

---

① 沉牛，曰潜牛，形角似水牛。麈，zhǔ，似鹿，尾大而一角。麛，似鹿而大，冬至则解甲，目上有眉，因以为名也。
② 题，额也；一说，"题"盖"蹄"之误。
③ 穷奇，兽名，状如牛而猬毛，其音如嗥狗，食人。
④ 揭，qì，摄衣涉水。
⑤ 麒，仁兽，麇身牛尾一角。麟，牝麒。角端，似猪，角在鼻上，中作弓；端，一作"𦔶"。
⑥ 騊駼，见《司马相如子虚赋》"騊駼"注。橐驼，即骆驼，言其可负橐橐而驼物。
⑦ 蛩蛩，见《司马相如子虚赋》"蛩蛩"注。驒騱，tuóxí，野马，一曰青骊白鳞，纹如鼍鱼。
⑧ 駃騠，骏马，公马母驴杂交所生。此段缩写苑中气象，点出各兽，即为下文畋猎张本。
⑨ 注，属也。四注，言四周相属而下垂。
⑩ 重坐，重廊。曲阁，阁之屈曲相连者。
⑪ 璧珰，屋椽上的玉质瓦当。
⑫ 輂道，阁道可以乘车而行者；輂道纚属，言阁道回环如织丝之相连属。
⑬ 步櫩，言其下可行步，即今之步廊。校订者按：櫩，即"檐"，屋檐。
⑭ 夷，削平。嵏，山名。言平此山以筑堂。
⑮ 增成，增重，一重为一成。
⑯ 岩窔洞房，皆言其幽深；窔，一作"突"。校订者按：窔，yào，幽深。

汉文

而无见，仰攀橑①而扪天；奔星②更于闺闼，宛虹拖于楯轩③。青龙蚴蟉于东厢④，象舆婉僤于西清⑤；灵圉⑥燕于闲馆，偓佺⑦之伦，暴于南荣⑧。醴泉涌于清室，通川过于中庭。盘石振崖⑨，嵚岩⑩倚倾，嵯峨嶵嶭⑪，刻削峥嵘⑫。玫瑰⑬碧琳，珊瑚⑭丛生，瑉玉旁唐⑮，玢豳文鳞⑯；赤瑕驳荦⑰，杂臿其间，晁采

---

① 橑，lǎo，屋椽。
② 奔星，流星。
③ 宛虹，屈曲之虹。拖，谓申加于上。楯，栏杆。轩，楯下板。
④ 龙，一作"虯"，蚴蟉，龙行貌。
⑤ 僤，一作"蝉"；婉僤，行动曲折貌，与"蜿蜓"义同。西清，西厢清静之处。
⑥ 灵圉，众仙号；圉，一作"圄"，两字古通用。
⑦ 偓佺，仙人，食松子而眼方。
⑧ 暴，同"曝"，谓偃卧日中也。南荣，屋南檐。
⑨ 盘，一作"磐"，又写作"槃"。振，整也，以石整顿池水之涯；一作"裖"。
⑩ 嵚岩，深险貌。
⑪ 嵯峨，高大貌。嶵嶭，jíyè，一作"碟碟"，山高峻貌，状石势之高。
⑫ 刻削峥嵘，皆言石状。
⑬ 玫瑰，见《司马相如子虚赋》"玫瑰"注。
⑭ 珊瑚，生水底石边，大者可高三尺余，枝格交错无叶。
⑮ 旁唐，犹言盘礴。
⑯ 玢，bīn，玢豳，一作"璸㻎"，玉纹理杂彩纷陈貌。文鳞，言其纹斑然鳞次；鳞，一作"磷"。
⑰ 赤瑕，赤玉。驳荦，彩点。校订者按：荦，luò，毛色不纯的牛。彩点，即斑驳之意。

琬琰①，和氏出焉。②

"于是乎卢橘夏熟③，黄甘橙楱④，枇杷橪⑤柿，亭柰厚朴⑥，樗枣⑦杨梅，樱桃蒲陶，隐夫薁棣⑧，荅遝离支⑨，罗乎后宫，列乎北园，貤⑩丘陵，下平原。扬翠叶，扤⑪紫茎，发红华，垂⑫朱荣，煌煌扈扈⑬，照曜巨野。沙棠栎槠⑭，华枫枰栌⑮，留落胥邪⑯，仁频

---

① 晁，同"朝"；晁采，玉名。琬琰，美玉名。
② 和氏，楚卞和所得之美玉。此段宫室。
③ 卢，黑也。卢橘，皮厚，大小如甘，酢多，九月结实，明年二月更青黑，夏熟。
④ 黄甘，橘属而味精。楱，còu，一种小橘。
⑤ 橪，rǎn，酸枣。
⑥ 亭，山梨。柰，苹果。厚朴，药名。
⑦ 樗枣，见《司马相如子虚赋》"樗"注。
⑧ 隐夫，皆木名；隐，"檼"之省文，栝木；夫，"枎"之省文。薁，即郁李；一作"郁"。棣，即唐棣，今之山樱桃。
⑨ 荅遝，果名，果似李。离支，即荔枝。
⑩ 貤，一作"貤"，延展。
⑪ 扤，动摇。
⑫ 垂，一作"秀"。
⑬ 扈扈，美貌。煌煌扈扈，言其光采之盛。
⑭ 沙棠，状如棠，黄华赤实，其味似李，无核。栎，木名，其实为芋栗，亦称橡实。槠，zhū，皮树如栗，冬月不彫，子小如橡。
⑮ 华枫枰栌，一作"华汜櫺栌"，华，当作"桦"，木名，似山桃，皮可盖屋，枰，平仲木，栌，黄栌木。
⑯ 留，即"榴"。落，一名"檴"，可为杯器，其叶如榆，其皮坚韧。胥邪，即椰子树。

汉文

并闾①，欈檀②木兰，豫章女贞③，长千仞，大连抱，夸条直畅，实叶葰楙④，攒立丛倚，连卷欐佹⑤，崔错癹骫⑥，坑衡閜砢⑦，垂条扶疏⑧，落英幡纚⑨，纷溶箾蔘⑩，猗狔⑪从风，藰莅芔歙⑫，盖象金石之声，管籥之音。偨池㸒虒⑬，旋还⑭乎后宫，杂袭累辑⑮，被山缘谷，循坂下隰，视之无端，究之无穷。⑯

---

① 仁频，即槟榔。并闾，即栟榈。
② 欈檀，檀木别名。
③ 豫章，见《司马相如子虚赋》"豫章"注。女贞，一名冬青，冬夏常青不凋。
④ 葰楙，谓大而茂盛；楙，古"茂"字。
⑤ 卷，quán；连卷，屈曲。欐佹，lǐguǐ，重累之意，树之枝柯相附而又相戾。
⑥ 崔错，众盛貌；亦作"璀璨"，"璨""错"一声之转。癹骫，báwěi，蟠戾。校订者按：蟠、戾其义皆为曲，癹骫即盘旋屈曲之义。
⑦ 坑衡，劲直貌；坑，一作"阬"。閜砢，ěluǒ，互相扶持。
⑧ 扶疏，繁茂纷披貌。
⑨ 幡纚，飞扬貌。
⑩ 纷溶箾蔘，一作"纷容萧蔘"，枝竦擢。校订者按：竦擢，sǒngzhuó，高耸挺拔。
⑪ 猗狔，一作"旖旎"，犹婀娜。
⑫ 藰莅，谓风之戛木，其声凄清。芔，古"卉"字；芔歙，呼吸。
⑬ 偨，cī；偨池，参差；㸒，一作"柴"。㸒虒，cǐzhì，不齐。
⑭ 还，一作"环"。
⑮ 杂袭，相因；袭，一作"遝"。累辑，重积。
⑯ 此段宫中草木。

"于是乎玄猿素雌[1]，蜼玃飞蠝[2]，蛭蜩蠼猱[3]，獑胡縠蛫[4]，栖息乎其间，长啸哀鸣，翩幡互经，夭蟜枝格，偃蹇杪颠[5]，逾绝梁[6]，腾殊榛[7]，捷垂条[8]，掉希间[9]，牢落陆离[10]，烂漫远迁[11]。若此者数百千处，娱游往来，宫宿馆舍，庖厨不徙，后宫不移，百官备具。[12]

"于是乎背秋涉冬，天子校猎[13]。乘镂象[14]，六玉

---

① 玄猿素雌，言猿之雄者玄黑而雌者白素也。

② 蜼，wèi，一种长尾猿。玃，jué，一种大猴。蠝，lěi，一名鼯鼠，鼠形，飞走且乳之鸟也。

③ 蛭，zhì，虮。蜩，蝉。蠼猱，一作"玃蝚"，猕猴。校订者按：蛭，即蚂蟥。

④ 獑胡，似猿而足短，一腾一百五十步，如迅鸟之飞，头上有发，腰以后黑；獑，chán，一作"蟖"。縠，hù，白狐子，似鼬而大，腰以后黄。蛫，guǐ，状如龟，白身赤首。

⑤ 夭蟜，频申。夭蟜枝格，偃蹇杪颠，皆猨猿在树共戏之姿态。

⑥ 绝梁，断桥。

⑦ 殊榛，异栫。

⑧ 捷，读如"接"；捷垂条，捷持悬垂之条。校订者按：《尔雅·释诂》："接，捷也。"郭璞注："捷，谓相接续也。"

⑨ 掉，一作"踔"，跳。掉希间，谓以身投掷于空中。

⑩ 牢落，犹辽落也。陆离，参差。

⑪ 烂漫远迁，奔走崩腾状；漫，一作"熳"，又作"曼"。

⑫ 此段宫中畜兽之多。"处、舍、具"为韵。

⑬ 校猎，以木相贯穿，遮拦禽兽以猎取之。

⑭ 镂象，象路也，以象牙流镂其车辂。校订者按：象路，以象牙为饰的车子。"流镂"，当为"疏镂"之误，疏镂，"雕镂"之义，《后汉书·马融传》："乘舆乃以吉月之阳朔，登于疏镂之金路。"

汉文

虬①；拖蜺旍②，靡云旗③；前皮轩④，后道游⑤。孙叔奉辔，卫公参乘⑥，扈从⑦横行，出乎四校⑧之中，鼓严簿⑨，纵猎⑩者。江河为阹⑪，泰山为橹⑫，车骑雷起，殷天动地，先后陆离⑬，离散别追，淫淫裔裔，缘陵流泽，云布雨施⑭。生貔豹⑮，搏豺狼，手熊罴⑯，

---

① 六玉虬，谓驾六马，以玉饰其镳勒，有似玉虬；虬，龙属。
② 蜺旍，析羽毛，染以五彩，缀以缕为旍，有似虹蜺之气。
③ 云旗，画鱼熊虎于旒为旗，似云气。
④ 皮轩，汉前驱车，以虎皮为轩，取《礼记·曲礼》"前有士师则载虎皮"之义。
⑤ 道游，天子出，道车五乘，游车九乘，见《周礼》。
⑥ 孙叔奉辔，卫公参乘，此两人皆指古之善御者，非真有此也；孙叔，即《楚辞》所谓"遇孙阳而得代"者是，卫公，即《国语》所谓"卫庄公为右"是也。
⑦ 扈从，从驾而供使令也；一说，扈，缓也，从驾而缓行也。
⑧ 四校，当即屯骑、步兵、射声、虎贲四校尉；皆天子行猎必当随从者。
⑨ 鼓严簿，言鼓于严簿之中，天子仪卫森严，故曰严簿；簿，卤簿。
⑩ 猎，一作"獠"。
⑪ 阹，qū，依山谷做栏圈。
⑫ 橹，望楼。校订者按：《玉篇·木部》："橹，城上守御望楼。"
⑬ 陆离，分散。
⑭ 施，读上声，"地、裔、施"为韵；而"离、追、起"亦平上与去为韵。
⑮ 生谓生取之也。貔，pí，一名执夷，一名白狐，猛兽。
⑯ 手，手击杀之。熊，犬身人足黑色。罴，如熊，黄白色。

足野羊①，蒙鹖苏②，绔白虎③；被斑文④，跨野马。凌三嵕⑤之危，下碛历之坻⑥；径峻赴险，越壑厉⑦水。椎蜚廉⑧，弄獬豸⑨；格虾蛤⑩，鋋猛氏⑪；羂要褭⑫，射封豕⑬。箭不苟害，解脰⑭陷脑；弓不虚发，应声而倒。⑮

"于是乘舆弭节徘徊，翱翔往来，睨部曲之进退，览将帅之变态。然后侵淫促节⑯，儵夐⑰远去。

---

① 足，谓蹴蹋而获之。野羊，一名羱羊，似吴羊而大角，角椭，出西方，见《尔雅·释兽》注。
② 苏，尾也。蒙鹖苏，言蒙鹖尾为帽。
③ 绔，古袴字。绔白虎，着白虎文绔。
④ 被斑文，披貙豹之皮也；斑，一作"豳"，两字通用。
⑤ 三嵕，三聚之山，在山西省屯留县西北。
⑥ 碛历，不平。坻，dǐ，山坡，秦谓陵阪曰阺，字或作"坻"，而与水中之"坻"（音 chí）者不同。
⑦ 以衣涉水曰厉。
⑧ 蜚廉，龙雀，鸟身鹿头。
⑨ 獬豸，传说中的兽名，似鹿而一角。
⑩ 虾蛤，兽名；虾，一作"瑕"。
⑪ 鋋，chán，铁把短矛。猛氏，兽名，状似熊而小，毛浅有光泽，生蜀中。
⑫ 羂，juàn，系取。要褭，yǎoniǎo，神马，金喙赤身，日行万八千里，君有德则至。
⑬ 封豕，大猪。
⑭ 脰，dòu，颈项。
⑮ 此段天子校各部曲将帅之猎。
⑯ 侵淫，渐进；一作"浸潭"，又作"浸淫"。促节，由徐而疾。
⑰ 儵夐，言倏忽远去；儵，通"倐"，shū，快速；夐，xiòng，远。

汉文

流离轻禽①，蹴履狡兽；轊②白鹿，捷③狡兔；轶赤电，遗光耀④；追怪物，出宇宙；弯蕃弱⑤，满白羽；射游枭⑥，栎蜚遽⑦。择肉而后发，先中而命处；弦矢分，艺殪⑧仆。然后扬节而上浮，凌惊风，历骇猋⑨，乘虚无，与神俱。躏⑩玄鹤，乱昆鸡⑪；遒孔鸾，促鹪鹩⑫；拂翳鸟⑬，捎凤凰；捷鵷雏⑭，掩焦明⑮。道尽途殚，回车而还；消摇乎襄羊⑯，降集乎北纮⑰；率乎

---

① 流离，困苦之。轻禽，轻疾之禽。
② 轊，同"轊"，车轴头。这里指以车轴头冲而杀之。
③ 捷，捷取之。
④ 轶赤电，遗光耀，言行疾可以轶过赤电而遗其光耀反在后也。
⑤ 蕃弱，夏侯氏之良弓名；蕃，一作"繁"，古字通。
⑥ 枭，枭羊，似人长唇，被发而食人。
⑦ 栎，击也。蜚遽，神兽；遽，一作"虡"。
⑧ 艺殪，所射准的为艺；壹发矢为殪。
⑨ 骇猋，谓疾风从下而上；猋，一作"焱"。
⑩ 躏，一作"蔺"，践踏。
⑪ 乱，谓乱其行伍。昆鸡，似鹤，黄白色。
⑫ 鹪鹩，见《司马相如子虚赋》"鹪鹩"注。
⑬ 翳鸟，《山海经》："北海之内有蛇山者，有五采之鸟，飞蔽一乡，名曰翳鸟。"翳，一作"鹥"。
⑭ 鵷雏，见《司马相如子虚赋》"鵷雏"注。
⑮ 焦明，似凤，西方之鸟；明，一作"朋"。
⑯ 襄羊，犹彷徉也。校订者按：彷徉，也写作"仿佯"，徘徊游荡貌。
⑰ 北纮，九州之外，乃有八殥，八殥之外，而有八纮，北方之纮曰委羽，见《淮南子·地形训》。

直指①，晻乎反乡②。蹴石阙③，历封峦，过鳷鹊，望露寒，下棠梨④，息宜春⑤。西驰宣曲⑥，濯鹢牛首⑦，登龙台⑧，掩细柳⑨。观士大夫之勤略，均猎者之所得获⑩，徒⑪车之所辚轹，步骑之所蹂若⑫，人臣之所蹈藉，与其穷极倦𠜲⑬，惊惮詟伏⑭，不被创刃而死者，他他藉藉⑮，填坑满谷，掩平弥泽。⑯

"于是乎游戏懈怠，置酒乎颢天之台⑰，张乐乎

① 率乎直指，率然远去意。
② 晻乎反乡，掩然疾归貌。此言天子亲猎而还。
③ 蹴，踩踏。"石阙"与下"封峦""鳷鹊""露寒"四观名，武帝建元中作，在云阳甘泉宫外，位于今陕西省淳化县；阙，一作"关"。
④ 棠梨，宫名，在今陕西省淳化县。
⑤ 宜春，苑名，近曲江池，在今陕西省西安市东南。
⑥ 宣曲，宫名，在昆明池西，今陕西省西安市长安区斗门镇东南。
⑦ 濯，通"櫂"，划船。鹢，即鹢首之舟。牛首，池名，在上林苑西，今陕西省西安市长安区西北。
⑧ 龙台，观名，在丰水西北，近渭。
⑨ 细柳，观名，在昆明池南，今陕西省西安市长安区西南。
⑩ 均，一作"钧"。猎，一作"獠"。
⑪ 徒，步也。一本"徒"上有"观"字。
⑫ 步，一作"乘"；一本无。蹂若，谓践蹋也。
⑬ 穷极倦𠜲，疲惫；𠜲，jù，极度疲劳。
⑭ 惊惮詟伏，惊怖不动貌。詟，zhé，丧胆，惧怕。
⑮ 他他藉藉，言交横也；他他，一作"它它"；藉藉，一作"籍籍"。
⑯ 大野曰平，即平原。此段天子还历各处，数猎者之所获。
⑰ 颢天之台，台高上干皓天也。

汉文

胶葛之㝢①;撞千石之钟,立万石之虡②;建翠华之旗③,树灵鼍之鼓④。奏陶唐氏之舞⑤,听葛天氏之歌⑥;千人唱,万人和;山陵为之震动,川谷为之荡波。巴渝宋蔡⑦,淮南干遮⑧,文成颠歌⑨,族居递奏,金鼓迭起,铿鎗闛鞈⑩,洞心骇耳。荆、吴、郑、卫之声⑪,韶、濩、武、象之乐⑫,阴淫案衍⑬之音,鄢郢

---

① 胶葛之㝢,一作"轇轕之宇",犹今言寥阔也;㝢,通"宇"。
② 虡,jù,兽名,悬钟磬之木,植者名虡,刻猛兽其上也。
③ 翠华之旗,以翠羽为旗上葆也。
④ 灵鼍之鼓,以鼍皮为鼓。
⑤ 陶唐,尧有天下之号。舞,尧乐咸池。一说,陶唐为"阴康"之误,《古今人表》有葛天氏、阴康氏,阴康氏之始,阴多滞伏湛积,其序民气郁阏,故作舞以宣导之。
⑥ 葛天氏,三皇时君号也。其乐三人持牛尾投足以歌八阕。
⑦ 巴渝,一作"巴俞",其人刚勇好舞,高祖用之可克平三秦,美其功力,后使乐府习之,因名巴渝舞。宋音宴女溺志。蔡人讴员三人。
⑧ 淮南,地名。干遮,曲名;干,一作"于"。
⑨ 文成,汉代县名,在今河北省卢龙县境,其县人善歌。颠,通"滇",汉代县名,在今四川,其民能作西南夷歌。
⑩ 铿鎗,金声;鎗,一作"锵"。闛鞈,tāngtà,鼓音。
⑪ 荆、吴、郑、卫之声,皆淫声。
⑫ 韶,舜乐;濩,汤乐;武,武王乐;象,周公乐,皆古乐。
⑬ 阴淫案衍,谓过而无节。

缤纷①，激楚结风②，俳优侏儒③，狄鞮④之倡，所以娱耳目乐心意者，丽靡烂漫于前。靡曼美色，若夫青琴、宓妃之徒⑤，绝殊离俗⑥，妖冶娴都⑦，靓妆刻饰⑧，便嬛绰约⑨，柔桡嬽嬽⑩，妩媚孅弱，曳独茧之褕袣⑪，眇阎易以恤削⑫，便姗嫳屑⑬，与俗殊服。芬芳沤郁⑭，酷烈淑郁；皓齿粲烂，宜笑的皪；长眉连娟⑮，微睇绵藐⑯；色授魂与⑰，心愉于侧。⑱

---

① 鄢郢，皆楚地。缤纷，交杂。谓楚歌楚舞交杂并进。
② 激楚，歌曲。结风，曲名。
③ 俳优，杂戏。侏儒，矮人。
④ 鞮，dī；狄鞮，西戎乐名。
⑤ 青琴，古神女。宓妃，伏羲氏女，溺死洛水，遂为洛水之神。
⑥ 绝殊离俗，指举世无双。
⑦ 妖冶娴都，谓姣好而闲雅；妖，一作"姣"；娴，一作"闲"。
⑧ 靓妆，粉白黛黑；妆，一作"庄"。刻饰，以胶刷鬓，使就理如刻画然也。
⑨ 便嬛，piánxuān，轻丽。绰约，婉约；绰，一作"菿"。
⑩ 嬽，yuān，柔桡嬽嬽，谓骨体软弱长艳貌。
⑪ 独茧，一茧丝也。褕，yú，襜褕，即短衣。袣，一作"袣"，yì，袖也。
⑫ 阎易，衣长大貌。恤削，衣服裁制宽窄称身。
⑬ 姗，xiān，嫳，piè；便姗嫳屑，言其行步安详；一作"媥姺徶屑"。
⑭ 沤郁，香气郁积，则其发愈烈，故以沤郁为言。
⑮ 连娟，曲细貌。
⑯ 绵藐，远视貌。
⑰ 色授魂与，谓彼色来授，魂往与接也。
⑱ 愉，乐也。此段置酒张乐。

汉文

"于是酒中乐酣，天子芒然①而思，似若有亡，曰：'嗟乎！此大奢侈！朕以览听余闲，无事弃日②，顺天道以杀伐③，时休息于此，恐后叶④靡丽，遂往而不返，非所以为继嗣创业垂统也。'于是乎乃解酒罢猎而命有司曰：'地可垦辟，悉为农郊，以赡萌隶。隳墙填堑，使山泽之人得至焉。实陂池而勿禁⑤，虚宫馆而勿仞⑥。发仓廪以救贫穷，补不足，恤鳏寡，存孤独。出德号，省刑罚，改制度，易服色，革正朔⑦，与天下为更始。'

"于是历吉日以斋戒⑧，袭朝服，乘法驾，建华旗，鸣玉鸾，游于六艺⑨之囿，驰⑩骛乎仁义之途，

---

① 芒然，犹惘然。
② 无事弃日，言闲居无事，是虚弃此日也。
③ 古者杀伐之事，必于秋时行之，故云顺天道也。
④ 后叶，一作"后世"。
⑤ 盖鱼鳖满陂池而不禁人取。
⑥ 仞，满也。言不聚人众其中也。
⑦ 革正朔，改以十二月为正，平旦为朔，从夏历也。
⑧ 洗心曰斋，防患曰戒。
⑨ 六艺，指儒家六经，《诗》《书》《礼》《乐》《易》《春秋》。
⑩ 驰，一本无。

览观《春秋》①之林。射《狸首》②,兼《驺虞》③;弋玄鹤,舞干戚④;载云罕⑤,揜群雅⑥;悲《伐檀》⑦,乐乐胥⑧;修容乎礼园,翱翔乎书圃;述易道,放怪兽;登明堂⑨,坐清庙⑩;次群臣,奏得失;四海之内,靡不受获⑪。于斯之时,天下大悦,乡风而听,随流而化;㷅然兴道而迁义⑫,刑错而不用;德隆于三王⑬,而功羡于五帝⑭;若此,故猎乃可喜也。若夫终日驰骋,劳神苦形;罢车马之用,抏士卒之精;

---

① 《春秋》,鲁史记之名,孔子所修,所以观成败,明善恶。
② 《狸首》,逸诗篇名,共二章。行射礼时诸侯歌《狸首》为发矢之节度。
③ 《驺虞》,《诗经·召南》之卒章,天子以为射节。
④ 干,盾。戚,斧。或谓疑当作"干羽"。
⑤ 罕,原指捕鸟用的长柄小网,后假借表示"稀少"之义。云罕,罼网也,出猎则载之于车。
⑥ 《诗经·小雅》之材七十四人,《大雅》之材三十一人,故曰群雅,盖网罗贤俊之意。
⑦ 《伐檀》,《诗经·魏风》篇名,其诗刺贤者不遇明主也。
⑧ 《诗经·小雅·桑扈》:"君子乐胥,万邦之屏。"胥,有才智之人。
⑨ 明堂,见《贾山至言》"明堂"注。
⑩ 清庙,太庙。
⑪ 言天下之人,皆受恩惠,岂直如田猎得兽而已。
⑫ 㷅,huì;㷅然,勃然兴起貌。迁,徙也。
⑬ 三王,夏禹、商汤、周文武也;一作"三皇"。
⑭ 羡,饶也。五帝,谓黄帝、颛顼、帝喾、尧、舜也;其说各书不同,此从《大戴礼》及《史记》。

汉文

费府库之财，而无德厚之恩；务在独乐，不顾众庶；忘国家之政，贪雉兔之获：则仁者不繇也。从此观之，齐楚之事，岂不哀哉！地方不过千里，而囿居九百，是草木不得垦辟而人无所食也。夫以诸侯之细，而乐万乘之侈，仆恐百姓被其尤也。"

于是二子愀然改容，超若自失，逡巡避席曰："鄙人固陋，不知忌讳，乃今日见教，谨受命矣！"

司马迁报任安书[①]

太史公、牛马走、司马迁[②]，再拜言。

少卿足下[③]：曩者，辱赐书，教以顺于接物，推

---

① 司马迁，汉代人，字子长，生于龙门，尝南游江淮，北涉汶泗；父谈为太史公，迁继父业；李陵降匈奴，武帝怒甚，迁极言其忠，遂下腐刑；乃紬金匮石室之书，上起黄帝，下止获麟，作《史记》百三十篇。任安，汉荥阳人，字少卿，尝为大将军卫青舍人，后为益州刺史，以太子事下狱。时迁为中书令，尊宠任职，安予迁书，责以推贤进士之义，迁报以此书。
② 太史公，即司马谈。谈为太史令，迁尊其父，故称曰太史公；一说太史令掌天文及国史，其职尊贵，与三公等，故谈及迁皆称太史公；又《通典》谓，秦有太史令，至汉武始置太史公，则太史公又为官名矣。走，仆也。牛马走，犹言掌牛马之仆，自谦之辞。
③ 足下，书翰中称人之敬词，战国时多以称人主，后为普通之称。

贤进士为务。意气勤勤恳恳①，若望仆不相师用而流俗人之言②。仆非敢如此也！虽罢驽，亦侧闻长者遗风矣。顾自以为身残处秽，动而见尤，欲益反损，是以抑郁而无谁语。谚曰："谁为为之？孰令听之③！"盖钟子期死，伯牙终身不复鼓琴④。何则？士为知己用，女为悦己容⑤，若仆，大质已亏缺矣⑥，虽才怀随和⑦，行若由夷⑧，终不可以为荣，适足以发笑而自点耳⑨。书辞宜答，会东从上⑩来，又迫贱事，相见日浅，卒卒无须臾之间⑪，得竭指意。今少卿抱

---

① 恳恳，至诚。
② 望，怨望。用而，一作"而用"，非。"而"犹"如"也，不相师用而流俗人之言，谓视少卿之言如流俗人之言而不相师用也。
③ 谁为，犹为谁也。言己假欲为善，当为谁为之乎，复欲谁听之乎。
④ 钟子期，伯牙，皆楚人。伯牙鼓琴，志在泰山，子期曰："巍巍乎若泰山！"既而志在流水，子期曰："汤汤乎志在流水！"及子期死，伯牙破琴绝弦，终身不复鼓，以无复知音者也。校订者按：汤，shāng；汤汤，水流盛貌。
⑤ 二句系战国时豫让语，见《战国策·赵策》。校订者按：《战国策·赵策一》：豫让遁逃山中，曰："嗟乎！士为知己者死，女为悦己者容。"
⑥ 大质，谓身也。言被腐刑。
⑦ 随和，随侯珠、和氏璧。
⑧ 由夷，许由、伯夷。
⑨ 点，辱也。
⑩ 上，指武帝，帝制时代对现帝之称。
⑪ 卒卒，读如"猝猝"，匆遽也。间，隙也。

汉文

不测之罪，涉旬月，迫季冬，仆又薄从上雍①，恐卒然不可讳②。是仆终已不得舒愤懑以晓左右，则长逝者魂魄私恨无穷。请略陈固陋。阙然久不报，幸勿过！③

仆闻之："修身者，智之府④也；爱施者，仁之端也；取予者，义之符⑤也；耻辱者，勇之决也；立名者，行之极也。"士有此五者，然后可以托于世，列于君子之林矣。故祸莫憯⑥于欲利，悲莫痛于伤心，行莫丑于辱先，诟莫大于宫刑⑦。刑余之人，无所比数，非一世也，所从来远矣！昔卫灵公与雍渠同载，孔子适陈⑧；商鞅因景监见，赵良寒心⑨；同

---

① 薄，读如"迫"，义亦同。雍，地名，汉时祭天作畤于此，在今陕西凤翔县西南南古城村。校订者按：畤，zhì，秦汉时祭祀天地五帝的祭坛。
② 卒然不可讳，谓骤死。
③ 此段浑叙报书之迟。
④ 府，所聚之处。
⑤ 符，符信。
⑥ 憯，通"惨"，痛也。
⑦ 宫刑，古五刑之一，割势。
⑧ 卫灵公，名元。孔子居卫，灵公与夫人南子同车出，令宦者雍渠参乘，使孔子为次乘，孔子耻之，去卫过曹。见《孔子家语》。此言"适陈"，未详。
⑨ 商鞅入秦，其始因嬖人景监以见，赵良以其所入不正而为之危。

子参乘，袁丝变色①：自古而耻之！夫中材之人，事有②关于宦竖，莫不伤气，况慷慨之士乎！如今朝廷虽乏人，奈何令刀锯之余荐天下豪俊哉！

仆赖先人绪业，得待罪辇毂下③，二十余年矣。所以自惟：上之，不能纳忠效信，有奇策才力之誉，自结明主；次之，又不能拾遗补阙，招贤进能，显岩穴之士；外之，不能备行伍，攻城野战④，有斩将搴旗之功；下之，不能累日积劳，取尊官厚禄，以为宗族交游光宠。四者无一遂，苟合取容，无所短长之效，可见于此矣。向者仆亦尝厕下大夫⑤之列，陪外廷末议，不以此时引维纲，尽思虑，今已亏形为扫除之隶，在阘茸⑥之中，乃欲卬首信眉，论列是非，不亦轻朝廷羞当世之士耶！嗟乎嗟

---

① 同子，宦官赵谈，与迁父同名，故讳曰同子。袁丝，袁盎。汉文帝尝令赵谈参乘，袁盎伏车前力谏。
② "有"字一本无。
③ 天子之车曰辇，故谓京师曰辇毂下。
④ 野战，一作"战野"。
⑤ 周官太史位下大夫，汉太史令千石，故比"下大夫"。
⑥ 阘茸，tàróng，猥贱。

汉文

乎！如仆，尚何言哉！①

　　且事本末未易明也，仆少负不羁之才②，长无乡曲之誉。主上幸以先人之故，使得奏薄技，出入周卫③之中。仆以为戴盆何以望天④？故绝宾客之知，忘⑤室家之业，日夜思竭其不肖之才力，务壹心营职，以求亲媚于主上。而事乃有大谬不然者！

　　夫仆与李陵⑥，俱居门下⑦，素非能⑧相善也。趋舍异路，未尝衔杯酒接殷勤⑨之欢。然仆观其为人自奇士，事亲孝，与士信，临财廉，取予义，分别有让，恭俭下人，常思奋不顾身，以殉国家之急。其素所蓄积也，仆以为有国士之风。夫人臣出万死不

---

① 此段因言荐士而自述被刑之辱。
② 负，言无此事。不羁，言不可羁系。
③ 周卫，言宿卫周密。
④ 戴盆何以望天，言宜专心职务，以自悉见。
⑤ 忘，一作"亡"。
⑥ 李陵，汉成纪人，字少卿，武帝时拜骑都尉，将步骑五千，与匈奴战，力竭而降。
⑦ 李陵少为侍中，侍中得入宫门，故谓之门下，太史令盖亦入宫门者，故曰俱居门下。
⑧ "能"字一本"无"。
⑨ 殷勤，一作"慇懃"。

顾一生之计，赴公家之难，斯已奇矣。今举事一不当，而全躯保妻子之臣，随而媒孽①其短，仆诚私心痛之！②且李陵提步卒不满五千，深践戎马之地，足历王庭③，垂饵虎口，横挑强胡，卬④亿万之师，与单于⑤连战十余日，所杀过当⑥，虏救死扶伤不给，旃裘⑦之君长咸震怖，乃悉征左右贤王⑧，举引弓之民⑨，一国共攻而围之。转斗千里，矢尽道穷，救兵不至，士卒死伤如积⑩。然陵一呼劳⑪军，士无不起躬流涕，沫⑫血饮泣，张空拳⑬，冒白刃，北首争死敌。陵未没时，使有来报，汉公卿王侯皆奉觞上寿。后

---

① 媒孽，谓构成其罪。
② 此段详叙李陵，痛其被冤。
③ 单于所居之处，号曰王庭。
④ 匈奴乘高而攻，故曰卬。
⑤ 单，chán；匈奴称其君长曰单于，广大之义也。
⑥ 陵战士少，而杀敌数多，故云"过当"。
⑦ 旃裘，匈奴所服，因称其酋。校订者按：旃，zhān，通"氈"，毛织物。
⑧ 左贤王及右贤王，皆匈奴贵职。
⑨ 言尽发其国之能引弓者。
⑩ 积，聚。
⑪ 劳，慰劳。
⑫ 沫，huì，古字作"頮"，洗面。言流血满面如盥洗。
⑬ 拳，juàn；空拳，谓空弓也。

汉文

数日陵败，书闻，主上为之食不甘味，听朝不怡。大臣忧惧，不知所出。仆窃不自料其卑贱，见主上惨悽怛悼①，诚欲效其款款②之愚。以为李陵素与士大夫绝甘分少，能得人之死力，虽古名将不过也，身虽陷败彼，观其意，且欲得其当而报汉③，事已无可奈何，其所摧败④，功亦足以暴⑤于天下。仆怀欲陈之，而未有路。适会召问，即以此指⑥，推言陵功，欲以广主上之意，塞睚眦之辞⑦。未能尽明，明主不深晓，以为仆沮贰师⑧，而为李陵游说，遂下于理⑨。拳拳⑩之忠，终不能自列，因为诬上，卒从吏议。家贫，货赂不足以自赎。交游莫救，左右亲近不为壹

---

① 惨悽怛悼，忧痛之意；怛，dá，悲痛。
② 款款，忠实貌。
③ 言欲在匈奴乘机立功，以抵其败罪。
④ 谓摧破匈奴之兵。
⑤ 暴，读如"曝"，暴露，显示。
⑥ 指，旨意。
⑦ 睚眦，张目忤视。言素不满于陵之毁言。
⑧ 沮，毁坏。贰师，李广利。贰师征匈奴，今陵为助，及陵与单于相值，而贰师无功，武帝疑迁欲沮贰师。
⑨ 理，治狱之官，景帝更廷尉名大理，武帝复为廷尉，此称理者，从旧名也。
⑩ 拳拳，忠谨貌。

言。身非木石，独与法吏为伍，深幽图圄①之中，谁可告诉者；此正少卿所亲见，仆行事岂不然邪？李陵既生降，隤其家声，而仆又茸以蚕室②，重为天下观笑。悲夫！悲夫！事未易一二为俗人言也！③

仆之先人，非有剖符丹书④之功，文史星历⑤，近乎卜祝之间，固主上所戏弄，倡优畜之，流俗之所轻也。假令仆伏法受诛，若九牛亡一毛，与蝼蚁何异；而世又不与能死节者比⑥，特以为智穷罪极，不能自免，卒就死耳。何也？素所自树立使然。人固有一死，死有重于泰山，或轻于鸿毛，用之所趣异也。太上⑦不辱先，其次不辱身，其次不辱理色⑧，其次不辱辞令，其次诎体受辱，其次易服受

---

① 图圄，周时狱名，图，令也，圄，与也，言令人幽闭思愆，改恶为善。
② 茸，推至其中。蚕室，养蚕之室，宜温而且密，腐刑患风，须入密室乃得全，因以为称。
③ 此段推说李陵之功，并述所以获罪之由。
④ 符，符节。剖，乃分半以与之，所以封功臣也。丹书，给功臣之券。
⑤ 文史星历，太史所掌之事。
⑥ 与，许也。言不能以死节许之。
⑦ 太上，最上之辞。
⑧ 理色，颜色。

汉文

辱，其次关木索、被箠楚受辱，其次剔毛发、婴[①]金铁受辱，其次毁肌肤、断肢体受辱，最下腐刑极矣！传曰"刑不上大夫[②]。"此言士节不可不厉也。猛虎处深山，百兽震恐，及其在阱槛之中，摇尾而求食，积威约之渐也。故士有画地为牢势不入，削木为吏议不对[③]，定计于鲜也[④]。今交手足，受木索，暴肌肤，受榜箠，幽于圜墙[⑤]之中。当此之时，见狱吏则头枪地[⑥]，视徒隶则心惕息[⑦]。何者？积威约之势也。及已至是[⑧]，言不辱者，所谓强颜耳，曷足贵乎！且西伯，伯也，拘牖里[⑨]；李斯，相也，

---

① 婴，缠绕。校订者按：婴，《说文》："颈饰也。"古以连贝为颈饰，后引申为系在颈上。
② 语见《礼记·曲礼》。
③ 画牢木吏，尚不可入对，况真者乎。
④ 鲜，明也。言未辱即自杀为鲜明也。校订者按："鲜"释为"鲜明"，义恐不确。《左传·昭公五年》："葬鲜者自西门。"杜预注："不以寿终为鲜。""定计于鲜"之"鲜"指受辱被杀，全句谓在被杀前拿定主意自杀也。
⑤ 圜墙，狱城。
⑥ 枪地，触地，言匍匐乞哀；枪，通"抢"。触，撞。
⑦ 惕，戒惧。息，喘息。
⑧ 及以至是，一作"及已至此"。
⑨ 西伯，周文王。牖里，殷狱名。殷纣拘文王于此，地在今河南省汤阴县。

具五刑①；淮阴，王也，受械于陈②；彭越、张敖，南面称孤，系狱抵罪③；绛侯诛诸吕，权倾五伯，囚于请室④；魏其，大将也，衣赭关三木⑤；季布为朱家钳奴⑥；灌夫受辱居室⑦。此人皆身至王侯将相，声闻邻国，及罪至罔⑧加，不能引决自裁⑨。在尘埃之中，古今一体，安在其不辱也！由此言之，勇怯，势也；强弱，形也。审矣！何足怪乎？且人不能早自裁

---

① 李斯，秦始皇相，始皇崩，赵高谮之二世，谓其谋反，受五刑而死。
② 淮阴，韩信。信为楚王，人有告信反，高祖用陈平谋，伪游云梦，信谒帝于陈，高祖执之，降为淮阴侯。
③ 彭越，汉初封梁王，人有告其谋反，夷三族。张敖，张耳子，嗣为赵王，人告其谋反，捕系之。南面，一作"南向"。抵罪，一作"具罪"。
④ 绛侯，周勃，平吕氏之乱，迎立孝文，后有告勃谋反者，遂被囚。请室，狱也。
⑤ 魏其，魏其侯窦婴也，为丞相田蚡所陷，论弃市。衣赭，着红衣，即穿囚服。三木，枷在颈，杻械在手足也。
⑥ 季布为楚将，数窘汉王，楚灭，高祖购求布千金，布乃髡钳至鲁朱家卖之。朱家鲁人，大侠也。
⑦ 灌夫，汉颍阴人，字仲孺，怒骂丞相田蚡，坐不敬，被系而死。
⑧ 罔，同"网"，罪网也。
⑨ 引决自裁，自杀。

绳墨之外，已稍陵夷①，至于鞭箠之间，乃欲引节，斯不亦远乎！古人所以重施刑于大夫者，殆为此也。

夫人情莫不贪生恶死，念亲戚，顾妻子。至激于义理者不然，乃有不得已也。今仆不幸早失二亲，无兄弟之亲，独身孤立。少卿视仆于妻子何如哉？且勇者不必死节，怯夫慕义，何处不勉焉②。仆虽怯懦欲苟活，亦颇识去就之分矣，何至自沉溺累绁③之辱哉！且夫臧获④婢妾，犹能引决，况若仆之不得已乎？所以隐忍苟活，函粪土之中而不辞者，恨私心有所不尽，鄙没世而文采不表于后也。⑤

古者富贵而名磨灭，不可胜记，唯倜傥⑥非常之人称焉。盖西伯拘而演《周易》⑦；仲尼厄而作

---

① 已稍陵夷，言已如丘陵之逶迤稍卑下也。
② 言勇者暗于分理，未必能死名节，怯夫能慕义，随处可自勉也。
③ 累绁，一作"缧绁"，léixèi，系人之索。
④ 臧获，奴婢。
⑤ 此段自述隐忍受辱不自引决之故。
⑥ 倜，tì；倜傥，卓异。
⑦ 文王被囚于羑里，演伏羲之八卦为六十四卦。

《春秋》[①]；屈原放逐，乃赋《离骚》[②]；左丘失明，厥有《国语》[③]；孙子膑脚，《兵法》修列[④]；不韦迁蜀，世传《吕览》[⑤]；韩非囚秦，《说难》《孤愤》[⑥]。《诗》三百篇，大抵贤圣发愤之所为作[⑦]也。此人皆意有所郁结，不得通其道，故述往事，思来者[⑧]。乃如左丘无目，孙子断足，终不可用，退论书策，以舒其愤，思垂空文以自见[⑨]。

仆窃不逊，近自托于无能之辞，网罗天下放失旧闻，考之行事，稽其成败兴坏之理[⑩]，上计轩

---

① 《孔子》周游列国，不为世用，乃退而作《春秋》。
② 屈原，见《贾谊吊屈原赋》"屈原"注。《离骚》，屈原被放后所作。"离骚"，犹罹忧也。
③ 左丘，姓也，名明；一说，左姓，丘明名。左丘明，鲁之太史，孔子作《春秋》，明述孔子之志而作传，又以传所未及，集为《国语》，后人因其失明，称为盲左。
④ 孙子，名膑，与庞涓同学兵法，涓忌其才，绐断其足。
⑤ 不韦，姓吕，战国末卫国濮阳人，为秦相，封文信侯，始皇立，迁之于蜀。《吕览》，一名《吕氏春秋》，不韦门下士所集作。
⑥ 韩非，战国时韩之诸公子，使于秦，为李斯所谗，仰药死。非著书名《韩非子》，《说难》《孤愤》，皆书中篇名。
⑦ 一本无"作"字。
⑧ 言令将来之人见己志。
⑨ 见，xiàn，现也。
⑩ 稽，计也。

辕①，下至于兹②，为十表③，本纪十二④，书八章⑤，世家三十⑥，列传七十⑦，凡百三十篇⑧。亦欲以究天人之际，通古今之变，成一家之言。草创未就，会遭此祸，惜其不成，是以就极刑而无愠色。仆诚以著此书，藏之名山，传之其人，通邑大都，则仆偿前辱之责，虽万被戮，岂有悔哉？然此可为智者道，难为俗人言也。⑨

且负下未易居⑩，上流多谤议。仆以口语遇遭此祸，重为乡党戮笑，污辱先人，亦何面目复上父母

---

① 轩辕，黄帝，《史记》始自《五帝本纪》，其首篇即黄帝。
② 兹，此时。
③ 十表者，《三代世表》《十二诸侯年表》《六国年表》《秦楚之际月表》《汉兴以来诸侯王年表》《高祖功臣侯者年表》《惠景间侯者年表》《建元以来侯者年表》《建元已来王子侯者年表》《汉兴以来将相名臣年表》。
④ 本纪十二者，《五帝本纪》《夏本纪》《殷本纪》《周本纪》《秦本纪》《秦始皇本纪》《项羽本纪》《高祖本纪》《吕太后本纪》《孝文本纪》《孝景本纪》《孝武本纪》。
⑤ 书八章者，《礼书》《乐书》《律书》《历书》《天官书》《封禅书》《河渠书》《平准书》。
⑥ 世家三十者，自《吴太伯》至《五宗》《三王》也。
⑦ 列传七十者，自《伯夷》至《货殖》及《太史公自序》。
⑧ 一本此句上无"上计轩辕"至"列传七十"一段。
⑨ 此段言著书欲以偿前辱。
⑩ 负下未易居，言负累之下未易居也；负，一作"贫"。

之丘墓乎？虽累百世，垢弥甚耳！是以肠一日而九回，居则忽忽若有所亡，出则不知所如往，每念斯耻，汗未尝不发背沾衣也。身直为闺阁之臣，宁得自引深藏于岩穴邪？故且从俗浮沉，与时俯仰，通其狂惑①。今少卿乃教以推贤进士，无乃与仆之私指谬乎？今虽欲自雕琢，曼②辞以自解，无益于俗，不信，只取辱耳，要之死日然后是非乃定。书不能尽意，故略陈固陋。谨再拜。③

路温舒尚德缓刑书④

臣闻齐有无知之祸，而桓公以兴⑤；晋有骊姬之难，而文公用伯⑥。近世赵王不终，诸吕作乱，而孝

---

① 知善不行者谓之狂，知恶不改者谓之惑。
② 曼，美也。
③ 此段重申忍辱之意，兼复来书。
④ 路温舒，汉钜鹿东里人，字长君，元凤中，廷尉解光以治诏狱，请温舒署奏曹掾，守廷尉史，昭帝崩，昌邑王贺废，宣帝初即位，温舒上此书，言宜尚德缓刑，帝善其言，迁广阳私府长。
⑤ 春秋时齐襄公无道，公子小白奔莒，子纠奔鲁。后公孙无知弑襄公，小白自莒先入得立，是为桓公。
⑥ 春秋时，晋献公伐骊戎，得骊姬，爱幸之，生子奚齐。姬欲立为己子，谮太子申生及公子重耳、夷吾。申生自杀，重耳、夷吾出奔。奚齐立，里克杀之，立夷吾，是为惠公。惠公卒，子怀公立。重耳入自秦，杀怀公而自立，是为文公。

汉文

文为太宗①。繇是观之，祸乱之作，将以开圣人也。故桓、文扶微兴坏，尊文、武之业，泽加百姓，功润诸侯，虽不及三王，天下归仁焉。文帝永思至德，以承天心，崇仁义，省刑罚，通关梁，一远近②，敬贤如大宾，爱民如赤子，内恕情之所安，而施之于海内，是以囹圄③空虚，天下太平。夫继变化之后，必有异旧之恩，此贤圣所以昭天命也。往者昭帝④即世而无嗣，大臣忧戚，焦心合谋，皆以昌邑尊亲，援而立之，然天不授命，淫乱其心，遂以自亡⑤。深察祸变之故，乃皇天之所以开至圣也。故大将军受命武帝⑥，股肱汉国，披肝胆，决大计，黜亡义，立有德，辅天而行，然后宗庙以安，天下咸宁。臣闻《春秋》正即位，大一统⑦而慎始也。陛

---

① 赵王，高祖宠姬戚夫人所生，名如意。惠帝立，吕后鸩杀如意。惠帝崩，吕后称制。诸吕谋危刘氏，大臣迎立代王恒，是为文帝。景帝时，丞相申屠嘉奏以孝文皇帝为太宗之庙。
② 一远近，言遐迩一体也。
③ 囹圄，见《司马迁报任安书》"囹圄"注。
④ 昭帝，武帝少子，名弗陵，在位十三年。
⑤ 昌邑，谓昌邑王贺，昭帝崩，霍光迎立之，淫乱，光废之。
⑥ 大将军，指霍光。武帝病笃，光受遗诏辅政。
⑦ 《公羊传·隐公元年》："何言乎王正月？大一统也。"谓王者受命，制正月以统天下，故云大一统。

下初登至尊，与天合符，宜改前世之失，正始受命之统，涤烦文，除民疾，存亡继绝，以应天意！①

臣闻秦有十失②，其一尚存，治狱之吏是也。秦之时，羞文学，好武勇，贱仁义之士，贵治狱之吏；正言者谓之诽谤，遏过者谓之妖言。故盛服先生③不用于世，忠良切言皆郁于胸，誉谀之声日满于耳；虚美熏心，实祸蔽塞。此乃秦之所以亡天下也。④

方今天下赖陛下恩厚，亡金革之危，饥寒之患，父子夫妻勠力安家，然太平未洽者，狱乱之也。夫狱者，天下之大命也，死者不可复生，绝者不可复属，《书》曰："与其杀不辜，宁失不经⑤。"今治狱吏则不然，上下相驱，以刻为明；深者获公名，平者多后患。故治狱之吏皆欲人死，非憎人

---

① 此段言宣帝初即位，宜有异恩。
② 十失，谓废封建、筑长城、铸金人、造阿房、焚书、坑儒、营骊山之冢、求不死之药、使太子监军、并用治狱之吏。
③ 盛服先生，谓儒者也，儒者褒衣大冠，故称。
④ 以上言秦之所以亡。
⑤ 语见《尚书·虞书》。经，常也。谓与其杀无罪之人，宁失不常之过也。

也，自安之道在人之死。是以死人之血流离于市，被刑之徒比肩而立，大辟①之计岁以万数，此仁圣之所以伤也。太平之未洽，凡以此也。②

夫人情安则乐生，痛则思死。箠楚之下，何求而不得？故囚人不胜痛，则饰辞以视③之；吏治者利其然，则指道以明之；上奏畏却④，则锻练而周内之⑤。盖奏当⑥之成，虽咎繇⑦听之，犹以为死有余辜。何则？成练者众，文致⑧之罪明也。是以狱吏专为深刻，残贼而亡极，媮为一切⑨，不顾国患，此世之大贼也。故俗语曰："画地为狱，议不入；刻木为吏，期⑩不对。"此皆疾吏之风，悲痛之辞也。故天

---

① 大辟，死刑。
② 以上言当时太平未洽之由。
③ 视，通"示"。
④ 却，退也。言畏为上所却退。
⑤ 锻练，本谓冶金，酷吏故入人罪，亦曰锻练；练，"炼"之借字。内，读如"纳"；周内，谓曲折周至，务纳之法中也。
⑥ 当，谓处其罪。
⑦ 咎繇，即皋陶，舜臣，善听狱讼，官士师。
⑧ 文致，谓深文而致其罪也。
⑨ 媮，通"偷"，苟且。一切，权时也。
⑩ 期，必也。

下之患，莫深于狱；败法乱正，离亲塞道，莫甚乎治狱之吏。此所谓一尚存者也。

臣闻乌鸢之卵不毁，而后凤凰集；诽谤之罪不诛，而后良言进。故古人有言："山薮藏疾，川泽纳污，瑾瑜匿恶，国君含诟①。"惟陛下除诽谤以招切言，开天下之口，广箴谏之路，扫亡秦之失，尊文武之德，省法制，宽刑罚，以废治狱，则太平之风可兴于世，永履和乐，与天亡极②，天下幸甚！③

刘向战国策序④

周室自文、武始兴，崇道德，隆礼义，设辟

---

① 语见《左传·宣公十五年》。薮，大泽。疾，毒害之物。瑾瑜，美玉。恶，玉之瑕。诟，耻病。
② 与天同长久，无穷极。
③ 此段极言治狱之惨，冀宣帝感悟。
④ 刘向，汉宗室，字子政，初为谏大夫，宣帝招选名儒才俊，向与焉，数上封事，以阴阳休咎论时政得失，语甚切直，元帝时，为中垒校尉，为外戚王氏及在位大臣所持，官终不迁，著有《洪范五行传》《列女传》《新序》《说苑》等书。《战国策》，本先秦诸人所记战国时事，刘向裒合为一编，名曰《战国策》，又名《长短书》，太史公作《史记》，即多采其文，本丛书另有选本。

汉文

雍、泮宫、庠序之教^①,陈礼乐、弦歌移风之化,叙人伦,正夫妇。天下莫不晓然论孝悌之义,惇^②笃之行。故仁义之道,满乎天下,卒致之刑措四十余年^③。远方慕义,莫不宾服,雅颂歌咏,以思其德。下及康昭^④之后,虽有衰德,其纲纪尚明。及春秋时,已四五百载矣,然其余业遗烈^⑤,流而未灭。五伯^⑥之起,尊事周室。五伯之后,时君虽无德,人臣辅其君者,若郑之子产^⑦,晋之叔向^⑧,齐之晏婴^⑨,

---

① 辟,bì。辟雍,天子之学,形圆,四面以水环之,《白虎通》:"辟者,璧也。象璧圆,以法天也,雍之以水,象教化流行也。"泮宫,诸侯之学;泮,一作"頖",《礼记》注:"頖之言班也,所以班政教也。"庠序,古学校名,殷曰序,周曰庠。
② 惇,dūn,敦厚。
③ 刑措者,民不犯法,刑废不用也。成康之世,天下安宁,刑措不用者四十余年。
④ 康昭,周康王、昭王也。康王,名钊,成王子,在位二十六年。昭王,名瑕,康王子,在位五十一年。
⑤ 烈,功绩、功业。
⑥ 五伯,春秋时霸诸侯之五人;伯,通"霸"。
⑦ 子产,春秋郑大夫,国氏,名侨,子产其字也,自郑简公时当国,历定公、献公、声公凡四十余年,介于晋楚两大国间,而不被兵。
⑧ 叔向,春秋晋大夫,羊舌氏,名肸,叔向为其字。博议多闻,能以礼让为国,仲尼称为遗直。
⑨ 晏婴,春秋齐大夫,字平仲,相齐景公,尽忠补过,名显诸侯。

挟君辅政，以并立于中国，犹以义相支持，歌说^①以相感，聘觐以相交，期会以相一，盟誓以相救。天子之命，犹有所行；会享之国，犹有所耻。小国得有所依，百姓得有所息。故孔子曰："能以礼让为国乎？何有^②？"周之流化，岂不大哉！^③

及春秋之后，众贤辅国者既没，而礼义衰矣。孔子虽论《诗》《书》，定《礼》《乐》，王道粲然分明，以匹夫无势，化之者七十二人而已^④，皆天下之俊也，时君莫尚^⑤之，是以王道遂用不兴。故曰："非威不立，非势不行。"^⑥

仲尼既没之后，田氏取齐^⑦，六卿分晋^⑧，道德

---

① 说，通"悦"。
② 语见《论语·里仁》篇。言能以礼让治国，治国何难。
③ 此段言周之流化。
④ 孔子弟子三千人，身通六艺者七十二人。
⑤ 尚，尊尚。
⑥ 此段言春秋后王道不兴之由。
⑦ 周安王时，田和始列为诸侯，其子午遂并齐，是为桓公。
⑧ 六卿，皆晋大夫，即范氏、智氏、中行氏、赵氏、魏氏、韩氏。晋末君权皆入六氏之手，后六氏又相吞并，成韩、魏、赵三国而晋亡。

大废，上下失序。至秦孝公①，捐礼让而贵战争，弃仁义而用诈谲，苟以取强而已矣。夫篡盗之人，列为侯王；诈谲之国，兴立为强。是以转相放效，后生师之，遂相吞灭，并大兼小，暴师经岁，流血满野；父子不相亲，兄弟不相安，夫妇离散，莫保其命，湣然②道德绝矣。晚世益甚，万乘之国七③，千乘之国五④，敌侔争权，盖为战国。贪饕无耻，竞进无厌；国异政教，各自制断；上无天子，下无方伯；力功争强，胜者为右；兵革不休，诈伪并起。当此之时，虽有道德，不得施谋；有设之强，负阻而恃固；连与交质，重约结誓，以守其国⑤。故孟子、孙卿儒术之士，弃捐于世⑥，而游说权谋之徒，见贵于俗。是以苏秦、张仪、公孙衍、陈轸、代、

---

① 秦孝公，见《贾谊过秦论》"秦孝公"注。
② 湣，通"闵"；湣然，伤念。
③ 七万乘国，秦、楚、齐、赵、韩、魏、燕也。
④ 五千乘国，宋、卫、中山、东周、西周也。
⑤ 言惟有强国之设备，始得负阻……以守其国。
⑥ 孟子，名轲，字子舆，战国邹人，受学于子思之弟子，尊王贱霸，世莫之用，后世称为亚圣。孙卿，即荀况，战国赵人，亦称荀卿，汉人或称曰孙卿，当时大儒，然仅为楚兰陵令而死。

厉之属①，主从横短长之说，左右倾侧。苏秦为从，张仪为横；横则秦帝，从则楚王；所在国重，所去国轻。②

然当此之时，秦国最雄，诸侯方弱，苏秦结之，时六国为一，以傧③背秦。秦人恐惧，不敢窥兵于关中④，天下不交兵者二十有九年。然秦国势便形利，权谋之士，咸先驰之。苏秦始欲横，秦弗用，故东合从。及苏秦死后，张仪连横，诸侯听之，西向事秦。是故始皇因四塞之固⑤，据崤函之阻⑥，跨陇蜀之饶⑦，听众人之策，乘六世⑧之烈，以蚕食六国，兼诸侯，并有天下。杖于谋诈之弊，终

---

① 苏秦，见《贾谊过秦论》"苏秦"注。张仪，见《东方朔答客难》"张仪"注。公孙衍，魏人，号犀首，以善说仕秦、魏二国。陈轸，见《贾谊过秦论》"陈轸"注。代厉，代、苏厉，皆苏秦弟，以能说名。
② 以上言战国弃仁义而尚攻战。
③ 傧，通"摈"，排斥。
④ 关中，见《贾谊过秦论》"关中"注。
⑤ 四境有天然之要塞为四塞。
⑥ 崤函，即"殽函"，见《贾谊过秦论》"殽函"注。
⑦ 陇，今甘肃地，蜀，今四川地，皆甚肥沃，秦并有之。
⑧ 六世，见《贾谊过秦论》"六世"注。

汉文

于信笃之诚，无道德之教，仁义之化，以缀天下之心。任刑罚以为治，信小术以为道。遂燔烧《诗》《书》，坑杀儒士，上小尧舜，下邈①三王。二世愈甚，惠不下施，情不上达；君臣相疑，骨肉相疏；化道浅薄，纲纪坏败；民不见义，而悬于不宁。抚天下十四岁，天下大溃，诈伪之弊也。其比王德，岂不远哉？孔子曰："道之以政，齐之以刑，民免而无耻；道之以德，齐之以礼，有耻且格②。"夫使天下有所耻，故化可致也。苟以诈伪偷活取容，自上为之，何以率下？秦之败也，不亦宜乎！③

战国之时，君德浅薄，为之谋策者，不得不因势而为资，据时而为，故其谋，扶急持倾，为一切之权，虽不可以临国教化，兵革救急之势也。皆高才秀士，度时君之所能行，出奇策异智，转危为安，运亡为存，亦可喜，皆可观！④

---

① 邈，通"藐"，轻视。
② 语见《论语·为政》。
③ 此段言秦以诈力并天下而终致败。
④ 此段言战国之士因时画策，亦有可取。

汉魏六朝文

王褒圣主得贤臣颂[①]

夫荷旃被毳者[②],难与道纯绵[③]之丽密;羹黎唅糗[④]者,不足与论太牢[⑤]之滋味。今臣僻在西蜀,生于穷巷之中,长于蓬茨之下[⑥],无有游观广览之知,顾有至愚极陋之累,不足以塞[⑦]厚望,应明指。虽然,敢不略陈愚而抒情素[⑧]。记曰:恭惟《春秋》法五始之要[⑨],在乎审己正统而已。

夫贤者,国家之器用也。所任贤,则趋舍省而

---

① 王褒,汉蜀人,字子渊,有俊材,益州刺史王襄奏之,征入都,宣帝诏为圣主得贤臣颂其意,褒因对此。
② 荷,负也。旃,通"毡"。被,披也。毳,cuì,鸟羽。荷旃被毳者,贫寒之人也。
③ 纯绵,不杂之绵。
④ 羹黎唅糗,言穷饿之人,黎,履黏也,黏以黍米,若今浆粉。糗,qiǔ,熬米麦成干粮也。校订者按:履黏,《尔雅翼·释草》:"古人作履,黏以黍米,谓之黎。"黎是用黍米做成的糊。
⑤ 太牢,牛羊豕也,牛羊豕之闲曰牢,故三牲具曰太牢。
⑥ 茨,cí;蓬茨之下,蓬茅所盖屋之下也。
⑦ 塞,当也。
⑧ 情素,犹本心也。
⑨ 恭,一作"共",两字相通。《春秋》称元年春王正月,公即位,元者,气之始;春者,四时之始;王者,受命之始;正月者,政教之始;公即位者,一国之始,是为五始。

汉文

功施普；器用利，则用力少而就效众。故工人之用钝器也，劳筋苦骨，终日矻矻①。及至巧冶铸干将②之朴，清水焠③其锋，越砥敛其锷④，水断蛟龙，陆剸⑤犀革，忽若彗氾画涂⑥。如此，则使离娄督绳，公输削墨⑦，虽崇台五增，延袤百丈，而不溷者⑧，工用相得也。庸人之御驽马，亦伤吻敝策⑨而不进于行，胸喘肤汗，人极马倦。及至驾啮膝⑩，骖乘旦⑪，王良执靶⑫，韩哀附舆⑬，纵骋驰骛，忽如影靡⑭，过都

---

① 矻，kū；矻矻，健作貌。
② 干将，见《贾谊吊屈原赋》"莫邪"注。
③ 焠，cuì，谓烧而纳水中以坚之也。
④ 砥石出南昌，故曰越也。锷，一作"咢"，剑刃。
⑤ 剸，tuán，截也。
⑥ 篲，一作"彗"，彗者，扫也。氾者，污也。涂者，泥也。谓如以帚扫秽，以刀画泥。
⑦ 离娄，黄帝时明目者。督，察视。绳与墨，皆为直之具。公输，姓，名般，亦称鲁般，鲁之巧人也，或以为鲁昭公之子云。
⑧ 溷，乱也。
⑨ 策，马棰。
⑩ 啮膝，良马名。
⑪ 乘旦，良马名；一说，乘旦当为"乘且"之误，"且"与"駔"同，乘駔，骏马。
⑫ 王良，古之善御者，即邮无恤，战国赵人。靶，谓辔也。
⑬ 韩哀，《吕氏春秋·审分览·勿躬》："寒哀作御"。"寒""韩"古字通，盖即一人。
⑭ 影靡，言如影之摇闪靡靡然。

越国，蹶如历块①；追奔电，逐遗风②，周流八极③，万里一息。何其辽④哉？人马相得也。故服绨绤之凉者，不苦盛暑之郁燠；袭狐貉⑤之暖者，不忧至寒之悽怆，何则？有其具者易其备。贤人君子，亦圣王之所以易海内也。是以呕喻⑥受之，开宽裕之路，以延天下英俊也。

夫竭智附贤者，必建仁策；索人求士者，必树伯⑦迹。昔周公躬吐捉之劳⑧，故有囹空⑨之隆；齐桓设庭燎之礼⑩，故有匡合⑪之功。由此观之，君人者勤于求贤而逸于得人⑫。人臣亦然。昔贤者之未遭遇

---

① 蹶如历块，如经历一土块，言其超越之疾也。
② 言风之遗於后者，焉能追及也。
③ 八极，八方极远之地。
④ 辽，谓所行远。
⑤ 狐貉，一作"貉狐"。
⑥ 呕，xū；呕喻，和悦貌。
⑦ 伯，通"霸"。
⑧ 周公一饭三吐食，一沐三握发以宾贤士。
⑨ 囹空，言刑措不用，囹圄空虚也。
⑩ 古者国有大事，夜则以薪燃火以照众，谓之庭燎。齐桓公设庭燎求士而不至，东野人有以九九见者，桓公不纳，其人曰："九九小术，而君不纳之，况大于九九者乎！"桓公礼之，期月，四方之士并至。
⑪ 匡合，谓桓公一匡天下，九合诸侯。
⑫ 言得人则逸。

汉文

也，图事揆策^①则君不用其谋，陈见悃^②诚则上不然其信，进仕不得施效，斥逐又非其愆。是故伊尹勤于鼎俎^③，太公困于鼓刀^④，百里自鬻^⑤，甯子饭牛^⑥，离^⑦此患也。及其遇明君遭圣主也，运筹合上意，谏诤即见听，进退得关^⑧其忠，任职得行其术，去卑辱奥渫^⑨而升本朝，离蔬释蹻^⑩而享膏粱，剖符锡壤而光祖考，传之子孙，以资说士^⑪。故世必有圣知之君，而后有贤明之臣。虎啸而冽风，龙兴而致云，蟋蟀俟秋吟，蜉蝣^⑫出以阴。《易》曰："飞龙

---

① 揆，揣度。
② 悃，至诚。
③ 伊尹，汤之贤相。汤三聘始就；一说谓其负鼎佩刀以干汤。
④ 太公，周吕尚。或言其微时屠牛朝歌。
⑤ 百里，百里奚也，为秦穆公贤臣。自鬻，见《孟子·万章上》；鬻，yù，卖。
⑥ 甯子，甯戚，齐桓公贤臣。桓公夜出，甯戚于车下饭牛，击牛角而歌，桓公召与语，说之，以为大夫。
⑦ 离，遭受，通"罹"。
⑧ 关，通也。
⑨ 奥，幽也。渫，污浊。言不彰显。
⑩ 蔬，蔬食，一作"疏"。蹻，本木屦，此言以绳为之者。
⑪ 言谈说之士传以为资也。
⑫ 蜉蝣，虫名，朝生而夕死。

在天，利见大人①。"《诗》曰："思皇多士，生此王国②。"故世平主圣，俊乂③将自至，若尧、舜、禹、汤、文、武之君，获稷、契、皋陶、伊尹、吕望之臣，明明④在朝，穆穆⑤列布，聚精会神，相得益章。虽伯牙操递钟⑥，逢门子弯乌号⑦，犹未足以喻其意也。

故圣主必待贤臣而弘功业，俊士亦俟明主以显其德。上下俱欲，欢然交欣，千载一合，论说无疑，翼乎如鸿毛过顺风，沛乎若巨鱼纵大壑，其得意若此，则胡禁不止，曷令不行？化溢四表，横被无穷，遐夷贡献，万祥毕溱⑧。是以圣王不遍窥望而

---

① 《易·乾卦》爻辞。
② 见《诗经·大雅·文王》。思，语辞。皇，美也。言美哉此众多贤士，生此周王之国。
③ 俊乂，贤良。
④ 明明，明智、明察貌。
⑤ 穆穆，仪容言语和美。
⑥ 递，一作"递"；递钟，琴名。
⑦ 逢门子，即逢蒙，学射于羿而尽其术者。乌号，见《司马相如子虚赋》"乌号"注。
⑧ 溱，通"臻"，至，到。

视已明,不单[1]倾耳而听已聪;恩从祥风翱,德与和气游,太平之责塞,优游之望得;遵游自然之势,恬淡无为之场,休徵自至,寿考无疆,雍容垂拱,永永万年,何必偃卬诎信若彭祖[2],呴嘘呼吸如乔、松[3],眇然绝俗离世哉!《诗》云:"济济多士,文王以宁[4]。"盖信乎其以宁也。

王褒僮约

蜀郡王子渊以事到湔[5],止寡妇杨惠舍。惠有夫时奴名便了,子渊倩奴行酤酒[6],便了拽大杖上夫冢巅,曰:"大夫买便了时,但要守冢,不要为他人男子酤酒。"子渊大怒,曰:"奴宁欲卖耶?[7]"惠

---

① 单,通"殚",尽极。
② 偃卬,犹俯仰。诎信,即屈伸。彭祖,上古陆终氏第三子籛铿,尧臣,封于彭城,历虞、夏至商七百岁。
③ 乔、松,谓王乔、赤松子,皆仙人。
④ 二句见《贾山至言》注。
⑤ 蜀郡,秦灭古蜀国置。汉因之,属益州,自后以蜀为四川的别称。子渊,褒字。湔,jiān,地名,秦置湔氏县,汉改湔氏道,属蜀郡,故城在今四川省松潘县西北。
⑥ 倩,雇,请。酤酒,买酒。
⑦ 言欲卖此奴否。

曰："奴大忤人①，人无欲者。"子渊即决买券云云②。奴复曰："欲使皆上券③，不上券，便了不能为也。"子渊曰："诺。"

券文曰：

"神爵④三年正月十五日，资中⑤男子王子渊从成都安志里女子杨惠买亡夫时户下髯奴便了，决贾⑥万五千。奴当从百役使，不得有二言。晨起早扫，食了⑦洗涤。居当穿臼缚帚，裁盂凿斗⑧。浚渠缚落⑨，锄园斫陌⑩。杜埤地⑪，刻大枷⑫，屈竹作杷⑬，削

---

① 大忤人，甚忤人也。
② 云云，如何如何也，但口约而未笔书。
③ 言皆书之券中。
④ 神爵，汉宣帝（刘询）年号，公元前61—前58年。
⑤ 资中，今四川省资中县。
⑥ 贾，同"价"。
⑦ 食了，食事毕。
⑧ 穿、裁、凿，皆制造之意，各因其器而异词。
⑨ 落，篱落。
⑩ 陌，田间道。
⑪ 杜，塞也。埤，bì，低洼潮湿之地。杜埤地，谓修治下湿之地也。
⑫ 枷，打谷具，俗称连枷。
⑬ 杷，收麦器；一曰平田器。

汉文

治鹿卢[1]。出入不得骑马载车，跂坐大呶[2]。下床振[3]头，捶[4]钩刈刍，结苇臘纑[5]。汲水酪[6]，佐酢醹[7]。织履作粗[8]，黏[9]雀张乌，结网捕鱼，缴[10]雁弹凫。登山射鹿，入水捕龟。后园纵养雁鹜百余。驱逐鸱鸟，持梢牧猪。种姜养芋，长育豚驹。粪除堂庑[11]，餧食马牛[12]。鼓四起坐，夜半益刍。二月春分，被堤杜疆[13]，落桑皮棕[14]。种瓜作瓟[15]，别茄披葱[16]。焚槎发芋[17]，

---

[1] 鹿卢，即辘轳，汲水之器，以轴置木架上，一端悬重物，一端贯长毂，上悬汲水之斗，并有曲木，用手转之，以取汲器者也。
[2] 跂，jī，跂坐，犹箕踞，谓曲两脚，其形如箕也。呶，náo，喧哗。
[3] 振，整理。
[4] 捶，通"锤"，锻打。
[5] 臘，liè，两面刃。纑，麻缕。臘纑，谓以刀治纑也。
[6] 酪，乳浆。
[7] 酢醹，cúmú，美味羹浆。
[8] 粗，粗制之衣。
[9] 黏，以胶着之，使不得脱。
[10] 缴，以绳系矢而射也。
[11] 堂庑，堂下周屋。
[12] 餧，俗作喂。食，sì。
[13] 被堤，塞漏。杜疆，修篱。
[14] 落桑，剪桑。皮棕，剥棕皮。
[15] 瓟，葫芦。剖之可为瓢，故曰作瓟。
[16] 别、披，皆分栽之意。
[17] 槎，伐木余也，斜曰槎。发芋，蜀土收芋，皆窖藏之，至春乃发。

垄集破封①。日中早蔉②,鸡鸣起舂。调治马户③,兼落④三重。

舍中有客,提壶行酤,汲水作餔⑤。涤杯整盌⑥,园中拔蒜,断苏⑦切脯。筑肉臛芋⑧。脍鱼炰鳖⑨,烹茶尽具。已而盖藏,关门塞窦。喂猪纵犬,勿与邻里争斗。奴但当饭豆⑩饮水,不得嗜酒。欲饮美酒,唯得染唇渍⑪口,不得倾盂覆斗。不得辰出夜入,交关⑫併偶。

舍后有树,当裁作船。上至江州⑬下至湔,主为府掾⑭求用钱。推访垩⑮,贩棕索。绵亭⑯买席,往

---

① 垄集破封,治田事也。
② 蔉,wèi,晒干。
③ 马户,水门也,蜀每以落置水流养鱼,欲食乃取之。
④ 落,通"络"。
⑤ 餔,bū,夕食,申时食。
⑥ 盌,即碗。
⑦ 苏,紫苏,性行气和血,故名。
⑧ 筑,捣也。臛,huò,肉羹。
⑨ 脍,细切也。炰,páo,裹物而烧也。
⑩ 饭豆,以豆为饭。
⑪ 渍,zì,稍浸润也。
⑫ 交关,关通。
⑬ 江州,故城在今重庆市江北区一带。
⑭ 掾,yuàn;府掾,府属官。
⑮ 访,当为"纺"之讹。垩,è,白土。
⑯ 绵亭,盖地名,不详其处。

来都落,当为妇女求脂泽,贩于小市,归都担枲①。转出旁蹉②。牵犬贩鹅。武都③买茶,杨氏④担荷,往来市聚,慎获奸偷。入市不得夷蹲⑤旁卧,恶言丑骂。多作刀矛,持入益州⑥,货易羊牛。奴自教精慧,不得痴愚。

持斧入山,断輮⑦裁辕。若有余残,当作俎几木屐,及犬彘盘⑧。焚薪作炭,礌石薄岸⑨。治舍盖屋,削书代牍。日暮欲归,当送干柴两三束。四月当披⑩,九月当获,十月收豆。抡麦窖芋⑪。南安⑫拾栗采橘,持车载辏⑬。多取蒲苎,益作绳索。雨堕

---

① 都,通"途"。枲,xǐ,大麻雄株。
② 蹉,市名。
③ 武都,汉县,在今甘肃西和县,出茶。
④ 杨氏,池名,出荷。
⑤ 夷蹲,展足屈下似坐也。
⑥ 益州,汉郡名,治滇池,今云南省昆明市晋宁区。
⑦ 輮,车辋;辋,车轮之外周。
⑧ 犬彘盘,狗和猪槽。
⑨ 礌石薄岸,竹笼盛石以薄岸也;礌,当作"累"。
⑩ 披,分栽,如分秧之类。
⑪ 抡,种。窖芋,见前本文"发芋"注。
⑫ 南安,汉县,在今四川省夹江县西北,出橘。
⑬ 持车载辏,载车以往求利之意,犹赶集之类。

无所为，当编蒋织薄①。种植桃李，梨柿柘桑，三丈一树，八树为行。果类相从，纵横相当。果熟收敛，不得吮尝。犬吠当起，惊告邻里。枨门柱户②，上楼击鼓③。荷盾曳矛，还落三周④。勤心疾作，不得遨游。

奴老力索⑤，种莞⑥织席。事讫休息，当舂一石。夜半无事，浣衣当白。若有私钱，主给宾客⑦。奴不得有奸私，事事当关白。奴不听教，当笞一百。"

读券文适讫，词穷咋索。仡仡⑧叩头，两手自搏。目泪下落，鼻涕长一尺。审如王大夫所言，不如早归黄土陌，丘蚓钻额。早知当尔，为王大夫酤酒，真不敢作恶！

---

① 蒋，菰蒲。薄，当作"箔"，竹帘。
② 枨，chéng，门两旁长木。枨门柱户，即紧关门户之意。
③ 汉时官不禁报怨，民家皆高楼置鼓其上，有急即上楼击鼓，以告邑里，令救取也。
④ 还，环也。落，篱落。
⑤ 索，尽、空。
⑥ 莞，蒲草，茎可织席。
⑦ 言主人以供应宾客之用。
⑧ 仡，wù；仡仡，不安。

汉文

扬雄反离骚[①]

有周氏之蝉嫣[②]兮，或鼻祖于汾隅[③]，灵宗初谍伯侨兮[④]，流于末之扬侯[⑤]。淑周楚之丰烈兮[⑥]，超既离乎皇波[⑦]，因江潭而泍记兮[⑧]，钦吊楚之湘累[⑨]。

---

① 扬雄，汉成都人，字子云，少好学，口吃不能剧谈，好深湛之思，长于词赋，多仿司马相如，成帝时召对，奏《甘泉》《长杨》《河东》《羽猎》四赋，除为郎，给事黄门，与王莽、刘歆并，及莽篡位，转为大夫，寻卒，著有《太玄》《法言》《方言》等书。雄怪屈原文过相如，至不容，作《离骚》自投江而死，悲其文，以为君子得时则大行，不得时则龙蛇，遇不遇命也，何必沉身哉，乃作书往往摭《离骚》而反之，自岷山投诸江流以吊原，名曰《反离骚》。
② 蝉嫣，连也，言与周氏亲连。
③ 鼻祖，初祖。雄自言系出周氏而食采于扬，汾隅，扬邑。
④ 以出自有周，为神灵后裔，故曰灵宗。谍，通"牒"，谱牒。伯侨，周之庶。言从伯侨以来，可得而叙也。
⑤ 周衰，扬氏有号为扬侯者。
⑥ 淑，善也。言去汾隅从巫山得周楚之美烈。
⑦ 超，速也。离，历也。皇，大也。言其先祖所居，经河及江，经历大波。
⑧ 潭，xún，通"浔"，水边。泍，wǎng，同"往"，以其去水中，故从水。记，谓吊文也。泍记，言乘水而往，投书以吊也。
⑨ 钦，敬也。诸不以罪死曰累。屈原赴湘死，故曰湘累。校订者按：下文径直以"累"指屈原。

惟天轨之不辟兮①,何纯絜而离纷②!纷累以其湠沔③兮,暗累以其缤纷④。汉十世之阳朔兮⑤,招摇纪于周正⑥,正皇天之清则⑦兮,度后土之方贞⑧。图⑨累承彼洪族兮,又览累之昌辞⑩,带钩矩而佩衡兮⑪,履欃枪以为綦⑫。素初贮厥丽服兮⑬,何文肆而质籧⑭,

---

① 天轨,天路。辟,开辟。
② 纯絜,纯粹贞洁。絜,同"潔","潔"简化为"洁"。离,遭也。纷,难也。此二句言天路不开,使纯洁之人遭此难也。
③ 湠沔,tiǎnniǎn,秽浊。
④ 暗,身晦而不光也。缤纷,谓谗慝交加也。
⑤ 十世,自高祖至成帝。阳朔,成帝年号,于八年改称。
⑥ 招摇,斗杓星,主天时。周正,十一月也。言己以此时吊原。
⑦ 清则,清正法则也,十一月为岁首,天之正也。
⑧ 方贞,贞正也,十一月坤体成,故方贞。此雄自论己心所履行,取法天地。
⑨ 图,按其本系之图书。校订者按:洪,大也。屈原与楚王同族,故称洪族。
⑩ 昌辞,美辞。
⑪ 钩,规也。矩,方也。衡,平也。
⑫ 欃枪,妖星也。綦,履下饰。言原虽佩带方平之行,而蹈恶人迹,以致放逐也。
⑬ 贮,积也。丽服,指《离骚》中"江离、辟芷、佩秋兰"等。
⑭ 文肆,言其文辞放肆也。质籧,言其性质狷狭,愤恨自沉。籧,xiè,褊狭。

汉文

资姬娃之珍髢兮①,鬻九戎而索赖②。

  凤皇翔于蓬隋③兮,岂鴐鹅之能捷④!骋骅骝以曲囏兮⑤,驴骡连蹇而齐足⑥。枳棘之榛榛兮⑦,蝯貁拟而不敢下⑧。灵修既信椒兰之唊佞兮⑨,吾累忽焉而不蚤睹。衿芰茄之绿衣兮⑩,被夫容⑪之朱裳,芳酷烈而莫闻兮,固不如襞而幽之离房⑫。闺中容竞淖约兮⑬,相态以丽佳⑭,知众嫭⑮之嫉妒兮,何必扬累之蛾眉⑯。懿神龙之渊潜,竢庆云而将举,亡

---

① 姬娃,姬,jū,古美女闾姬、吴娃。髢,dí,假发。珍髢,珍好之发。
② 索赖,无所利也。言原以高行仕楚,犹资美女之髢,卖于九戎,无所利也。
③ 隋,通"渚"。蓬隋,蓬莱之渚,在海中。
④ 捷,及也。
⑤ 骅骝,骏马名,其色如华而赤。囏,古"艰"字;曲囏,屈曲艰阻。
⑥ 蹇,驽劣之意。言骅骝骋曲艰中,则与驴骡同劣而齐之。
⑦ 枳木高而多刺。榛榛,梗秽貌。
⑧ 蝯,善攀援。貁,似猴,仰鼻而长尾。拟,疑也。
⑨ 灵修,楚王。椒兰,谓令尹子椒及子兰也。唊,qiè;唊佞,谮言。
⑩ 衿,带也。芰,jì,菱角。茄,《尔雅·释草》:"荷,其茎茄。"
⑪ 夫容,即芙蓉。
⑫ 襞,bì,折叠衣裙。离房,别房。
⑬ 淖,chuò,通"绰";绰约,善容止也。
⑭ 相态以丽佳,言竞为佳丽之态以相倾也。
⑮ 嫭,hù,美貌。
⑯ 《离骚》:"众女嫉余之蛾眉。"言原既知众女嫉妒,何必扬己之蛾眉。

春风之被离兮，孰焉知龙之所处？愍吾累之众芬兮，扬爗爗之芳苓①，遭季夏之凝霜兮，庆夭悴而丧荣②。横江湘以南泝兮，云走乎彼苍吾③，驰江潭之泛溢兮，将折衷乎重华④。舒中情之烦或⑤兮，恐重华之不累与⑥，陵阳侯之素波兮⑦，岂吾累之独见许⑧。

精琼靡与秋菊兮⑨，将以延夫天年；临汨罗⑩而自陨兮，恐日薄于西山⑪。解扶桑之总辔兮⑫，纵令之遂奔驰⑬，鸾皇腾而不属兮，岂独飞廉与云

---

① 爗，同"爗（烨）"，yè；爗爗，光盛貌。苓，香草名。
② 庆，通"羌"，发语辞。
③ 苍吾，山名，即"苍梧"，又称"九嶷"，在湖南省宁远县，相传舜崩逝并葬于苍梧之野。
④ 重华，舜号。原将启质圣人，陈己情要也。
⑤ 烦或，同"烦惑"。
⑥ 舜能避父害以全身，资于事父以事君，恐不许原之所为。
⑦ 陵，乘也。阳侯，古诸侯，以罪投江，神为大波。
⑧ 言原遇同阳侯，岂独见许。
⑨ 精，细。琼靡，犹言玉屑。琼靡、秋菊，皆《离骚》中语。
⑩ 汨罗，见《贾谊吊屈原赋》"汨罗"注。
⑪ 言原既养秋菊等欲以延年，何又以为日暮而沉汨罗，其言行殊相反。
⑫ 扶桑，日所拂木也。总，结也。
⑬ 《离骚》："总余辔于扶桑。"言何又解君辔使遂奔驰而自沉乎。

汉文

师^①！卷薜芷与若蕙兮，临湘渊而投之；棍^②申椒与菌桂兮，赴江湖而沤^③之。费椒稰以要神兮，又勤索彼琼茅，违灵氛^④而不从兮，反湛身于江皋！累既攀夫傅说兮^⑤，奚不信而遂行^⑥？徒恐鹈鴂之将鸣兮，顾先百草为不芳^⑦！初累弃彼虙妃兮，更思瑶台之逸女^⑧，抨雄鸩以作媒兮^⑨，何百离而曾不一耦！乘云蜺之旖旎^⑩兮，望昆仑以樛流^⑪，览四荒而顾怀

---

① 飞廉，风伯。云师，丰隆。言既纵之，虽鸾皇迅飞，亦无所及，岂独飞廉、云师。
② 棍，大束也，当作"捆"，《方言》："捆，同也，宋卫之间语。"
③ 沤，渍也。
④ 灵氛，古之善占者。《离骚》有椒稰茅要神，欲从灵氛吉占等语，此言既不从其占，何必费椒稰而勤琼茅。
⑤ 说，通"悦"；傅说，殷高宗贤相。
⑥ 行，去也。
⑦ 鹈鴂，tíguì，即杜鹃，一名子规，常以立夏鸣，鸣则众芳皆歇。言终以自沉，何惜芳草而忧杜鹃。
⑧ 虙妃，见《司马相如上林赋》"宓妃"注。此亦《离骚》语，言其执心不定。
⑨ 抨，bēng，使也。雄鸩，《离骚》作"雄鸠"。此亦《离骚》语。
⑩ 旖旎，云貌；旎，一作"柅"。
⑪ 昆仑，山名，即昆仑山。樛流，犹周流也。《离骚》有阆风缥马语，阆风在昆仑山上，此故云。

兮，奚必云女彼高丘①？既亡鸾车之幽蔼②兮，焉驾八龙之委蛇③，临江濑而掩涕兮，何有《九招》与《九歌》④？

夫圣哲之不遭兮，固时命之所有；虽增欷以於邑兮⑤，吾恐灵修之不累改⑥。昔仲尼之去鲁兮，斐斐⑦迟迟而周迈，终回复于旧都兮，何必湘渊与涛濑⑧！溷渔父之餔歠兮，絜沐浴之振衣⑨，弃由聃之所珍兮，蹠彭咸之所遗⑩！

---

① 《离骚》："哀高丘之无女。"女，仕也。高丘，谓楚也。言何必仕于楚也。
② 幽蔼，犹晻蔼也，盛貌。
③ 委蛇，从容自得之貌。既无鸾车，则不得云驾八龙也。
④ 招，通"韶"；《九招》，古逸诗名，帝喾之世，咸墨为颂，以歌《九招》。《九歌》，原所作。二句讥原哀乐不相副。
⑤ 增，重也。欷，叹声。於，wū；於邑，短气也。
⑥ 言原虽自叹於邑，而楚王终不改寤也。校订者按：叹邑，也作"叹悒"，感叹悲伤。
⑦ 斐斐，往来貌。
⑧ 涛濑，谓大波与急流。
⑨ 溷，以为溷浊也。餔歠，būchuò，谓食与饮也。详见《楚辞·渔父》。
⑩ 由聃，许由、老聃也，二人守道，不污于俗，皆能保己全身。蹠，zhí，蹈也。彭咸，殷介士，不得志而投江死。言原不能慕许由、老聃之高踪，而蹈彭咸遗迹。

汉文

扬雄解嘲①

客嘲扬子曰："吾闻上世之士，人纲人纪②，不生则已，生则上尊人君，下荣父母，析③人之圭，儋④人之爵，怀人之符，分人之禄，纡青拖紫⑤，朱丹其毂⑥。今子幸得遭明盛之世，处不讳之朝，与群贤同行⑦，历金门上玉堂有日矣⑧，曾不能画一奇，出一策，上说人主，下谈公卿。目如燿星，舌如电光，一从一横⑨，论者莫当，顾默而作《太玄》五千

---

① 汉哀帝时，外戚丁、傅、嬖臣董贤用事，依附者皆得显官，时雄方草《太玄》，有以自守，恬不为意，人或嘲其作不成，名为玄而色犹白，雄解之，号曰《解嘲》。
② 人纲人纪，为众人之纲纪。
③ 析，分也。
④ 儋，荷负。
⑤ 纡青拖紫，谓印绶之色也。汉制，公侯紫绶，九卿青绶。校订者按：纡，yū，系结。
⑥ 朱丹其毂，汉制，吏二千石朱两幡。
⑦ 同行，谓同行列。
⑧ 金门，金马门也，汉未央宫前有铜马，故曰金马门。玉堂，殿宇，未央宫有殿阁三十二，椒房、玉堂在其中。
⑨ 从横，"从"通"纵"，本于苏秦、张仪之约从连横，意犹辩才也。

文①,枝叶扶疏②,独说数十余万言,深者入黄泉,高者出苍天,大者含元气,细者入无伦③。然而位不过侍郎④,擢才给事黄门⑤。意者玄得毋尚白乎?何为官之拓落也⑥。"

扬子笑而应之曰:"客徒欲朱丹吾毂,不知一跌将赤吾之族也⑦!往者周网解结,群鹿争逸,离为十二⑧,合为六七⑨,四分五剖,并为战国。士无常君,国无定臣,得士者富,失士者贫,矫翼厉翮,恣意所存,故士或自盛以橐⑩,或凿坏以遁⑪。是

---

① 雄以为经莫大于《易》,拟之作《太玄》。
② 扶疏,繁茂纷披貌。
③ 细者入无伦,言纤微之甚,无等伦。
④ 侍郎,见《东方朔答客难》"侍郎"注。
⑤ 黄门,官署之称,宫门黄色,给事于黄门之内,故以名官。言升擢仅至黄门官。
⑥ 尚,犹也。拓落,失意、不得志。言虽言玄,得无未造玄之极,其色犹白乎,盖嘲其学犹未至,故不显达也。
⑦ 跌,失足。见诛杀者必流血,故云赤族;一说,尽杀无遗也。
⑧ 十二,指春秋十二国,见《东方朔答客难》"十二国"注。
⑨ 六七,齐、燕、楚、韩、赵、魏之六,及秦七也。
⑩ 自盛以橐,或谓范雎入之秦,藏于橐中,按《范雎传》无橐盛事,疑指伍子胥橐载而出昭关言。
⑪ 坏,péi,同"阫",屋后墙也,鲁君欲相颜阖,使人以币先焉,阖凿坏以遁。

汉文

故邹衍以颉颃而取世资①,孟轲虽连蹇②,犹为万乘师。今大汉左东海③,右渠搜④,前番禺⑤,后陶涂⑥。东南一尉⑦,西北一候⑧。徽以纠墨⑨,制以锧鈇⑩,散以礼乐,风以《诗》《书》,旷以岁月,结以倚庐⑪。天下之士,雷动云合,鱼鳞杂袭,咸营于八区⑫,家家自以为稷契⑬,人人自以为皋陶⑭,戴继⑮垂缨而谈者

---

① 邹衍,齐人,著书所言多天事,齐人号为"谈天衍",仕于齐,位至卿。颉颃,奇怪之辞。
② 孟轲,即孟子。连蹇,难也,言值世之屯难也。
③ 东海,会稽东海也。在东,故曰左。
④ 渠搜,西戎国也,在西,故曰右。
⑤ 番禺,即"番禺",今属广东省广州市。
⑥ 陶涂,渔阳之北界;一说,为北方国名。
⑦ 东南一尉,会稽东部都尉也。
⑧ 西北一候,中部都尉治敦煌步广候官,张掖属国有候官城。
⑨ 徽,束也。纠墨,绳也。
⑩ 锧,zhì,古代腰斩犯人所用之铡刀底坐。鈇,fū,铡刀;锧鈇,谓斩腰之刑。
⑪ 倚庐,倚墙至地而为之,无楣柱。汉律以不为亲行三年服,不得选举,结为倚庐,以结其心;一说,倚庐,或即田庐。
⑫ 八区,八方。
⑬ 稷契,皆舜臣,稷名弃,为周始祖,契为商始祖。
⑭ 皋陶,见《路温舒尚德缓刑书》"咎繇"注。
⑮ 继,xǐ,同"纚",束发之布帛。

皆拟于阿衡①，五尺童子羞比晏婴与夷吾②；当途者升青云，失路者委沟渠，旦握权则为卿相，夕失势则为匹夫；譬若江湖之雀，渤澥之鸟，乘雁③集不为之多，双凫飞不为之少。昔三仁去而殷墟④，二老归而周炽⑤，子胥⑥死而吴亡，种蠡⑦存而越霸，五羖⑧入而秦喜，乐毅出而燕惧，范雎以折摺而危穰侯⑨，蔡泽虽嗫吟而笑唐举⑩。故当其有事也，非萧、曹、子

---

① 阿衡，商官名，伊尹为之。
② 晏婴，见《刘向战国策序》"晏婴"注。夷吾，即管仲。
③ 乘雁，四雁也。
④ 三仁，微子、箕子、比干也。墟，亡国为丘墟也。
⑤ 二老，谓伯夷、太公，周德日昌，二人皆归周。
⑥ 子胥，见《东方朔答客难》"子胥"注。
⑦ 种蠡，文种、范蠡也，越王勾践返国，奉国政属大夫种，而使范蠡行成为质于吴，后越卒以破吴。
⑧ 羖，gǔ，黑色羊。百里奚自虞亡秦，走宛，秦穆公以五羖羊皮赎之，授之国政，故号为五羖大夫。
⑨ 范雎，魏人，以远交近攻之策说秦昭襄王，得为相，封应侯。以，一作"虽"。摺，lā，古"拉"字，摧折；折摺，折胁拉齿也，雎未达之时，魏中大夫须贾谮之于相魏齐，齐笞击之，折胁摺齿，雎佯死，得出，因入秦。穰侯，秦宣太后弟魏冉也，贵重，范雎说昭王而言之，冉乃免相。
⑩ 蔡泽，燕人，为秦相。嗫吟，鎭颐之貌。唐举，善相，蔡泽从请之，举笑曰："吾闻圣人不相，殆先生乎！"校订者按：鎭，qīn；鎭颐，即曲颐，面颊歪而前突，下巴上曲之貌。

134

汉文

房、平、勃、樊、霍则不能安①；当其亡事也，章句之徒相与坐而守之，亦无所患。故世乱，则圣哲驰骛而不足；世治，则庸夫高枕而有余。夫上世之士，或解缚而相②，或释褐而傅③；或倚夷门而笑④，或横江潭而渔⑤，或七十说而不遇⑥，或立谈间而封侯⑦，或枉千乘于陋巷⑧，或拥彗而先驱⑨。是以士颇得信⑩其舌而奋其笔，窒隙蹈瑕而无所诎也⑪。

"当今县令不请士，郡守不迎师，群卿不揖客，

---

① 萧，萧何。曹，曹参。子房，张良字。平，陈平。勃，周勃。樊，樊哙。霍，霍光也。
② 解缚而相，管仲也，仲本傅公子纠奔鲁，齐桓公伐鲁，鲁杀子纠，囚仲致齐，齐释其缚，举以为相。
③ 释褐而傅，墨子谓为傅说，一以为甯戚，然无所考，盖甯越之讹。
④ 侯嬴年七十，为魏夷门之抱关者，公子无忌客之，秦伐赵，赵求救于魏，魏畏秦，救不力，无忌愤甚，嬴为画策，盗兵符，往夺魏之救兵，急救赵，赵因得存。
⑤ 潭，通"浔"，见《扬雄反离骚》"潭"注；横江潭而渔，指屈原事。
⑥ 七十说而不遇，谓孔子，孔子历聘七十二君，见《庄子·天运》。
⑦ 立谈间而封侯，谓虞卿也，虞卿说赵孝成王，再见而为赵上卿。
⑧ 枉千乘于陋巷，谓齐桓公见小臣稷事，桓公一日三至不得见。
⑨ 邹衍之燕，昭王郊迎，拥彗为之先驱也。彗亦以扫者也。
⑩ 信，通"伸"。
⑪ 窒，塞也。诎，通"屈"。

将相不俯眉;言奇者见疑,行殊者得辟①,是以欲谈者宛舌而固声,欲行者拟足而投迹。向使上世之士处乎今,策非甲科②,行非孝廉,举非方正,独可抗疏,时道是非,高得待诏,下触闻罢③,又安得青紫?且吾闻之,炎炎④者灭,隆隆⑤者绝;观雷观火,为盈为实,天收其声,地藏其热⑥。高明之家,鬼瞰其室⑦。攫拏⑧者亡,默默者存;位极者宗危,自守者身全。是故知玄知默,守道之极;爰清爰静,游神之廷;惟寂惟寞,守德之宅。世异事变,人道不殊,彼我易时,未知何如⑨。今子乃以鸱枭而笑凤皇,执蝘蜓⑩而嘲龟龙,不亦病乎!子徒笑我玄之尚白,吾亦笑

---

① 辟,罪也。
② 汉制,岁课甲科为郎中,乙科为太子舍人。
③ 下触闻罢,有所触犯者,报闻而罢之也。
④ 炎炎,火光。
⑤ 隆隆,雷声。
⑥ 人之观火闻雷,谓为盈实,终以天收雷声、地藏火热而为虚无,言极盛者亦灭亡也。
⑦ 瞰,kàn,视也。言鬼神害盈而福谦。
⑧ 攫拏,争夺;拏,ná,握持;亦写作"攫挐"。
⑨ 言或能胜之。
⑩ 蝘蜓,yǎndiàn,壁虎。

汉文

子之病甚，不遭俞跗、扁鹊①，悲夫！"

客曰："然则靡玄无所成名乎？范、蔡以下，何必玄哉！"扬子曰："范雎，魏之亡命也，折胁拉髂②，免于徽索，翕③肩蹈背，扶服入橐④，激卬⑤万乘之主，界泾阳抵穰侯而代之⑥，当也。蔡泽，山东之匹夫也，鎮颐折頞⑦，涕洟流沫，西揖强秦之相，搤其咽，炕其气，抌其背而夺其位⑧，时也。天下已定，金革已平，都于洛阳⑨，娄敬委辂脱輓⑩，掉三寸

---

① 俞跗，黄帝时良医；俞，一作"臾"，跗，fū。扁鹊，古之良医，姓秦，名越人，《史记》有传。
② 髂，gé，同"骼"。
③ 翕，敛也。
④ 扶服，即匍匐。范雎初入秦，道遇穰侯，藏于王稽车中而过，故云。
⑤ 激卬，激怒而使之感悟。
⑥ 泾阳，泾阳君，秦昭王弟，贵用事，雎间而疏之，故曰界。抵，侧击。校订者按：界，间其兄弟使疏离。
⑦ 鎮颐，曲颐；又作"领颐"，"鎮"正字，"领"讹字也。頞，è，鼻茎。
⑧ 蔡泽入秦，说范雎以功成身退，祸福之机，适值雎有间于王，遂荐以自代。
⑨ 洛阳，汉县名，故城在今河南省洛阳市东。
⑩ 娄敬，齐人也，高祖欲定都洛阳，敬以布衣谒见，说帝都关中，后赐姓刘，封关内侯。辂，hé，小车用人力推挽者。輓，一木横遮车前，一人挽之，三人推之也。委辂脱輓，谓娄敬弃车脱輓而说高祖。校订者按：輓，wǎn，引车，后作"挽"。

之舌，建不拔之策，举中国徙之长安①，适也。五帝垂典，三王传礼，百世不易，叔孙通起于枹鼓之间，解甲投戈，遂作君臣之仪②，得也。《吕刑》③靡敝，秦法酷烈，圣汉权制，而萧何造律④，宜也。故有造萧何律于唐虞之世，则誖⑤矣；有作叔孙通仪于夏殷之时，则惑矣；有建娄敬之策于成周之世，则缪矣；有谈范、蔡之说于金、张、许、史之间⑥，则狂矣。夫萧规曹随⑦，留侯画策⑧，陈平出奇⑨，功若泰山，响若氏隤⑩，惟其人之赡知哉⑪，亦会其时之可为也。故为可为于可为之时，则从；为不可为于不

---

① 中国，谓京师也。长安，今陕西西安市。
② 叔孙通，薛人也。天下已定，群臣在殿上争功无礼，通说高祖征鲁诸生共起朝仪。
③ 《吕刑》，《尚书》中的一篇，周穆王时吕侯所作，备详刑法。
④ 萧何，沛人也，佐高祖定天下，功第一，汉律令皆何所制定。
⑤ 誖，同"悖"，乖谬。
⑥ 金、张、许、史，昭宣时贵戚大臣，金日磾、张安世、许广汉、史恭、史高也。
⑦ 萧规曹随，萧何始作规模，曹参因之无改也。
⑧ 张良封于留，故称留侯，高祖得天下，良策为多。
⑨ 陈平，阳武人也，事高祖，屡出奇策。
⑩ 巴蜀人名山岸旁边堆欲堕落者曰氏，氏崩，声闻数百里。隤，tuí，同"颓"，落也。
⑪ 赡知，谓多智也。知，同"智"。

可为之时，则凶。夫蔺生收功于章台①，四皓采荣于南山②，公孙创业于金马③，骠骑发迹于祁连④，司马长卿窃赀于卓氏⑤，东方朔割炙于细君⑥。仆诚不能与此数公者并，故默然独守吾《太玄》。"

贾让治河议⑦

治河有上、中、下策。

古者立国居民，疆理⑧土地，必遗川泽之分⑨，

---

① 蔺生，即蔺相如，一作"蔺先生"，秦欲以地易赵璧，赵令相如赍璧入秦，秦不与赵地，相如乃诡取其璧，使人间以归赵。章台，在渭南，相如献璧于此。
② 四皓，东园公、绮里季、夏黄公、甪里先生也，避秦乱，隐于商山。荣，声名也；一说，草木之英，采取以充食。
③ 公孙，公孙弘也，武帝初，对策金马门，名第一，拜博士，旋为丞相，封侯。
④ 骠骑，霍去病也，去病为骠骑将军。祁连，山名，天山也，匈奴呼天曰祁连，在今甘肃省张掖市西南，去病击匈奴至此，捕首虏甚多，因显贵。
⑤ 司马相如以琴心挑成都富人卓王孙寡女文君，文君夜奔相如，王孙不得已，分予文君僮百人，钱百万，见《史记·司马相如传》。
⑥ 武帝于伏日赐从官肉，东方朔拔剑割肉去，帝使起自责，朔乃自赞曰："割之不多，又何廉也！归遗细君，又何仁也！"见《汉书·东方朔传》。
⑦ 贾让，哀帝时人，时求能浚川疏河者，让因奏此议。
⑧ 疆理，理定疆界之义。
⑨ 遗，留也。言川泽水所留聚之处，皆留而置之，不以为居邑也。

度水势所不及①。大川亡防，小水得入，陂障卑下，以为污泽，使秋水多，得有所休息，左右游波，宽缓而不迫。夫土之有川，犹人之有口也。治土而防其川，犹止儿啼而塞其口，岂不遽止，然其死可立而待也。故曰："善为②川者，决之使道③；善为民者，宣之使言。"

盖堤防之作，近起战国，雍④防百川，各以自利。齐与赵、魏以河为竟⑤。赵、魏濒山⑥，齐地卑下，作堤去河二十五里。河水东抵齐堤，则西泛赵、魏，赵、魏亦为堤去河二十五里。虽非其正，水尚有所游荡，时至而去，则填淤肥美，民耕田之。或久无害，稍筑室宅，遂成聚落。大水时至漂没，则更起堤防以自救，稍去其城郭，排水泽而居之，湛溺自其宜也。⑦

---

① 言计水势所不及之地，居而田之。
② 为，犹治也。
③ 道，dǎo，通"导"，引导疏通。
④ 雍，通"壅"，堵塞。
⑤ 竟，同"境"，疆界。齐竟西北，赵竟东南，魏则三面跨河，南连鸿沟也。
⑥ 濒山，犹言以山为边界。
⑦ 湛溺，即沉溺。以上言河患之由来。

汉文

今堤防陿者^①去水数百步,远者数里。近黎阳^②南故大金堤,从河西西北行,至西山南头,乃折东,与东山相属^③。民居金堤东,为庐舍,往十余岁更起堤,从东山南头直南与故大堤会。又内黄^④界中有泽,方数十里,环之有堤,往十余岁太守以赋民^⑤,民今起庐舍其中,此臣亲所见者也。东郡白马故大堤^⑥亦复数重,民皆居其间。从黎阳北尽魏界,故大堤去河远者数十里,内亦数重,此皆前世所排也。河从河内^⑦北至黎阳为石堤,激使东抵东郡平刚^⑧;又为石堤,使西北抵黎阳、观下^⑨;又为石堤,使东北抵东郡津北;又为石堤,使西北抵魏郡昭阳^⑩;又

---

① 陿,同"狭"。
② 黎阳,汉县名,故城在今河南省浚县东北。
③ 属,连及。
④ 内黄,县名,今河南内黄县西北。
⑤ 赋民,以堤中地给与民也。
⑥ 东郡,郡名,秦取魏地置,以在秦东,故名。汉时辖今山东、河南省部分地区。白马,汉县,故城在今河南省滑县东。
⑦ 河内,汉郡,今河南省黄河南北两岸之地。
⑧ 平刚,疑当为"刚平"。
⑨ 观,汉县,卫地也。
⑩ 魏郡,汉郡,今河北省临漳县西。昭阳,地名,今河南省浚县东北有昭阳亭。

为石堤，激使东北。百余里间，河再西三东，迫阨如此，不得安息。①

今行上策，徙冀州②之民当水冲者，决黎阳遮害亭③，放河使北入海。河西薄大山，东薄金堤，势不能远泛滥，期月自定。难者将曰："若如此，败坏城郭田庐冢墓以万数，百姓怨憾。"昔大禹治水，山陵当路者毁之，故凿龙门④，辟伊阙⑤，析底柱⑥，破碣石⑦，堕断天地之性。此乃人功所造，何足言也！今濒河十郡⑧治堤岁费且万万，及其大决，所残亡数。如出数年治河之费，以业所徙之民，遵古圣之法，定山川之位，使神人各处其所，而不相

---

① 此段言当时河之现状。
② 冀州，汉十三州之一，包括今山西全省、河北省西北部、河南省北部、辽宁省西部。
③ 遮害亭，旧为河所经，在今河南省浚县西南。
④ 龙门，山名，在今陕西省韩城市与山西省河津市之间，大禹所凿。
⑤ 辟，开也。伊阙，山名，在河南省洛阳市南，禹疏之以通水，两山相对，望之如阙，伊水历其间，故名。
⑥ 底柱，山名，即三门山，也作"厎柱""砥柱"。原在今河南省陕县东北黄河中。
⑦ 碣石，山名，所在地说者不一，究不详其处。
⑧ 濒河十郡，河南、河内、东郡、陈留、魏郡、平原、千乘、信都、清河、渤海也。

奸^①。且以大汉方制万里，岂其与水争咫尺之地哉？此功一立，河定民安，千载无患，故谓之上策。^②

若乃多穿漕渠于冀州地^③，使民得以溉田，分杀水怒，虽非圣人法，然亦救败术也。难者将曰："河水高于平地，岁增堤防，犹尚决溢，不可以开渠。"臣窃按视遮害亭西十八里，至淇水口^④，乃有金堤，高一丈。自是东，地稍下，堤稍高，至遮害亭，高四五丈。往六七岁，河水大盛，增丈七尺，坏黎阳南郭门，入至堤下。水未逾堤二尺所，从堤上北望，河高出民屋，百姓皆走上山。水留十三日，堤溃二所，吏民塞之。臣循堤上，行视水势，南七十余里，至淇口，水适至堤半，计出地上五尺所。今可从淇口以东为石堤，多张水门。初元^⑤中，遮害亭下河去堤足数十步，至今四十余岁，适

---

① 奸，gān，通"干"，犯也。
② 此段言上策。
③ 漕渠，此指潆荡渠，在今河南省境，为汴河在荥阳的一段。多穿漕渠于冀州，乃欲于今卫河流处开渠如潆荡也，在今淇水口东。
④ 淇水口，在今河南浚县西南，曹操于水口下大枋木成堰，过淇水入白沟，故号其处为枋头。
⑤ 初元，汉元帝（刘奭）年号，公元前48—前44年。

至堤足。由是言之，其地坚矣。恐议者疑河大川难禁制，荥阳①漕渠足以卜之，其水门但用木与土耳，今据坚地作石堤，势必完安。冀州渠首尽当卬此水门。治渠非穿地也，但为东方一堤，北行三百余里，入漳水②中，其西因山足高地，诸渠皆往往股③引取之，旱则开东方下水门溉冀州，水则开西方高门分河流。通渠有三利，不通有三害。民常罢于救水，半失作业④；水行地上，凑润上彻，民则病湿气，木皆立枯，卤不生谷⑤；决溢有败，为鱼鳖食⑥：此三害也。若有渠溉，则盐卤下湿，填淤加肥⑦；故种禾麦，更为秔稻，高田五倍，下田十倍⑧；转漕舟船之便⑨：此三利也。今濒河堤吏卒郡数千人，伐买薪石之费岁数千万，足以通渠成水门；又民利

---

① 荥阳，汉县，今河南省荥阳市。
② 漳水，见《邹阳谏吴王书》"漳水"注。
③ 股，支别也。
④ 一害。
⑤ 二害。
⑥ 三害。
⑦ 一利。
⑧ 二利。
⑨ 三利。

汉文

其灌溉，相率治渠，虽劳不罢。民田适治，河堤亦成，此诚富国安民，兴利除害，支数百岁，故谓之中策。①

若乃缮完故堤，增卑倍薄，劳费无已，数逢其害，此最下策也。②

---

① 此段中策。
② 五句下策。

145

后汉文

班固封燕然山铭[1]

惟永元[2]元年秋七月,有汉元舅曰车骑将军窦宪[3],寅亮[4]圣皇,登翼[5]王室,纳于大麓[6],维清缉

---

[1] 班固,后汉安陵人,字孟坚,明帝时为郎,典校秘书,续成父彪所著《汉书》。和帝初,窦宪征匈奴,以固为中护军行中郎将事。燕然山,即今蒙古国境内杭爱山,窦宪追北单于至此,刻石勒功,纪汉威德,令固作此铭。
[2] 永元,汉和帝(刘肇)年号,公元89—105年。
[3] 窦宪,字伯度,平陵人,和帝母窦太后之兄,和帝即位,年仅十岁,窦太后临朝,以窦为侍中,击匈奴,大破之,还为大将军,族党满朝,帝长,与中常侍郑众定议诛窦,逼令自杀。
[4] 寅亮,敬恭信奉。
[5] 登翼,进用辅佐。
[6] 纳于大麓,《尚书·舜典》语,谓尧使舜入山林相视原隰也。

熙①。乃与执金吾耿秉②，述职巡御，治兵于朔方③。鹰扬之校④，螭虎之士，爰该六师，暨南单于、东胡、乌桓、西戎、氐、羌侯王君长之群⑤，骁骑十万。元戎轻武⑥，长毂⑦四分，雷辎蔽路⑧，万有三千余乘。勒以八阵⑨，莅以威神，玄甲耀日，朱旗绛天。

遂凌高阙⑩，下鸡鹿⑪，经碛卤⑫，绝大漠⑬，斩温

---

① 维清缉熙，语出《诗经·周颂·维清》；清，清明也；缉，续也；熙，明也。
② 执金吾，官名，吾者，御也，执金革以御非常；一说金吾，鸟名，天子出行，职主先导以御非常，故执此鸟之象，因以名官。耿秉，字伯初，茂陵人，与窦宪征北单于，封美阳侯。
③ 朔方，汉郡，今内蒙古杭锦旗北什拉召一带。
④ 鹰扬，言威武奋扬如鹰，校，将校。
⑤ 南单于，时匈奴分为南北，南单于屯屠河立，上言愿发诸部胡会虏北，窦太后从之。东胡，古族名，在匈奴东，故名。乌桓，我国古民族名，东胡别支，汉初为匈奴所灭，避徙至乌桓山，因以为号。氐、羌，皆我国古代西部民族。
⑥ 元戎，兵车。轻，轻车，古战车。武，亦战车之一。
⑦ 长毂，兵车。
⑧ 雷辎，犹雷车，《淮南子·原道训》："电以为鞭策，雷以为车轮。"
⑨ 八阵，方阵、圆阵、牝阵、牡阵、冲阵、轮阵、浮沮阵、雁行阵也。
⑩ 高阙，塞名，在内蒙古杭锦后旗北。
⑪ 鸡鹿，塞名，在内蒙古杭锦后旗北。
⑫ 碛卤，谓沙石及咸地也。
⑬ 大漠，内蒙古大沙漠，即古瀚海。

禺①以衅鼓，血尸逐以染锷②。然后四校横徂，星流彗扫，萧条万里，野无遗寇。于是域灭区殚，反旆而旋，考传验图，穷览其山川。遂逾涿邪③，跨安侯④，乘燕然，蹑冒顿⑤之区落，焚老上⑥之龙庭。将上以摅高文之宿愤⑦，光祖宗之玄灵；下以安固后嗣，恢拓境宇，振大汉之天声。兹所谓一劳而久逸，暂费而永宁也。乃遂封山刊石，昭铭盛德。

其辞曰：

铄⑧王师兮征荒裔，剿凶虐兮截⑨海外，敻其邈兮亘地界，封神丘兮建隆嵑⑩，熙帝载⑪兮振万世。

---

① 温禺，匈奴官名，即左右温禺鞮王，皆由单于子弟充任。
② 尸逐，匈奴异姓大臣的爵号。锷，刀刃。
③ 涿邪，山名，在今蒙古国车尔勒格南部。
④ 安侯，河名，在今蒙古国鄂尔浑河。
⑤ 冒顿，mòdú，头曼单于之太子，杀头曼自立。
⑥ 老上，冒顿死，子稽粥立，号曰老上单于。
⑦ 摅，shū，抒发。高文，汉高祖、汉文帝。高祖既灭秦楚，有天下，而匈奴为害北边，屡出师讨伐，未能奏功，文帝立，匈奴寇犯如故，终无如何也，故文云。
⑧ 铄，shuò，通"烁"，盛美。
⑨ 截，整齐。
⑩ 嵑，jié，同"碣"，立石也。
⑪ 《尚书·虞书》："有能奋庸熙帝之载。"熙，广也。载，事也。

崔瑗座右铭 ①

无道人之短，无说己之长。施人慎勿念，受施慎勿忘。世誉不足慕，唯仁为纪纲②。隐心而后动③，谤议庸何伤。无使名过实，守愚圣所臧。在涅贵不缁④，暧暧⑤内含光。柔弱生之徒，老氏诫刚强。行行⑥鄙夫志，悠悠故难量。慎言节饮食，知足胜不祥。行之苟有恒，久久自芬芳。

蔡邕郭有道碑 ⑦

先生讳泰，字林宗，太原界休人也⑧。其先出自

---

① 崔瑗，后汉安平人，字子玉，举茂才，迁汲令，有善政，安帝初，朝臣交荐，迁济北相，疾卒。
② 纪纲，法度，《尚书·五子之歌》："乱其纪纲。"
③ 隐，审度。言内反于心不惭，然后动也。
④ 《论语·阳货》："涅而不缁。"涅可以染皂，染之于涅而不黑，言不变其守也。
⑤ 暧暧，昏昧貌。
⑥ 行，hàng，行行，刚强貌。
⑦ 蔡邕，东汉陈留人，字伯喈，官至侍中，董卓辟之，迁尚书，卓被诛，被收，死狱中。郭有道，即郭泰，以举有道，故云郭有道。邕为碑铭甚多，惟此碑谓泰当之无惭色。
⑧ 太原，秦郡，地在今山西省太原市晋源区。界休，汉县，故城在今山西省介休市东南。

有周王季之穆①,有虢叔②者,实有懿德,文王咨③焉,建国命氏,或谓之郭④,即其后也。先生诞应天衷,聪睿明哲,孝友温恭,仁笃慈惠,夫其器量弘深,姿度广大,浩浩焉,汪汪⑤焉,奥乎不可测已。若乃砥节厉行,直道正辞,贞固足以干事⑥,隐栝⑦足以矫时。遂考览六经⑧,探综图纬⑨,周流华夏,游集帝学,收文武之将坠,拯微言之未绝。⑩

于时缨緌⑪之徒,绅佩之士,望形表而影附,聆嘉声而响和者,犹百川之归巨海,鳞介之宗龟龙也。尔乃潜隐衡门⑫,收朋勤诲⑬,童蒙赖焉,用

---

① 王季,太王少子,文王之父。庙序,一世为昭,二世为穆。
② 虢叔,文王弟,封公,国号虢,故称。
③ 咨,征询。《国语》胥臣曰:文王即位而咨于二虢。二虢,虢仲、虢叔。
④ 郭,古文言"虢",虢、郭,声之转。
⑤ 汪汪,深广貌。
⑥ 贞固足以干事,《易·乾卦》语。
⑦ 揉曲者曰隐,正方者曰栝。
⑧ 六经,《易》《诗》《书》《礼》《乐》《春秋》。
⑨ 图纬,占验术数之书,图为河图,纬则六经及《孝经》皆有之,谓之"七纬",依托经义言符箓瑞应者也。
⑩ 微言,微妙之言。此段言泰学行高远。
⑪ 緌,ruí,缨饰。
⑫ 衡门,横木为门,言卑陋也。
⑬ 收朋勤诲,谓泰闭门教授也。

祛其蔽。①

　　州郡闻德，虚己备礼，莫之能致，群公休②之，遂辟司徒掾③，又举有道④，皆以疾辞。将蹈洪崖⑤之遐迹，绍巢许之绝轨⑥，翔区外以舒翼，超天衢以高峙。禀命不融，享年四十有二，以建宁⑦二年正月乙亥卒。凡我四方同好之人，永怀哀悼，靡所置念，乃相与惟先生之德，以谋不朽之事，佥以为先民既没，而德音犹存者，亦赖之于见述也，今其如何而阙斯礼！于是树碑表墓，昭铭景行⑧，俾芳烈奋乎百世，令闻显于无穷。

　　其辞曰：

---

① 祛，去也。此段言士之禽从。
② 休，美也。
③ 辟，bì，征召。司徒，三公之位。司徒掾，为司徒之佐也。
④ 有道，举名也。
⑤ 洪崖，仙人名，或谓即黄帝之臣伶伦。
⑥ 巢，巢父，尧时隐士，山居不营世利，以树为巢，寝其上，故名，尧曾让以天下，不受。许，许由，与巢父同时，亦高士，隐于箕山。
⑦ 建宁，汉灵帝（刘宏）年号，公元168—172年。
⑧ 景行，高明之德行，《诗经·小雅·车辖》："高山仰止，景行行止。"

於①休先生，明德通玄②，纯懿淑灵，受之自天，崇壮幽濬，如山如渊。《礼》《乐》是悦，《诗》《书》是敦，匪惟摛华③，乃寻厥根，宫墙重仞，允得其门④。懿乎其纯，确乎其操，洋洋搢绅⑤，言观其高，栖迟泌丘⑥，善诱能教，赫赫三事⑦，几行其招。委辞召贡⑧，保此清妙，降年不永，民斯悲悼，爰勒兹铭，摛⑨其光耀，嗟尔来世，是则是效！

蔡邕女诫⑩

礼，女始行服纁⑪，纁，绛也，绛，正色也，红

---

① 於，wū，叹辞。
② 通玄，知玄妙之理也。
③ 摛，拾取也。扬雄《法言·问明篇》："摛我华而不食我实。"
④ 八尺曰仞。子贡称孔子：譬之宫墙，其高数仞，不得其门而入，不见宗庙之美，百官之富。
⑤ 搢绅，搢笏垂绅，谓仕者也。
⑥ 栖迟，游息也。泌，泉水也；泌丘，谓水上之丘。
⑦ 三事，三公。
⑧ 委辞召贡，言有召贡者委弃而辞之。
⑨ 摛，chī，散布。
⑩ 诫，警敕之辞。女诫，所以警敕女子也。
⑪ 纁，浅绛色。女始行服纁，言女子始嫁时必服纁也。

紫不以为亵服①，绀绿不以为上服②，缯③贵厚而色尚深，为其坚纫④也。而今之务在奢丽，志好美饰，帛必薄细，采必轻浅，或一朝之晏，再三易衣，从庆移坐，不因故服⑤。

夫心，犹首面也，是以甚致饰⑥焉。面一旦不修饰，则尘垢秽之；心一朝不思善，则邪恶入之。人咸知饰其面，而莫修其心，惑矣！夫面之不饰，愚者谓之丑，心之不修，贤者谓之恶，愚者谓之丑，犹可，贤者谓之恶，将何容焉！故览照拭面，则思其心之洁也；傅⑦脂，则思其心之和也；加粉，则思其心之鲜也；泽发，则思其心之顺也；用栉⑧，则思其心之理也；立髻⑨，则思其心之正也；摄鬓⑩，则思

---

① 语见《论语·乡党》。红紫，间色不正。亵服，私居服。
② 绀，浅黄色，绿，青黄色，皆间色。上服，上身之服也。
③ 缯，帛也。
④ 纫，通"韧"，柔而固也。
⑤ 言凡遇祝贺之事，虽偶移其坐位，必更易新衣也。
⑥ 致饰，谓修养德性，启发知识。
⑦ 傅，通"附"。
⑧ 栉，梳篦之总名。
⑨ 立髻，绾髻。
⑩ 摄鬓，整理鬓发。

其心之整也。

许慎说文序[1]

叙曰：古者庖牺氏[2]之王天下也，仰则观象于天，俯则观法于地，视鸟兽之文与地之宜，近取诸身，远取诸物，于是始作《易》八卦[3]，以垂宪象。及神农氏结绳为治而统其事[4]，庶业其繁，饰伪萌生[5]。黄帝之史仓颉[6]，见鸟兽蹄迒[7]之迹，知分理[8]之可相别异也，初造书契。百工以乂[9]，万品以察，盖

---

[1] 许慎，东汉汝南人，字叔重，博通经籍，官至太尉南阁祭酒。《说文解字》十四篇，慎所著，以小篆分五百四十部，推究六书之义，至为精密，自来言小学者皆宗之。
[2] 庖牺氏，即伏羲，古帝名，有圣德象日月之明，故称大昊，教民佃渔畜养牺牲以充庖厨，故又曰庖牺氏。
[3] 八卦，乾、坤、震、艮、离、坎、兑、巽也。
[4] 神农氏，见《晁错论贵粟疏》"神农"注。古无文字，结绳以记之，事大大结其绳，事小小结其绳。言自庖牺，及牺、农皆结绳为治而统其事也。
[5] 其，通"綦"，犹极也。萌生，谓多也。言神农以前，专恃结绳，然事繁伪滋，渐不可支。
[6] 黄帝，古帝名，姓公孙，以兵力诛蚩尤。仓颉，黄帝史官，始造文字。
[7] 迒，háng，兽迹。
[8] 分理，犹文理。
[9] 百工，百官。乂，治。

取诸"夬"①。"夬扬于王庭",言文者宣教明化于王者朝廷②,君子所以施禄及下,居德则忌也③。仓颉之初作书,盖依类象形,故谓之文④;其后形声相益,即谓之字⑤。字者,言孳乳而浸多也⑥。著于竹帛谓之书。书者,如⑦也。以迄五帝、三王之世,改易殊体⑧,封于泰山者,七十有二代,靡有同焉⑨。《周

---

① "夬",《易》卦名。
② 夬扬于王庭,《夬卦》象辞。文,即谓书契。辞引《易》象辞而释之也。
③ 施禄及下,谓能文者加以之禄。居德则忌,言律己则贵德不贵文也。
④ 依类象形,谓指事、象形二者也,指事亦所以象形也。文者,错画也,交错其画而物象在是。
⑤ 其后,仓颉以后也。形声相益,谓形声、会意二者也,有形必有声,声形相輣为形声,形形相輣为会意。仓颉只有指事、象形,其后文与文相合而为形声、为会意,谓之字。校订者按:輣,rǒng,推也。
⑥ 孳乳,犹言孳生繁息也。浸,渐也。
⑦ 如,谓如其事物之状。
⑧ 五帝三王之间,文字之体,更改非一,传于世者,概谓之仓颉古文,实则不皆仓颉所作也。
⑨ 封泰山之七十二家,惟知无怀氏、伏羲氏、神农、炎帝、黄帝、颛顼、帝喾、尧、舜、禹、汤、周之成王十二家,余无考。黄帝以前未成字,故括之曰七十二代靡有同焉。

礼》八岁入小学，保氏教国子①，先以六书。一曰指事，指事者，视而可识，察而可见，二 二②是也。二曰象形，象形者，画成其物，随体诘诎③，日月是也。三曰形声，形声者，以事为名，取譬相成，江河是也④。四曰会意，会意者，比类合谊，以见指㧑，武信是也⑤。五曰转注，转注者，建类一首，同意相受，考老是也⑥。六曰假借，假借者，本无其字，依声托事，令长是也⑦。及宣王太史籀，著大篆十五

---

① 保氏，《周礼》官名，地官之属。国子者，公卿大夫之子弟，师氏教之，保氏养之，世子亦齿焉。
② 二 二，"上、下"之古文，有在一之上者，有在一之下者，视之而可识为"上、下"，察之而见上下之意。
③ 诘诎，犹言屈曲。
④ 形声，半为形，半为声也。名，字也，古曰名，今曰字。譬，谕也，谕告也。以事为名，谓半义也。取譬相成，谓半声也。"江、河"皆从水，以水取形，"工、可"其声。
⑤ 会意者，合二体之意，盖一体不足以见义，必合二体以成字也。谊，义也。指㧑，同"指麾"，谓所指向也。比合"戈、止"之谊，可以见"武"之意，比合"人、言"之谊，可以见"信"之意，是会意也，望文生义，就义可知意也。
⑥ 转注者，言指事、象形、形声、会意四种文字，字虽异而义同，可展转互训也。建类一首，谓分立其义之类而一其首。同意相受，谓不论数字，意旨略同，义可互受也。考、老二字，"考"可训"老"，"老"亦可训"考"也。
⑦ 假借者，因古文不备而生也。"令、长"之为官名，非古所有，乃由"发号、久远"之义（"令"之本义为发号，"长"之本义为久远），引申展转而成，是假借也。

后汉文

篇①，与古文或异②。至孔子书六经，左丘明述《春秋传》，皆以古文，厥意可得而说③。其后，诸侯力政④，不统于王，恶礼乐之害己，而皆去其典籍，分为七国，田畴异晦⑤，车途异轨⑥，律令异法⑦，衣冠异制⑧，言语异声⑨，文字异形⑩。秦始皇帝初兼天下，丞相李斯乃奏同之，罢其不与秦文合者⑪。斯作《仓颉篇》⑫，中车府令赵高作《爰历篇》⑬，太史令胡毋

---

① 籀，人名，为周宣王太史，姓不详。大篆，上别于古文，下别于小篆而为言。
② 或之云者，不必尽异也。
③ 言虽今变更正文鄙俗颣蔽（见下文）之世，真古文之意，未尝不可说。
④ 力政，"政"通"征"，专力于征战也。
⑤ 晦，古"亩"字。田畴异晦，如周制六尺为步，步百为晦，秦孝公以二百四十步为晦是也。
⑥ 车之辙广曰轨，因以轨名途之广，七国时车不依辙广八尺之定制，或广或狭，途不依诸侯经途七轨、环途五轨、野途三轨之制，各以意为之，故曰车途异轨。
⑦ 律令异法者，如商鞅为左庶长，定变法之令是。
⑧ 衣冠异制者，如赵武灵王之效胡服，齐王之侧注冠等是。
⑨ 言语异声者，谓各用其方俗语言也，至是而音韵歧矣。
⑩ 文字异形者，谓各用其私意省改文字也，至是而体制乱矣。
⑪ 以秦文同天下之文。
⑫ 《仓颉》为书一篇，上七章，为斯所作。
⑬ 中车府令，主乘舆路车之官。赵高，秦宦者，二世立，害李斯，代为丞相，又弑二世，立子婴，为子婴所诛。《爰历》为书一篇，共六章，赵高所作。

敬作《博学篇》①，皆取史籀大篆，或颇省改②，所谓小篆者也③。是时，秦烧灭经书，涤除旧典，大发吏卒，兴役戍，官狱职务繁，初有隶书，以趣约易④，而古文由此绝矣。⑤

自尔⑥，秦书有八体：一曰大篆⑦，二曰小篆，三曰刻符⑧，四曰虫书⑨，五曰摹印⑩，六曰署书⑪，七曰殳

---

① 太史令，掌天时星历。毋，读如无。胡毋，姓；敬，名也。《博学》为书一篇，共七章。
② 言史籀大篆，古文亦在其中。或，不尽之词。省，减其繁重。改，改其怪奇。
③ 名史籀所作曰大篆，故名李斯等作为小篆以别之，亦谓之秦篆，汉时所言之"篆书"，皆小篆也。
④ 官狱多事，而小篆难成，自程邈为简易之书（详下）而书又多一种，以其施于徒隶，故曰隶书，专为官司刑狱之用，余尚用小篆焉。
⑤ 秦时小篆、隶书并行，而古文大篆遂不行，故曰古文由此绝。此段秦小篆。
⑥ 尔，犹此也。
⑦ 曰大篆，古文亦在其中，字虽不行，其体固在，刻符、虫书等未尝不用之。
⑧ 刻符，用于符信者，竹而中分之，形半分。
⑨ 虫书，为虫鸟形，所以书幡信者，王莽六体书谓之鸟虫书。
⑩ 摹印，摹，规也，谓规度印之大小、字之多少而刻之，王莽六体书谓之缪篆。
⑪ 署书，用于封检、题额者。

后汉文

书①，八曰隶书。汉兴，有草书②。尉律③：学僮十七已上，始试④，讽籀书九千字⑤，乃得为吏，又以八体试之⑥。郡移太史并课⑦，最者以为尚书史⑧，书或不正，辄举劾之⑨。今虽有尉律，不课⑩；小学不修⑪。莫达其说久矣⑫。孝宣时⑬，召通《仓颉》读者⑭，张敞从受

---

① 殳书，殳及各兵器题识用之，随其势而书。
② 汉之草书，不知作者姓名，其书又为隶书之省，文字之变，至此已极，故许慎蒙八体而附著于此，言其不可为典要也。
③ 尉律者，谓汉廷尉所守律令也。
④ 始试，始应考试也。
⑤ 讽，背诵也，谓背诵尉律之文。籀书，抽绎其义为辞。籀书九千字，谓能取尉律之义，推阐发挥而缮写至九千字也。二者皆考试之事，所以试其记诵文理。
⑥ 试其字迹。
⑦ 县移之郡，郡移太史。太史，即太史令。并课者，合而试之。
⑧ 最，善也。尚书史，尚书令史，秩二百石，主书。
⑨ 劾，用法以纠有罪也。自尉律以下至此，言汉初尉律之法。
⑩ 言不试以讽籀尉律九千字。
⑪ 谓不以八体试之。谓字学为小学者，八岁入小学所教也。
⑫ 谓莫解六书之说也。盖汉自武帝时，重经学之士，废弃以前之考试制，而小学衰矣。
⑬ 孝宣，即孝宣皇帝，名询，武帝曾孙，在位二十五年。
⑭ 通《仓颉》读者，能读《仓颉》一书而不误者也，盖《仓颉》多奇字，时多失其读。此通《仓颉》读者为齐人，姓名不详。

之①。凉州刺史杜业②，沛人爰礼③，讲学大夫秦近④，亦能言之。孝平时⑤，征礼等百余人，令说文字未央廷中，以礼为小学元士⑥。黄门侍郎扬雄采以作《训纂篇》⑦，凡《仓颉》已下十四篇，凡五千三百四十字⑧，群书所载，略存之矣。⑨

及亡新居摄⑩，使大司空甄丰⑪等校文书之部，自以为应制作⑫，颇改定古文。时有六书⑬：一曰古

---

① 张敞，字子高，平阳人，好古文字，尝为京兆尹，市无偷盗。从受之，从之学也。
② 凉州，汉置，辖境相当于今甘肃、宁夏和青海湟水流域，内蒙古纳林河、穆林河流域。杜业，当为"杜邺"，字子夏，繁阳人，母张敞女。
③ 沛，秦县，故城在今江苏省沛县东。爰礼，未详，其人通小学史篇文字。
④ 讲学大夫，王莽置官。秦近，或云即桓谭。
⑤ 孝平，孝平皇帝，名衎，元帝孙，在位五年。
⑥ 小学元士，通小学者之官名。
⑦ 平帝时，征天下通小学者以百数，各令记字于未央庭中，雄取其有用者，以作《训纂》。
⑧ 凡，都数也。自《仓颉》至于《训纂》，其篇之都数为十四，字之都数为五千三百四十也。
⑨ 此段入西汉。
⑩ 王莽篡汉，国号新。莽初立孺子婴，而自居摄，三年，始自称帝。
⑪ 甄丰，平帝初为少傅，以附王莽显。
⑫ 制作，制礼作乐也，莽曾奏起明堂辟雍等。
⑬ 莽之六书，与周保氏六书异，但损秦八体书之二耳。

文,孔子壁中书①也;二曰奇字,即古文而异者也②;三曰篆书,即小篆,秦始皇帝使下杜人程邈所作也③;四曰佐书④,即秦隶书;五曰缪篆⑤,所以摹印也;六曰鸟虫书,所以书幡信也。⑥

壁中书者,鲁恭王坏孔子宅而得《礼》《记》《尚书》《春秋》《论语》《孝经》⑦;又北平侯张苍

---

① 孔子壁中书,详下文注。秦以后,古文绝,惟孔子壁中书为古文,故莽六书首之。
② 谓分古文为二,如"儿"为"人"之古文奇字等是。
③ 下杜,城名,在今陕西西安市雁塔区。程邈为衙狱吏,得罪被系,增减大篆体,去其繁复,始皇见而善之,出为御史,名其书曰隶书。此句应在下文"即秦隶书"句之下。
④ 佐,谓其法便捷,可以佐篆之不逮也。
⑤ 缪,móu,缪篆,六体书之一。其文屈曲缠绕,汉以来符玺等用缪篆书。
⑥ 书幡,谓书旗帜,所以传命。书信,谓书符节。按秦尚有刻符、署书、殳书三体,莽以其不离乎摹印书旛,故举二以括之,而析古文为"古文"及"奇字"二种,以包大篆,盖其意在复古,不欲袭秦制也。此段入新室。
⑦ 鲁恭王,汉景帝五子,名余,立为淮阳王,徙王鲁,卒谥恭。恭王好治宫室,坏孔子宅,欲以为宫,于其坏壁中得《礼》《记》等书,皆古文也。《礼》,《礼古经》也,今《仪礼》为其中一部分,余亡。《记》,《礼》之记也,上当再有一"礼"字,转写而夺之,盖《礼》与《礼记》为二种,《礼记》乃七十子后学者所记也,如《明堂阴阳记》《孔子三朝记》《王史氏记》《乐记》等皆是。《尚书》,《尚书》古文经也。《春秋》,《春秋经》也;或谓此二字衍文。《论语》,古文《论语》也,有二十一篇,与现行本异。《孝经》,古文《孝经》也,凡一篇二十二章,与今行本异。

献《春秋左氏传》①；郡国亦往往于山川得鼎彝，其铭即前代之古文：皆自相似②。虽叵复见远流，其详可得略说也③。而世人大共非訾④，以为好奇者也。故诡更⑤正文，向壁虚造不可知之书⑥，变乱常行⑦，以耀于世。诸生竞说字解经谊⑧，称秦之隶书为仓颉时书，云父子相传，何得改易⑨。乃猥曰"马头人为长"⑩，"人持十为斗"⑪，"虫者，屈中也。"⑫廷尉说律，

---

① 张苍，汉初阳武人，以功封北平侯，通律历，明习图书计籍，先为秦柱下御史，秦禁挟书，苍遂藏《左氏》，至汉弛禁，苍乃以献，汉时献书者，苍为最先，此亦壁中诸经之类也。
② 郡国所得秦以上鼎彝，其铭即前代之古文。皆自相似，谓其字与前代古文彼此多相类。
③ 叵，pǒ，不可。言虽不可再见古昔源流之详，而其详亦得说之，以就恭王所得，北平所献，郡国所得鼎彝，古文略具也。
④ 訾，口毁曰訾。
⑤ 诡，当作"恑"；恑更，变更也。
⑥ 谓向孔氏之壁造不可知之书，指为古文。
⑦ "正文"与"常行"，当时人谓秦隶书也。
⑧ 说字，谓说隶书之字。谊，通"义"。
⑨ 秦称隶书即仓颉书，言此乃积古以来，父传之子者，安能改易，而谓其非古文，别造不可知之书为古文也。
⑩ 谓马上加人，即为长字，会意，此字罕见，盖汉字之尤俗者。
⑪ 汉隶"斗"作"什"，所谓人持十也。
⑫ 虫，古文"虵"字，本象形字，所谓随体诘诎者，隶字只令笔画有横直可书，本非从中而屈其下也。

后汉文

至以字断法：苛人受钱，苛之字，止句也①。若此者甚众，皆不合孔氏古文，谬于史籀。俗儒鄙夫，翫其所习，蔽所希闻，不见通学，未尝睹字例之条②，怪旧艺而善野言，以其所知为秘妙，究洞圣人之微恉③；又见《仓颉篇》中"幼子承诏"④，因号"古帝之所作也，其辞有神仙之术焉"⑤；其迷误不谕，岂不悖哉！⑥

《书》曰："予欲观古人之象。"⑦言必遵修旧

---

① 苛人受钱，谓有治人之责者而受人钱也。苛，从艸，可声，假借为"诃"字，并非从止句也，而隶书之尤俗者，乃讹为"苟"，说律者曰："此字从止句，'句'读同'钩'，谓止之而钩取其钱。"其说无稽之甚。
② 字例之条，即谓周六书也。
③ 究，穷也。洞，通"迵"，迵者，达也。恉，意也。
④ 幼子承诏，盖《仓颉》篇中之一句也。
⑤ 汉俗儒既谓隶书为仓颉时书，因谓李斯等所作《仓颉篇》为黄帝所作，以黄帝与仓颉同时也，其云"幼子承诏"者，谓黄帝乘龙上天，少子嗣位为帝也。
⑥ 自"世人大共非訾"至此，皆言"尉律不课、小学不修"之害，士子专以通一艺进身，而不读律，则不知今矣，所习皆隶书，而隶书之俗体又日以滋漫，则不知古矣，以滋漫之隶书俗体说经，焉得不为经害，故许不得不有《说文解字》之作。此段言壁中古文出而为世所毁。
⑦ 语见《尚书·益稷》。古人之象，即仓颉古文也，如舜取日、月、星、辰、山、龙、华、虫等为旗章、作服之饰，即皆依古人之象为之。

文而不穿凿①。孔子曰："吾犹及史之阙文，今亡矣夫。"②盖非其不知而不问③，人用己私，是非无正，巧说邪辞，使天下学者疑。盖文字者，经艺之本，王政之始。前人所以垂后，后人所以识古。故曰"本立而道生"，"知天下之至赜而不可乱也"。④今叙篆文⑤，合以古籀⑥。博采通人⑦，至于小大，信而有证。稽譔⑧其说，将以理群类⑨，解谬误，晓学者，达神恉。分别部居，不相杂厕。万物咸睹，靡不兼载。厥谊不昭，爰明以谕。其称《易》，孟氏；《书》，孔氏；《诗》，毛氏；《礼》；《周官》；《春

---

① 言必遵修旧文而不敢穿凿，今乃妄行非古，自执谬见，岂不悖甚。
② 语见《论语·卫灵公》。言犹及见史官，遇有可疑处，宁阙以有待，不肯妄造。
③ 言其所不知者则非之，而又不问也，古制书必同文，不知则阙，而问诸故老。
④ 上句见《论语·学而》，下句为《易·系辞》传文。
⑤ 篆文，此指小篆。
⑥ 古籀，古文与籀文。
⑦ 《说文解字》每字下常缀某某说字样，此即所谓博采通人也。
⑧ 譔，quán，善言。稽譔，稽考诠释也。
⑨ 理，条理，谓以文字之说说其条理。群类，如天地鬼神人事，靡不毕载也。

秋》，左氏；《论语》；《孝经》：皆古文也①。其于所不知，盖阙如也。②

徐淑答夫秦嘉书（一）③

知屈珪璋④，应奉藏使⑤，策名⑥王府，观国之光⑦，虽失高素皓然之业，亦是仲尼执鞭之操也。⑧

---

① 称，扬也，扬，举也。孟氏，孟喜也，喜所治易，人多宗之。孔氏有古文《尚书》，治《书》者所宗也。汉毛公所治《诗》，学《诗》者所宗也。《周官》，《周官经》也，亦谓之《周礼》。《说文解字》多举上列诸经以为证，以为明谕厥谊之助。皆古文者，所说之义音形，皆仓颉古文、史籀大篆之义音形也。
② 此段述已作《说文解字》之恉及例。其下尚有五十四部部目及后叙，不录。
③ 徐淑，后汉秦嘉妻。秦嘉，陇西人。嘉被命为郡上掾，淑以疾还家，不能面别，嘉以书迎之曰："不能养志，当给郡使，随俗顺时，僶俛当去，知所苦故尔，未有瘳损，想念悒悒，劳心无已。当涉远路，趋走风尘，非志所慕，惨惨少乐。又计往还，将弥时节，念发同怨，意有迟迟，欲暂相见，有所属托，想必自力。"淑得书，以疾未愈，不能往，报以此书。
④ 珪璋，言嘉才能之美也。
⑤ 藏使，库藏之使，嘉为郡上掾，输赋于国库，故以称之。
⑥ 策名，言仕宦为臣，名书于所臣之策也。
⑦ 《易·观卦》语。
⑧ 《论语·述而》："富而可求也，虽执鞭之士，吾亦为之。"孔子语。此段慰其奉使。

自初承问,心愿东还,迫疾惟宜,抱叹而已!日月已尽,行有伴例,想严装①已办,发迈②在近,谁谓宋远,企予望之③,室迩人遐,我劳如何!深谷逶迤,而君是涉,高山岩岩,而君是越,斯亦难矣!长路悠悠,而君是践,冰霜惨烈,而君是履,身非形影,何得动而辄俱,体非比目④,何得同而不离。于是咏萱草之喻⑤,以消两家之思,割今者之恨,以待将来之欢。⑥

今适乐土,优游京邑,观王都之壮丽,察天下之珍妙,得无目玩⑦意移,往而不能出耶!⑧

---

① 严装,行装齐整。
② 迈,远行。言即将出发远行。
③ "谁谓宋远,企予望之。"二句《诗经·卫风·河广》语。
④ 比目,比目鱼,其目皆比连于上面,故名。
⑤ 萱草可以忘忧,亦名忘忧草。
⑥ 此段言不能往而忆念之意。
⑦ 玩,习也。
⑧ 此段戒以无惑于纷华。

后汉文

徐淑答夫秦嘉书（二）①

既惠令音，兼赐诸物，厚顾殷勤，出于非望②。

镜有文彩之丽，钗有殊异之观，芳香既珍，素琴益好，惠异物于鄙陋，割所珍以相赐，非丰恩之厚，孰肯若斯！览镜执钗，情想仿佛③，操琴咏诗，思心成结。④

敕⑤以芳香馥身，喻以明镜鉴形，此言过矣，未获我心也。昔诗人有飞蓬之感⑥，班婕妤有谁荣之叹⑦，素琴之作，当须君归，明镜之鉴，当待君还，未奉光

---

① 嘉得淑前书，报之曰："车还空返，甚失所望，兼叙远别，恨恨之情，顾有怅然。间得此镜，既明且好，形观文彩，世所希有，意甚爱之，故以相与；并宝钗一双；好香四种；素琴一张，常所自弹也。明镜可以鉴形，宝钗可以耀首，芳香可以馥身，素琴可以娱耳。"淑得书，又以此答。
② 首四句言得来书及物。
③ 仿佛，如见其人也。
④ 此段睹物怀思。
⑤ 敕，诚也。
⑥ 飞蓬，言发乱如蓬，见《诗经·卫风·伯兮》，诗意夫正行役，无心修饰也。
⑦ 婕妤，jiéyú，汉宫中女官名。班婕妤，汉成帝时，被选入宫，以其官婕妤，故称。婕妤贤才通辩，帝甚宠之，后得赵飞燕，婕妤宠衰，退处东宫，作赋自伤，赋中有"君不御兮谁为荣"之语。

仪①，则宝钗不设也，未侍帷帐，则芳香不发也。②

孔融论盛孝章书③

岁月不居，时节如流，五十之年，忽焉已至，公为始满，融又过二，海内知识，零落殆尽，惟会稽④盛孝章尚存。其人困于孙氏，妻孥湮没；单子独立，孤危愁苦⑤，若使忧能伤人，此子不得永年矣！⑥

《春秋传》曰："诸侯有相灭亡者，桓公不能救，则桓公耻之⑦。"今孝章，实丈夫之雄也，天下

---

① 光仪，光华之容仪。
② 此段言来书之非，益以见情之重。
③ 孔融，字文举，孔子之后也，汉献帝时为北海相，历官至将作大匠，迁少府，时天下方乱，融志在靖难，然才疏意广，迄无成功，后为曹操所忌，被害。盛孝章，会稽人，名宪，器量雅伟，为时名士，孙策深忌之，融与友善，忧其不免，因与曹操是书，征为都尉，诏命未至，果已为孙权所害。
④ 会稽，秦郡，今江苏长江以南、浙江以西及安徽东南一角。
⑤ 时宪方避难许昭家。
⑥ 此段言宪之可危。
⑦ 僖公元年邢亡。《公羊传·僖公元年》："孰亡之？盖狄灭之。曷为不言狄灭之？为桓公讳也。曷为为桓公讳？上无天子，下无方伯，天下诸侯有相灭亡者，桓公不能救，则桓公耻之。"引此谓拯救孝章，为操所义不容辞者。

谈士，依以扬声，而身不免于幽絷，命不期于旦夕^①，吾祖不当复论损益之友^②，而朱穆所以绝交也^③。公诚能驰一介^④之使，加咫尺之书，则孝章可致，友道可弘矣。^⑤

今之少年，喜谤前辈，或能讥评孝章。孝章要为有天下大名，九牧之人^⑥，所共称叹。燕君市骏马之骨，非欲以骋道里，乃当以招绝足也^⑦。惟公匡复汉室，宗社将绝，又能正之。正之术，实须得贤。珠玉无胫而自至者，以人好之也^⑧，况贤者之有

---

① 言不能以旦或以夕为期，随时可死也。
② 吾祖，即指孔子。《论语·季氏》孔子曾有"益者三友，损者三友"之语。
③ 朱穆，后汉南阳宛人，字公叔，感世浇薄，莫尚敦笃，著《绝交论》以矫之。
④ 一介，犹一个，"介、个"古通用。
⑤ 此段言操宜救宪。
⑥ 九牧，谓九州也，九州皆有牧伯，故云。
⑦ 燕君，谓燕昭王也。昭王欲招贤，郭隗谓王曰："臣闻古之人君有市千里马者，三年而不得，于是遣使者赍千金往，未至而马已死，使者乃以五百金买其骨归，期年而千里马至者三，王欲招贤，请从隗始。"
⑧ 盖胥谓晋平公曰："珠出于海，玉出于山，无足而至者，好之也。士有足而不至者，君不好也。"

足乎！昭王筑台以尊郭隗①，隗虽小才，而逢大遇，竟能发明主之至心，故乐毅自魏往，剧辛②自赵往，邹衍③自齐往。向使郭隗倒悬而王不解，临难而王不拯，则士亦将高翔远引，莫有北首燕路者矣。凡所称引，自公所知，而复有云者，欲公崇笃斯义。因表不悉。④

孔融荐祢衡表⑤

臣闻洪水横流⑥，帝思俾乂⑦，旁求四方，以招贤俊。昔世宗⑧继统，将弘祖业，畴咨熙载⑨，群士

---

① 昭王，即燕昭王。王闻郭隗言，因改筑宫而师事之，于是乐毅、邹衍、剧辛皆往燕。
② 剧辛在燕，任国政，下齐之计，其功居多。
③ 邹衍，齐人，昭王师事之。
④ 此段论救宪之益，及表明作书之故。
⑤ 祢衡，少有才辨，气尚刚直，献帝时，孔融上疏荐之，曹操怒其狂傲，遣至刘表处，表复不能容，使见黄祖，被杀。
⑥ 洪水横流，谓帝尧时也。
⑦ 《尚书·尧典》："汤汤洪水方割，……下民其咨，有能俾乂。"俾，使也。乂，治也。
⑧ 世宗，汉武帝庙号。
⑨ 畴，谁也。咨，嗟也。熙，广也。载，事也。畴咨熙载，犹曰嗟乎谁能广帝之事。

后汉文

响臻①。陛下睿圣，纂承基绪，遭遇厄运，劳谦②日昃，维岳降神③，异人并出。窃见处士平原④祢衡，年二十四，字正平，淑质贞亮，英才卓跞⑤，初涉艺文，升堂睹奥⑥，目所一见，辄诵于口，耳所暂闻，不忘于心，性与道合，思若有神。弘羊潜计⑦，安世默识⑧，以衡准之，诚不足怪。忠果正直，志怀霜雪，见善若惊，疾恶若仇，任座抗行⑨，史鱼厉节⑩，殆无以过也！⑪

---

① 响臻，如响应而至也。
② 《易·谦卦》："劳谦君子，有终吉。"
③ 《诗经·大雅·崧高》："维岳降神，生甫及申。"岳，四岳，四方大山，东泰、西华、南衡、北恒也。
④ 平原，汉郡名，地在今山东。
⑤ 跞，luò，卓跞，绝异。
⑥ 《论语·先进》："由也升堂矣，未入于室也。"室西南隅为奥。
⑦ 弘羊，汉桑弘羊，以心计，年十三，拜侍中。
⑧ 安世，张安世也，字少儒，汉武帝时为郎，帝行幸河东，亡书三箧，诏问莫能知，惟安世识之，后得书，以相校，无所遗失，擢拜尚书令。识，zhì，记也。
⑨ 任座，战国时人，魏文侯问诸大夫："寡人何如主也？"座曰："君不肖君也，克中山不以封君之弟，而以封君之子，是以知不肖君也。"抗行，犹抗颜。
⑩ 史鱼，春秋时卫大夫，名鳝，以灵公不用蘧伯玉而任弥子瑕，死以尸谏，孔子称其直。厉，高也。
⑪ 此段推重祢衡。

鸷鸟累百，不如一鹗①，使衡立朝，必有可观。飞辩骋辞，溢气坌涌②，解疑释结，临敌有余。昔贾谊求试属国，诡系单于③，终军欲以长缨，牵致劲越④，弱冠⑤慷慨，前代美之。近日路粹、严象，亦用异才，擢拜台郎⑥，衡宜与为比。⑦

如得龙跃天衢，振翼云汉⑧，扬声紫微⑨，垂光虹蜺⑩，足以昭近署之多士，增四门之穆穆⑪。钧天广乐⑫，必有奇丽之观；帝室皇居，必蓄非常之宝。若

---

① 二语见《邹阳谏吴王书》"鸷鸟""鹗"注。
② 坌，bèn；坌涌，聚而腾上也。
③ 贾谊奏曰："何不试臣以属国之官，以主匈奴，行臣之计，必系单于之颈而制其命。"属国，汉官名，掌蛮夷降者。诡，责成，要求。诡系单于，自责必系单于也。
④ 终军，字子云，汉武帝时，遣入南越，说令入朝，军自请愿受长缨羁南越王而致之阙下。
⑤ 贾谊、终军皆年少者，故曰弱冠。
⑥ 路粹、严象，皆东汉末人，粹字文蔚，象字文则，皆有才略，俱拜尚书郎。
⑦ 此段言衡之才。
⑧ 云汉，天河。
⑨ 紫微，天帝之座。
⑩ 蜺，通"霓"；虹双出色鲜盛者为雄，雄曰虹，暗者为雌，雌曰蜺。
⑪ 四门穆穆，《尚书·舜典》语，四门，四方之门，穆穆，美也。
⑫ 钧，平也，为四方主，故曰钧天。晋赵简子曰："我之帝所，甚乐，与百神游夫钧天，广乐九奏万舞，其声动心。"

衡等辈，不可多得。激楚《阳阿》①，至妙之容，掌技者之所贪②；飞兔騕褱③，绝足奔放，良乐④之所急也。臣等区区，敢不以闻。陛下笃慎取士，必须效试，乞令衡以褐衣⑤召见，必无可观采，臣等受面欺之罪！⑥

陈琳为袁绍檄豫州⑦

左将军领豫州刺史郡国相守⑧：盖闻明主图危以制变，忠臣虑难以立权，是以有非常之人，然后有非常之事；有非常之事，然后立非常之功；夫

---

① 激楚，清声也。古之名倡名阳阿，善和，因以名其歌。
② 言为主技乐之人所贪爱。
③ 飞兔騕褱，皆古之骏马。
④ 良乐，王良、伯乐，皆古善相马者。
⑤ 褐衣，毛布所制衣，贱者所服。
⑥ 此段言衡若见用，必庆得人。
⑦ 陈琳，字孔璋，后汉广陵人，先为袁绍典文章，绍败，归曹操，操以为记室。豫州，指刘备，但当宣此檄时，备已奔绍，故此二字应作"州郡"。
⑧ 刘备归陶谦，谦表为豫州刺史，后归曹操，操表为左将军，然左将军非郡国相，豫州刺史亦非郡守，殊不能强合为一，且檄文实非檄备也，故郡上应有一"告"字；一说，此十二字为他人所窜入，原本无之云。

非常者，故非常人所拟也。曩者强秦弱主，赵高执柄，专制朝权，威福由己，时人迫胁，莫敢正言，终有望夷之败①，祖宗焚灭，污辱至今，永为世鉴。及臻吕后季年，产、禄专政②，内兼二军③，外统梁、赵④，擅断万机，决事省禁，下凌上替，海内寒心，于是绛侯、朱虚兴兵奋怒，诛夷逆暴，尊立太宗⑤，故能王道兴隆，光明显融，此则大臣立权之明表也。⑥

司空曹操祖父中常侍腾⑦，与左悺、徐璜⑧，并作妖孽，饕餮⑨放横，伤化虐民。父嵩乞匄携养⑩，

---

① 望夷，秦宫名，在西安西北。二世斋于望夷宫，赵高遣人就弑之。
② 产、禄，皆吕后兄子，后临朝，二人专政。
③ 二军，南军、北军，为汉禁卫兵，南军在城内，北军在城外。
④ 吕后以产为梁王，禄为赵王。
⑤ 周勃封于绛，为绛侯。齐悼惠王子章，封朱虚侯。太宗，文帝庙号。勃与章共诛诸吕，立文帝，刘氏复兴。
⑥ 明表，明白之表仪。此段举大臣立权建功之例。
⑦ 中常侍，秦官，得出入禁中，后汉改以宦者为之。腾，字季兴，操祖父。
⑧ 悺，guàn；左悺，河南人；徐璜，下邳人，皆后汉宦者。
⑨ 饕餮，tāotiè，本恶兽名，借为凶人之喻，贪财为饕，贪食为餮也。
⑩ 匄，gài，乞求。嵩，字臣高，操父，姓夏侯氏，腾养子，莫审其生本末。

后汉文

因赃假位,舆金辇璧,输货权门①,窃盗鼎司②,倾覆重器③。操赘阉遗丑,本无懿德,僄狡锋协④,好乱乐祸。幕府董统鹰扬,扫除凶逆⑤,续遇董卓,侵官暴国⑥,于是提剑挥鼓,发命东夏,收罗英雄,弃瑕取用⑦,故遂与操同谘合谋,授以裨师⑧,谓其鹰犬之才,爪牙可任。至乃愚佻短略,轻进易退,伤夷折衄,数丧师徒⑨,幕府辄复分兵命锐,修完补辑,表行东郡领兖州刺史,被以虎文⑩,奖蹴⑪威柄,冀获

---

① 嵩于灵帝时,货赂中官及输西园钱一亿万,因官至太尉。
② 鼎司,谓公辅之职,古以鼎足喻三公,故称。
③ 重器,谓天下。
④ 锋协,犹锋侠,言其如锋之利也。
⑤ 幕府,称袁绍也,卫青征匈奴,大克获,武帝就其幕中拜为大将军,后因称大将军曰幕府,绍时为大将军也。鹰扬,谓武士也,言其威武奋扬如鹰。何进为宦者所杀,绍勒兵入宫,尽捕诸阉人,无少长皆杀之。
⑥ 董卓,字仲颖,陇西人。何进召卓以兵入诛宦官,卓闻命就道,既至洛阳,进已被杀,宦官亦为绍所诛,卓乃专权自恣,废少帝,立献帝,山东豪杰并起,以诛卓为名,卓逼献帝徙都长安,尽烧洛阳宫室,王允密说其心腹将吕布诛之。
⑦ 卓既专政,绍奔冀州,因拜为渤海太守,绍即以其地之兵攻卓。
⑧ 裨师,偏师。绍发兵,操亦同行。
⑨ 衄,nǜ,战败。操为卓将徐荣所败,兵多死伤。
⑩ 虎文,虎纹之衣,虎贲将所服。
⑪ 蹴,当作"就","就"或作"噈",又作"媰",而"蹴"又"蹵"之异体,因传写致讹。《后汉书》即作"就",就,成也。

175

秦师一克之报①。而操遂承资跋扈②，肆行凶忒③，割剥元元④，残贤害善，故九江太守边让，英才俊伟，天下知名，直言正色，论不阿谄，身首被枭悬之诛，妻孥受灰灭之咎⑤。自是士林愤痛，民怨弥重，一夫奋臂，举州同声，故躬破于徐方⑥，地夺于吕布⑦，彷徨东裔，蹈据无所。幕府惟强干弱枝之义⑧，且不登叛人之党⑨，故复援旌擐⑩甲，席卷起征，金鼓响振，布众奔沮。拯其死亡之患，复其方伯之位，则幕府无德于兖土之民，而有大造于操也。⑪

----

① 秦穆公使孟明伐晋，屡败，穆公犹用之，后卒以其力败晋而称霸。
② 跋扈，犹强梁。操得兖州，兵众强盛，遂有反绍意。
③ 忒，恶也。
④ 元，善也，民之类善，故称民曰元元。
⑤ 边让，字文礼，陈留浚仪人，善属文，为九江太守，以世乱，去官归，言议颇侵操，操杀之，族其家。悬首于木曰枭。
⑥ 徐方，谓徐州也。操伐陶谦徐州，粮少，引还。
⑦ 吕布，字奉先，初事丁原，后事董卓，皆不终。操伐布，与战，不利。
⑧ 语本《汉书·贾谊传》。
⑨ 登，成也。叛人，即谓吕布。
⑩ 擐，huàn，贯穿。
⑪ 造，成也。此段言绍待操之厚。

后汉文

　　后会銮驾返旆，群虏寇攻①。时冀州方有北鄙之警，匪遑离局②，故使从事中郎徐勋就发遣操，使缮修郊庙，翊卫幼主。操便放志专行，胁迁当御省禁③，卑侮王室，败法乱纪，坐领三台④，专制朝政，爵赏由心，刑戮在口，所爱光五宗⑤，所恶灭三族⑥，群谈者受显诛，腹议者蒙隐戮，百僚钳口，道路以目，尚书记朝会，公卿充员品而已。故太尉杨彪⑦，典历二司⑧，享国极位，操因缘眦睚，被以非罪，榜楚参并，五毒备至⑨，触情任忒，不顾宪纲⑩。又议郎

---

① 董卓既诛，其部将作乱，长安大扰，韩暹等以献帝远洛阳，中途颇遭寇犯，历尽艰辛。
② 绍领冀州牧，公孙瓒自燕攻之。离局，远其部曲也。献帝东还，绍臣劝其奉迎，绍不听，为操所先，及见诏书每下，有于己不便者，始悔其失，檄文极意弥缝之。
③ 献帝既还洛阳，操遂往卫，旋即迫迁于许。
④ 三台，尚书中台，御史宪台，谒者外台也。
⑤ 五宗，上自高祖下及孙也。
⑥ 三族，父母、兄弟、妻子也；一说，父族、母族、妻族。
⑦ 杨彪，字文先，华阴人，博习旧闻。
⑧ 彪尝代董卓为司空，又代黄琬为司徒，故曰典历二司。
⑨ 袁术僭逆，操托彪与术婚姻，诬以欲图废置，奏收下狱，孔融力救，乃免。榜楚，榜掠也，谓鞭笞。五毒，古代五种酷刑，即桁杨、荷校、桎梏、锒铛、拷掠。
⑩ 宪纲，犹法网。

赵彦，忠谏直言，义有可纳，是以圣朝含听，改容加饰，操欲迷夺时明，杜绝言路，擅收立杀，不俟报闻①。又梁孝王②，先帝母昆，坟陵尊显，桑梓松柏，犹宜肃恭，而操帅将吏士，亲临发掘，破棺裸尸，掠取金宝③，至令圣朝流涕④，士民伤怀。操又特置发丘中郎将、摸金校尉⑤，所过隳突⑥，无骸不露。身处三公之位，而行桀虏之态，污国虐民，毒施人鬼！加其细政苛惨，科防互设，罾缴充蹊，坑阱塞路⑦，举手挂网罗，动足触机陷。是以兖豫有无聊之民⑧，帝都有吁嗟之怨⑨。历观载籍，无道之臣，贪残酷烈，于操为甚。⑩

幕府方诘外奸⑪，未及整训，加绪含容，冀可弥

---

① 报闻，奏报闻达于上也。
② 梁孝王，名武，景帝之弟。
③ 操破孝王棺，收其金宝。
④ 献帝闻孝王墓被掘，为之哀泣。
⑤ 发丘中郎将、摸金校尉，二者皆操所置官，观其名，即可知其所掌。
⑥ 隳突，毁坏之意。隳，huī。
⑦ 罾，zēng，渔网。缴，以绳系矢而射也。二句喻其法律之苛。
⑧ 无聊之民，民不聊生也。
⑨ 帝都，即指洛阳。此言都下人民皆怨恨。
⑩ 此段言操专制朝政，残害人民。
⑪ 诘，谓问其罪。此指绍伐公孙瓒。

缝，而操豺狼野心，潜包祸谋，乃欲摧挠栋梁，孤弱汉室，除灭忠正，专为枭雄①。往者伐鼓北征公孙瓒②，强寇桀逆，拒围一年，操因其未破，阴交书命，外助王师，内相掩袭，故引兵造河，方舟北济③；会其行人发露，瓒亦枭夷，故使锋芒挫缩，厥图不果④。尔乃大军过荡西山⑤，屠各、左校⑥，皆束手奉质，争为前登，犬羊残丑，消沦山谷，于是操师震慑，晨夜逋遁，屯据敖仓⑦，阻河为固，欲以螗蜋之斧，御隆车之隧⑧。幕府奉汉威灵，折冲⑨宇宙，长戟百万，胡骑千群，奋中黄、育、获之士⑩，

---

① 枭雄，桀傲者之称。
② 公孙瓒，字伯宪，董卓专政时，封蓟侯。瓒与绍相恶，绍因攻之。
③ 方舟，二舟并行。
④ 操引兵渡河，托言助绍，实图袭之，会瓒破灭，绍亦觉之，操乃退军敖仓。
⑤ 黑山贼于毒等为乱，绍以军入朝歌鹿肠山，讨破斩之。
⑥ 屠各，胡族。左校，贼官名，为郭大贤等。
⑦ 今河南省荥泽县西北有敖山，秦时山上有城，中置仓，故名其地为敖仓。
⑧ 螗蜋，即螳螂，前二足如斧。隧，道也。螳臂当车，语本《庄子·人间世》。
⑨ 折冲，拒敌也。
⑩ 中黄，中黄伯，育，夏育，获，乌获，皆古勇士。

骋良弓劲弩之势，并州越太行①，青州涉济漯②，大军泛黄河而角其前③，荆州下宛、叶而掎其后④，雷震虎步，并集虏庭，若举炎火以焫⑤飞蓬，覆沧海以沃熛炭⑥，有何不灭者哉！⑦

又操军吏士，其可战者，皆出自幽冀，或故营部曲，咸怨旷思归，流涕北顾。其余兖豫之民，及吕布、张扬之遗众⑧，覆亡迫胁，权时苟从，各被创夷，人为仇敌。若回旆方徂，登高冈而击鼓吹，扬素挥⑨以启降路，必土崩瓦解，不俟血刃。⑩

---

① 并州，谓绍甥高干也，绍以干为并州刺史，故称。太行，山名，连亘今河南、河北、山西境。
② 青州，谓绍长子谭也，绍以谭为青州刺史，故称。济漯，二水名，皆在今山东境；漯，tà。
③ 谓如捕兽之捉其角。
④ 荆州，谓刘表，表为荆州刺史，故称，时与绍相结也。宛，县名，秦置，今河南南阳市。叶，县名，今河南省叶县。掎，jǐ，牵制，如捕兽之戾其足。
⑤ 焫，ruò，焚烧。
⑥ 沃，灌也。熛，biāo，火星飞迸。
⑦ 此段言操与绍相并。
⑧ 张扬，字稚叔，云中人，董卓以为建义将军、河内太守，其将杨丑杀之，以众降操。
⑨ 挥，通"徽"，旖也。
⑩ 此段言操兵易散。

后汉文

方今汉室陵迟，纲维弛绝，圣朝无一介之辅，股肱无折冲之势，方畿之内，简练之臣，皆垂头揭翼，莫所凭恃。虽有忠义之佐，胁于暴虐之臣，焉能展其节？又操持部曲精兵七百，围守宫阙，外托宿卫，内实拘执，惧其篡逆之萌，因斯而作。此乃忠臣肝脑涂地之秋，烈士立功之会，可不勖哉！[1]

操又矫命称制，遣使发兵，恐边远州郡，过听而给与，强寇弱主，违众旅[2]叛，举以丧名，为天下笑，则明哲不取也。即日幽[3]、并、青、冀四州并进，书到荆州，便勒见兵[4]，与建忠将军协同声势[5]，州郡各整戎马，罗落[6]境界，举师扬威，并匡社稷，则非常之功，于是乎著。其得操首者封五千户侯，赏钱五千万！部曲偏裨将校诸吏降者，勿有所问！广宣恩信，班扬符赏，布告天下，咸使知圣朝有拘

---

[1] 此段勖人以忠义。
[2] 旅，或谓助也。
[3] 幽，谓绍中子熙也，熙为幽州刺史，故称。
[4] 见兵，现有之兵。
[5] 张绣以军功迁建忠将军，方与表合。
[6] 罗落，聚集之意。

逼之难！如律令！①

王粲登楼赋②

登兹楼以四望兮，聊暇③日以销忧。览斯宇之所处兮，实显敞而寡仇④。挟清漳⑤之通浦兮，倚曲沮之长洲⑥。背坟衍之广陆兮⑦，临皋隰之沃流⑧。北弥陶牧⑨，西接昭丘⑩。华实蔽野，黍稷盈畴。虽信美而非吾土兮，曾何足以少留！⑪

---

① 文书下缀"如律令"三字，言当动依律令而勿失。此段归到檄文。
② 王粲，山阳人，字仲宣，献帝西迁，粲从至长安，以西京扰乱，乃至荆州依刘表，博闻多识，问无不知，后仕魏为侍中，旋卒。《登楼赋》，粲登当阳城楼，以世不承平，而刘表又不足与有为，旅居荆州，心怀故国，因作此志感。
③ 暇，或作"假"。
④ 仇，qiú，匹也。
⑤ 漳，水名，出湖北南漳县西南，东南流经当阳市与沮水会，又经荆州市入长江。
⑥ 沮，水名，出湖北保康县西南，与漳水会，又东南经江陵县入江。水中可居者曰洲。
⑦ 水涯曰坟。下平曰衍。
⑧ 皋为泽之坎。下湿曰隰。
⑨ 江陵县西有陶朱公墓。郊外曰牧。
⑩ 昭丘，楚昭王墓，在当阳市东南。
⑪ 此段因楼中美景而生感。

后汉文

　　遭纷浊①而迁逝兮，漫逾纪②以迄今。情眷眷而怀归兮，孰忧思之可任③！凭轩槛以遥望兮，向北风而开襟④，平原远而极目兮，蔽荆山之高岑⑤，路逶迤而修迥兮⑥，川既漾而济深⑦，悲旧乡之壅隔兮，涕横坠而弗禁！昔尼父之在陈兮，有归与之叹音⑧，钟仪幽而楚奏兮⑨，庄舄显而越吟⑩，人情同于怀土兮，岂穷达而异心。⑪

　　惟日月之逾迈⑫兮，俟河清其未极⑬。冀王道之一

---

① 纷浊，喻世乱。
② 十二年曰纪。
③ 任，承受。
④ 因吹北风，愈增乡思。
⑤ 荆山，在今湖北南漳县西北。山小而高曰岑。
⑥ 逶迤，弯曲延续不绝。迥，远也。
⑦ 漾，水流长。济，渡也。
⑧ 尼父，孔子也，孔子字仲尼，鲁哀公谥之曰尼父，因其字以为之谥也；父，同"甫"，丈夫之美称。孔子周游列国，其在陈也，曾有"归与归与"之叹，见《论语·公冶长》。
⑨ 钟仪，春秋楚人，被囚于晋，晋侯见而脱之，与之琴，操南音，见《左传·成公九年》。
⑩ 越人庄舄，仕楚至执珪，有顷而病，楚王以其虽为越人而在楚显贵，当不思越，使人往听其声，则犹越声也。
⑪ 此段怀归。
⑫ 日月逾迈，光阴往逝之意。
⑬ 逸诗有"俟河之清，人寿几何"，见《左传·襄公八年》。极，至也。

平兮，假高衢①而骋力。惧匏瓜之徒悬兮②，畏井渫之莫食③。步栖迟以徙倚兮④，白日忽其将匿。风萧瑟而并兴兮，天惨惨而无色。兽狂顾以求群兮，鸟相鸣而举翼。原野阒⑤其无人兮，征夫行而未息。心凄怆以感发兮，意忉怛而憯恻⑥。循阶除⑦而下降兮，气交愤⑧于胸臆。夜参半⑨而不寐兮，怅盘桓以反侧。⑩

---

① 高衢，大道。
② 匏瓜，葫芦。《论语·阳货》："吾岂匏瓜也哉，焉能系而不食。"孔子冀仕之语。
③ 《易·井卦》："井渫不食。"渫，xiè，治去污秽之名也，井被渫治，则清洁可食，而不见食，犹人已修正其身而不见用也。
④ 栖迟，谓游息也。徙倚，低徊。
⑤ 阒，qù，寂静。
⑥ 忉怛，dāo dá，悲痛。憯，cǎn；憯恻，惨伤。
⑦ 除，楼阶；又，门屏之间曰除。
⑧ 交，通"狡"，狂戾。愤，懑也。狡愤，谓烦躁愤懑。
⑨ 夜参半，犹夜分，即夜半。
⑩ 盘桓，不进貌。此段悲世乱而不能得志。

魏文

魏文帝典论论文[1]

文人相轻,自古而然,傅毅[2]之于班固,伯仲之间耳,而固小之,与弟超[3]书曰:"武仲以能属文[4],为兰台令史[5],下笔不能自休。"夫人善于自见,而文非一体,鲜能备善,是以各以所长,相轻所

---

[1] 魏文帝,曹操长子,名丕,代汉为帝,在位六年,性好文学,博闻强记,以著述为务,有集行世。《典论》,文帝撰,凡五卷。《论文》,《典论》中之一篇也。
[2] 傅毅,字武仲,茂陵人,后汉章帝时,为兰台令史,与班固等同典校书,早卒。
[3] 超,字仲升,有平西域之功。
[4] 属,zhǔ;属文,犹作文,谓连缀字句使相属也。
[5] 兰台,藏秘书之宫观。兰台令史,掌兰台之书奏。

短①。里语曰："家有弊帚，享之千金②。"斯不自见之患也。③

今之文人，鲁国④孔融文举，广陵⑤陈琳孔璋，山阳⑥王粲仲宣，北海徐干伟长⑦，陈留阮瑀元瑜⑧，汝南应玚德琏⑨，东平刘桢公干⑩，斯七子者⑪，于学无所遗，于辞无所假，咸以自骋骥䮫于千里，仰齐足而并驰，以此相服，亦良难矣！盖君子审己以度

---

① 言人以能自见为善，而文不一体，常长于此体，而短于他体，而我之所长，适为人之所短，因以轻之，人亦依此例以轻我，遂各忘其短，皆自许为独步。
② 光武诏让吴汉语。言视己之敝帚贵如千金而享用之，喻人不自知其短也。
③ 此段言文人积习。
④ 鲁国，汉代封国，在今山东。
⑤ 广陵，东汉郡，今江苏省扬州市城区东北。
⑥ 山阳，汉山阳国，在今山东省巨野县。
⑦ 北海，汉北海国，在今山东省寿光市南。徐干，字伟长，为司空军谋祭酒、五官将文学。
⑧ 陈留，县名，今属河南省开封市。瑀，yǔ；阮瑀，字元瑜，为曹操司空军谋祭酒，管记室，一时书檄，多出其手，有集行世。
⑨ 汝南，汉郡，治所在今河南省平舆县北射桥镇。玚，yáng；应玚，字德琏，曹操辟为丞相掾，后为五官将文学，有集行世。
⑩ 东平，汉代封国，今山东省东平县，即国中地。刘桢，字公干，有逸才，文章为文帝所重。
⑪ 上七人号建安七子，皆以能文名者。

魏文

　　人，故能免于斯累，而作《论文》。①

　　王粲长于辞赋，徐干时有齐气②，然粲之匹也。如粲之《初征》《登楼》《槐赋》《征思》，干之《玄猿》《漏卮》《圆扇》《橘赋》，虽张、蔡不过也③，然于他文，未能称是。琳、瑀之章、表、书、纪，今之隽也。应玚和而不壮，刘桢壮而不密。孔融体气高妙，有过人者，然不能持论，理不胜词，以至乎杂以嘲戏，及其所善，扬、班俦也④。常人贵远贱近，向声背实，又患暗于自见，谓己为贤。⑤

　　夫文本同而末异，盖奏议宜雅，书论宜理，铭诔尚实，诗赋欲丽，此四科不同，故能之者偏也，唯通才能备其体。文以气为主，气之清浊有体，不可力强而致；譬诸音乐，曲度虽均，节奏同检⑥，至于引气不齐，巧拙有素，虽在父兄，不能以移子弟。⑦

---

① 此段言作论文之由。
② 齐气，谓齐俗文体舒缓，干有此病也。
③ 张、蔡，张衡、蔡邕。
④ 扬、班，扬雄、班固。
⑤ 此段言各人之短长。
⑥ 检，法度。
⑦ 此段言文章能备文体之难。

盖文章经国之大业，不朽之盛事，年寿有时而尽，荣乐止乎其身，二者必至之常期，未若文章之无穷；是以古之作者，寄身于翰墨，见意于篇籍，不假良史之辞，不托飞驰之势，而声名自传于后。故西伯幽而演《易》[1]，周旦显而制礼[2]，不以隐约而弗务，不以康乐而加思。夫然则古人贱尺璧而重寸阴[3]，惧乎时之过已，而人多不强力，贫贱则慑于饥寒，富贵则流于逸乐，遂营目前之务，而遗千载之功，日月逝于上，体貌衰于下，忽然与万物迁化，斯志士之大痛也！融等已逝，唯干著论，成一家言。[4]

魏文帝与朝歌令吴质书[5]

五月十八日，丕白。季重无恙。途路虽局[6]，官

---

[1] 西伯，西方诸侯之长，即周文王。纣囚文王于羑里，因推演《易》象作卦。
[2] 周旦，周公旦也，武王弟，相成王，制礼作乐，天下大治。
[3] 《淮南子·原道训》："圣人不贵尺之璧而重寸之阴。"
[4] 徐干著有《中论》，凡二十篇，辞义典雅，传于世。此段言文章之重。
[5] 朝歌，县名，今河南淇县。吴质，魏济阴人，字季重，为朝歌令，大军西征，丕时为太子，南在孟津，与质此书。
[6] 局，近。

守有限，愿言之怀，良不可任①。足下所治僻左，书问致简，益用增劳，每念昔日南皮②之游，诚不可忘。既妙思六经，逍遥百氏，弹棋③间设，终以六博④，高谈娱心，哀筝顺耳，驰骋北场，旅食⑤南馆，浮甘瓜于清泉，沉朱李于寒水；白日既匿，继以朗月，同乘并载，以游后园。舆轮徐动，参从无声，清风夜起，悲笳微吟，乐往哀来，怆然伤怀。余顾而言，斯乐难常，足下之徒，咸为以然。今果分别，各在一方，元瑜长逝，化为异物，每一念至，何时可言！⑥

方今蕤宾纪时⑦，景风⑧扇物，天气和暖，众果具繁，时驾而游，北遵河曲⑨，从者鸣笳以启路，文

---

① 任，承受。
② 南皮，县名，今属河北。
③ 弹棋，游戏名，出魏宫，大体以巾拂棋子也，今不传。
④ 六博，游戏名，法用六箸以竹为之，长六分，今不传。
⑤ 旅食，众食也。
⑥ 此段述旧游及人事不常。
⑦ 《礼记·月令》："仲夏之月，律中蕤宾。"校订者按：蕤宾，古乐十二律之一，古以律配历，在五月为蕤宾。
⑧ 景风，南风，夏至则至。
⑨ 黄河自山西省永济市折而东，入芮城县，谓之河曲。

学①托乘于后车,节同时异,物是人非,我劳如何。今遣骑到邺②,故使枉道相过,行矣自爱!丕白。③

曹植王仲宣诔④

建安⑤二十二年正月二十四日戊申,魏故侍中关内侯王君卒。呜呼哀哉!皇穹神察⑥,喆人是恃⑦,如何灵祇,歼⑧我吉士。谁谓不痛,早世即冥⑨,谁谓不伤,华繁中零。存亡分流,夭遂同期⑩,朝闻夕殁,先民所思⑪,何用诔德,表之素旗⑫,何以赠终,哀以送之。遂作诔曰:

---

① 汉时郡国皆置文学,即博士助教之任,魏晋因之。
② 邺,汉县,在今河北省临漳县境。
③ 此段叙致书相思之意。
④ 曹植,操第三子,字子建,工文章,封陈王,卒谥思,有集行世。王仲宣,即王粲也。累列生时之德行而称之曰诔,后遂以名哀死之文。
⑤ 建安,汉献帝(刘协)年号,公元196—219年。
⑥ 皇穹,天也。神察,烛照如神之意。
⑦ 喆,同"哲";喆人,即哲人。
⑧ 歼,杀害。
⑨ 谓早岁即死也,粲死年仅四十一。
⑩ 遂,遂其生也。此谓寿夭相去无几。
⑪ 《论语·里仁》:"朝闻道,夕死可矣。"
⑫ 何用,犹用何。旗,旐也,书诔辞其上也。

魏文

猗欤侍中，远祖弥芳，公高建业，佐武伐商①，爵同齐鲁，邦祀绝亡，流裔毕万，勋绩惟光。晋献赐封，于魏之疆②，天开之祚，末胄称王③。厥姓斯氏，条分叶散，世滋芳烈，扬声秦汉。会遭阳九④，炎光中矇⑤，世祖⑥拨乱，爰建时雍⑦。三台⑧树位，履道是钟，宠爵之加，匪惠惟恭。自君二祖，为光为龙，金曰休哉，宜翼汉邦，或统太尉，或掌司空⑨，百揆惟叙⑩，五典⑪克从，天静人和，皇教遐通。伊

---

① 公高，毕公高也，为魏先祖。高佐武王伐纣，以功封于毕。
② 毕万，春秋晋大夫。晋献，晋献公也。献公灭魏，以封万。
③ 万既受封，晋大夫卜偃曰："万盈数也，魏大名也，以是始赏，天启之矣。"魏至文侯而盛，子孙遂称王，为战国七雄之一，其支庶以祖先称王，遂以王为氏。
④ 阳九之说有三：一为四千六百十七岁为一元，初入元百六岁中有九灾岁也；二为太乙数，以四百五十六年为一阳九；三为道家说，谓三千三百年为小阳九，九千九百年为大阳九。
⑤ 炎光，汉以火德王，故称。不明为矇；中矇，谓遭王莽之乱。
⑥ 世祖，光武庙号。
⑦ 时雍，太平之象，言天下大和。
⑧ 三台，星名，以称三公；东汉以太尉、司徒、司空为三公。
⑨ 二祖，粲曾祖父龚，祖父畅也。《诗经·小雅·蓼萧》："为龙为光。"龙，宠也。龚字伯宗，后汉顺帝时，为太尉。畅字叔茂，灵帝时为司空。
⑩ 百揆，唐虞时总持百政之官。叙，定也。
⑪ 五典，父义、母慈、兄友、弟恭、子孝也。

君显考①,弈叶佐时,入管机密,朝政以治,出临朔岱,庶绩咸熙。②

君以淑懿,继此洪基,既有令德,材技广宣,强记洽闻,幽赞微言,文若春华,思若涌泉,发言可咏,下笔成篇,何道不洽,何艺不闲,棋局逞巧③,博奕惟贤。皇家不造④,京室陨颠,宰臣专制⑤,帝用西迁⑥,君乃羁旅,离⑦此阻艰,翕然凤举,远窜荆蛮⑧,身穷志达,居鄙行鲜,振冠南岳,濯缨清川⑨,潜处蓬室,不干势权。⑩

我公奋钺,耀威南楚⑪,荆人或违,陈戎讲武,

---

① 显考,古称高祖,此称粲父谦也。谦为大将军何进长史。
② 朔岱,朔方及泰岱。庶绩咸熙,《尚书·舜典》语,犹言众功皆兴也。粲父官阶无考。此段言粲先世。
③ 粲观人围棋,局坏,粲为复之,不误一道。
④ 造,成也。
⑤ 指董卓专政。
⑥ 西迁,谓董卓胁迫献帝迁都长安。
⑦ 离,通"罹"。
⑧ 粲以西京扰乱,乃依刘表于荆州;楚旧号荆,故谓为荆蛮。
⑨ 湖北襄阳西南,旧有徐庶宅,宅西北有方山,山北际河水,山下有粲宅,故文云。
⑩ 此段述粲之身世。
⑪ 我公,太祖操也。此指建安十三年,操伐荆州。

魏文

君乃义发，算我师旅，高尚霸功，投身帝宇，斯言既发①，谋夫是与。是与伊何，飨我明德，投戈编郜②，稽颡汉北③，我公实嘉，表扬京国，金龟紫绶④，以彰勋则。勋则伊何，劳谦靡已，忧世忘家，殊略卓峙，乃署祭酒⑤，与君行止⑥，算无遗策，画无失理。我王建国，百司俊乂⑦，君以显举，秉机省闼⑧，戴蝉珥貂⑨，朱衣皓⑩带，入侍帷幄，出拥华盖，荣曜当世，芳风晻蔼。⑪

嗟彼东夷⑫，凭江阻湖，骚扰边境，劳我师徒，

---

① 操伐荆州，刘表已卒，子琮立，粲劝琮降操，斯言，即劝琮降之言也。
② 编郜，汉县，汉有若县，属南郡，故城在今湖北省宜城市东南，盖即其地。
③ 汉北，汉水之北。
④ 汉列侯黄金龟纽，金印紫绶，粲归魏，以为丞相掾，赐爵关内侯。
⑤ 祭酒，汉官名，功高者为之，粲曾迁军谋祭酒。
⑥ 时行则行，时止则止。
⑦ 俊乂，贤才。
⑧ 魏既为王建国，粲拜侍中，为魏门下省之长官。
⑨ 侍中常侍，皆冠惠文冠，加貂附蝉。
⑩ 皓，白色。
⑪ 晻蔼，犹披拂。此段粲见用于魏。
⑫ 东夷，谓吴国。

光光戎路，霆骇风徂，君侍华毂，辉辉王途①。思荣怀附，望彼来威②，如何不济，运极命衰，寝疾弥留③，吉往凶归！呜呼哀哉！翩翩孤嗣④，号痛崩摧，发轸北魏⑤，远迄南淮，经历山河，泣涕如颓，哀风兴感，行云徘徊，游鱼失浪，归鸟忘栖。⑥

呜呼哀哉！吾与夫子，义贯丹青⑦，好和琴瑟，分过友生⑧，庶几遐年，携手同征，如何奄忽，弃我夙零⑨！感昔宴会，志各高厉，予戏夫子，金石难弊，人命靡常，吉凶异制，此欢之人，孰先陨越，何寤夫子，果乃先逝。又论死生，存亡数度，子犹怀疑，求之明据，傥独有灵，游魂泰素⑩，我将假

---

① 建安二十一年，操伐吴，粲从。
② 言粲思念宠荣，志在怀附异类，望彼吴畏威而来。
③ 弥留，言病日甚，久留于身而不去也。
④ 粲凡二子。
⑤ 轸，车也。此言其子奔丧。
⑥ 此段粲从征吴而亡。
⑦ 丹青，二色名，言不渝也。
⑧ 友生，朋友。
⑨ 夙零，谓早死。
⑩ 泰素，质之始也。

魏文

翼，飘飘高举，超登景云，要子天路。①

丧柩既臻②，将反魏京，灵輀③回轨，白骥悲鸣，虚廓无见，藏景蔽形，孰云仲宣，不闻其声，延首叹息，雨泣交颈。嗟乎夫子！永安幽冥，人谁不没，达士徇名④，生荣死哀⑤，亦孔之荣。呜呼哀哉！⑥

---

① 此段叙交谊。
② 臻，至也。
③ 輀，ér，同"轜"，丧车也。
④ 徇，通"殉"。《庄子·盗跖》："小人殉财，君子殉名。"
⑤ 《论语·子张》："（夫子）其生也荣，其死也哀。"
⑥ 此段哀死文之结处。

晋文

嵇康与山巨源绝交书[①]

康白：足下昔称吾于颍川，吾常谓之知言[②]，然经怪[③]此意尚未熟悉于足下，何从便得之也。前年从河东[④]还，显宗、阿都[⑤]说足下议以吾自代，事虽

---

① 嵇康，魏谯郡人，字叔夜，丰姿俊逸，导气养性，著《养生篇》，拜中散大夫，常弹琴以自乐，景元中，为司马昭所害。山巨源，即山涛，巨源其字也，晋河内怀人，在魏为赵国相，迁尚书吏部郎，晋武帝受禅，为吏部尚书十余年，甄拔人物，皆一时之选，年七十九卒。巨源为吏部郎时，尝举嵇康以自代，康因以此书绝之。
② 颍川，山涛族父嶔也，为颍川守，故称。涛尝称康，情不愿仕，惬其素志，故曰知言也。
③ 经怪，常怪也。
④ 河东，郡名，今山西黄河以东地。
⑤ 显宗，姓公孙，名崇，显宗其字也，谯人，为尚书郎。阿都，姓吕，名仲悌，阿都其小字，东平人。

不行，知足下故不知之。足下傍通①，多可而少怪②，吾直性狭中，多所不堪，偶与足下相知耳。间闻足下迁，惕然不喜，恐足下羞庖人之独割，引尸祝以自助③，手荐鸾刀④，漫⑤之膻腥，故具为足下陈其可否。⑥

吾昔读书，得并介之人⑦，或谓无之，今乃信其真有耳。性有所不堪，真不可强；今空语同知有达人无所不堪，外不殊俗，而内不失正，与一世同其波流，而悔吝不生耳⑧。老子、庄周，吾之师也，亲居贱职⑨；柳下惠、东方朔，达人也，安乎卑位⑩，吾

---

① 傍通，傍，通"旁"。谓涛旁通众艺。
② 多可而少怪，谓涛多许可，少疑怪，甚宽容也。
③ 尸祝，古代祭祀时对神主掌祝的人。《庄子·逍遥游》："庖人虽不治庖，尸祝不越樽俎而代之矣。"此言恐涛举己自代也。
④ 荐，执也。鸾刀，刀环有铃者。
⑤ 漫，污染。
⑥ 此段恐其荐举。
⑦ 并，谓兼善天下也。介，谓自得无闷也。
⑧ 空语，犹虚说。同知，共知。悔吝，犹悔恨。言空言共知有通达之人于世事无所不堪，能同流合污而不生悔恨耳。
⑨ 老子，姓李，名耳，字伯阳，谥曰聃，亦称老聃，相传母怀之八十一岁而生，故号为老子，为周守藏室之吏。庄周，战国蒙人，尝为漆园吏。
⑩ 柳下惠，春秋鲁人，姓展，名禽，居柳下，谥曰惠，故曰柳下惠，为圣人之和者，而为士师。东方朔居卑位，见前《东方朔答客难》。

岂敢短之哉！又仲尼兼爱，不羞执鞭①；子文无欲卿相，而三登令尹②，是乃君子思济物之意也。所谓达则兼善而不渝③，穷则自得而无闷。以此观之，故尧、舜之君世，许由之岩栖④，子房之佐汉⑤，接舆之行歌⑥，其揆⑦一也。仰瞻数君，可谓能遂其志者也。故君子百行，殊途而同致，循性而动，各附所安。故有处朝廷而不出，入山林而不反之论⑧。且延陵高子臧之风⑨，长卿慕相如之节⑩，志气所托，不可

① 仲尼谓老聃曰："兼爱无私，此仁义之情也。"见《庄子·天道》。《论语·述而》："富而可求也，虽执鞭之士，吾亦为之。"
② 子文，春秋楚大夫，姓斗，名谷於菟，三仕为令尹，无喜色，三已之，无愠色。令尹，楚上卿执政之官。
③ 渝，变也。
④ 许由，尧时隐士，字武仲，尧让以天下，不受。
⑤ 子房，张良，佐汉高祖定天下。
⑥ 见《东方朔答客难》"接舆"注。
⑦ 揆，道也。
⑧ 山林之士往而不能反，朝廷之士入而不能出，二者各有所短。此为班固《汉书·王贡两龚鲍传》中赞语。
⑨ 延陵，地名，今江苏常州市武进区治，吴季札居之，故以称焉。子臧，曹公子欣时，曹人欲立为君，拒不受。季札贤，父兄皆欲立之，札以有国非其节，愿附于子臧以不失节，见《左传·襄公十四年》。
⑩ 司马相如小时名犬子，既学，慕战国赵相蔺相如之为人，更名相如。

夺也。吾每读尚子平、台孝威传①，慨然慕之，想其为人。②

少加孤露③，母兄见骄④，不涉经学。性复疏懒，筋驽肉缓，头面常一月十五日不洗，不大闷痒，不能沐也。每常小便，而忍不起，令胞中略⑤转乃起耳。又纵逸来久，情意傲散，简与礼相背，懒与慢相成，而为侪类见宽，不攻其过。又读《庄》《老》⑥，重增其放，故使荣进之心日颓，任实之情转笃。此犹禽鹿少见驯育，则服从教制，长而见羁，则狂顾顿缨⑦，赴蹈汤火，虽饰以金镳⑧，飨以嘉肴，逾思长林而志在丰草也。阮嗣宗⑨口不论人过，吾

---

① 尚子平，即东汉时之向子平，名长，隐居不仕，性尚中和，通《老》《易》，男女嫁娶毕，遂入山，不知所终。台孝威，亦东汉人，名佟，隐居武安山，凿穴为居，采药为业。
② 以上引古自况。
③ 孤露，言父母俱无。
④ 母兄见骄，谓同母兄见爱也。
⑤ 略，一作"咯"。
⑥ 《庄》《老》，庄子、老子之书。
⑦ 顿缨，谓绝去其系也。
⑧ 镳，马衔。
⑨ 阮嗣宗，即阮籍，魏尉氏人，嗜酒放荡，官至步兵校尉。

每师之而未能及，至性过人，与物无伤，唯饮酒过差耳。至为礼法之士所绳，疾之如仇，幸赖大将军保持之耳①。吾不如嗣宗之贤，而有慢弛之阙，又不识人情，暗于机宜，无万石之慎②，而有好尽之累③。久与事接，疵衅日兴，虽欲无患，其可得乎！④

又人伦有礼，朝廷有法，自惟至熟，有必不堪者七，甚不可者二：卧喜晚起，而当关⑤呼之不置，一不堪也；抱琴行吟，弋钓草野，而吏卒守之，不得妄动，二不堪也；危坐一时，痹⑥不得摇，性复多虱，把⑦搔无已，而当裹以章服⑧，揖拜上官，三不堪也；素不便书，又不喜作书，而人间多事，堆案盈几，不相酬答，则犯教伤义，欲自勉强，则不能久，四不堪也；不喜吊丧，而人道以此为重，己

---

① 大将军，谓司马昭。何曾于昭座斥籍败伤礼教，言于昭，宜投四裔，昭不听也。
② 万石，汉石奋也，奋及其四子皆官二千石，故称万石君，为人谨慎。
③ 好尽，谓言则尽情，不知避忌。
④ 此段言己之性情。
⑤ 当关，守门人。
⑥ 痹，bì，湿病。
⑦ 把，读如"爬"，亦搔也。
⑧ 章服，居宦之服。

晋文

为未见怨者所怨，至欲见中伤者①，虽瞿然②自责，然性不可化，欲降心顺俗，则诡故③不情，亦终不能获无咎无誉如此，五不堪也；不喜俗人，而当与之共事，或宾客盈坐，鸣声聒④耳，嚣尘臭处，千变百伎，在人目前，六不堪也；心不耐烦，而官事鞅掌⑤，机务缠其心，世故繁其虑，七不堪也；又每非汤、武而薄周、孔，在人间不止此事⑥，会显⑦世教所不容，此甚不可一也；刚肠疾恶，轻肆直言，遇事便发，此甚不可二也。以促中⑧小心之性，统此九患，不有外难，当有内病，宁可久处人间邪！⑨

又闻道士⑩遗言，饵术黄精⑪，令人久寿，意甚

---

① 人于己，为未见有矜怨之者，而才有所怨，乃至欲见中伤。言被疾苦也。
② 瞿然，懼（惧）然，心惊貌。
③ 诡故，诈饰而非由衷之意。
④ 聒，guō，哗语。
⑤ 鞅掌，烦劳，见《诗经·小雅·北山》。
⑥ 不止此事，谓人间不止有汤、武放伐之事，尚有尤甚者也。
⑦ 会显，独显为也。
⑧ 促中，中怀狭隘。
⑨ 此段力言己之不堪任。
⑩ 道士，有道之士。
⑪ 饵，服食也。术，zhú，本写作"朮"，白朮，根细类指。黄精，根如管状，俱可入药，久服轻身延年。

信之；游山泽，观鱼鸟，心甚乐之；一行作吏，此事便废，安能舍其所乐而从其所惧哉！夫人之相知，贵识其天性，因而济之。禹不逼伯成子高，全其节也①；仲尼不假盖于子夏，护其短也②；近诸葛孔明不逼元直以入蜀③，华子鱼不强幼安以卿相④，此可谓能相终始，真相知者也。足下见直木必不可以为轮，曲者不可以为桷，盖不欲以枉其天才，令得其所也。故四民有业，各以得志为乐，唯达者为能通之，此足下度内耳⑤。不可自见好章甫，强越人以文冕也⑥；己嗜臭腐，养鹓雏以死鼠也⑦。吾顷学养生之

---

① 伯成子高，尧时为诸侯，禹有天下，子高辞诸侯而耕，禹往问焉，子高耕而不顾。
② 子夏，姓卜，名商，卫人，孔子弟子。孔子将行，雨而无盖，门人曰："商也有之。"孔子曰："商之为人也，甚吝于财，吾闻与人交，推其长者，违其短者，故能久也。"见《孔子家语·致思》。
③ 诸葛孔明，诸葛亮也。元直，徐庶字。庶初事刘备，曹操执其母招之，庶遂辞备归操，孔明不止。
④ 华子鱼，华歆也。幼安，管宁字。歆仕魏为相国，诏举独行君子，歆举宁，宁拒而不受。
⑤ 度，duó，揆度。此足下度内耳，犹言此自足下知之耳。
⑥ 章甫，殷冠名。越人断发文身，无用乎冕也。
⑦ 鹓雏，凤类之鸟。鹓雏发于南海而飞于北海，非梧桐不止，非竹实不食，非醴泉不饮，于是鸱得腐鼠，鹓雏过之，仰而视之曰："吓。"见《庄子·秋水》。此言山涛以己位为腐鼠，而康以鹓雏自况也。

晋文

术，方外荣华，去滋味，游心于寂寞，以无为为贵，纵无九患，尚不顾足下所好者。又有心闷疾，顷转增笃，私意自试，不能堪其所不乐。自卜已审，若道尽途穷则已耳，足下无事冤之，令转于沟壑也。①

吾新失母兄之欢，意常凄切。女年十三，男年八岁②，未及成人，况复多病。顾此恨恨③，如何可言！今但愿守陋巷，教养子孙，时与亲旧叙离阔，陈说平生，浊酒一杯，弹琴一曲，志愿毕矣。足下若嬲④之不置，不过欲为官得人，以益时用耳。足下旧知吾潦倒⑤粗疏，不切事情，自惟亦皆不如今日之贤能也。若以俗人皆喜华荣，独能离之，以此为快，此最近之，可得言耳⑥。然使长才广度，无所不淹⑦，而能不营，乃可贵耳。若吾多病困，欲离事

---

① 以上言人各有性，不能强其所不乐。
② 嵇康子名绍，字延祖，十岁而孤。
③ 恨恨，眷眷也，悲也。
④ 嬲，niǎo，戏相扰也。
⑤ 潦倒，蕴藉貌。
⑥ 言俗人皆喜华荣，而己独能离之，以此为快，此最近己之情，可独言之耳。
⑦ 淹，贯通。

自全，以保余年，此真所乏耳①，岂可见黄门②而称贞哉！若趣欲共登王途，期于相致，时为欢益，一旦迫之，必发其狂疾，自非重怨，不至于此也。野人有快炙背而美芹子者，欲献之至尊③，虽有区区之意，亦已疏矣，愿足下勿似之。其意如此，既以解足下，并以为别。嵇康白。④

羊祜让开府表⑤

臣伏闻恩诏，拔臣使同台司⑥。臣自出身⑦以来，适十数年，受任外内，每极显重之任⑧，常以智力不

---

① 言此真性之所乏，非若长才广度之士而不营也。
② 黄门，天阉之称，因宦者皆阉人，故称天阉者亦曰黄门。
③ 《列子·杨朱》："宋国有田父，常衣缊黂，至春，自暴于日，当尔时不知有广夏隩室，绵纩狐貉，顾谓其妻曰：'负日之暄，人莫知之，以献吾君，将有赏也。'其室告之曰：'昔人有美戎菽，甘枲茎与芹子，对乡豪称之，乡豪取尝之，蜇于口，惨于腹，众哂之。'"
④ 此段言己之不欲仕，并结出绝交之意。
⑤ 羊祜，南城人，字叔子，武帝受禅，颇见宠任，累官尚书右仆射，帝欲灭吴，以祜都督荆州诸军事，祜在军，轻裘缓带，身不被甲，务修德以怀吴人，后加车骑将军，开府如三司之仪，祜上表固让，不听，吴未亡，病卒。开府，谓开建府第，辟置僚属，汉制惟三公开府，魏、晋时开府者多，别置开府仪同三司，谓威仪百物，使用三公也。
⑥ 台司，三公，见《曹植王仲宣诔》"三台"注。
⑦ 出身，谓入仕。
⑧ 祜当司马昭时，曾拜从事中郎，迁中领军，事兼内外。

晋文

可顿进，恩宠不可久谬，夙夜战悚，以荣为忧。臣闻古人之言：德未为人所服而受高爵，则使才臣不进；功未为人所归而荷厚禄，则使劳臣不劝①。今臣身托外戚②，事连运会，诚在过宠，不患见遗。而猥降发中之诏③，加非次之荣。臣有何功可以堪之，何心可以安之。身辱高位，倾覆寻至，愿守先人弊庐，岂可得哉！违命诚忤天威，曲从即复若此。盖闻古人申于见知④，大臣之节，不可则止。臣虽小人，敢缘所蒙，念存斯义。⑤

今天下自服化以来，方渐八年，虽侧席求贤，不遗幽贱，然臣不能推有德，达有功，使圣听知胜臣者多，未达者不少。假令有遗德于版筑⑥之下，有隐才于屠钓之间⑦，而朝议用臣不以为非，臣处之

---

① 四句语本《管子》。
② 祜同产姊配景帝，为弘训太后，故云。
③ 猥，曲也。发中，犹发心也。
④ 《晏子春秋》载越石父谓晏子曰："臣闻之，士者屈于不知己，而申乎知己。"语本此。
⑤ 此段言不敢辱高位。
⑥ 版筑，版，通"板"。墙以两板相夹，以杵筑之，营建之役也。《孟子·告子下》："傅说举于版筑之间。"
⑦ 太公吕尚未达时，屠牛朝歌，钓于磻溪。

不以为愧，所失岂不大哉！①

臣忝窃虽久，未若今日兼文武②之极宠，等宰辅③之高位也。且臣虽所见者狭，据今光禄大夫李喜④秉节高亮，在公正色；光禄大夫鲁芝⑤洁身寡欲，和而不同；光禄大夫李胤⑥清亮简素，立身在朝，皆服事华发⑦，以礼终始。虽历位外内之宠，不异寒贱之家，而犹未蒙此选，臣更越之，何以塞天下之望，少益日月⑧！是以誓心守节，无苟进之志。今道路行通，方隅⑨多事，乞留前恩，使臣得速还屯⑩。不

---

① 此言用而不以为非，是为累朝，处而不以为愧，是为殃身，其失甚大。此段言宜访求遗逸。
② 兼文武，谓为车骑而又开府。
③ 等宰辅，谓仪同三司。
④ 李喜，一作"李意"，铜鞮人，字季和，少有高行，官尚书仆射，拜特进、光禄大夫，以年老逊位。
⑤ 鲁芝，郿人，字世英，耽思文籍，武帝时为镇东将军，后征为光禄大夫。
⑥ 李胤，襄平人，字宣伯，官尚书仆射，转光禄大夫。
⑦ 服事，服公家之事。华发，白发。
⑧ 日月，喻君王。
⑨ 方隅，谓全国之一部。
⑩ 还屯，请还荆州也，泰始五年，以祜都督荆州诸军事。

尔留连①,必于外虞有阙②。匹夫之志,不可以夺。③

李密陈情表 ④

臣密言:臣以险衅⑤,夙遭闵凶⑥,生孩六月,慈父见背⑦,行年四岁,舅夺母志⑧,祖母刘,愍臣孤弱,躬亲抚养。臣少多疾病,九岁不行,零丁孤苦,至于成立,既无伯叔,终鲜兄弟,门衰祚⑨薄,晚有儿息⑩,外无期功强近之亲⑪,内无应门五尺之

---

① 不尔留连,谓不速还。
② 外虞,犹言外备。
③ 此段推举当时诸臣,并请还镇。
④ 李密,武阳人,一名虔,字令伯,仕蜀汉为郎,父早亡,母何氏更适人,密见养于祖母刘氏,以孝闻。蜀亡,晋武帝征为太子洗马。密上表陈情,帝嘉之,赐奴婢二人,使郡县供其祖母奉膳。刘卒,服终,徙尚书郎。
⑤ 险衅,艰难祸罪。
⑥ 闵凶,忧患、凶丧。
⑦ 见背,谓不复面,即死也。
⑧ 舅夺母志,谓舅嫁其母,不得守志也。
⑨ 祚,福。
⑩ 晚有儿息,言得子甚迟。
⑪ 周年服曰期,九月服曰大功,五月服曰小功。强,qiǎng;强近,勉强为亲近。

僮，茕茕①孑立，形影相吊；而刘夙婴②疾病，常在床蓐③，臣侍汤药，未曾废离。④

逮奉圣朝⑤，沐浴清化，前太守臣逵，察臣孝廉⑥，后刺史臣荣，举臣秀才⑦，臣以供养无主，辞不赴命。诏书特下，拜臣郎中⑧，寻蒙国恩，除臣洗马⑨，猥⑩以微贱，当侍东宫⑪，非臣陨首所能上报⑫，臣具以表闻，辞不就职；诏书切峻，责臣逋慢⑬，郡县逼迫，催臣上道，州司临门，急于星火，臣欲奉诏奔驰，则刘病日笃，欲苟徇私情，则告诉不许⑭，

---

① 茕茕，孤独貌。
② 婴，绊也，萦也。
③ 蓐，通"褥"。
④ 此段言养于祖母之由，及家门之单弱。
⑤ 圣朝，谓晋也。
⑥ 汉武帝始令郡国岁举孝廉各一人，历代因之，隋唐废。
⑦ 秀才，科目名，始于汉，唐与明经、进士并为科，宋时凡应举者皆称之。
⑧ 郎中，官名，为郎居中，故称。
⑨ 除，拜官也。洗马，太子属官。
⑩ 猥，顿也。
⑪ 东宫，太子所居宫，因以东宫表太子。
⑫ 陨首，舍身图报。战国时，齐孟尝君被谗出奔，有受恩贤者自刎宫门以明其无罪。
⑬ 逋慢，缓而倨也。
⑭ 州县不许也。

晋文

臣之进退，实为狼狈！①

伏惟圣朝以孝治天下，凡在故老，犹蒙矜育②，况臣孤苦，特为尤甚。且臣少仕伪朝③，历职郎署，本图宦达，不矜名节，今臣亡国贱俘，至微至陋，过蒙拔擢，宠命优渥④，岂敢盘桓⑤，有所希冀⑥；但以刘日薄西山⑦，气息奄奄⑧，人命危浅，朝不虑夕，臣无祖母，无以至今日，祖母无臣，无以终余年，母孙二人，更相为命，是以区区不能废远⑨。臣密今年四十有四，祖母今年九十有六，是臣尽节于陛下之日长，报刘之日短也，乌鸟私情⑩，愿乞终养！臣之

---

① 狼狈，二兽名，狼足前长后短，狈足前短后长，狼无狈不立，狈无狼不行，相离则进退不得，以喻进退皆难也。此段叙难于应召。
② 矜育，矜怜养育。
③ 伪朝，谓蜀汉。
④ 优渥，谓恩泽之厚。
⑤ 盘桓，不进貌。
⑥ 希冀，谓希望立名节也。密本蜀臣，恐以固辞蹈沽名之嫌，故反覆辨之，以免获罪。
⑦ 薄，读如"迫"；日薄西山，言刘老暮也。
⑧ 奄奄，气息微弱之貌。
⑨ 废远，废奉养之事而远离。
⑩ 乌鸟，孝鸟，乌鸟私情，反哺其母。

辛苦，非独蜀之人士，及二州牧伯所见明知①，皇天后土，实所共鉴，愿陛下矜愍愚诚，听臣微志，庶刘侥幸，保卒余年，臣生当陨首，死当结草②。臣不胜犬马怖惧之情，谨拜表以闻。③

陆机文赋④

余每观才士之所作⑤，窃有以得其用心⑥。夫放言遣辞，良多变矣，妍蚩好恶，可得而言⑦，每自属文，尤见其情，恒患意不称物，文不逮意；盖非知之难，能之难也。故作《文赋》，以述先士之

---

① 二州，梁州、益州。牧伯，州长。
② 春秋时，晋魏武子有嬖妾，无子。武子疾，命子颗曰："必嫁是！"病亟，则曰："必以为殉！"及卒，颗嫁之，后颗与秦师战于辅氏，见一老人结草亢秦将杜回，因获之而败秦师，夜梦老人自称嬖妾之父，特助颗获回以报云。事见《左传·宣公十五年》。
③ 此段叙不应召之故，及致请求之意。
④ 陆机，吴郡人，字士衡，祖逊，父抗，世仕吴，机少有异才，文章冠世，年二十，吴亡，太康末，与弟云俱入洛，张华甚重之，后事成都王颖，为人所潛，遇害。机妙解文理，心识文体，故作《文赋》。
⑤ 作，即作文。
⑥ 用心，言才士用心于文。
⑦ 谓可得而言论。

晋文

盛藻①,因论作文之利害②所由,佗日殆可谓曲尽其妙③;至于操斧伐柯,虽取则不远④,若夫随手之变,良难以辞逮⑤,盖所能言者,具于此云。⑥

伫中区以玄览⑦,颐情志于典坟⑧。遵四时以叹逝⑨,瞻万物而思纷⑩。悲落叶于劲秋,喜柔条于芳春。心懔懔以怀霜⑪,志眇眇而临云⑫。咏世德之骏烈⑬,诵先人之清芬⑭。游文章之林府,嘉丽藻之彬彬⑮。慨投篇而援笔,聊宣之乎斯文。

---

① 藻,水草之有文者,因以喻文。
② 利害,犹好恶。
③ 佗,同"他"。言既作此《文赋》,异日观之,殆可谓曲尽文章之妙道。
④ 《诗经·豳风·伐柯》:"伐柯伐柯,其则不远。"柯,斧柄,则,法也。伐柯必用柯,大小长短,近取法于柯,故云其则不远也。
⑤ 文随手变改,难以辞逮,言作之不易。
⑥ 盖所言文之体,具于此赋。
⑦ 伫,久待也。中区,区中也。心居玄冥之处,览知万物是谓玄览。
⑧ 颐情志,谓宁息情志也。典坟,古书名,坟三而典四,三坟,伏羲、神农、黄帝之书,五典,少昊、颛顼、高辛、唐尧、虞舜之书。
⑨ 循四时而叹其逝往之事。
⑩ 视万物之盛衰而思虑纷纭。
⑪ 懔懔,危惧貌。怀霜,志高洁。
⑫ 眇眇,高远貌。临云,意同"怀霜"。
⑬ 骏,大也。烈,美也。
⑭ 诵,诵述。先人,先世之人。清芬,清美芬芳之德。
⑮ 彬彬,文质相半貌。

其始也，皆收视反听①，耽思傍讯②，精骛八极③，心游万仞。其致④也，情曈昽⑤而弥鲜，物昭晰⑥而互进，倾群言之沥液，漱六艺⑦之芳润，浮天渊以安流，濯下泉而潜浸⑧。于是沉辞怫悦⑨，若游鱼衔钩而出重渊之深；浮藻联翩⑩，若翰鸟缨缴而坠曾云之峻⑪。收百世之阙文，采千载之遗韵。谢朝华于已披⑫，启夕秀⑬于未振。观古今于须臾，抚四海于一瞬。

然后选义按部，考辞就班⑭，抱景者咸叩，怀响者毕弹⑮。或因枝以振叶，或沿波而讨源；或本隐

---

① 收视反听，言不视听也。
② 耽思傍讯，言静思而求之也。
③ 八极，八方极远之地。
④ 致，至也。
⑤ 曈昽，日初出，将明未明之貌。
⑥ 昭晰，明也。
⑦ 《易》《诗》《书》《礼》《乐》《春秋》为六艺。
⑧ "浮天渊"二句，言思虑无处不至，上至天渊于安流之中，下至下泉于潜浸之所也。
⑨ 怫悦，难出貌。
⑩ 联翩，不绝之义。
⑪ 翰，高飞。缨，系。缴，生丝缕。曾，通"层"。
⑫ 华，喻文也。已披，已用也。
⑬ 秀，与"华"同义。
⑭ 班，次也。
⑮ 言皆叩击而用之。

晋文

以之显，或求易而得难；或虎变而兽扰①，或龙见而鸟澜②；或妥帖而易施，或岨峿③而不安。罄澄心以凝思，眇④众虑而为言。笼天地于形内，挫万物于笔端。始踯躅⑤于燥吻，终流离于濡翰⑥。理扶质以立干，文垂条而结繁。信情貌之不差，故每变而在颜。思涉乐其必笑，方言哀而已叹。或操觚⑦以率尔，或含毫而邈然⑧。伊兹事之可乐，固圣贤之所钦。课虚无以责有，叩寂寞而求音。函⑨绵邈于尺素，吐滂沛乎寸心。言恢之而弥广，思按之而逾深。播芳蕤之馥馥⑩，发青条之森森。粲风飞而猋⑪

---

① 《周易·革卦》："大人虎变，其文炳也。"扰，驯也。皆言文章之变化。
② 《庄子·在宥》："（君子……）尸居而龙见。"鸟澜，谓鸟在波澜之中。亦皆言文之变化。
③ 岨峿，jǔyǔ，不安貌。
④ 眇，通"妙"。
⑤ 踯躅，踟蹰。
⑥ 流离，犹陆离，参差众盛貌。翰，笔也。
⑦ 觚，木简，古用以代纸。操觚，执简为文也。
⑧ 邈然，不入貌。
⑨ 函，含也。
⑩ 蕤，草木华垂貌。馥馥，香也。
⑪ 猋，见《司马相如子虚赋》"猋"注。

竖，郁云起乎翰林①。

体有万殊，物无一量，纷纭挥霍②，形难为状。辞程才以效伎，意司契而为匠③。在有无而僶俛④，当浅深而不让。虽离方而遁员，期穷形而尽相⑤。故夫夸目者尚奢，惬心⑥者贵当；言穷者无隘，论达者唯旷。诗缘情而绮靡⑦，赋体物而浏亮⑧；碑披文以相质⑨，诔缠绵而凄怆；铭博约⑩而温润，箴顿挫而清壮；颂优游以彬蔚⑪，论精微而朗畅；奏平彻以闲雅，说炜晔而谲诳。虽区分之在兹，亦禁邪而制放。要辞达而理举，故无取乎冗长。

其为物也多姿，其为体也屡迁；其会意也尚

---

① 翰林，文翰之多若林也，犹词坛文苑之义。
② 挥霍，疾貌。
③ 司，司察也。契，契信也。能雕琢文书者，谓之史匠。言取舍由意与司契为匠相类也。
④ 僶俛，同"黾勉"，勉强。
⑤ 言文无定体，而以有体为常。
⑥ 惬心，犹快心。
⑦ 绮靡，精妙之言。
⑧ 浏亮，清明之称。
⑨ 碑以叙德，故文质相半。
⑩ 博约，谓事博文约。
⑪ 彬蔚，言文采之盛。

巧，其遣言也贵妍。暨音声之迭代，若五色之相宣①。虽逝止②之无常，故崎𰺆③而难便。苟达变而识次，犹开流以纳泉④；如失机而后会，恒操末以续颠⑤。谬玄黄之袟叙⑥，故溷涊⑦而不鲜。

或仰逼于先条，或俯侵于后章，或辞害而理比⑧，或言顺而义妨，离之则双美，合之则两伤，考殿最于锱铢，定去留于毫芒，苟铨衡⑨之所裁，固应绳其必当。或文繁理富，而意不指适，极无两致，尽不可益，立片言而居要，乃一篇之警策⑩，虽众辞之有条，必待兹而效绩，亮功多而累寡，故取足而不易。或藻思绮合，清丽千眠⑪，炳若缛绣，凄

---

① 宣，明也。
② 逝止，犹去留也。
③ 崎𰺆，不安貌。
④ 言其易也。
⑤ 言失次也。
⑥ 袟，通"秩"；袟叙，品节次第也。言其类绣之玄黄谬叙。
⑦ 溷涊，垢浊。
⑧ 比，连贯。
⑨ 铨衡，所以知轻重之具。
⑩ 警策，谓文之动目处，鞭辟入里。
⑪ 千眠，茂密貌。

若繁弦，必所拟之不殊，乃暗合乎曩篇，虽杼轴于予怀[1]，怵他人之我先，苟伤廉而愆义，亦虽爱而必捐。或苕发颖竖，离众绝致[2]，形不可逐，响难为系[3]，块孤立而特峙，非常音之所纬，心牢落[4]而无偶，意徘徊而不能揥[5]，石韫玉而山辉，水怀珠而川媚，彼榛楛之勿剪[6]，亦蒙荣于集翠，缀下里于白雪[7]，吾亦济夫所伟[8]。或托言于短韵[9]，对穷迹而孤兴，俯寂寞而无友，仰寥廓而莫承，譬偏弦之独张，含清唱而靡应。或寄辞于瘁音[10]，言徒靡而勿华[11]，混姸蚩而成体，累良质而为瑕，象下管

---

[1] 杼柚于予怀，以织为喻，言文由己出。
[2] 苕，苇草，抽条生花而无荸蕚，今人取为帚。禾穗谓之颖。言文难尽美，或有句如苕颖异乎常句。
[3] 言比于影而形不可逐，譬之声而响难系。
[4] 牢落，犹辽落。
[5] 揥，dì，去也；一说，盖"捇"之误，捇者，取也，音并可通。言意徘徊而不能去或取也。
[6] 榛，木丛生也。楛，滥恶也，二者喻庸音。言若草木之丛杂滥恶未剪除。
[7] 下里，俗谣也。白雪，乐曲名，高曲也。言以庸音偶佳句。
[8] 伟，奇也。言吾知美恶不伦，然且以济所奇也。
[9] 短韵，小文。
[10] 瘁音，恶辞。
[11] 靡，美也。言虽美而不光华。

之偏疾,故虽应而不和①。或遗理以存异,徒寻虚以逐微,言寡情而鲜爱,辞浮漂而不归②,犹弦幺而徽急③,故虽和而不悲④。或奔放以谐合,务嘈囋而妖冶⑤,徒悦目而偶俗,固高声而曲下,寤防露与桑间⑥,又虽悲而不雅。或清虚以婉约,每除烦而去滥,阙大羹之遗味⑦,同朱弦之清泛⑧,虽一唱而三叹⑨,固既雅而不艳。

若夫丰约之裁,俯仰之形,因宜适变,曲有微情,或言拙而喻巧,或理朴而辞轻,或袭故而弥新,或沿⑩浊而更清,或览之而必察,或研之而后

---

① 下管,堂下吹管。音瘁而言徒靡,有类下管,其声偏疾,升歌与之间奏,虽相应而不和谐也。
② 不归,谓不归于实。
③ 幺,小也。鼓琴循弦谓之徽。
④ 悲雅俱有所以成,乐直雅而悲则不成。
⑤ 嘈囋,声也,犹言嘈杂。妖冶,荡态也。
⑥ 防露、桑间,皆古悲曲也。或以桑间解用桑中,似非。
⑦ 大,通"太";太羹,肉汁不调五味者也。遗,犹余也。言文少质多,比之太羹,尚阙余味,质之甚也。
⑧ 朱弦,瑟之练朱弦也,其声疏越。言方之古乐,同其清泛,亦形其质也。
⑨ 一唱三叹,一人唱,三人从而赞叹之也。
⑩ 沿,犹因述也。

精；譬犹舞者赴节以投袂^①，歌者应弦而遣声；是盖轮扁^②所不得言，故亦非华说^③之所能精。

普辞条与文律，良余膺之所服。练世情之常尤，识前修之所淑^④。虽浚发于巧心，或受蚩^⑤于拙目。彼琼敷与玉藻^⑥，若中原之有菽^⑦，同橐籥^⑧之罔穷，与天地乎并育。虽纷蔼于此世，嗟不盈于予掬，患挈瓶^⑨之屡空，病昌言之难属^⑩，故踸踔^⑪于短垣，放庸音以足曲，恒遗恨以终篇，岂怀盈而自足，惧蒙尘于叩缶，顾取笑乎鸣玉^⑫。

---

① 投袂，犹振袂。
② 轮扁，斫轮人名扁也。扁闻齐桓公读书，以为圣人之糟粕，意谓物各有性效，学之无益，见《庄子·天道》。
③ 华说，浮华之说。
④ 前修，前代远贤。淑，善。
⑤ 蚩，同"嗤"，讥笑。
⑥ 琼敷、玉藻，以喻文也。
⑦ 《诗经·小雅·小宛》："中原有菽，庶民采之。"中原，原中也。菽，藿。言力采得之。谓琼敷、玉藻之文，惟勤学能致。
⑧ 橐籥，冶工用具，即鞲鞴，橐为外之椟，籥为内之管，中空虚，能育声气，《老子》言其虚而不屈，动而愈出。
⑨ 挈瓶，喻小智之人。
⑩ 昌言，正当之言。智小，故昌言难属。
⑪ 踸踔，chěnchuō，踬躅不进。
⑫ 缶，瓦器，不鸣，更蒙以尘，故取笑乎玉之鸣声。

218

晋文

若夫应感之会，通塞之纪，来不可遏，去不可止，藏若景灭，行犹响起，方天机①之骏利，夫何纷而不理，思风发于胸臆，言泉流于唇齿；纷威蕤以馺遝②，唯毫素之所拟，文徽徽以溢目，音泠泠而盈耳。

及其六情底滞③，志往神留，兀若枯木，豁若涸流，揽营魂④以探赜，顿精爽于自求⑤，理翳翳⑥而愈伏，思乙乙⑦其若抽；是以或竭情而多悔，或率意而寡尤，虽兹物之在我，非余力之所戮⑧，故时抚空怀而自惋，吾未识夫开塞之所由。

伊兹文之为用，固众理之所因。恢万里而无阂，通亿载而为津。俯贻则于来叶，仰观象乎古

---

① 天机，自然。
② 威蕤，盛貌。馺遝，sàtà，多貌。
③ 六情，喜、怒、哀、乐、好、恶。底，著也，滞，废也。备注：《国语》韦昭注：底，著也；滞，废也。滞无"发"义，原书疑印刷之误。
④ 营魂，魂魄之意。
⑤ 自求，自求于文。
⑥ 翳翳，隐隐。
⑦ 乙，音"轧"；乙乙，难出貌。
⑧ 戮，lù，并也。

人。济文武于将坠①，宣风声于不泯。途无远而不弥，理无微而弗纶②。配沾润于云雨，象变化乎鬼神。被金石③而德广，流管弦而日新。

张载剑阁铭 ④

岩岩梁山⑤，积石峨峨，远属荆衡⑥，近缀岷嶓⑦。南通邛僰⑧，北达褒斜⑨，狭过彭碣⑩，高逾嵩华⑪。惟蜀

---

① 文武，谓文王、武王之道，《论语·子张》："文武之道，未坠于地。"
② 弗纶，弥纶，即统括、包罗。
③ 金石，钟鼎与碑碣。
④ 张载，安平人，字孟阳，父收官蜀郡太守，太康初，至蜀省父，道经剑阁，铭诈诫，益州刺史张敏表上其文，武帝遗使镌之于剑阁山，起家佐著作郎，累级中书侍郎而卒。剑阁，在四川省剑阁县东北，即大剑山，也与小剑山相连。武侯相蜀，凿石架空，以通行道，故名曰剑阁。
⑤ 岩岩，积石貌。梁山，高梁之山，亦称剑门山、高梁山。在今四川省剑阁县境，山尾东跨江，西首剑阁，东西数千里。
⑥ 荆衡，二山名，荆山在湖北省南漳县，西衡山在湖南省衡阳县境。
⑦ 岷嶓，二山名，岷山在四川省松潘县北，嶓冢山在陕西省汉中市宁强县境。
⑧ 邛，蜀都西部，僰，bó，夷名；四川省荥经县之大关山，即在邛崃山，亦曰邛僰。
⑨ 褒斜，陕西终南山之谷也，南口曰褒谷，在陕西省勉县褒城镇，北口曰斜谷，在陕西省眉县西南三十里，长四百五十里。
⑩ 彭，彭门山，在四川省彭州市西北。碣，碣石，海畔山也。
⑪ 嵩华，嵩山、华山。

晋文

之门，作固作镇，是曰剑阁，壁立千仞。穷地之险，极路之峻，世浊则逆，道清斯顺。闭由往汉[1]，开自有晋[2]。秦得百二[3]，并吞诸侯，齐得十二[4]，田生[5]献筹。矧兹狭隘，土之外区，一人荷戟，万夫趑趄[6]，形胜之地，匪亲勿居。昔在武侯，中流而喜，山河之固，见屈吴起[7]，兴实在德，险亦难恃，洞庭孟门，二国不祀[8]。自古迄今，天命匪易，凭阻作昏，鲜不败绩，公孙既灭[9]，刘氏[10]衔璧，覆车之轨，

---

[1] 闭由刘备，故曰往汉。
[2] 晋灭蜀而道通。
[3] 秦得百二，谓秦形胜之国，二万人足当诸侯百万人也，田肯谓高帝语，见《史记·高祖本纪》。
[4] 齐得十二，亦田肯语，言齐地方二千里，持戟百万，悬隔千里之外，齐得十二焉。
[5] 田生，即田肯。
[6] 趑趄，难行。
[7] 武侯，魏武侯，名击，文侯子。吴起，见《贾谊过秦论》"吴起"注。武侯浮西河而下，中流，顾而谓吴起曰："美哉山河之固，此魏国之宝也。"起对曰："在德不在险，……若君不修德，舟中之人尽为敌国也。"武侯曰："善。"见《史记·吴起传》。
[8] 此段亦语出《史记·吴起传》。
[9] 公孙，谓公孙述，述于西汉末在蜀中自立为天子，光武帝遣吴汉灭之。
[10] 刘氏，谓蜀后主被灭于晋。

无或重迹，勒铭山阿，敢告梁益！

刘伶酒德颂 [1]

有大人先生，以天地为一朝，万期为须臾，日月为扃牖，八荒[2]为庭衢，行无辙迹，居无室庐，幕天席地，纵意所如，止则操卮执瓠[3]，动则挈榼提壶[4]，唯酒是务，焉知其余。

有贵介[5]公子，搢绅[6]处士，闻吾风声，议其所以，乃奋袂攘襟，怒目切齿，陈说礼法，是非锋起。先生于是方捧罂承槽[7]，衔杯漱醪[8]，奋髯踑踞[9]，

---

[1] 刘伶，沛国人，字伯伦，放性肆志，不妄交游，嗜酒，泰始初，为建威将军，以寿终。伶尝渴甚，求酒于其妻，妻捐酒毁器，涕泣谏之，伶曰："善，吾不能自禁，惟当祝鬼神自誓耳，便可具酒肉！"妻从之，伶跪祝曰："天生刘伶，以酒为名。一饮一斛，五斗解酲。妇儿之言，慎不可听！"仍引酒御肉，陶然复醉，因述酒德以自颂。
[2] 八荒，见《贾谊过秦论》"八荒"注。
[3] 卮，饮酒圆器。瓠，酒爵，容三升。
[4] 榼，酒器。
[5] 介，大。
[6] 搢绅，见《蔡邕郭有道碑》"搢绅"注。
[7] 罂，yīng，瓶之大腹小口者。槽，齐俗之名如酒槽也。
[8] 漱醪，谓以浊酒荡口。
[9] 踑，长踞。踞，蹲。

枕曲藉糟，无思无虑，其乐陶陶。

兀然而醉，豁尔而醒，静听不闻雷霆之声，熟视不睹泰山之形，不觉寒暑之切肌，利欲之感情，俯观万物，扰扰焉如江汉之载浮萍，二豪①侍侧焉，如蜾蠃之与螟蛉②。

张华女史箴③

茫茫造化④，两仪⑤既分，散气流形，既陶既甄⑥，在帝庖牺，肇经天人，爰始夫妇，以及君臣，家道以正，而王猷有伦⑦。妇德尚柔，含章贞吉⑧，

---

① 二豪，即谓公子及处士。
② 蜾蠃，guǒluǒ，一种细腰蜂。古人谓蜾蠃养螟蛉以为子。言二豪随己而化，类蜾蠃之变螟蛉也。
③ 张华，方城人，字茂先，学业优博，图纬方技之书，莫不详览，封广武侯，后为赵王伦所害，著有《博物志》。惠帝时，贾后之族方盛，华作《女史箴》以讽。
④ 造化，天地。
⑤ 两仪，天地。
⑥ 陶甄，犹陶钧，陶家名转者为钧，盖取周回调钧耳。二句言万物不外乎形气，皆受天地之陶甄也。
⑦ 伦，常也。
⑧ 含章贞吉，内含章美之道，待命乃行，可以得正也。

婉嫕①淑慎，正位居室。施衿结褵②，虔恭中馈③，肃慎尔仪，式瞻清懿。樊姬感庄，不食鲜禽④，卫女矫桓，耳忘和音⑤，志厉义高，而二主易心。玄熊攀槛，冯媛趋进⑥，夫岂无畏，知死不吝。班妾有辞，割欢同辇⑦，夫岂不怀，防微虑远。道罔隆而不杀，物无盛而不衰，日中则昃，月满则微，崇⑧犹尘积，替若骇机。人咸知饰其容，而莫知饰其性，性之不饰，或愆礼正，斧之藻之⑨，克念作圣⑩。

---

① 嫕，yì，一作"婉"；婉嫕，顺从。
② 施，放也。缨带曰衿。女嫁，母施衿结帨，曰："勉之敬之，夙夜无违。"见《仪礼·士昏礼》。带结而垂曰褵，女子既嫁之所著，示系属于人，《诗经·豳风·东山》："亲结其褵。"
③ 中馈言妇人在家，主饮食之事，见《周易·家人》。
④ 樊姬者，楚庄王之夫人。庄王初即位，好狩猎，樊姬谏不止，不食禽兽之肉，三年而王改，见《列女传》。
⑤ 卫姬者，卫侯之女，齐桓公之夫人。桓公好淫乐，卫姬不听郑、卫之声，见《列女传》。
⑥ 冯媛，元帝冯婕妤也。帝幸虎圈斗兽，熊佚出圈，攀槛欲上殿，婕妤直前当熊而立，帝嗟叹，倍加敬重，见《汉书·外戚传》。
⑦ 班妾，即班婕妤，见《徐淑答夫秦嘉书（二）》"班婕纾"注。成帝游后庭，欲与婕妤同辇，婕妤辞。
⑧ 崇，聚也。
⑨ 《法言》："吾未见斧藻其德，若斧藻其楶者也。"楶，jié，梁上短柱。
⑩ 《尚书·多方》："惟狂克念作圣。"言存自克之念，即圣人也。

晋文

出其言善，千里应之[1]，苟违斯义，则同衾以疑。

夫出言如微，而荣辱由兹，勿谓幽昧，灵监无象，勿谓玄漠，神听无响。无矜尔荣，天道恶盈。无恃尔贵，隆隆者坠。鉴于小星[2]，戒彼攸遂[3]，比心螽斯，则繁尔类[4]。欢不可以黩，宠不可以专，专实生慢，爱极则迁，致盈必损，理有固然。美者自美[5]，翩[6]以取尤，冶容[7]求好，君子所仇，结恩而绝，职此之由。故曰翼翼矜矜[8]，福所以兴，靖恭自思[9]，

---

[1] 出其言善，千里应之。二句孔子语。校订者按：《周易·系辞》："子曰：君子居其室，出其言善，则千里之外应之，况其迩者乎？"
[2] 《诗经·召南·小星》："嘒彼小星，三五在东。"注言众妾进御，不敢当夕，见星而往，见星而还。
[3] 攸遂，擅成事也，言尽妇人之正义，无所必遂也，见《周易·家人卦》。
[4] 螽斯，蟲名。《诗经·周南·螽斯》："螽斯羽，诜诜兮，宜尔子孙，振振兮。"言后妃不妒忌，则子孙众多也。
[5] 《列子·黄帝》："其美者自美，吾不知其美也。"
[6] 翩，犹偏也，古通。校订者按："翩"与"偏"古通用。《周易·泰卦》："六四，翩翩，不富以其邻。"唐陆德明《经典释文》："古文作偏偏。"
[7] 冶容，妖冶之容，《周易·系辞》："冶容诲淫。"
[8] 翼翼矜矜，小心谨慎。
[9] 《诗经·小雅·小明》："靖共尔位。"靖，谋也。恭，敬也。校订者按：共，通"恭"。

荣显所期。女史①司箴，敢告庶姬。

潘岳哀永逝文②

启夕③兮宵兴，悲绝绪④兮莫承，俄龙輀⑤兮门侧，嗟俟时兮将升，嫂侄兮惮惶⑥，慈姑兮垂矜，闻鸡鸣兮戒朝⑦，咸惊号兮抚膺。逝日长兮生年浅，忧患众兮欢乐鲜，彼遥思兮离居，叹河广兮宋远⑧，今奈何兮一举，邈终天兮不返！

尽余哀兮祖⑨之晨，扬明燎兮援灵輴⑩，彻房帷

---

① 女史，女官，古后夫人必有之，彤管之法，女史不记其过，其罪杀。
② 潘岳，中牟人，字安仁，美姿仪，为文词藻绝丽，尤长于哀诔，官散骑侍郎，迁给事黄门侍郎，故亦称潘黄门，后被诬族诛。哀永逝文，哀其妻之文也。
③ 启夕，将启殡之前夕。
④ 绝绪，言人死如绪已绝，绪，丝端。
⑤ 龙輀，丧车之轴画以龙也。校订者按：輀，ér，丧车。
⑥ 惮惶，惧也。
⑦ 《诗经·齐风·鸡鸣》："鸡既鸣矣，朝既盈矣。"言贤妃御于君所，至将旦，告君以鸡鸣而会朝之臣已盈也。
⑧ 《诗经·卫风·河广》："谁谓河广，一苇杭之，谁谓宋远，跂予望之。"宋襄公母归于卫，思而不能去，故作此诗也。
⑨ 祖，祭名，出行时祭道神。
⑩ 燎，爇火。輴，chūn；灵輴，载柩车。校订者按：爇，ruò，焚烧。

兮席庭筵，举酹①觞兮告永迁。凄切兮增欷，俯仰兮挥泪，想孤魂兮眷旧宇，视倏忽兮若仿佛。徒仿佛兮在虑，靡耳目兮一遇，停驾兮淹留，徘徊兮故处，周求兮何获，引身兮当去。

云华辇兮初迈②，马回首兮旋旆，风泠泠兮入帏，云霏霏兮承盖，鸟俯翼兮忘林，鱼仰沫③兮失濑。怅怅兮迟迟，遵吉路兮凶归，思其人兮已灭，览余迹兮未夷④，昔同途兮今异世，忆旧欢兮增新悲。

谓原隰兮无畔，谓川流兮无岸，望山兮寥廓，临水兮浩汗，视天日兮苍茫，面邑里兮萧散，匪外物兮或改，固欢哀兮情换。

嗟潜隧兮既敞⑤，将送行兮长往，委兰房兮繁华，袭⑥穷泉兮朽壤。中慕叫兮擗摽⑦，之子降兮宅

---

① 酹，lèi，以酒沃地。
② 言华辇如云之远迈。
③ 沫，浮沫，凝于水面者。
④ 夷，灭。
⑤ 隧，墓道。敞，高显。
⑥ 袭，还。
⑦ 擗摽，拊心貌。

兆①,抚灵榇兮诀幽房,棺冥冥兮埏窈窈②,户阖兮灯灭,夜何时兮复晓!

归反哭兮殡宫③,声有止兮哀无终,是乎非乎何皇④,趣一遇兮目中,既遇目兮无兆,曾寤寐兮弗梦,既顾瞻兮家道,长寄心兮尔躬。重曰⑤:已矣,此盖新哀之情然耳,渠怀之其几何,庶无愧兮庄子⑥。

江统徙戎论⑦

夫夷、蛮、戎、狄,地在要荒⑧,禹平九土而西

---

① 墓穴曰宅。茔域曰兆。
② 埏,墓隧。窈窈,深远貌。
③ 反哭,自墓反哭于正寝。殡宫,停柩处。
④ 皇之言往也。
⑤ 重曰,重言以申明之。
⑥ 庄子妻死,鼓盆而歌,言察其始本无生,非徒无生,本无形,非徒无形,本无气,既偃然寝于巨室,若随而哭之,是不通乎命云。见《庄子·至乐》。
⑦ 江统,陈留人,字应元,袭爵亢父男,除山阴令,官至散骑常侍。惠帝时,关陇屡为氐寇所扰,统深维四夷乱华,宜杜其萌,著《徙戎论》上之,帝不能用,未十年而乱作,人服其先见。
⑧ 《尚书·禹贡》:"五百里要服,……五百里荒服。"要,服去王畿千五百里至二千里之地,要束以文教者也。荒,服去王畿二千里至二千五百里之地,五服之最远者也。

晋文

戎即叙[①],其性气贪婪[②],凶悍不仁。四夷之中,戎、狄为甚。弱则畏服,强则侵叛。当其强也,以汉高祖困于白登[③]、孝文军于霸上[④],及其弱也,以元、成之微而单于入朝[⑤],此其已然之效也。是以有道之君牧夷、狄也,惟以待之有备,御之有常,虽稽颡执贽,而边城不弛固守,强暴为寇而兵甲不加远征,期令境内获安,疆场不侵而已。[⑥]

及至周室失统,诸侯专征,封疆不固,利害异心,戎、狄乘间,得入中国,或招诱安抚以为己用,自是四夷交侵,与中国错居[⑦]。及秦始皇并天下[⑧],兵威旁达,攘胡,走越,当是时,中国无复四

---

① 九土,九洲。西戎即叙,见《尚书·禹贡》。
② 婪,贪。
③ 白登,山名,在山西大同。高祖征匈奴,围之于白登,七日乃解。
④ 霸上,亦作"灞上",即白鹿原,在陕西省西安市长安区东,接蓝田县界。文帝后六年,匈奴入云中,以宗正刘礼为将军,次霸上。
⑤ 元、成,汉元帝、汉成帝。元帝竟宁元年,匈奴呼韩邪单于入朝,自言愿婿汉氏以自亲,帝以宫女王嫱妻之,匈奴自是世称汉甥,不复寇边。
⑥ 此段论御戎狄之道。
⑦ 错居,杂居。东周初,陇山以东及乎伊、洛,有犬戎、骊戎、义渠、大荔、扬拒、泉皋、蛮氏、陆浑诸戎。
⑧ 始皇南取南越、陆梁地,北伐匈奴,收河南之地。

夷也。①

汉建武中②，马援领陇西太守③，讨叛羌，徙其余种于关中，居冯翊、河东空地④。数岁之后，族类蕃息，既恃其肥强，且苦汉人侵之；永初之元⑤，群羌叛乱，覆没将守，屠破城邑，邓骘败北，侵及河内，十年之中，夷、夏俱敝，任尚、马贤，仅乃克之⑥。自此之后，余烬不尽，小有际会，辄复侵叛，中世之寇，惟此为大。魏兴之初，与蜀分隔，疆埸之戎，一彼一此。⑦

武帝徙武都氐于秦川⑧，欲以弱寇强国，扞御蜀

---

① 此段周、秦。
② 建武，汉光武帝（刘秀）年号，公元25—56年。
③ 马援，字文渊，茂陵人，征西羌南蛮，多立战功，卒于军。陇西，汉郡，在陇山以西，故名，今甘肃东部地。援曾为陇西太守。
④ 羌，种族名，王莽末，入居塞内金城，东汉初，诸种数万，屯聚寇钞，马援征服之，而徙其众。冯翊，本汉之左冯翊，即今陕西省西安市西北。河东，在今山西省境，黄河以东之地。
⑤ 永初，汉安帝（刘祜）年号，公元107—113年。
⑥ 邓骘，东汉新野人，字昭伯，永初元年，西羌叛，骘与校尉任尚讨之，尚大败，羌众大盛，五年，羌寇河内，尚击破之，建光元年，烧当羌入寇，校尉马贤击破之。河内，见《贾让治河议》"河内"注。
⑦ 上言汉魏之际，氐、羌得居内地。
⑧ 武帝，魏武帝。武都，见《王褒僮约》"武都"注。氐，种族名，羌栖处青海之地，氐在其东南，散居岷山附近至马蜀间。秦川，今陕西、甘肃地。

虏，此盖权宜之计，非万世之利也。今者当之，已受其敝矣。夫关中土沃物丰，帝王所居，未闻戎、狄宜在此土也。非我族类，其心必异。而因其衰敝，迁之畿服①，士庶翫习，侮其轻弱，使其怨恨之气毒于骨髓；至于蕃育众盛，则坐生其心。以贪悍之性，挟愤怒之情，候隙乘便，辄为横逆②；而居封域之内，无障塞之隔，掩不备之人，收散野之积，故能为祸滋蔓，暴害不测，此必然之势，已验之事也。当今之宜，宜及兵威方盛，众事未罢，徙冯翊、北地、新平、安定界内诸羌③，著先零、罕开、析支之地④，徙扶风、始平、京兆之氐⑤，出还陇右，

---

① 畿服，称天子所都之地。
② 横逆，谓以非理加人也，《孟子·离娄下》："其待我以横逆。"
③ 北地，郡名，郡故治在今甘肃东南部和宁夏南部。新平，郡名，今陕西省彬县。安定，郡名，今甘肃省镇原县东南。
④ 先零，xiānlián，羌族，今甘肃省临夏回族自治州西，至青海之境，皆其地。罕开，古代羌族的两个支系，在今甘肃省天水市南境。析支，古西戎族名，也作"鲜支""赐支"，汉代又称河曲羌，居地约在今青海积石山至贵德县河曲一带。
⑤ 扶风，汉右扶风，今陕西省兴平市东南。始平，郡名，故治在今陕西省兴平市东南。京兆，汉三辅之一，魏为京兆郡，郡故治在今陕西省西安市西北。

著阴平①、武都之界，廪其道路之粮，令足自致，各附本种，反其旧土，使属国、抚夷就安集之。戎、晋不杂，并得其所；纵有猾夏之心②，风尘之警，则绝远中国，隔阂山河，虽有寇暴，所害不广矣。③

难者曰："氐寇新平，关中饥疫，百姓愁苦，咸望宁息；而欲使疲悴之众，徙自猜之寇，恐势尽力屈，绪业不卒，前害未及弭而后变复横出矣。"答曰："子以今者群氐为尚挟余资，悔恶反善，怀我德惠而来柔附乎？将势穷道尽，智力俱困，惧我兵诛以至于此乎？"曰："无有余力，势穷道尽故也。""然则我能制其短长之命而令其进退由己矣。夫乐其业者不易事，安其居者无迁志，方其自疑危惧，畏怖促遽，故可制以兵威，使之左右无违也。迨其死亡流散，离逷未鸠④，与关中之人，户皆为仇，故可遏迁远处，令其心不怀土也。夫圣贤之谋事也，为之于未有，治之于未乱，道不著而平，德

---

① 阴平，汉县，故治在今甘肃省文县西北。
② 猾，扰乱；猾夏，言乱中原，见《尚书·舜典》。
③ 此段言宜徙戎于外。
④ 逷，tì，同"逖"，远也。鸠，聚也。

晋文

不显而成；其次则能转祸为福，因败为功，值困必济，遇否能通。今子遭敝事之终而不图更制之始，爱易辙之勤而遵覆车之轨，何哉！"①

且关中之人，百余万口，率其少多，戎、狄居半，处之与迁，必须口实②。若有穷乏，糁粒不继者，故当倾关中之谷，以全其生生之计，必无挤于沟壑而不为侵掠之害也。今我迁之，传食而至③，附其种族，自使相赡，而秦地之人得其半谷，此为济行者以廪粮，遗居者以积仓，宽关中之逼，去盗贼之原，除旦夕之损，建终年之益。若惮暂举之小劳，而忘永逸之弘策，惜日月之烦苦而遗累世之寇敌，非所谓能创业垂统，谋及子孙者也。④

并州之胡，本实匈奴⑤桀恶之寇也，建安中，

---

① 此段言宜乘群氏势穷而徙之。
② 口实，口中之食物。
③ 传食谓辗转受人之供养。
④ 创业垂统，言创造基业于前，而垂统绪于后，见《孟子·梁惠王下》。此段言戎徙可策久远。
⑤ 自两汉时单于先后归汉，匈奴种族遂入塞内，与汉人杂居，年月既久，寖难禁制，曹操忧其强大，分为五部，散居并州诸郡，各立其贵人为帅，选汉人监之。

233

使右贤王去卑诱质呼厨泉①,听其部落散居六郡②。咸熙③之际,以一部太强,分为三率④,泰始⑤之初,又增为四;于是刘孟内叛,连结外虏⑥,近者郝散之变,发于谷远⑦。今五部之众,户至数万,人口之盛,过于西戎;其天性骁勇,弓马便利,倍于氐、羌。若有不虞风尘之虑,则并州之域可为寒心。正始⑧中,毌丘俭讨句骊⑨,徙其余种于荥阳⑩。始徙之时,户落百数;子孙孳息,今以千计;数世之后,

---

① 呼厨泉,后汉时南匈奴单于,建安中朝汉,曹操固留于邺,遣右贤王去卑监其国。
② 六郡,太原、上党、西河、乐平、雁门、新兴。
③ 咸熙,魏元帝(曹奂)年号,公元264—265年。
④ 率,同"帅"。
⑤ 泰始,晋武帝(司马炎)年号,公元265—274年。
⑥ 泰始七年,单于刘猛判屯孔邪城,武帝遗娄侯何桢讨之,桢潜诱猛左部督李恪杀猛,于是匈奴震服。
⑦ 元康中,匈奴郝散攻上党,杀长史,入守上郡,明年,散弟度元又率冯翊北地羌胡攻破二郡,自此北狄渐盛,中原乱矣。谷远,汉县,故城在今山西沁源县南。
⑧ 正始,魏齐王(曹芳)年号,公元240—249年。
⑨ 毌,读如"贯";毌丘俭,魏闻喜人,字仲恭,累迁幽州刺史,讨句骊破之。句,gōu;句骊,高句丽,其先本汉县,在今辽宁省新宾满族自治县,其土酋曰高句丽侯,后汉渐强,遂建王国,汉徙高句丽县于沈阳附近以避之。
⑩ 荥阳,汉县,今河南省荥阳市。

必至殷炽。今百姓失职，犹或亡叛，犬马肥充，则有噬啮，况于夷狄，能不为变！但顾其微弱，势力不逮耳。夫为邦者，忧不在寡而在不安，以四海之广，士民之富，岂须夷虏在内然后为足哉！此等皆可申谕发遣，还其本域，慰彼羁族怀土之思，释我华夏纤介之忧，惠此中国，以绥四方，德施永世，于计为长也！①

郭璞尔雅序 ②

夫《尔雅》者，所以通诂训之指归③，叙诗人之兴咏，总绝代之离词④，辩同实而殊号者也⑤。诚九流

---

① 此段言并州之胡、荥阳之夷皆宜迁徙。
② 郭璞，闻喜人，字景纯，博学高才，词赋为东晋冠，元帝甚重之，以为著作佐郎，迁尚书郎，后为王敦所杀。《尔雅》，书名，凡十九篇，训诂名物，通古今之异言，为五经之錧鎋，书为何人所作，先儒迄无定论，大抵始于周公，成于孔门，缀缉增益于汉儒，非出于一人之手也，璞为之注。
③ 诂训，犹言注解，诂，古也，通古今之言使人知。训，道也，道物之貌以告人。指归，指意归向。
④ 离词，犹异词也。
⑤ 同实而殊号，谓同物而异名也。

之津涉①，六艺之钤键②，学览者之潭奥③，摛翰者之华苑也④。若乃可以博物⑤不惑，多识于鸟兽草木之名者⑥，莫近于《尔雅》。

《尔雅》者，盖兴于中古，隆于汉氏，豹鼠既辩，其业亦显⑦，英儒赡闻之士，洪笔丽藻之客⑧，靡不钦玩耽味，为之义训；璞不揆梼昧⑨，少而习焉，沉研钻极，二九载矣，虽注者十余，然犹未详备，并多纷谬，有所漏略，是以复缀集异闻；会稡⑩旧说，考方国⑪之语，采谣俗之志，错综樊、孙⑫，博

---

① 儒、道、阴阳、法、名、墨、纵横、杂、农九家为九流。津涉，犹津梁。
② 六艺，《易》《诗》《书》《礼》《乐》《春秋》也。钤键，锁钥。
③ 潭奥，深密之地。
④ 摛翰，犹作文也。华苑，掇其英华，有若园苑也。
⑤ 博物，博识庶物。
⑥ 多识于鸟兽草木之名，识，zhì。句见《论语·阳货》。
⑦ 汉武帝时，终军既辨豹文之鼠，人服其博物，争相传授，《尔雅》之业遂显。
⑧ 洪笔，大笔也。丽藻，喻文章之美，丽，美也，藻，此指辞藻、文章。
⑨ 梼昧，无知貌。
⑩ 会稡，收聚。
⑪ 方国，四方之国。
⑫ 错综，交错综聚。樊、孙，谓樊光、孙炎二家之注。

关群言，剟其瑕砾^①，搴其萧稂^②，事有隐滞，援据征之，其所易了，阙而不论，别为音图^③，用祛未寤。辄复拥彗清道，企望尘躅者^④，以将来君子为亦有涉乎此也。

王羲之兰亭集序^⑤

永和^⑥九年，岁在癸丑，暮春之初，会于会稽^⑦山阴之兰亭，修禊事也^⑧。群贤毕至，少长咸集。此地有崇山峻岭，茂林修竹，又有清流激湍，映带左

---

① 剟，削也。瑕砾，谓非精品。
② 萧，蒿也，稂，童粱，莠类，意与"瑕砾"同。
③ 音图，谓注解之外，别为《音》一卷，《图赞》二卷。
④ 彗，帚也。拥彗，见《史记·孟轲传》。尘躅，谓芳尘美迹。二语即希人指正之意。
⑤ 王羲之，会稽人，字逸少，仕为右军将军、会稽内史，世称王右军，草隶为今古冠，既去官，与东土人士，尽山水之游，弋钓自娱，卒年五十有九。兰亭，在今浙江省绍兴市之西南，地有兰渚，渚有亭，羲之与太原孙统、孙绰、广汉王彬之、陈郡谢安、高平郄昙、太原王蕴、释支遁并其子凝之、徽之等四十一人，以上巳日修祓禊之礼于此，作《兰亭集序》。
⑥ 永和，晋穆帝（司马聃）年号，公元345—356年。
⑦ 会稽，山名，在浙江省绍兴市东南。
⑧ 三月上巳日，临水灌濯以祓妖邪，谓之禊。

右，引以为流觞曲水，列坐其次①。虽无丝竹管弦之盛，一觞一咏，亦足以畅叙幽情。

是日也，天朗气清，惠风和畅，仰观宇宙之大，俯察品类之盛，所以游目骋怀，足以极视听之娱，信可乐也。

夫人之相与，俯仰一世，或取诸怀抱，晤言一室之内，或因寄所托，放浪形骸之外。虽取舍万殊，静躁不同，当其欣于所遇，暂得于己，快然自足，曾不知老之将至。及其所之既倦，情随事迁，感慨系之矣。向之所欣，俯仰之间，已为陈迹，犹不能不以之兴怀。况修短随化，终期于尽。古人云："死生亦大矣。②"岂不痛哉！

每览昔人兴感之由，若合一契③，未尝不临文嗟悼，不能喻之于怀。固知一死生为虚诞，齐彭殇

---

① 古人修禊曲水，与会者散列两旁，投觞于水之上游，听其随波而下，止于某处，则其人取而饮之，文即指此。
② 孔子语，见《庄子·德充符》。
③ 契有左右，各执其一以取信，故曰合契。

为妄作①，后之视今，亦犹今之视昔，悲夫！故列叙时人，录其所述，虽世殊时异，所以兴怀，其致一也。后之览者，亦将有感于斯文。

王羲之报殷浩书②

吾素自无廊庙志③，直王丞相④时果欲内吾⑤，誓不许之，手迹犹存，由来尚矣，不于足下参政而方进退⑥。自儿婚女嫁，便怀尚子平⑦之志，数与亲知言之，非一日也。

若蒙驱使，关陇、巴蜀，皆所不辞。吾虽无专

---

① 彭，彭祖，古之长寿者。殇者，未成人而死。《庄子·齐物论》："予恶乎知夫死者不悔其始之蕲生乎。"此一死生之说。又："莫寿乎殇子，而彭祖为夭。"此齐彭殇之说。言人皆兴感于死生寿夭，庄子两说，实为虚诞妄作，非心理上之真际。
② 殷浩，长平人，字渊源，好《老》《易》，建元初，征为建武将军，永和九年，遣兵袭姚襄，军败，废为庶人。羲之少有美誉，朝廷公卿，皆爱其材器，征召皆不就，授护国将军，又不拜，浩时为扬州刺史，劝使应命，因报以此书。
③ 廊庙志，为官于朝之心也。
④ 王丞相，王导。
⑤ 果，必也。内，与"纳"同。
⑥ 谓不于足下参政之日方决定进止。
⑦ 尚子平，见《嵇康与山巨源绝交书》"尚子平"注。

对①之能，直谨守时命，宣国家威德，固当不同于凡使，必令远近咸知朝廷留心于无外②，此所益，殊不同居护军也③。汉末使太傅马日䃅慰抚关东④，若不以吾轻微，无所为疑，宜及初冬以行，吾惟恭以待命。

范甯罪王何论⑤

或曰："黄唐缅邈⑥，至道沦翳⑦，濠濮辍咏⑧，风流⑨靡托，争夺兆于仁义，是非成于儒墨⑩。平叔⑪神

---

① 专对，谓随问而答，不泥成命也。《论语·子路》："使于四方，不能专对，虽多，亦奚以为哉。"
② 王者无外，率土皆当绥抚也。
③ 时拜羲之为护国将军，故云。
④ 马日䃅，东汉马融族子。献帝初，为太傅，持节慰抚天下。关东，函谷关以东。
⑤ 范甯，顺阳人，字武子，少笃学，多所通览，官至豫章太守，大设庠序，改革旧制，远近至者千余人，后免官，犹勤学不辍，著有《穀梁春秋集解》。王何，王弼、何晏也。自魏正始中，王弼、何晏祖述老、庄，清谈遂起，其后王衍、乐广慕之，俱宅心事外，名重于时，后进效之，竞为浮诞，遂成风尚，甯以二人开其端，其罪浮于桀、纣，因著此论。
⑥ 黄、唐，黄帝、唐尧也。缅邈，远。
⑦ 沦翳，没灭。
⑧ 濠濮，濠水、濮水，见《庄子·秋水》。辍咏，叹庄子之不作也。
⑨ 风流，流风余韵。
⑩ 儒墨，儒家、墨家。
⑪ 平叔，何晏字。

怀超绝，辅嗣①妙思通微，振千载之颓网，落②周孔之尘网。斯盖轩冕之龙门③，豪梁之宗匠④。尝闻夫子之论，以为罪过桀、纣，何哉？"

答曰："子信有圣人之言乎？夫圣人者，德侔二仪⑤，道冠三才⑥，虽帝皇殊号，质文异制，而统天成务，旷代齐趣。王、何蔑弃典文，不遵礼度，游辞浮说，波荡⑦后生，饰华言以翳⑧实，骋繁文以惑世。缙绅⑨之徒，翻然改辙，洙泗之风⑩，缅焉⑪将坠。遂令仁义幽沦，儒雅蒙尘，礼坏乐崩，中原倾覆。古之所谓言伪而辩、行僻而坚者⑫，其斯人之徒欤？昔

---

① 辅嗣，王弼字。
② 落，犹言解脱。
③ 龙门，喻声望之高；河津一名龙门，水险不通，鱼鳖之属莫能上，上则为龙云。
④ 豪梁，豪杰强梁之人。宗匠，犹宗师也。
⑤ 二仪，见《张华女史箴》"两仪"注。
⑥ 三才，天、地、人也。
⑦ 波荡，犹言波动。
⑧ 翳，掩。
⑨ 缙绅，缙通"搢"，见《蔡邕郭有道碑》"缙绅"注。
⑩ 洙泗，洙水、泗水，在今山东省曲阜市北。
⑪ 缅焉，远也。
⑫ 言伪而辩，行僻而坚，见下。

夫子斩少正于鲁①，太公戮华士于齐②，岂非旷世③而同诛乎！

桀、纣暴虐，正足以灭身覆国，为后世鉴戒耳，岂能回百姓之视听哉！王、何叨海内之浮誉，资膏粱④之傲诞，画魑魅以为巧⑤，扇无检以为俗⑥。郑声之乱乐，利口之覆邦⑦，信矣哉！吾固以为一世之祸轻，历代之罪重，自丧之衅⑧小，迷众之愆大也。"

陶潜五柳先生传⑨

先生不知何许人也⑩，亦不详其姓字，宅边有

---

① 孔子为鲁司寇，七日诛乱政大夫少正卯，曰："天下有大恶者五，而窃盗不与焉：一曰心逆而险；二曰行僻而坚；三曰言伪而辨；四曰记丑而博；五曰顺非而饰；有一于人而不免君子之诛，而少正卯有之，不可以不除。"
② 太公诛华士，见《孔子家语·始诛》。
③ 旷世，犹异世也。
④ 膏粱，肥肉美谷。
⑤ 魑，山神，兽形。魅，老精物也。此指庄子而言。
⑥ 扇，通"煽"。此言扇惑世人，使无检束也。
⑦ 《论语·阳货》："恶郑声之乱雅乐，恶利口之覆邦家。"二语皆斥庄子。
⑧ 衅，罪也。
⑨ 陶潜，寻阳人，字渊明，一名元亮，少有高趣，博学善属文，著《五柳先生传》以自况，为彭泽令，在官八十余日去职，宋元嘉初卒，世称靖节先生。
⑩ 不知何许人，言不以地传也。

晋文

五柳树，因以为号焉。闲静少言，不慕荣利。好读书，不求甚解，每有会意，便欣然忘食。性嗜酒，家贫，不能常得，亲旧知其如此，或置酒而招之，造饮辄尽，期在必醉，既醉而退①，曾不吝情去留。环堵萧然②，不蔽风日，短褐③穿结，箪瓢屡空④，晏如也。常著文章自娱，颇示己志。忘怀得失，以此自终。

赞曰：

黔娄⑤有言："不戚戚⑥于贫贱，不汲汲⑦于富贵。"其言兹若人之俦乎！酣觞赋诗，以乐其志，无怀氏之民欤！葛天氏之民欤⑧！

---

① 不求甚解，言读书但通大意也。
② 《礼记·儒行》："儒有一亩之宫，环堵之室。"堵，长一丈，高一尺，环一堵为方丈，故曰环堵之室。
③ 短褐，贫者之服。
④ 箪，盛饭竹器。瓢，剂瓠为之，用以挹水及盛酒浆之器。空，kòng，穷也。屡空，屡告穷之。
⑤ 黔娄，齐人，鲁恭公闻其贤，赐粟三千钟，辞不受，著书四篇，号《黔娄子》。
⑥ 戚戚，忧也。
⑦ 汲汲，欲速之意。
⑧ 无怀氏，葛天氏，皆上古之帝。

汉魏六朝文

陶潜归去来辞[①]

归去来兮，田园将芜，胡不归！既自以心为形役[②]，奚惆怅而独悲？悟已往之不谏，知来者之可追[③]。实迷途其未远，觉今是而昨非[④]。舟遥遥以轻飏，风飘飘而吹衣，问征夫以前路，恨晨光之熹微。[⑤]

乃瞻衡宇[⑥]，载欣载奔[⑦]，僮仆来迎，稚子候门。三径就荒[⑧]，松菊犹存。携幼入室，有酒盈樽。引壶觞以自酌，眄庭柯[⑨]以怡颜，倚南窗以寄傲，审容膝之易安。园日涉以成趣，门虽设而常关；策扶老

[①] 归去来，言去彭泽而至家也，就彭泽言，谓之归去，就所居之南村言，谓之来。辞，文体名。潜为彭泽令，郡遣督邮至，吏白当束带见之，潜叹曰："吾不能为五斗米折腰！"乃自解印绶归田里，作《归去来辞》以明志，时晋安帝义熙元年乙巳十一月也。

[②] 心为形役，言心在求禄，不能自主，反为形体所役也。

[③] "悟已往……"二句，语本《论语·微子篇》。

[④] 今是而昨非，言辞官是而求禄非也。

[⑤] 熹微，光未明也。上言弃官归去。

[⑥] 衡宇，谓横木为门之屋。

[⑦] 载，语助词，则也。

[⑧] 西汉末，有蒋诩者，舍中开三径，惟故人羊仲、求仲从之游。

[⑨] 柯，树枝。

以流憩①,时翘首②而遐观。云无心以出岫,鸟倦飞而知还;景翳翳③以将入,抚孤松而盘桓。④

归去来兮,请息交以绝游,世与我而相遗,复驾言兮焉求⑤!悦亲戚之情话,乐琴书以消忧。农人告余以暮春,将有事于西畴⑥。或命巾车⑦,或棹孤舟,既窈窕以寻壑,亦崎岖⑧而经丘,木欣欣以向荣,泉涓涓⑨而始流,善万物之得时,感吾生之行休。⑩

已矣乎!寓形宇内复几时,曷不委心任去留⑪,胡为乎遑遑⑫欲何之?富贵非吾愿,帝乡⑬不可期。

---

① 扶老,杖也,龟山多扶竹,高节实中,宜为杖,名扶老竹,见《山海经》。流憩,周流而憩息也。
② 矫首,举首。
③ 翳翳,渐阴也。
④ 盘桓,不进也。此段抵家后情况。
⑤ 言,助词。焉求,何求也。
⑥ 西畴,即先畴,"西、先"古通用,宿畴也;今亦谓先代所遗之田。
⑦ 巾车,有幕之车。
⑧ 崎岖,不平貌。
⑨ 涓涓,泉流貌。
⑩ 行休,谓昔行而今休也。此段言家乡之景物。
⑪ 委心任去留,言委弃名利之心,听时之去留也。
⑫ 遑遑,不安貌。
⑬ 帝乡,上帝所居,谓成仙也,《庄子·天地》:"乘彼白云,至于帝乡。"

怀良辰以孤往，或植杖而耘耔①，登东皋②以舒啸，临清流而赋诗；聊乘化以归尽③，乐夫天命复奚疑！④

陶潜桃花源记⑤

晋太元⑥中，武陵⑦人捕鱼为业，缘溪行，忘路之远近。忽逢桃花林，夹岸数百步，中无杂树，芳草鲜美，落英缤纷⑧；渔人甚异之。复前行，欲穷其林。林尽水源，便得一山。山有小口，仿佛若有光；便舍船从口入。初极狭，才通人；复行数十步，豁然开朗。土地平旷，屋舍俨然，有良田美池桑竹之属；阡陌⑨交通，鸡犬相闻。其中往来种作，男女

---

① 耘，除草。耔，壅苗本。
② 东皋，营田之所，春事起东，故云东也，皋，田也。
③ 乘化归尽，乘阴阳之化，以同归于尽也。
④ 此段襟怀旷达。
⑤ 潜以当晋衰乱，超然有高举之志，作《桃花源记》以寓意，不必真有其地也。
⑥ 太元，晋孝武帝（司马曜）年号，公元376—396年。
⑦ 武陵，汉郡，今湖南省常德市。
⑧ 缤纷，杂乱貌。
⑨ 阡陌，田间小路，南北曰阡，东西曰陌；又，河南以东西为阡，南北为陌。

衣着①，悉如外人；黄发垂髫②，并怡然自乐。③

见渔人，乃大惊；问所从来，具答之。便要还家，设酒杀鸡作食。村中闻有此人，咸来问讯。自云先世避秦时乱，率妻子邑人来此绝境，不复出焉，遂与外人间隔。问今是何世，乃不知有汉，无论魏晋，此人一一为具言所闻，皆叹惋。余人各复延至其家，皆出酒食。停数日，辞去，此中人语云："不足为外人道也。"④

既出，得其船，便扶向路⑤，处处志之。及郡下，诣太守，说如此。太守即遣人随其往，寻向所志，遂迷，不复得路。南阳刘子骥⑥，高尚士也，闻之，欣然规往⑦。未果，寻病终。後遂无问津者。⑧

---

① 衣着，犹衣服。
② 黄发，老人发白转黄也；垂髫，小儿垂发也，犹言老人与小儿。
③ 上言渔人发现桃花源。
④ 上言桃花源中人与世无闻。
⑤ 扶，缘也。向路，前时来路。
⑥ 南阳，今河南南阳市。刘子骥，名骥之，子骥其字，南阳人，尝采药至衡山，深入忘返。
⑦ 规往，言谋欲前往。
⑧ 《论语·微子》载孔子行路迷道，见长沮、桀溺，使子路问津焉。津，济渡处。后遂谓迷路问人为问津。此段故引数人为证，一若真有其地者，而仍从虚处作结。

宋文

颜延之陶征士诔 ①

夫璿玉②致美，不为池隍之宝③；桂椒信芳，而非园林之实。岂期深而好远哉？盖云殊性而已。故无足而至者，物之借也④；随踵而立者，人之薄⑤也。若

---

① 颜延之，临沂人，字延年。工文章，宋初为太子舍人，官至太常。居身俭约，嗜酒，不护细行，性激直，所言无讳，论者谓之颜彪。陶征士，即陶潜，延之为始安太守，道经寻阳，常饮潜舍，潜卒，延之为诔，极其思致。
② 璿玉，即璇玉。
③ 池隍，城池也，有水曰池，无水曰隍。
④ 《韩诗外传》："夫珠出于江海，玉出于昆山，无足而至者，犹主君之好也。"借，凭借。
⑤ 薄，贱薄。

宋文

乃巢高①之抗行,夷皓②之峻节,故已父老尧禹③,锱铢周汉④;而绵世浸远,光灵不属,至使菁华隐没,芳流歇绝,不其惜乎!虽今之作者⑤,人自为量⑥,而首路同尘⑦,辍途殊轨者多矣。岂所以昭末景,泛余波!

有晋征士寻阳⑧陶渊明,南岳⑨之幽居者也。弱不好弄,长实素心⑩。学非称师⑪,文取指达⑫。在众不失其寡⑬,处言愈见其默。少而贫病,居无仆妾,井臼⑭弗任,藜菽不给。母⑮老子幼,就养勤匮⑯。远惟

---

① 巢高,巢父;高,一作"由"。
② 夷皓,伯夷及四皓。
③ 父老尧禹,言以尧、禹为父老之人也,语本《后汉书·郅恽传》。
④ 锱铢周汉,言视周、汉之得天下,轻如锱铢也。
⑤ 作者,兴起之人,见《论语·宪问》。
⑥ 人自为量,言人之度量浅深不一。
⑦ 同尘,同乎流俗。
⑧ 寻阳,晋郡,治今江西省九江市。
⑨ 南岳,庐山之南,潜所居栗里,在庐山南。
⑩ 素心,心地洁白。
⑪ 学非称师,言其学不自诩为人师。
⑫ 指达,犹达意也。
⑬ 不失其寡,言不失其独行之概。
⑭ 井臼,谓汲水舂米。
⑮ 母,疑作"父",靖节年十二丧母,三十七乃丧父也。
⑯ 《礼记·祭义》:"小孝用力,中孝用劳,大孝不匮。"

田生致亲之议①，追悟毛子捧檄之怀②。初辞州府三命，后为彭泽③令。道不偶物④，弃官从好⑤。遂乃解体世纷，结志区外，定迹深栖，于是乎远。灌畦鬻蔬，为供鱼菽之祭⑥；织絇纬萧⑦，以充粮粒之费。心好异书，性乐酒德⑧，简弃烦促⑨，就成省旷。殆所谓国爵屏贵⑩，家人忘贫者与⑪？

---

① 田生，田过也。过对齐宣王曰："受之于君，致之于亲，凡事君者，以为亲也。"
② 追，一作"近"。毛子捧檄，后汉庐江毛义，家贫，以孝行称。南阳张奉慕其名，往候之。坐定而府檄适至，以义守令，义奉檄而入，喜动颜色。奉者，志尚士也，心贱之，自恨来，固辞而去。及义母死，去官行服。数辟公府，为县令，进退必以礼。后举贤良，公车征遂不至。张奉叹曰："贤者固不可测，往日之喜，乃为亲屈也。"见《后汉书·刘平等传序》。
③ 彭泽，汉县，故城在今江西省湖口县东。
④ 道不偶物，谓不谐于俗也。
⑤ 从好，从其所好。
⑥ 《公羊传·哀公六年》，齐大夫陈乞曰："常之母有鱼菽之祭。"
⑦ 絇，qú，履头也。《穀梁传·襄公二十七年》载甯喜出奔晋，织絇邯郸，终身不言卫。纬，织也。萧，蒿也。《庄子·列御寇》："河上有家贫恃纬萧而食者。"
⑧ 刘伶有《酒德颂》。
⑨ 烦促，恬旷之反。恬旷，安静闲散。
⑩ 屏，bǐng，除弃之谓也。《庄子·天运》："至贵国爵屏焉，至富国财屏焉。"
⑪ 家人忘贫，《庄子·则阳》："故圣人其穷也使家人忘其贫。"

宋文

有诏征为著作郎①,称疾不到②。春秋若干③,元嘉④四年月日,卒于寻阳县之某里⑤。近识悲悼,远士伤情。冥默福应,呜呼淑贞!夫实以诔华,名由谥高,苟允德义,贵贱何算焉?若其宽乐令终之美,好廉克己之操,有合谥典,无愆前志,故询诸友好,宜谥曰靖节征士⑥。

其辞曰:

物尚孤生,人固介立⑦。岂伊时遘,曷云世及。嗟乎若士,望古遥集。韬此洪族⑧,蔑彼名级。睦亲之行,至自非敦⑨。然诺之信,重于布言⑩。廉深简洁,贞夷粹温。和而能峻,博而不繁。依世尚同,诡时则异。有一于此,两非默置。岂若夫子,因心

---

① 著作郎,官名,掌撰述国史。
② 到,一作"赴"。
③ 若干,一作"六十有三"。
④ 元嘉,南朝宋文帝(刘义隆)年号,公元424—453年。
⑤ 某里,一作"柴桑里"。
⑥ 谥法,宽乐令终曰靖,好廉自克曰节。
⑦ 介立,特立。
⑧ 洪族,大族,征士为陶侃曾孙,故云。
⑨ 睦亲之行,至自非敦,言睦亲之行,推而至于非所宜敦之人也。
⑩ 布言,季布之言。汉季布重然诺。

违事①？畏荣好古，薄身厚志。世霸虚礼②，州壤推风。孝惟义养，道必怀邦。人之秉彝③，不隘不恭④。爵同下士，禄等上农⑤。度量难钧，进退可限⑥。长卿弃官⑦，稚宾自免⑧。子之悟之，何悟之辩。赋诗归来⑨，高蹈独善。

亦既超旷，无适非心⑩。汲流旧巘，葺宇家林。晨烟暮霭，春煦秋阴。陈书缀卷，置酒弦琴。居备勤俭，躬兼贫病。人否其忧，子然其命。隐约就闲，迁延辞聘。非直也明⑪，是惟道性。纠缥斡

---

① "依世尚同"至"因心违事"，言为人之道，依俗而行，必讥之以尚同，诡违于时，必讥之以好异，有一于身，必被讥论，非为默置，岂若夫子因心而能违于世乎，言不同不异也。
② 世霸，谓当世而霸者。虚礼，虚己备礼也。
③ 秉彝，谓秉受于天之常道，见《诗经·大雅·烝民》。
④ 《孟子·公孙丑上》："伯夷隘，柳下惠不恭，隘与不恭，君子不由也。"此不恭谓不为不恭。
⑤ 《礼记·王制》："诸侯之下士视上农夫，禄足以代其耕也。"
⑥ 度量难钧，进退可限，言世人度量难齐，而征士则进退有度也。
⑦ 长卿，汉司马相如。相如尝病免去游梁。
⑧ 汉太原郇相，字稚宾，举州郡孝廉茂才，数病去官。见《汉书·鲍宣传》。
⑨ 赋诗归来，言赋《归去来辞》也；诗，一作"辞"。
⑩ 无适非心，言无所不适于心。
⑪ 非直也明，言非但明哲也。

宋文

流[1],冥漠报施。孰云与仁,实疑明智[2]。谓天盖高,胡愆斯义。履信曷凭,思顺何寘[3]。年在中身[4],疢维痁疾[5]。视死如归,临凶若吉。药剂弗尝,祷祀非恤。傃幽告终[6],怀和长毕。呜呼哀哉!

敬述靖节,式尊遗占[7]。存不愿丰,没无求赡。省讣却赙,轻哀薄敛。遭壤以穿,旋葬而窆[8]。呜呼哀哉!

深心追往,远情逐化[9]。自尔介居,及我多暇。伊好之洽,接阎[10]邻舍。宵盘昼憩,非舟非驾[11]。念昔宴私,举觞相诲。独正者危,至方则阂。哲人卷

---

[1] 纠缠,交相缠绕。斡流,犹言斡转。贾谊《鵩鸟赋》:"夫祸之与福兮,何异纠缠。"又"斡流而迁兮,或推而还。"
[2] 孰云与仁,实疑明智,言老子有"天道无亲,常与善人"之语,我实疑之。明智,即指老子。
[3] 履信曷凭,思顺何寘,《易·系辞》有"履信思乎顺"之语。
[4] 中身,中年。
[5] 疢,chèn,热病。痁,shān,久瘧。
[6] 傃,向也。死为人之终也。
[7] 遗占,谓遗命也;不起草而口诵其文曰口占。
[8] 窆,biǎn,葬下棺也。校订者按:葬下棺,指葬时下棺于墓穴。
[9] 逐化,化而生,亦化而死。
[10] 阎,里中门也。
[11] 非舟非驾,言无须车马。

舒，布在前载①。取鉴不远，吾规子佩。尔实愀然，中言而发。违众速尤，迕风先蹶②。身才非实，荣声有歇③。睿音永矣④，谁箴余阙？呜呼哀哉！

仁焉而终，智焉而毙。黔娄既没，展禽亦逝。其在先生，同尘往世。旌此靖节，加彼康惠⑤。呜呼哀哉！

鲍照登大雷岸与妹书⑥

吾自发寒雨，全行日少，加秋潦浩汗⑦，山溪

---

① 前载，犹前事。
② 迕风，违逆世风。蹶，颠仆。
③ "身才非实，荣声有歇"二句，恐己恃才傲物，凭宠以陵人，故以相戒。
④ 睿音，嘉言。
⑤ 黔娄，春秋高士，没，同"殁"，其妻以康为谥，谓其甘天下之淡味，安天下之卑位，求仁得仁，求义得义云。惠，春秋鲁展禽之谥，禽食邑柳下，又称柳下惠。
⑥ 鲍照，东海人，字明远，文辞赡逸，宋文帝时，为中书舍人，临海王子顼为荆州，照为前军参军，子顼败，为乱军所杀；照，一作"昭"，乃唐人避武后嫌名而改之。大雷，今安徽省望江县，《水经注》所谓大雷口也。照妹名令晖，工文词，照自以为其才不及左思，而妹才则远胜左芬。左芬，左思妹。
⑦ 浩汗，水广大无际貌。

宋文

猥①至，渡溯②无边，险径游历，栈③石星饭，结荷水宿，旅客贫辛，波路壮阔，始以今日食时，仅及大雷；途登千里，日逾十晨，严霜惨节，悲风断肌，去亲为客，如何如何！

向因涉顿④，凭观川陆，遨神清渚，流睇方曛⑤，东顾五洲⑥之隔，西眺九派⑦之分，窥地门之绝景⑧，望天际之孤云，长图大念，隐⑨心者久矣。

南则积山万状，争气负高，含霞饮景，参差代雄，凌跨长陇⑩，前后相属，带天有匝，横地无穷，东则砥原⑪远隰，亡端靡际，寒蓬夕卷，古树云平，旋风⑫四起，思鸟群归。静听无闻，极视不见。北

---

① 猥，水盛大貌。
② 逆流而上曰溯。
③ 板阁曰栈。
④ 顿，止宿。
⑤ 睇，倾视。曛，黄昏时。
⑥ 水中可居者为洲，五个相接，故曰五洲。
⑦ 九派，谓江流分九支。
⑧ 武关山为地门，上与天齐。
⑨ 隐，忖度。
⑩ 陇，大坂。
⑪ 砥原，平原，其平如砥，故云。
⑫ 旋风，回风。

255

则陂池潜演①，湖脉通连。芒蒿攸积，菰芦所繁。栖波之鸟，水化之虫，智吞愚，强捕小，号噪惊聒，纷牣②其中。西则回江③永指，长波天合。滔滔何穷，漫漫安竭！刱古迄今，舳舻④相接，思尽波涛，悲满潭壑，烟归八表⑤，终为野尘，而是注集，长泻不测，修灵浩荡⑥，知其何故哉！

  西南望庐山⑦，又特惊异。基献江潮⑧，峰与辰汉连接。上常积云霞，雕锦缛⑨，若华⑩夕曜，岩泽气通，传明散彩，赫似绛天。左右青霭，表里紫霄。从岭而上，气尽金光，半山以下，纯为黛色⑪。信可以神居帝郊，镇控湘汉者也。

---

① 演，水脉行地中。
② 牣，盈满。
③ 回江，江流回曲。
④ 舳舻，舟尾与船头。
⑤ 八表，八方之外。
⑥ 修，远也。灵，神也。
⑦ 庐山，在今江西省庐山市北、九江市南，名山也。
⑧ 献，一作"压"。潮，一作"湖"。
⑨ 缛，繁采饰也。
⑩ 若华，若木之华。
⑪ 黛色，青黛色，似空青而色深。

宋文

若潨①洞所积，溪壑所射，鼓怒之所隳②击，涌潎③之所宕涤，则上穷荻浦④，下至㹳洲，南薄燕爪，北极雷淀⑤，削长埤⑥短，可数百里。其中腾波触天，高浪灌日，吞吐百川，泻泄万壑。轻烟不流，华鼎振渚⑦。弱草朱靡，洪涟陇蹙。散涣长惊，电透箭疾。穹㵪⑧崩聚，坁⑨飞岭覆。回沫冠山，奔涛空谷，碪石⑩为之摧碎，碕岸为之橉落⑪。仰视大火，俯听波声，愁魄胁息⑫，心惊慓矣。

至于繁化殊育，诡质怪章，则有江鹅、海鸭、鱼鲛、水虎之类⑬，豚首、象鼻、芒须、针尾之

---

① 潨，cóng，小水流入大水。
② 隳，huī，撞击。
③ 潎，fú，复流也。校订者按：复流指水回流。
④ 荻浦，水名，在安徽省繁昌县西。
⑤ 㹳洲、燕爪、雷淀，皆未详。
⑥ 埤，增也。
⑦ 渚，tà，滔溢也，河朔方言谓沸溢为渚。
⑧ 㵪，kè，水也。
⑨ 坁，岸也。
⑩ 碪石，同"砧石"，捣衣石。
⑪ 碕岸，曲岸。橉，即"蠡"，读jī，此处训为"细碎"。
⑫ 胁息，谓恐惧之甚，竦体而喘息。
⑬ 江鹅，即鸥鸟。海鸭，大如常鸭，斑白纹，亦谓之文鸭。鱼鲛，即沙鱼，今作"鲨鱼"。《襄沔记》云沔水中有物，膝头似虎，常没水中，名曰水虎。

族①,石蟹、土蚌、燕箕、雀蛤之俦②,拆甲、曲牙、逆鳞、反舌之属③。掩沙涨,被草渚,浴雨排风,吹涝④弄翻。夕景欲沉,晓雾将合,孤鹤寒啸,游鸿远吟,樵苏⑤一叹,舟子再泣,诚足悲忧。不可说也。

风吹雷飚,夜戒前路。下弦⑥内外,望达所届。寒暑难适,汝专自慎,夙夜戒护,勿我为念。恐欲知之,聊书所睹。临涂草蹙⑦,辞意不周。

---

① 豚首,即海豚,鲸属。象鼻,古名海豨。真腊国(古南海国名)有鱼名建同,鼻如象,吸水上喷,高五六十丈。芒须,锋利的虾须,此指一种长须的虾。针尾,指鲛类。
② 石蟹,蟹属,生溪涧石穴中,小而壳坚。魟鱼头圆秃如燕,其身圆扁如簸箕,是为燕箕。雀入大水为蛤。
③ 拆,一作"折";拆甲,即鳖。曲牙,海兽之属。逆鳞,蜃蛟之属,其状如蛇而大,有角,如龙状,腰以下鳞尽逆。反舌,百舌鸟。
④ 涝,大波。
⑤ 取薪曰樵,取草曰苏。
⑥ 阴历每月二十二或二十三月光下缺其半,谓之下弦,弦以月形如弓而名。
⑦ 草蹙,仓促。

宋文

鲍照芜城赋①

  㳽迆平原②,南驰苍梧涨海③,北走紫塞雁门④。柂以漕渠⑤,轴以昆冈⑥,重江复关之隩⑦,四会五达之庄。⑧

  当昔全盛之时⑨,车挂轊⑩,人驾⑪肩,廛閈扑地,歌吹沸天。孳⑫货盐田,铲利铜山⑬。才力雄富,士

---

① 《芜城赋》,鲍照登广陵故城而作。广陵,今江苏省扬州市,孝建三年,竟陵王诞据以反,沈庆之讨平之,命悉诛城内丁男,以女口为军实,照盖感事而赋。丁男,成年男子。女口,女性人口。军实,指军械、粮饷及作战俘获等。
② 㳽迆,mǐyǐ,相连斜平之貌。平原,指广陵。
③ 苍梧,见《司马相如上林赋》"苍梧"注。涨海,南海之别称。
④ 秦筑长城,土色皆紫,汉塞亦然,故称紫塞。雁门,汉郡,在今山西,地有雁门关,古称要塞。
⑤ 柂,duò,引也。漕渠,邗沟,即今江南运河,春秋时吴所穿。
⑥ 昆冈在今江苏省扬州市西北,一名阜冈,亦名广陵冈。
⑦ 重江复关,一作"重关复江"。隩,藏也。
⑧ 言为辐凑之地。《尔雅·释宫》:"五达谓之康,六达谓之庄。"上七句言地势之雄阔。
⑨ 全盛之时,谓汉时也。
⑩ 挂,行有所阻碍。轊,车轴头。
⑪ 驾,陵也,谓相追切也。
⑫ 孳,蕃也。
⑬ 铲,削平。吴有豫章郡铜山,见《汉书·吴王濞传》。

马精妍。故能夌秦法①，佚②周令，划崇墉，刳浚洫③，图修世以休命。是以板筑雉堞之殷④，井干烽橹之勤⑤，格高五岳⑥，袤广三坟⑦，崒⑧若断岸，矗⑨似长云。制磁石以御冲⑩，糊赪壤以飞文⑪。观基扃⑫之固护，将万祀而一君。出入三代，五百余载⑬，竟瓜剖而豆分。⑭

泽葵⑮依井，荒葛罥⑯途。坛罗虺蜮⑰，阶斗䴢鼯⑱。

---

① 夌，与"侈"同。校订者按：此言奢侈过于周秦之法令。
② 佚，通"轶"，过也。
③ 浚洫，深池。
④ 筑墙以两版夹土，以杵筑之为板筑。雉堞，城上女墙。殷，盛也。
⑤ 干，hán；井干，楼名，汉武帝所筑。橹，望楼。
⑥ 格，量度。山之高而等者曰岳，五岳，嵩、泰、华、衡、恒也。
⑦ 坟，土脉坟起也，《尚书·禹贡》兖州土黑坟，青州土白坟，徐州土赤埴坟，此三州与扬州接。
⑧ 崒，高峻。
⑨ 矗，直立。
⑩ 磁石俗称吸铁石，阿房宫以为门，怀刃者止之。
⑪ 糊，黏也。赪壤，赤土。飞文，言文采生动。
⑫ 文士之言"基扃"，多泛论城阙。
⑬ 广陵郡城为吴王濞所筑，自汉迄晋，为三代五百余载。
⑭ 此段言昔时之盛。
⑮ 泽葵，苔类。
⑯ 罥，juàn，犹绾也。
⑰ 虺，小蛇。蜮，yù，短狐，传说中一种害人的动物。
⑱ 䴢，麇也。鼯，鼠也。

宋文

木魅①山鬼，野鼠城狐②。风嗥雨啸，昏见晨趋。饥鹰厉吻，寒鸱吓雏③。伏虣藏虎④，乳血餐肤，崩榛⑤塞路，峥嵘古馗⑥，白杨早落，塞草前衰。棱棱⑦霜气，蔌蔌⑧风威。孤蓬自振，惊沙坐飞，灌莽⑨杳而无际，丛薄⑩纷其相依。通池⑪既已夷，峻隅⑫又已颓。直视千里外，惟见起黄埃。凝思寂听，心伤已摧！⑬

若夫藻扃黼帐⑭，歌堂舞阁之基，璿渊碧树⑮，弋

---

① 魅，老物精。校订者按：老物精，旧时认为物老变成的精怪。
② 野鼠，即谓社鼠。城狐，窟城之狐。
③ 寒鸱吓雏，见《嵇康与山巨源绝交书》"养鸱雏以死鼠也"句注。
④ 虣，古"暴"字，虎属。
⑤ 榛，木丛生。
⑥ 峥嵘，深冥。馗，九交之道。
⑦ 棱棱，严霜貌。
⑧ 蔌，sù，蔌蔌，风声动疾貌。
⑨ 灌莽，丛草。
⑩ 丛薄，草木交错。
⑪ 通池，城壕。
⑫ 峻隅，城隅。
⑬ 此段极写其芜。
⑭ 藻扃，扃施藻画。黼帐，白黑相间之帐。
⑮ 璿渊，玉池。碧树，玉树。

林钓渚之馆，吴蔡齐秦之声，鱼龙爵马之玩①，皆薰歇烬灭，光沉响绝。东都妙姬，南国丽人，蕙心纨质，玉貌绛唇，莫不埋魂幽石，委骨穷尘，岂忆同舆②之愉乐，离宫之苦辛哉③！天道如何，吞恨者多，抽琴命操④，为芜城之歌。歌曰：

边风急兮城上寒，井径⑤灭兮丘陇残，千龄兮万代，共尽兮何言！⑥

鲍照飞白书势铭⑦

秋毫⑧精劲，霜素⑨凝鲜。沾此瑶波，染彼松烟⑩。

---

① 鱼龙，爵马，皆戏玩之事。
② 同舆，谓王与后相约而同辇。
③ 此谓贬居他宫之妃后。
④ 命，名。操，琴曲。
⑤ 周制，九夫为井，夫间有遂，遂上有径。
⑥ 此段带叙宫馆，结出芜字，以歌寄慨。
⑦ 飞白，书体之一种，笔画枯槁而中空者，蔡邕在鸿都门见匠人施垩帚，遂创意焉。
⑧ 秋毫，笔也。
⑨ 霜素，白缣。
⑩ 松烟，以松炱所制之墨。

超工八法[1]，尽奇六文[2]。鸟企龙跃，珠解泉分。轻如游雾，重似崩云。绝锋剑摧，惊势箭飞。差池燕起，振迅鸿归，临危制节，中险腾机。圭角[3]星芒，明丽烂逸，丝萦发垂，平理端密。盈尺锦两，片字金镒[4]。故仙芝[5]烦弱，既匪足双，虫虎[6]琐碎，又安能匹！君子品之，是最神笔。

谢惠连祭古冢文[7]并序

东府掘城北堑[8]，入丈余，得古冢。上无封

---

[1] 书法有侧、勒、努、趯、策、掠、啄、磔，谓之八法，唐张怀瓘论书法，以永字为例，称永字八法：一曰侧，即点也；二曰勒，即横画也；三曰努，即直画也；四曰趯，即钩也；五曰策，即斜画向上者也；六曰掠，即撇也；七曰啄，即右之短撇也；八曰磔，即捺也。或谓为王羲之所创。一说即秦之八体。
[2] 六文，六种书体，晋卫恒以古文、奇字、篆书、隶书、缪篆、鸟书当之。
[3] 圭角，谓圭之锋芒有棱角。
[4] 二十两为镒。
[5] 仙芝，书体，仙人书与芝英书。
[6] 虫虎，亦书体，虫书与虎书。
[7] 谢惠连，阳夏人，幼聪敏，年十岁，能属文，元嘉十年卒，年三十七。元嘉七年，惠连为司徒彭城王义康法曹参军，义康修东府，城堑中得古冢，为改葬，使惠连为文祭之。
[8] 建康城西为简文为会稽王时第，东则文孝王道子府，道子领扬州，仍住先舍，故称东府。堑，qiàn，护城河。

域①，不用砖甓②，以木为椁。中有二棺，正方，两头无和③。明器④之属，材瓦、铜漆，有数十种，多异形，不可尽识。刻木为人，长三尺，可有二十余头。初开，见悉是人形，以物㯠⑤拨之，应手灰灭。棺上有五铢钱⑥百余枚，水中有甘蔗节及梅李核、瓜瓣，皆浮出，不甚烂坏。铭志不存，世代不可得而知也。公命城者改埋于东冈，祭之以豚酒。既不知其名字远近，故假为之号，曰冥漠君云尔。

元嘉⑦七年九月十四日，司徒御属领直兵令史统作城录事临漳令亭侯朱林⑧，具豚醪之祭，敬荐冥漠君之灵：叅总徒旅，版筑是司，穷泉为堑，聚壤成基。一椁既启，双棺在兹，舍畚⑨凄怆，纵锸

---

① 聚土曰封，墓限曰域。
② 甓，瓴甋，今亦谓之砖。
③ 棺题曰和。
④ 明器，送死之器，所以埋于冢中者。
⑤ 㯠，chéng，以物触物。
⑥ 五铢钱，汉武帝所铸钱。
⑦ 元嘉，见《颜延之陶征士诔》"元嘉"注。
⑧ 司徒，官名，宋制掌治民事。令史，官名，有直事令史，直兵令史，位次尚书郎。作城录事，临时职衔。临漳，县名，今属河北省。亭侯，宋时属第五品。朱林，人姓名，不详。
⑨ 畚，běn，盛土器。

涟而①。刍灵②已毁,涂车③既摧,几筵糜腐,俎豆倾低,盘或梅李,盉或醯醢,蔗传余节,瓜表遗犀④。

追惟夫子,生自何代?曜质⑤几年?潜灵⑥几载?为寿为夭?宁显宁晦?铭志湮灭,姓字不传。今谁子后?曩谁子先?功名美恶,如何蔑然?

百堵皆作,十仞斯齐,墉不可转,堑不可回。黄肠⑦既毁,便房⑧已颓,循题⑨兴念,抚俑⑩增哀。射声⑪垂仁,广汉⑫流渥,祠骸府阿⑬,掩骼⑭城曲。

---

① 锸,锹,起土之具。涟而,垂涕貌。
② 刍灵,束草为人马以殉葬。
③ 涂车,泥制之车,明器之一。
④ 遗犀,瓜瓣。
⑤ 曜质,谓生时。
⑥ 潜灵,谓死后。
⑦ 以柏木黄心,致累棺外,故曰黄肠。
⑧ 便房,冢圹中室。
⑨ 题,谓题凑,棺木头皆内向,故称。
⑩ 俑,从葬之木偶人。
⑪ 射声,官名。东汉曹褒为射场校尉,射声营舍有停棺不葬百余所,褒悉葬其无主者。见《后汉书·曹褒传》。
⑫ 广汉,汉郡名,地在今四川。后汉陈宠转广汉太守,先是洛阳城南骸骨不葬者多,宠乃敕县掩埋。
⑬ 阿,近也。府阿,谓东府附近。
⑭ 骼,枯骨。

仰羡古风，为君改卜，轮移北隍①，窀穸②东麓，埏即新营，棺仍旧木。合葬非古，周公所存③，敬遵昔义，还祔④双魂。酒以两壶，牲以特豚⑤，幽灵仿佛，歆我牺樽⑥。呜呼哀哉！

谢庄月赋⑦

陈王初丧应刘⑧，端忧⑨多暇，绿苔生阁，芳尘凝榭⑩，悄焉疚怀⑪，不怡中夜。乃清兰路⑫，肃桂苑⑬，腾吹寒山，弭盖⑭秋坂，临浚壑⑮而怨遥，登崇岫而

---

① 隍，见《颜延之陶征士诔》"池隍"注。
② 窀穸，zhūnxī，墓穴，长埋谓之窀，长夜谓之穸。
③ 《礼记·檀弓上》："合葬非古也，自周公以来，未之有改也。"
④ 祔，合葬。
⑤ 特豚，一牲也。
⑥ 歆，享。牺樽，刻为牺牛之形用以为尊也。
⑦ 谢庄，阳夏人，字希逸，年七岁，能属文，仕至光禄大夫，泰始二年卒，谥宪子。
⑧ 陈王，陈思王曹植。赋系假陈王、仲宣立局。应刘，应场、刘桢。
⑨ 端忧，端坐而忧思。
⑩ 台有屋曰榭。
⑪ 悄焉，忧貌。疚，病。
⑫ 兰路，有兰之路。
⑬ 桂苑，有桂之苑；吴有桂林苑。
⑭ 弭，按也。盖，车盖，借指车。弭盖，指控驭车驾徐徐而行。
⑮ 浚壑，深壑。

宋文

伤远。于时斜汉①左界，北陆南躔②，白露暖空，素月流天，沉吟齐章③，殷勤陈篇④，抽毫进牍，以命仲宣⑤。

仲宣跪而称曰：臣东鄙幽介⑥，长自丘樊⑦，昧道懞⑧学，孤奉明恩。臣闻沉潜既义，高明既经⑨，日以阳德，月以阴灵，擅扶光于东沼⑩，嗣若英于西冥⑪，引玄兔于帝台⑫，集素娥于后庭⑬。朒朓警阙⑭，朏

---

① 汉，天河。
② 北陆，虚宿别名，亦称玄枵，亦称颛顼之虚。躔，处也，亦次也。
③ 齐章，此指《诗经·齐风·东方之日》。
④ 陈篇，此指《诗经·陈风·月出》。
⑤ 仲宣，王粲字。
⑥ 仲宣乃山阳人，故云东鄙。幽介，犹言隐居之人。
⑦ 丘樊，乡僻之地。
⑧ 懞，mèng，目不明。
⑨ 《尚书·洪范》："沉潜刚克，高明柔克。"沉潜谓地，高明谓天。《孝经》："夫孝，天之经也，地之义也。"引申为凡正当不易之理义。
⑩ 扶光，扶桑之光。东沼，旸谷也，日所出处。月盛于东故曰擅。
⑪ 若英，若木之英，《山海经》："洞野之山，上有赤树青叶，赤花名曰若木。"西冥，昧谷也，《尚书·尧典》："宅西曰昧谷。"昧，冥也。
⑫ 月者，阴精之宗，积成为兽，象兔形。帝台，天台。
⑬ 素娥，即嫦娥，羿妻，羿请不死之药于西王母，嫦娥窃而奔月。后庭，犹帝庭，太微宫。
⑭ 朒，nù，朔而月见东方。朓，tiǎo，晦而月见西方。警阙，谓朒朓失度，警人君有阙德也。

魄示冲①,顺辰通烛②,从星泽风③,增华台室④,扬采轩宫⑤,委照而吴业昌⑥,沦精而汉道融⑦。

若夫气霁地表,云敛天末,洞庭始波,木叶微脱⑧。菊散芳于山椒⑨,雁流哀而江濑⑩,升清质之悠悠,降澄辉之蔼蔼。列宿掩缛⑪,长河⑫韬映,柔祇⑬雪凝,圆灵⑭水镜,连观⑮霜缟,周除⑯冰净。君王乃厌晨欢,乐宵宴,收妙舞,弛清县⑰,去烛房,即

---

① 月未成光曰朏,朏,fěi。月始生曰魄,魄,月体黑处也。示冲,言朏魄得所,示人君有谦冲也。
② 顺辰通烛,言月顺十二辰以照天下。
③ 从星泽风,《尚书·洪范》:"月之从星,则以风雨。"月经于箕则多风,离于毕则多雨。泽,即雨也。
④ 台室,三台之位。
⑤ 轩宫,轩辕之宫;轩辕,星名。
⑥ 孙策母梦月入怀而生策,故曰吴业昌。
⑦ 汉元后母梦月入怀而生后,故曰汉道融。
⑧ 木叶微脱,《楚辞·九歌·湘夫人》:"洞庭波兮木叶下。"
⑨ 山椒,山巅。
⑩ 而,一作"于"。濑,水流沙上。
⑪ 缛,繁采色。
⑫ 长河,天河。
⑬ 柔祇,地。
⑭ 圆灵,天。
⑮ 观,宫观。
⑯ 除,殿陛。
⑰ 弛,废也。县,通"悬",谓所悬之钟磬。

月殿，芳酒登，鸣琴荐。

若乃凉夜自凄，风篁①成韵，亲懿②莫从，羁孤③递进，聆皋禽④之夕闻，听朔管之秋引⑤。于是弦桐练响⑥，音容选和，徘徊《房露》⑦，惆怅《阳阿》⑧，声林虚籁，沦池灭波⑨，情纡轸⑩其何托，愬⑪皓月而长歌。

歌曰：美人迈兮音尘阙，隔千里兮共明月，临风叹兮将焉歇，川路长兮不可越。歌响未终，余景就毕，满堂变容，回遑⑫如失。又称歌曰：月既没

---

① 竹丛生曰篁，风篁，风吹篁也。
② 亲懿，言至亲。
③ 羁孤，羁臣、孤客也。
④ 皋禽，鹤也，诗有"鹤鸣于九皋"句，故以谓鹤。
⑤ 朔管，羌笛，管十二月位在北方，故云朔。秋引，商声。
⑥ 弦桐，琴也。练，音义与"拣"同。校订者按：拣：选择。
⑦ 《房露》，古曲名，即陆机《文赋》之"防露"，"房"与"防"通。
⑧ 《阳阿》，古之善歌者，因以名歌。
⑨ "声林虚籁"二句，言风将息也。凡空虚所发之声，皆曰籁。波小涌曰沦。
⑩ 纡轸，《楚辞·九章·怀沙》："郁结纡轸兮，离愍而长鞠。"纡，曲也。轸，痛也。
⑪ 愬，向之也。校订者按：愬，通"遡"，向着。
⑫ 回遑，彷徨。

兮露欲晞^①，岁方晏兮无与归，佳期可以还，微霜沾人衣。陈王曰：善。乃命执事，献寿羞璧^②，敬佩玉音，复之无斁^③。

---

① 晞，干。
② 献寿，称觞为寿也。羞璧，置璧也。
③ 斁，yì，厌弃。

齐梁文

孔稚珪北山移文[1]

钟山之英,草堂之灵[2],驰烟驿路,勒移山庭[3]。夫以耿介拔俗之标,萧洒出尘之想,度白雪以方洁,干青云而直上。吾方知之矣。若其亭亭[4]物表,皎皎[5]霞外。芥千金而不眄,屣万乘其如脱。闻凤

---

[1] 孔稚珪,南齐山阴人,字德璋,风韵清洁,好文咏,饮酒至七八斗。高帝时,为记室参军,仕至都官尚书。《北山移文》嘲周颙也,颙,汝南人,字彦伦,隐于北山,后应诏出为海盐令,秩满入京,复经此山,稚珪借山灵之意移之,使不许再至。北山,即钟山,在今江苏南京市东。
[2] 周颙以蜀草堂寺林壑可怀,乃于钟岭雷次宗学馆立寺,名曰草堂。
[3] "驰烟驿路"二句,谓山灵驰驱烟雾,刻移文于山庭。
[4] 亭亭,高耸貌。
[5] 皎皎,洁白貌。

吹于洛浦①，值薪歌于延濑②，固亦有焉。岂期终始参差，苍黄翻覆。洎翟子之悲，恸朱公之哭③。乍回迹以心染④，或先贞而后黩⑤。何其谬哉！⑥

呜呼！尚生⑦不存，仲氏⑧既往，山阿寂寥，千载谁赏？世有周子，俊俗之士⑨，既文既博，亦玄亦史⑩。然而学遁东鲁⑪，习隐南郭⑫。窃吹⑬草堂，滥巾⑭北岳。

---

① 周灵王太子晋吹笙作凤鸣，游于伊洛之间。
② 苏门先生游于延濑，见一人采薪，谓之曰："子以此终乎？"采薪人曰："吾闻圣人无怀，以道德为心，何怪乎而为哀也。"遂为歌二章而去。
③ 翟子，即墨翟。杨朱见歧路而哭之，为其可以南，可以北，墨子见练丝而泣之，为其可以黄，可以黑。朱公，即杨朱。
④ 回迹以心染，言暂避迹山林，而心犹染于俗也。
⑤ 黩，污浊。
⑥ 此段泛论隐者。
⑦ 尚生，向子平也，见《嵇康与山巨源绝交书》"尚子平"注。
⑧ 仲氏，谓东汉仲长统，每州郡命召，辄称疾不就。
⑨ 俊俗之士，俗中之俊士。
⑩ 玄，谓庄、老之道。史，谓文多质少。
⑪ 东鲁，谓颜阖。鲁君闻颜阖得道人也，使人以币先焉，阖对曰："恐听谬而遗使者罪，不若审之。"使者反审之，复来求之，则不得矣。见《庄子·让王》。
⑫ 南郭，南郭子綦也，隐几而坐，仰天嗒然，若丧其偶。
⑬ 窃吹，借用南郭先生吹竽事，"窃"一作"偶"。
⑭ 滥巾，言滥服隐士之巾。

齐梁文

诱我松桂，欺我云壑。虽假容①于江皋，乃缨情于好爵。②

其始至也，将欲排巢父③，拉许由④，傲百氏，蔑王侯。风情张日，霜气横秋。或叹幽人长往，或怨王孙⑤不游。谈空空于释部⑥，核玄玄于道流⑦。务光⑧何足比，涓子不能俦。⑨

及其鸣驺入谷⑩，鹤书⑪赴陇，形驰魄散，志变神动。尔乃眉轩席次，袂耸筵上。焚芰制而裂荷衣⑫，抗尘容而走俗状。风云凄其带愤，石泉咽而下怆，望林峦而有失，顾草木而如丧。⑬

---

① 假容，言假托隐者之容。
② 好爵，谓人爵也。此段总写周颙之隐，实非其本意。
③ 排，排斥。巢父，尧时隐士，夏常居巢，故号。
④ 拉，折辱。许由，见《东方朔答客难》"许由"注。
⑤ 王孙，指隐者。
⑥ 空空于释部，释家以空明空也。
⑦ 玄玄于道流，道家玄之又玄也。
⑧ 务光，夏时人，汤得天下，让之，光不受而逃。
⑨ 涓子，齐人，好饵术，隐于宕山。此段叙颙之初志。
⑩ 鸣，官吏之有喝道也。驺，为前导及后骑者。谓使人来征召也。
⑪ 鹤书，诏书，在汉谓之尺一简，仿佛鹤头，故有是称。
⑫ 芰，菱也。芰制、荷衣，皆隐者之服。
⑬ 丧，sàng，丧失。以上言叙颙之将出。

至其纽金章①，绾墨绶②。跨属城之雄③，冠百里之首④，张英风于海甸⑤，驰妙誉于浙右⑥。道帙⑦长殡，法筵⑧久埋。敲扑喧嚣犯其虑，牒诉倥偬装其怀⑨。琴歌既断，酒赋无续。常绸缪于结课⑩，每纷纶于折狱。笼张赵⑪于往图，架卓鲁⑫于前篆。希踪三辅⑬豪，驰声九州牧。⑭

使我高霞孤映，明月独举。青松落荫，白云谁侣，磵⑮户摧绝无与归，石径荒凉徒延伫⑯。至于还飚

---

① 金章，铜印。
② 汉制，秩六百石以上，皆银印墨绶。
③ 属城之雄，言海盐为诸城之冠。
④ 百里之首，犹言一邑之长，县大率百里，故云。
⑤ 郊外曰甸，海盐近海，故云。
⑥ 浙右，浙水之右。字书云："江水东至会稽、山阴为浙右。"江，浙江，即今之钱塘江；山阴，即浙江省绍兴市越城区及绍兴县境之西部。
⑦ 帙，zhì，书衣。道帙，道书。
⑧ 法筵，讲席。
⑨ 牒诉，文牒及诉讼。倥偬，kǒngzǒng，忙迫之状。
⑩ 结课，考成之次第也。校订者按：考成，在一定期限内考核官员的政绩。《周礼·地官·司徒》："岁终，则考其属官之治成而诛赏。"
⑪ 张赵，汉张敞及赵广汉也，皆为京兆尹，有能名。
⑫ 卓鲁，汉卓茂及鲁恭也，咸善为令。校订者按：篆，lù，簿籍。
⑬ 汉之京兆尹、左冯翊、右扶风为三辅。校订者按：希踪，追慕踪迹。
⑭ 古分天下为九州，州有牧。以上言颙既仕后之情形。
⑮ 磵，通"涧"，山夹水也。
⑯ 延伫，远望。

入幕，泻雾出楹。蕙帐^①空兮夜鹄怨，山人去兮晓猿惊。昔闻投簪逸海岸^②，今见解兰^③缚尘缨。于是南岳献嘲，北陇腾笑，列壑争讥，攒^④峰竦诮。慨游子之我欺，悲无人以赴吊。故其林惭无尽，涧愧不歇。秋桂遣风，春萝罢月。骋西山^⑤之逸议，驰东皋之素谒。^⑥

今又促装下邑^⑦，浪栧上京^⑧，虽情殷于魏阙^⑨，或假步于山扃^⑩。岂可使芳杜^⑪厚颜，薜荔^⑫蒙耻，碧岭再辱，丹崖重滓，尘游躅于蕙路，污渌池^⑬以洗耳？宜扃岫幌^⑭，掩云关，敛轻雾，藏鸣湍，截来辕

---

① 蕙，香草；蕙帐，山人茸蕙以为帐。
② 谓汉疏广弃官归东海。
③ 兰，兰佩。
④ 攒，攒聚。
⑤ 西山，谓首阳山。
⑥ 东皋，东泽。阮籍《奏记诣蒋公》："方将耕于东皋之阳。"素谒，谓以情愫相告也。此段言其遗羞山灵。
⑦ 下邑，谓海盐。
⑧ 浪栧，鼓浆。上京，建康，今江苏省南京市城区。
⑨ 魏阙，亦曰象魏，古宫门悬法之所也。
⑩ 山扃，山门。扃，jiōng，本义为自外关闭门户用的门栓，引申为门户。
⑪ 芳杜，香草。
⑫ 薜荔，草名，缘墙而生。
⑬ 渌池，清池。
⑭ 岫幌，山洞居室的窗户。

于谷口，杜妄甞于郊端。于是丛条瞋胆，叠颖[1]怒魄，或飞柯以折轮，乍低枝而扫迹。请回俗士驾，为君谢逋客。[2]

谢朓辞随王子隆笺[3]

故吏文学谢朓死罪死罪！即日被尚书召，以朓补中军新安王记室参军。朓闻潢污之水[4]，愿朝宗[5]而每竭；驽蹇之乘[6]，希沃若[7]而中疲。何则？皋壤[8]摇落，对之惆怅；岐路西东[9]，或以欷歔[10]。况乃服义徒

---

[1] 颖，草穗。
[2] 逋，逃亡。以辞相告曰谢。俗士、逋客，皆谓周颙。此段不许其再至。
[3] 谢朓，南齐陈郡人，字玄晖，少好学，有美名，文章清丽，工五言诗，官至尚书吏部郎，兼知卫府事，曾为宣城太守，世称谢宣城。随郡王萧子隆，齐武帝第八子，都督荆、雍、梁、宁及南、北秦六州，为镇西将军、荆州刺史，好词赋，朓为其镇西功曹，转文学，长史王秀之以朓年少，欲密启武帝，朓知之，因事求还，武帝除为新安王中军记室，朓乃以笺辞王。
[4] 潢污之水，低洼之积水。
[5] 朝宗，言水之归海，犹诸侯之朝见天子。
[6] 驽蹇之乘，最驽下之马。
[7] 沃若，调柔，《诗经·小雅·皇皇者华》："六辔沃若。"
[8] 皋壤，高地。
[9] 岐路西东，见《孔稚珪北山移文》"翟子"注。
[10] 欷歔，与"唏嘘"同，悲哀气短貌。

齐梁文

拥，归志莫从[1]；邈若坠雨，翩似秋蒂[2]。

朓实庸流，行能无算[3]。属天地[4]休明，山川[5]受纳，褒采一介，抽[6]扬小善，故舍耒场圃，奉笔兔园[7]，东乱三江[8]，西浮七泽[9]，契阔戎旃[10]，从容宴语。长裾日曳，后乘载脂[11]，荣立府庭，恩加颜色。沐发晞阳[12]，未测涯涘；抚臆论报，早誓肌骨。

不寤沧溟未运[13]，波臣[14]自荡；渤澥[15]方春，旅

---

[1] 拥，拥抱。二句言徒抱服义之情，莫能从其归志也。
[2] 秋蒂，将枯之蒂；蒂，草木根。
[3] 无算，犹言不足数。
[4] 天地，喻帝也。
[5] 山川，喻王也。
[6] 抽，一作"搜"。
[7] 兔园，一名梁苑，汉梁孝王所筑，在今河南商丘市东。
[8] 乱，绝流而渡。三江，《文选》李善注：三江，越境也。
[9] 浮，一作"游"。七泽，见《司马相如子虚赋》，云梦其一也。
[10] 契阔，勤苦。戎旃，犹戎幕。
[11] 魏文帝《与吴质书》有"文学托乘于后车"之语。《诗经·邶风·泉水》："载脂载辖。"脂，以膏涂物。
[12] 沐发晞阳，《楚辞·远游》："朝濯发于汤谷兮，夕晞余身兮九阳。"晞，干也。
[13] 不寤，一作"不悟"，犹不意也。沧溟，海也，喻王。运，运转。
[14] 波臣，车辙中有鲋鱼，自称为东海之波臣，见《庄子·外物》，朓自喻也。
[15] 渤澥，即渤海，亦喻王。

翩①先谢。清切藩房②，寂寥旧莩③；轻舟反溯，吊影独留。白云在天，龙门不见；去德滋永，思德滋深④。惟待青江可望，候归艎于春渚⑤；朱邸⑥方开，效蓬心于秋实⑦。如其簪履⑧或存，衽席⑨无改，虽复身填沟壑，犹望妻子知归⑩。揽涕告辞，悲来横集，不任犬马之诚！

---

① 旅翩，以鸟自况。
② 藩房，谓王府。
③ 旧莩，胏舍也；"莩"同"筝"，荆竹。
④ 滋深，《庄子·徐无鬼》："不亦去人滋久，思人滋深乎。"
⑤ 艎，舟也。二语冀王入朝而己候于江渚。
⑥ 诸侯朝天子，于天子所立舍曰邸，诸侯朱户，故曰朱邸。
⑦ 蓬心，自谦之词，《庄子·逍遥游》："则夫子犹有蓬之心也夫。"春树桃李，秋食其实，言补报有时也。
⑧ 有妇人刈蓍薪而失簪，哭甚哀，见《韩诗外传》。楚昭王亡其踦履，已行三十步，复还取之，见《贾子》。
⑨ 衽席，草席。晋文公归国，至河，令捐席蓐。舅犯哭曰："席蓐，所卧也，而君弃之，臣不胜其哀。"
⑩ 二语言身虽死而犹将托以妻子也。

齐梁文

丘迟与陈伯之书①

迟顿首：陈将军足下，无恙，幸甚幸甚！将军勇冠三军，才为世出。弃燕雀之小志，慕鸿鹄以高翔②。昔因机变化，遭遇明主，立功立事，开国承孤，朱轮华毂，拥旄万里，何其壮也③！如何一旦为奔亡之虏，闻鸣镝而股战，对穹庐以屈膝，又何劣邪④！寻君去就之际，非有他故，直以不能内审诸己，外受流言，沉迷猖獗⑤，以至于此。⑥

圣朝赦罪责功，弃瑕录用，推赤心于天下⑦，

---

① 丘迟，梁吴兴人，字希范，八岁能属文，辞采丽逸，初仕齐，梁武帝时任为中书郎，出为永嘉太守，后迁司空从事中郎。陈伯之，梁睢陵人，齐末，为江州刺史，据寻阳拒武帝，旋降，即以为江州刺史，后又举兵反，兵败，与其子俱入魏，魏以为使持节、散骑常侍、都督淮南诸军事。梁天监四年，诏临川王宏率军北讨，迟时为宏记室，宏令与此书，伯之即拥众归梁。
② 《史记·陈涉世家》："燕雀安知鸿鹄之志哉。"
③ 此指伯之归顺武帝事。
④ 镝，箭镝，如今响箭，汉时匈奴冒顿单于所作。穹庐，旃帐。此指伯之降北魏。
⑤ 猖獗，颠覆，失败。
⑥ 以上言伯之降魏之非。
⑦ 光武不疑降人，降者谓其推赤心置人腹中。见《后汉书·光武帝纪》。

安反侧于万物①。此将军之所知,非假仆一二谈也。朱鲔喋血于友于,张绣剚刃于爱子,汉主不以为疑,魏君待之若旧②。况将军无昔人之罪,而勋重于当世。夫迷途知返,往哲是与;不远而复③,先典攸高。主上屈法申恩,吞舟是漏④;将军松柏不翦⑤,亲戚安居,高堂未倾,爱妾尚在。悠悠尔心,亦何可言!今功臣名将,雁行有序,佩紫怀黄,赞帷幄之谋;乘轺建节⑥,奉疆埸之任。并刑马作誓⑦,传之子孙。将军独靦颜惜命⑧,驰驱毡裘之长⑨,宁不

---

① 光武破邯郸,诛王郎,收文书,得吏人与郎交关谤毁者数千章,会诸将军悉烧之,曰:"令反侧子自安。"见《后汉书·光武帝纪》。
② 杀血滂沱为喋血。朱鲔谗光武兄缜于更始,害之,后光武围洛阳,鲔不敢降,坚守,光武语以无虑,鲔乃开城降。事见《后汉书·岑彭传》。剚,zì,插刀。张绣降曹操,既而复反,操与战,军败,为流矢所中,长子昂、弟子安民遇害,后绣又率众降,操封为列侯。见《三国志·魏书·张绣传》。
③ 不远而复,言不以道远而复还也。
④ 《史记·酷吏列传》:"汉兴,……网漏于吞舟之鱼。"
⑤ 松柏不翦,谓祖墓如故也。
⑥ 乘轺,犹乘传。轺传,使者所乘之车。节,使臣执以示信之物。
⑦ 刑马作誓,杀马取血以盟。
⑧ 惜命,一作"借命"。
⑨ 毡裘之长,指魏帝。

齐梁文

哀哉![1]

夫以慕容超之强,身送东市[2];姚泓之盛,面缚西都[3]。故知霜露所均,不育异类;姬汉旧邦,无取杂种[4]。北虏[5]僭盗中原,多历年所,恶积祸盈,理至燋烂。况伪孽昏狡,自相夷戮[6];部落携离,酋豪猜贰[7]。方当系颈蛮邸[8],悬首藁街[9],而将军鱼游于沸鼎之中,燕巢于飞幕之上,不亦惑乎?[10]

暮春三月,江南草长,杂花生树,群莺乱飞。见故国之旗鼓,感生平于畴昔,抚弦登陴[11],岂不怆

---

[1] 以上言劝其归梁。
[2] 慕容超,慕容德兄子,为北燕主,以兵南犯,大掠淮北,刘裕(宋武帝)抗表北讨,获超,送京师,斩于市。
[3] 姚泓,字元子,姚兴长子,据长安,裕擒送建康市,斩之。面缚,缚手于背而面向前也。
[4] 四语言天下当归于一,不容夷族人僭。姬汉,犹周汉。
[5] 北虏,谓北魏。
[6] 此指魏咸阳王禧以反赐死事。
[7] 此指魏诸蛮氏之反。
[8] 蛮邸,蛮夷入朝时所居邸舍。
[9] 藁街,街名,在汉长安城内,蛮邸即设此。
[10] 此段告以华夷之辨,及在魏之危。
[11] 陴,城上女墙。

恨①？所以廉公之思赵将②，吴子之泣西河③，人之情也。将军独无情哉！想早励良规，自求多福。当今皇帝④盛明，天下安乐。白环西献⑤，楛矢东来⑥；夜郎滇池⑦，解辫请职；朝鲜昌海，蹶角受化⑧。惟北狄野心，崛强沙塞⑨之间，欲延岁月之命耳。中军临川殿下⑩，明德茂亲，总兹戎重⑪，方吊民洛汭⑫，伐罪秦中⑬。若遂不改，方思仆言。聊布往怀，君其详

---

① 怆恨，悲伤。
② 廉颇为赵将，伐齐，大破之，拜为上卿。后赵使乐乘代颇，颇怒，攻乘，乘走，颇奔魏。颇居（大）梁久之，魏不能信用。赵以数困于秦，思复得颇，颇亦思复用于赵。见《史记》本传。
③ 吴起治西河，王错潜之魏武侯，武侯使人召起，起临行止车望西河泣数下，曰："西河之为秦不久矣！"起入荆，西河果入秦。见《吕氏春秋·仲冬纪·长见》。
④ 皇帝，指梁武帝。
⑤ 帝舜九年，西王母来朝，献白环玉玦，见《竹书纪年》。
⑥ 楛，木名，材矢中干。周武王时，肃慎氏贡楛矢石砮。
⑦ 夜郎，今贵州地。滇池，在今云南。
⑧ 昌海，今蒲类海。蹶角，稽首至地，如角之崩，见《孟子》。
⑨ 沙塞，沙漠边塞。
⑩ 宏于武帝天监元年封临川郡王，三年，为中军将军。殿下，百官对诸王之称。
⑪ 戎重，指军事重任。
⑫ 水曲流曰汭，洛汭，洛水入黄河处，在今河南巩义市东北。
⑬ 秦中，今陕西，其地为古秦国，故云。

齐梁文

之！丘迟顿首。[1]

江淹恨赋[2]

试望平原，蔓草萦骨，拱木[3]敛魂。人生到此，天道宁论！于是仆本恨人，心惊不已，直念古者，伏恨而死。[4]

至如秦帝按剑[5]，诸侯西驰；削平天下，同文共规[6]。华山[7]为城，紫渊为池[8]。雄图既溢，武力未毕。方架鼋鼍以为梁[9]，巡海右以送日[10]。一旦魂断，宫车

---

[1] 此段动以故国之情，并言梁之盛强以致招降之意。
[2] 江淹，梁考城人，字文通，少孤贫好学，泊于强仕，渐得声誉，世称江郎，历仕宋、齐，梁天监中，迁金紫光禄大夫，改封醴陵侯。《恨赋》，意谓自古以来，如帝王、列侯、名将、美人、才士、高人及穷困、荣华者，皆不称其情，饮恨而死也。
[3] 拱木，言墓木两手合抱也。
[4] 此段总起。
[5] 至如，一作"假如"。秦帝，谓始皇也。
[6] 规，法度。《礼记·中庸》："车同轨，书同文。"
[7] 华山，见《贾谊过秦论》"华"注。
[8] 紫渊，见《司马相如上林赋》"紫渊"注。
[9] 架，一作"驾"。周穆王东至九江，叱鼋鼍以为梁，见《竹书纪年》。
[10] 周穆王驾八骏之乘，乃西观日所入。见《文选》江文通《恨赋》李善注引《列子》。

晚出①。

若乃赵王既虏②，迁于房陵③。薄暮心动，昧旦④神兴。别艳姬与美女，丧金舆及玉乘。置酒欲饮，悲来填膺。千秋万岁，为怨难胜。⑤

至于李君降北⑥，名辱身冤。拔剑击柱，吊影惭魂。情往上郡⑦，心留雁门⑧。裂帛系书⑨，誓还汉恩。朝露溘至⑩，握手何言？⑪

---

① 人主崩曰晏驾，以臣子之心，只冀其未死，犹谓宫车当驾而晚出也。此段言帝王之恨。
② 赵王，（战国）赵王迁也，赵为秦灭，迁被虏，流房陵，思故乡，作山水之讴，闻者莫不陨涕。见《文选》江文通《恨赋》李善注引《淮南子·泰族训》。
③ 房陵，县名，今湖北省房县。
④ 昧旦，将明未明时。
⑤ 怨，一作"恨"。此段言列侯之恨。
⑥ 于，一作"如"。李君，李陵，见《司马迁报任安书》"李陵"注。
⑦ 往，一作"住"。上郡，秦郡，地在今陕西省的延安、榆林及内蒙古自治区乌审旗一带。
⑧ 雁门，见《鲍照芜城赋》"雁门"注。
⑨ 裂帛系书，汉苏武为匈奴所囚，绐汉不在，汉使求之，诈言天子射上林中，得雁足，有系帛书，言武等在某泽中，匈奴惊，后卒归武。
⑩ 朝露，喻不能久。溘，奄忽。
⑪ 此段言名将之恨。

齐梁文

若夫明妃去时①,仰天太息。紫台②稍远,关山无极。摇风③忽起,白日西匿。陇雁少飞,代云寡色。望君王兮何期?终芜绝兮异域。④

至乃敬通见抵⑤,罢归田里。闭关却扫,塞门不仕⑥。左对孺人⑦,右顾稚子。脱略⑧公卿,跌宕⑨文史。赍志没地,长怀无已。⑩

及夫中散下狱⑪,神气激扬。浊醪夕引,素琴晨张。秋日萧索,浮云无光。郁青霞之奇意⑫,入修夜

---

① 明妃,王嫱,字昭君,晋人以犯司马昭讳,改为明妃,在掖廷中,汉元帝使嫔于匈奴。
② 紫台,汉天子之台。
③ 摇风,即扶摇风。
④ 此段言美人之恨。
⑤ 敬通,后汉冯衍字,明帝以衍才过其实,抑而不用,见《东观汉纪·冯衍传》。
⑥ 塞门不仕,三国吴张昭称疾不朝,孙权恨之,土塞其门,见《三国志·张昭传》。
⑦ 大夫之妻曰孺人,见《礼记·曲礼》。
⑧ 脱略,言简易也。
⑨ 跌宕,放逸不羁。
⑩ 此段言才士之恨。
⑪ 中散,指嵇康,康拜中散大夫。东平吕安以事系狱,以语康辞相证引,遂复收康,见《晋书·嵇康传》。
⑫ 青霞之奇意,志意高也。

之不旸。①

或有孤臣危涕，孽子坠心②。迁客海上③，流戍陇阴④。此人但闻悲风汩起⑤，泣下沾衿，亦复含酸茹叹⑥，销落湮沉。⑦

若乃骑叠迹，车屯轨⑧；黄尘匝地，歌吹四起。无不烟断火绝，闭骨泉里。⑨

已矣哉！春草暮兮秋风惊，秋风罢兮春草生。绮罗毕兮池馆尽，琴瑟灭兮丘陇⑩平，自古皆有死⑪，莫不饮恨而吞声。⑫

---

① 修夜，犹长夜。旸，明亮。此段言才人之恨。
② 孤臣危涕，孽子坠心，心当云危，涕当云坠，江氏爱奇，故互文以见意。
③ 迁客海上，即指汉苏武困匈奴事。
④ 陇阴，陇山之北。汉娄敬戍陇西。
⑤ 汩起，一作"颿起"，犹疾起。
⑥ 茹叹，欲叹而又咽下之状。
⑦ 此段言穷困之恨。
⑧ 屯，聚集；一作"同"。
⑨ 此段言荣华之恨。
⑩ 陇，一作"垄"。
⑪ 语见《论语·颜渊》。
⑫ 此段一切皆归于尽，为总结。

齐梁文

江淹别赋[1]

　　黯然销魂者，唯别而已矣。况秦吴兮绝国，复燕宋兮千里[2]。或春苔兮始生，乍秋风兮暂起[3]。是以行子肠断，百感凄恻。风萧萧[4]而异响，云漫漫[5]而奇色。舟凝滞于水滨，车逶迟[6]于山侧。棹容与[7]而讵前，马寒鸣而不息。掩金觞而谁御[8]，横玉柱而沾轼[9]。居人愁卧，恍若有亡。日下壁而沉彩，月上轩而飞光。见红兰之受露，望青楸之离[10]霜。巡层楹而空掩[11]，抚锦幕而虚凉。知离梦之踯躅[12]，意别魂之飞扬。[13]

---

[1] 《别赋》，立格与《恨赋》同，言富贵、任侠、从军、绝国、伉俪、方外、狭邪各类之人，无不以别为最不堪。
[2] 二句言秦、吴、燕、宋四国，川途既远，别恨必深，故举以为喻。
[3] 二句言此二时别，恨愈切也。
[4] 萧萧，风声。
[5] 漫漫，无崖际之貌。
[6] 迟，一作"迤"；逶迟，历远貌。
[7] 容与，闲暇自得貌。
[8] 御，进用。
[9] 玉柱，琴也，琴有柱，以玉为之。沾轼，言涕多也。轼，车前横木也。
[10] 离，通"罹"。
[11] 层楹，高柱。掩，掩涕。
[12] 踯躅，行不进也。
[13] 此段总起。

汉魏六朝文

故别虽一绪，事乃万族①。至若龙马②银鞍，朱轩绣轴。帐饮东都③，送客金谷④，琴羽⑤张兮箫鼓陈，燕赵歌兮伤美人⑥。珠与玉兮艳暮秋，罗与绮兮娇上春。惊驷马之仰秣⑦，耸渊鱼之赤鳞。造分手而衔涕，感寂寞而伤神。⑧

乃有剑客惭恩，少年报士⑨。韩国赵厕⑩，吴宫燕市⑪。割慈忍爱，离邦去里。沥泣共诀，抆血⑫相视。

---

① 族，种类。
② 马八尺以上为龙。
③ 东都，长安东都门。汉疏广、疏受乞骸骨，公卿、大夫、故人、邑子为设祖道，供帐东都门外。见《文选》江淹《别赋》李善注引《汉书》疏广本传。
④ 金谷，地名，在河南省洛阳市西，谷中有水，入于瀍水。晋石崇有别庐在金谷涧中，王诩还长安，崇送之于此。
⑤ 琴羽，琴之羽声，声细不过羽也。
⑥ 古诗有"燕赵多佳人"之句。
⑦ 仰秣，仰而不食也。昔者瓠巴鼓瑟而潜鱼出听，伯牙鼓琴而六马仰秣，见《韩诗外传》。
⑧ 感，一作"各"，又作"咸"。此段言富贵之别。
⑨ 报士，言人以国士待之，即感而为之报仇也。
⑩ 韩国，指战国时聂政为严仲子刺杀韩相侠累事。赵厕，指战国豫让为智伯刺赵襄子于涂厕事，并见《史记·刺客列传》。
⑪ 吴宫，指春秋时专诸为吴公子光置匕首鱼腹中刺杀王僚，见《左传·昭公二十七年》。燕市，指战国时荆轲为燕太子丹刺秦王，见《史记·刺客列传》。
⑫ 抆血，拭血。

驱征马而不顾,见行尘之时起。方衔感于一剑,非买价于泉里。金石震而色变,骨肉悲而心死。①

或乃边郡未和,负羽②从军。辽水③无极,雁山④参云,闺中风暖,陌上草薰⑤。日出天而耀景,露下地而腾文。镜朱尘之照烂⑥,袭青气之烟煴⑦。攀桃李兮不忍别,送爱子兮沾罗裙。⑧

至如一赴绝国,讵相见期。视乔木兮故里⑨,决北梁兮永辞⑩。左右兮魂动,亲宾兮泪滋。可班荆兮赠恨⑪,惟樽酒兮叙悲。值秋雁兮飞日,当白露兮下时。怨复怨兮远山曲,去复去兮长河湄。⑫

---

① 此段任侠之别。
② 负羽,言负羽檄也,古时征召之书,有急事则以鸟羽插之。
③ 辽水,即辽河,在今辽宁境。
④ 雁山,雁所出之地,见《山海经·海内西经》。
⑤ 薰,香气。
⑥ 照烂,犹照耀也。
⑦ 烟煴,与"絪缊"同,元气蕴酿。
⑧ 此段从军之别。
⑨ 《孟子·梁惠王下》:"所谓故国者,非谓有乔木之谓也,有世臣之谓也。"
⑩ 决,一作"诀"。北梁,见《楚辞》。校订者按:《楚辞·九怀·陶壅》:"绝北梁兮永辞。"后多用"北梁"指送别之地。
⑪ 班荆,布荆于地而坐,见《左传·襄公二十六年》。赠,一作"增"。
⑫ 水草交为湄。此段言远赴绝国之别。

又若君居淄右①，妾家河阳②。同琼珮之晨照，共金炉之夕香。君结绶③兮千里，惜瑶草之徒芳。惭幽闺之琴瑟，晦高台之流黄④，春宫閟⑤此青苔色，秋帐含兹明月光；夏簟清兮昼不暮，冬釭凝兮夜何长？织锦曲兮泣已尽，回文诗兮影独伤。⑥

傥有华阴上士，服食还仙⑦。术既妙而犹学，道已寂而未传。守丹灶⑧而不顾，炼金鼎⑨而方坚。驾鹤上汉，骖鸾腾天。暂游万里，少别千年⑩，惟世间兮重别，谢主人兮依然。⑪

---

① 淄，今山东省内的淄河，源出莱芜市东北。淄右，淄水之西。
② 河阳，县名，在今河南孟州市西。
③ 结绶，言将仕也。
④ 流黄，簟也。校订者按：《西京杂记》卷二："会稽岁时献竹簟供御，世号为流黄簟。"
⑤ 閟，闭门。
⑥ 前秦扶风窦滔与宠姬赵阳台之任，而遗其妻苏蕙于家，蕙织锦回文，题诗二百余首以寄滔。此段去妇之别。
⑦ 华阴，县名，今陕西省华阴市。修羊公隐华阴山石室中，食黄精，不知所终。
⑧ 丹灶，炼丹之灶。
⑨ 金鼎，炼丹之鼎。
⑩ 少时之别，世已千年也。
⑪ 谢，辞也。此段方外之别。

齐梁文

下有芍药①之诗，佳人之歌②；桑中卫女，上宫陈娥③。春草碧色，春水渌波，送君南浦④，伤如之何！⑤

至乃秋露如珠，秋月如珪。明月白露，光阴往来。与子之别，思心徘徊。是以别方不定，别理千名⑥。有别必怨，有怨必盈。使人意夺神骇，心折骨惊。虽渊云⑦之墨妙，严乐⑧之笔精；金闺⑨之诸彦，兰台⑩之群英；赋有凌云之称⑪，辩有雕龙之声⑫，讵

---

① 芍药，香草名。《诗经·郑风·溱洧》："维士与女，伊其相谑，赠之以芍药。"言淫乱也。
② 《汉书·外戚传》载李延年歌曰："北方有佳人，绝世而独立。"
③ 《诗经·鄘风·桑中》："期我乎桑中，要我乎上宫。"桑中、上宫，皆所期之地。卫庄姜无子，以陈女戴妫子完为子，完为公子州吁所弑，戴妫乃大归于陈。
④ 《楚辞·九歌·河伯》："送美人兮南浦。"
⑤ 此段狭邪之别。
⑥ 千名，言多也。
⑦ 渊云，指汉王子渊、扬子云。
⑧ 严乐，指汉严安、徐乐。
⑨ 金闺，一作"金门"，金马门。
⑩ 兰台，汉藏秘书之宫观，汉傅毅、班固为兰台令史。
⑪ 司马相如既奏大人之赋，天子大悦，飘飘乎有凌云之气，见《史记·司马相如传》。
⑫ 战国时，驺奭修驺衍之术，文饰之若雕镂龙文，故曰"雕龙奭"。

能摹暂离之状，写永诀之情者乎！①

任昉为卞彬谢修卞忠贞墓启②

臣彬启：伏见诏书并郑义泰宣敕，当赐修理臣亡高祖、晋故骠骑大将军建兴忠贞公壸坟茔。臣门绪不昌，天道所昧，忠搆身危，孝积家祸③，名教同悲，隐沦惆怅④。而年世贸迁⑤，孤裔沦塞，遂使碑表芜灭，丘树荒毁，狐兔成穴，童牧哀歌⑥，感慨自哀，日月缠迫。

陛下弘宣教义，非求效于方今，壸余烈不泯，

---

① 此段总结。
② 任昉，梁博昌人，字彦升，武帝时，为义兴、新安太守，为政清省，吏民便之，所著文章数十万言，卒谥敬。卞彬，字士蔚，官至绥建太守。卞忠贞，名壸，字望之，晋尚书令。苏峻作乱，壸及二子俱为贼所害，赠侍中骠骑将军，谥忠贞。后七十余年，盗发其墓，安帝赐钱十万封之，入梁复毁，武帝又加修治。
③ 二句言壸死忠，二子死孝。
④ 王隐《晋书》载壸及二子死，征士翟汤闻而叹曰："父为忠臣，子为孝子，忠孝之道，萃于一门。"名教，指王隐言。隐沦，指翟汤言。
⑤ 贸迁，变易、改换。
⑥ 狐兔成穴，童牧哀歌，雍门周以琴见孟尝君曰："臣切悲千秋万岁后，坟墓生荆棘，狐兔穴其中，樵儿牧竖踯躅而歌其上也。"见桓谭《新论》。

齐梁文

固陈力于异世①；但加等之渥②，近阙于晋典，樵苏之刑，远流于皇代③，臣亦何人，敢谢斯幸。不任悲荷之至，谨奉启事以闻！谨启。

沈约梁武帝集序④

文思安安，钦明所以光宅⑤，日月光华⑥，《南风》所以兴咏⑦，日角之主，出自诸生，锐顶之君，少明古学⑧，汉高宋武，虽阙章句，歌大风以还沛，好清

---

① 陈力，出力，《论语·季氏》："周任有言曰：'陈力就列，不能者止。'"
② 《左传·僖公四年》："凡诸侯薨于朝会，加一等，死王事，加二等。"
③ 樵苏，樵采，即打柴割草。秦攻齐，令敢有去柳下季垄五十步而樵采者，死不赦，见《战国策·齐策四》。
④ 沈约，梁武康人，字休文，善属文，武帝受齐禅，为尚书仆射，迁尚书令，时谢朓善为诗，任昉工于笔，约兼而有之，卒谥隐。梁武帝，姓萧，名衍，篡齐即帝位，博学能文，有集行世。
⑤ 《尚书·尧典》："钦明文思安安。"经纬天地谓之文。虑深通敏谓之思。安安，谓安天下之所当安。威仪悉备谓之钦，照临四方谓之明，光，充也，宅，居也，言德充满居止于天下而远著也。
⑥ 虞舜《卿云歌》："日月光华，旦复旦兮。"
⑦ 《南风》，歌名，舜作五弦之琴以歌之。
⑧ 日角，额上骨高起如日，锐顶，顶上高起，皆贵相也。

谈于暮年①；夫成天地之大功，膺乐推②之宝运，未或不文武兼资，能事斯毕者也。③

我皇诞纵自天④，生知⑤在御，清明内发，疏通外典⑥，爰始贵游，笃志经术⑦，究淹中⑧之雅旨，尽曲台⑨之奥义，莫不因流极源，披条振藻，若前疑往滞，旧学罕通，而超然直诣，妙拔终古，善发谈端，精于持论，置叠难逾，摧锋莫拟，有同成诵，无假含毫，兴绝节于高唱⑩，振清辞于兰畹⑪。至于

---

① 宋武，南朝宋开国之帝，姓刘名裕，篡晋即帝位，在位三年而殁。汉高帝，沛人，既为帝，过沛，置酒沛宫，酒酣，击筑歌曰："大风起兮云飞扬，威加海内兮归故乡，安得猛士兮守四方。"沛，县名，故城在今江苏省沛县东。宋武晚岁好清谈，其在暮年，曾议兴学，或即所指。
② 乐推，谓天下乐于推戴。
③ 此段叙古帝王兼资文武。
④ 纵自天，《论语·子罕》："固天纵之将圣。"
⑤ 生知，《论语·季氏》："生而知之者，上也。"
⑥ 外典，谓佛经也。武帝信佛，制《涅槃》《大品》《净名》《三慧》诸经义数百卷。
⑦ 武帝少而好学，能事毕究，制有《周易讲疏》《尚书大义》《毛诗》《春秋答》等二百余卷。
⑧ 淹中，鲁里名，礼古经出处。
⑨ 曲台，行礼射之地，后苍记之，《汉书·艺文志》有《曲台后苍记》。
⑩ 绝节高唱，犹言绝调高唱。
⑪ 兰畹，《楚辞·离骚》："余既滋兰之九畹兮。"畹者，二十亩，又曰十二亩，又曰三十亩。

齐梁文

春风秋月，送别望归，皇王高宴，心期①促赏，莫不超挺睿兴，浚发神衷②，及登庸③历试，辞翰繁蔚，笺记风动，表议云飞，雕虫小艺，无累大道，怀君人之大德，有事君之小心，为下奉上，形于辞旨，虽密奏忠规，遗稿必削④，而国谟藩政，存者犹多。⑤

逮乎俯应归运⑥，仰修乾录，载笔⑦握简，各有司存，如纶⑧之旨，时或染翰。暨于设簴灵囿⑨，恺乐在镐⑩，《鹿鸣》《四牡》《皇华》《棠棣》之歌⑪，

---

① 心期，言两相期许也，指应制为诗言。
② 神衷，犹圣衷。
③ 登庸，登用也，指其仕齐而言。
④ 遗稿必削，谓有所进谏，不留稿以表暴于外也。《汉书·孔光传》："时有所言，辄削草稿，以为章主之过，以奸忠直，人臣大罪也。"
⑤ 此段言武帝受禅前之文。
⑥ 俯应归运，谓其受禅。
⑦ 载笔，《礼记·曲礼》："史载笔。"
⑧ 如纶，言其大也，《礼记·缁衣》："王言如丝，其出如纶，王言如纶，其出如綍。"纶粗于丝，綍又大于纶。
⑨ 簴，jù，所以悬鼓者。设簴，指临幸学宫。灵囿，周文王之囿。此指临幸园囿言。
⑩ 《诗经·小雅·鱼藻》："王在在镐，岂乐饮酒。"镐，周武王所都，在今陕西省西安市西。此指在宫言。
⑪ 《诗经·小雅》有《鹿鸣》，宴群臣嘉宾也；有《四牡》，劳使臣也；有《皇皇者华》，君遣使臣也；有《常棣》，宴兄弟之诗也。

《伐木》《采薇》《出车》《杕杜》之宴①，皆咏志摛藻②，广命群臣，上与日月争光，下与钟石比韵，事同观海③，义等窥天④，观之而不测，游之而不知者矣。⑤

窃惟左史记言，右史记事⑥，君举必书⑦，无论大小；况乎感而后思，思而后积，积而后满，满而后言，若斯而已哉！谨因事立名，随源编次。⑧

钟嵘诗品卷上序⑨

气之动物，物之感人，故摇荡性情，形诸舞

---

① 《诗经·小雅》有《伐木》，宴朋友故旧也；有《采薇》，遣戍役也；有《出车》，劳还率也；有《杕杜》，劳还役也。杕，dì。
② 摛，铺陈。藻，文藻。
③ 观海，《孟子·尽心上》："故观于海者难为水。"
④ 窥天，《东方朔答客难》："以管窥天。"
⑤ 此段言武帝即位后之文。
⑥ 《汉书·艺文志》："左史记言，右史记事，事为《春秋》，言为《尚书》。"
⑦ 《左传·庄公二十三年》："君举必书，书而不法，后嗣何观。"
⑧ 此段结作序。
⑨ 钟嵘，梁颍川人，字仲伟，与兄岏、弟屿并好学，有思理，天监中，为晋安王记室。《诗品》，嵘著，列古今五言诗自汉魏以来百有三人，论其优劣，分上、中、下三品，析为三卷，卷各有序，本篇为卷上之序，实含总序之意。

齐梁文

咏。照烛三才^①，晖丽万有，灵祇^②待之以致飨，幽微借之以昭告；动天地，感鬼神，莫近于诗。昔《南风》^③之辞，《卿云》之颂^④，厥义敻^⑤矣。夏歌曰"郁陶乎予心^⑥。"楚谣曰"名余曰正则^⑦。"虽诗体未全，然是五言之滥觞^⑧也。逮汉李陵，始著五言之目矣^⑨。古诗眇邈，人代难详，推其文体，固是炎汉之制^⑩，非衰周之倡也。^⑪

自王、扬、枚、马之徒^⑫，词赋竞爽^⑬，而吟咏靡

---

① 三才，见《范甯罪王何论》"三才"注。
② 灵祇，天地之神。
③ 《南风》，见《沈约梁武帝集序》《南风》注。
④ 舜作《卿云歌》曰："卿云烂兮，纠漫漫兮，日月光华，旦复旦兮。"
⑤ 敻，深远。
⑥ 语见《尚书·五子之歌》。郁陶，哀思。
⑦ 《楚辞·离骚》："名余曰正则兮，字余曰灵均。"正则，屈原名，正，平也，则，法也。
⑧ 滥觞，《孔子家语》："夫江始于岷山，其源可以滥觞。"言其发源之始，仅泛滥一觞之微也，今凡谓事之开始曰滥觞。
⑨ 李陵有与苏武五言诗三首。
⑩ 汉以火德王，故曰炎汉。
⑪ 此段叙五言之始。
⑫ 王，王褒。扬，扬雄。枚，枚乘。马，司马相如。皆工词赋者。
⑬ 竞爽，竞明也，见《左传·昭公三年》。

闻。从李都尉迄班婕妤①,将百年间,有妇人焉,一人而已。诗人之风,顿已缺丧。东京二百载中,惟有班固《咏史》②,质木无文。降及建安③,曹公父子④,笃好斯文;平原兄弟,郁为文栋⑤;刘桢、王粲,为其羽翼⑥。次有攀龙托凤,自致于属车⑦者,盖将百计。彬彬⑧之盛,大备于时矣。⑨

尔后陵迟⑩衰微,迄于有晋,太康中⑪,三张二陆⑫,两潘一左⑬,勃尔俱兴,踵武前王,风流未

---

① 李都尉,即李陵,陵为骑都尉,故云。
② 班固,见《班固封燕然山铭》"班固"注。固有《咏史》诗。
③ 建安,见《曹植王仲宣诔》"建安"注。
④ 曹公父子,谓操及丕、植也。
⑤ 平原兄弟,即应场、应璩。场为魏武掾属,后转为平原侯庶子,故云,参看《魏文帝典论论文》"应场"注。
⑥ 刘桢,见《魏文帝典论论文》"刘桢"注。王粲,见《王粲登楼赋》"王粲"注。
⑦ 属车,天子侍从之车。
⑧ 彬彬,见《陆机文赋》"彬彬"注。
⑨ 此段汉魏。
⑩ 陵迟,言如丘陵之逶迟稍卑下也,与"陵夷"同。
⑪ 太康,晋武帝(司马炎)年号,公元280—289年。
⑫ 三张,即张华、张协、张翰。张华,见《张华女史箴》"张华"注;张协,字景阳,安平人;张翰,字季鹰,吴人。二陆,陆机、陆云。陆机,见《陆机文赋》"陆机"注;云,机弟,字士龙。
⑬ 两潘,即潘岳、潘尼。潘岳,见《潘岳哀永逝文》"潘岳"注;尼,岳从子,字正叔。一左,左思也,字太冲,临淄人。八人皆善诗赋。

齐梁文

沫①，亦文章之中兴也。永嘉②时，贵黄老③，稍尚虚谈④，于时篇什，理过其辞，淡乎寡味。爰及江表，微波尚传⑤，孙绰、许询、桓、庾诸公⑥诗，皆平典似《道德论》，建安风力尽矣。⑦

先是郭景纯⑧用隽上之才，变创其体；刘越石⑨仗清刚之气，赞成厥美。然彼众我寡，未能动俗。迨义熙⑩中，谢益寿⑪斐然继作。元嘉中，有谢灵运⑫，才高词盛，富艳难踪，固已含跨刘郭⑬，陵轹潘左⑭。故知

---

① 沫，终止。
② 永嘉，晋怀帝（司马炽）年号，公元307—313年。
③ 黄老，黄帝、老子，谓道家之言。
④ 虚谈，即晋时之清谈，祖述老庄，排弃世务，专谈空理。
⑤ 谓晋渡江为东晋时也。
⑥ 孙绰，中都人，字兴公。许询，高阳人，少与绰俱有高尚之志。桓，桓彝，字茂伦，龙亢人。庾，庾亮，字元规，鄢陵人。
⑦ 此段言晋。
⑧ 郭景纯，即郭璞，见《郭璞〈尔雅〉序》"郭璞"注。
⑨ 刘越石，晋刘琨，魏昌人。
⑩ 义熙，晋安帝（司马德宗）年号，公元405—418年。
⑪ 谢益寿，晋谢混，混字叔源，益寿其小字。
⑫ 谢灵运，宋阳夏人。
⑬ 刘郭，指刘琨、郭璞。
⑭ 轹，lì；陵轹，驾而上之之意。潘左，潘岳、左思。

陈思①为建安之杰，公干、仲宣②为辅；陆机为太康之英，安仁、景阳③为辅；谢客④为元嘉之雄，颜延年⑤为辅；斯皆五言之冠冕，文词之命世也。⑥

夫四言⑦文约意广，取效《风》《骚》⑧，便可多得，每苦文繁而意少，故世罕习焉。五言居文词之要，是众作之有滋味者也，故云会于流俗。岂不以指事造形，穷情写物，最为详切者耶？故诗有六义⑨焉：一曰兴，二曰比，三曰赋。文已尽而意有余，兴也；因物喻志，比也；直书其事，寓言写物，赋也。宏斯三义，酌而用之，干之以风力⑩，润之以丹彩，使味之者无极，闻之者动心，是诗之至也。若

---

① 陈思，指曹植，植封陈王，谥思。
② 公干、仲宣，即刘桢、王粲。
③ 安仁、景阳，即潘岳、张协。
④ 谢客，即谢灵运，灵运生旬日而祖玄亡，其家以子孙难得，送钱塘养之，十五方还都，故名客儿。
⑤ 颜延年，即颜延之。
⑥ 命世，有名于世之人也。此段晋宋合。
⑦ 古之诗有三言、四言、五言、六言、七言、九言。
⑧ 《风》《骚》，指《国风》《离骚》也。
⑨ 六义，指风、雅、颂、赋、比、兴。
⑩ 风力，风骨。

齐梁文

专用比兴，患在意深，意深则词踬①。若但用赋体，患在意浮，意浮则文散，嬉成流移②，文无止泊，有芜漫之累矣。③

若乃春风春鸟，秋月秋蝉，夏云暑雨，冬月祁寒④，斯四候之感诸诗者也。嘉会寄诗以亲，离群托诗以怨。至于楚臣去境⑤，汉妾辞宫⑥，或骨横朔野，魂逐飞蓬；或负戈外戍，杀气雄边；塞客衣单，孀闺泪尽；或士有解佩出朝，一去忘返；女有扬蛾入宠，再盼倾国：凡斯种种，感荡心灵，非陈诗何以览其义？非长歌何以骋其情？故曰："诗可以群，可以怨⑦。"使穷贱易安，幽居靡闷者，莫尚于诗矣。故词人作者，罔不爱好。⑧

今之士俗，斯风炽矣，才能胜衣⑨，甫就小学，必甘心而驰骛焉。于是庸音杂体，各各为容。至于膏

---

① 踬，zhì，阻碍。
② 嬉成，游戏之词。流移，谓文不确切，可移至他处。
③ 芜漫，离乱散漫。此段论诗体。
④ 祁寒，大寒，《尚书·君牙》："冬祁寒，小民亦惟曰怨咨。"
⑤ 楚臣去国，指屈原被放逐。
⑥ 汉妾辞宫，昭君出塞。
⑦ 语见《论语·阳货》。群，和而不流。怨，怨而不怒。
⑧ 上言作诗之人。
⑨ 胜衣，谓儿童稍长体才任衣服也。

腴子弟，耻文不逮，终朝点缀①，分夜呻吟②。独观谓为警策③，众睹终沦平钝。次有轻荡之徒，笑曹刘④为古拙，谓鲍照羲皇上人⑤，谢朓今古独步。而师鲍照，终不及"日中市朝满"⑥；学谢朓，劣得"黄鸟度青枝"⑦。徒自弃于高听，无涉于文流矣。⑧

观王公缙绅之士，每博论之余，何尝不以诗为口实⑨。随其嗜欲，商搉不同。淄渑⑩并泛，朱紫相夺，喧议竞起，准的无依。近彭城刘士章⑪，俊赏之士，疾其淆乱，欲为当世诗品，口陈标榜⑫，其文未遂，感而作焉。昔九品论人⑬，《七

---

① 点缀，犹衬饰也。
② 呻吟，咏诵之声。
③ 警策，见《陆机文赋》"警策"注。
④ 曹刘，曹植、刘桢。
⑤ 羲皇上人，犹言太古之人。
⑥ 日中市朝满，鲍照《代结客少年场行》句。
⑦ 黄鸟度青枝，虞炎诗句。
⑧ 此段言诗格之日卑。
⑨ 口实，见《江统徙戎论》"口实"注。
⑩ 淄渑，二水名，淄水，源出山东莱芜，东北流经淄博市临淄区。渑水，在淄博市临淄区西北。校订者按：渑，shéng。
⑪ 彭城，郡名，今江苏省徐州市铜山区。刘士章，南齐刘绘也，彭城人，有盛才。
⑫ 标榜，谓表暴而称扬之也。
⑬ 汉班固撰《汉书》，表述古今人，列为九品；三国魏陈群为尚书，制九品官人之法。

略》①裁士，校以宾实②，诚多未值③。至于诗之为技，较尔可知。以类推之，殆均博弈。方今皇帝④资生知之上才，体沉郁之幽思，文丽日月，学究天人，昔在贵游，已为称首。况八纮既奄⑤，风靡云蒸，抱玉者联肩，握朱者踵武，固以睥汉魏而不顾，吞晋宋于胸中。谅非农歌辕议⑥，敢致流别。嵘之今录，庶周旋于闾里，均之于谈笑耳。⑦

刘峻送橘启⑧

南中橙甘⑨，青鸟所食⑩，始霜⑪之旦，采之风味

---

① 汉刘歆总群书而奏其《七略》，为《辑略》《六艺略》《诸子略》《诗赋略》《兵书略》《术数略》《方技略》。
② 宾实，犹言名实，《庄子·逍遥游》："名者，实之宾也。"
③ 值，恰当。
④ 皇帝，谓梁武帝。
⑤ 《淮南子·地形训》："八殥之外而有八纮。"纮，维也。言既有天下。
⑥ 农歌辕议，犹巷语途歌也。
⑦ 此段言作《诗品》之旨。
⑧ 刘峻，梁平原人，字孝标，好学家贫，寄人庑下，自课读书，居东阳，吴人士多从之学。普通二年卒，年六十，门人谥曰玄靖先生。
⑨ 南中，即江南，橘类出江南。橙甘，二果名，橘属；甘，通作"柑"。
⑩ 箕山之东，青鸟之所，有卢橘夏熟，见《伊尹书》。
⑪ 始霜，季秋之月。

照座，劈之香雾噀①人，皮薄而味珍，脉不黏肤，食不留滓②，甘逾萍实③，冷亚冰壶④，可以薰神⑤，可以芼鲜⑥，可以渍蜜，毡乡⑦之果，宁有此邪！

刘峻广绝交论⑧

客问主人曰："朱公叔《绝交论》⑨，为是乎？为非乎？"主人曰："客奚此之问？"客曰："夫草虫鸣则阜螽跃⑩，雕虎⑪啸而清风起。故絪缊⑫相感，雾

---

① 噀，xùn，喷出。
② 滓，渣滓。
③ 萍实，《孔子家语》载楚昭王渡江，江中有物大如斗，圆而赤，直触王舟，群臣莫识，使之问孔子，孔子曰："此萍实也。"
④ 冰壶，喻心之清也，鲍照《白头吟》："清如玉壶冰。"
⑤ 薰，和悦貌。
⑥ 芼，mào，蔬菜。芼鲜，谓用菜杂肉为羹。
⑦ 毡乡，毡裘之乡，指夷狄也。峻送橘于北地，故云。
⑧ 刘峻见任昉诸子，流离不能自振，昉生平旧交，莫有收恤者，乃广朱公叔《绝交论》而作此。
⑨ 朱公叔，名穆，东汉人，感时浇薄，著《绝交论》。
⑩ 《诗经·召南·草虫》："喓喓草虫，趯趯阜螽。"草虫鸣则阜螽跳跃而从之，异类相应也。
⑪ 雕虎，即虎，因其身有花纹，如同雕画，故名。《尸子》："余左执太行之獶而右搏雕虎。"
⑫ 絪缊，元气蕴酿。

涌云蒸；嘤鸣①相召，星流电激。是以王阳登则贡公喜②，罕生逝而国子悲③。且心同琴瑟，言郁郁④于兰茝，道叶胶漆，志婉娈于埙篪⑤。圣贤以此镂金版而镌盘盂，书玉牒而刻钟鼎⑥。若乃匠人辍成风之妙巧⑦，伯子息流波之雅引⑧。范张款款于下泉⑨，尹班陶陶于永夕⑩。骆驿纵横，烟霏雨散，巧历所不知，心

---

① 嘤鸣，鸟鸣求友。《诗经·小雅·伐木》："嘤其鸣矣，求其友声。"
② 后汉王吉，字子阳，与贡禹为友，世称王阳在位，贡公弹冠，言其趣舍同也。
③ 罕生，春秋郑大夫子皮。国子，子产。子产闻子皮卒，哭且曰："吾以无为为善，唯夫子知我也。"
④ 郁郁，芳香。
⑤ 胶漆，言交谊之坚，如胶如漆不相离。婉娈，犹亲爱也。埙篪，皆乐器，声能相和。心和琴瑟，则言香兰茝，道合胶漆，则志顺埙篪，言和顺之甚。
⑥ 二句言圣贤以良朋之道，故著简策而传之。
⑦ 郢人垩墁其鼻端若蝇翼，使匠石斫之，匠石运斤成风，斫之尽垩而鼻不伤，宋元君召试之，匠石曰："臣质死久矣。"
⑧ 伯子，即伯牙。钟子期死，伯牙辍琴不弹。
⑨ 后汉时，范式与张劭友善，式梦劭告以某日死，式素服奔赴，如期会葬，见《后汉书·范式传》。款款，见《司马迁报任安书》"款款"注。下泉，犹言黄泉。
⑩ 陶陶，相随行貌。尹敏与班彪亲善，每相遇与谈，常日旰忘食，昼即至暝，夜则达旦。彪曰："相与久语，为俗人所怪，然钟子期死，伯牙破琴，曷为陶陶哉。"

计莫能测。而朱益州沮彝叙，粤谟训①，捶直切②，绝交游。比黔首以鹰鹯，媲③人灵于豺虎。蒙有猜焉，请辨其惑！"

主人听然④而笑曰："客所谓抚弦徽音，未达燥湿变响；张罗沮泽，不睹鸿雁云飞⑤。盖圣人握金镜⑥，阐风烈，龙骧蠖屈，从道污隆⑦。日月联璧⑧，赞亹亹之弘致⑨；云飞电薄⑩，显棣华之微旨⑪。若五音之变化，济九成之妙曲⑫。此朱生得玄珠于赤水⑬，谟神

---

① 穆卒，赠益州刺史，故称朱益州。言朋友之义，备在典谟，公叔乱常道而绝之。
② 捶，击打。直切，犹切直，《尔雅》谓丁丁嘤嘤者，相切直也。
③ 媲，妃也。校订者按：媲，pì，匹敌。妃，通"配"。
④ 听然，见《司马相如上林赋》"听然"注。
⑤ 徽，琴之标识处。沮泽，生草之泽。四句言朋友之道，乃随时而盛衰，今以绝交为惑，是未达随时之义，犹抚弦者未知变响，张罗者不睹云飞也。
⑥ 金镜，喻明道也。
⑦ 《礼记·檀弓上》："道隆则从而隆，道污则从而污。"污，犹杀也。
⑧ 日月联璧，太平之象。
⑨ 亹，wěi；亹亹，微妙之意。
⑩ 云飞电薄，言衰乱。
⑪ 《论语·子罕》："棠棣之华，偏其反而。"此为逸诗，棠棣之华，反而后合，赋此诗以言权反而后至于大顺也。
⑫ 乐一终为一成，九成，终九奏也。《尚书·益稷》："箫韶九成。"
⑬ 《庄子·天地》载黄帝游乎赤水之北，遗其玄珠，使象罔求而得之。赤水，神话中的水名。玄珠，喻道也。

齐梁文

睿而为言①。

至夫组织仁义②，琢磨道德③，欢其愉乐，恤其陵夷④。寄通灵台之下⑤，遗迹⑥江湖之上，风雨急而不辍其音⑦，霜雪零而不渝其色⑧，斯贤达之素交⑨，历万古而一遇。逮叔世民讹⑩，狙诈飙起，溪谷不能逾其险，鬼神无以究其变，竞毛羽之轻，趋锥刀之末⑪，于是素交尽，利交兴，天下蚩蚩⑫，鸟惊雷骇。然利交同源，派流则异，较⑬言其略，有五术焉：

---

① 谟，谋划。神睿，犹言神圣。
② 道德仁义，天性也，织之以成其物，练之以成其情。
③ 《礼记·大学》："如切如磋者，道学也，如琢如磨者，自修也。"
④ 陵夷，言其颓替如丘陵之渐平。
⑤ 通，通神也。灵台，心也。
⑥ 遗迹，指相忘于江湖。
⑦ 《诗经·郑风·风雨》："风雨如晦，鸡鸣不已。"喻君子杂居乱世，不变改其节度。
⑧ 《吕氏春秋·慎人》："大寒既至，霜雪既降，吾是以知松柏之茂也。"
⑨ 素交，雅素之交。
⑩ 叔世，末世。《诗经·小雅·沔水》："民之讹言，宁莫之惩。"讹言，谣言、诨言。
⑪ 锥刀，言其小也。《左传·昭公六年》："锥刀之末，将尽争之。"
⑫ 蚩蚩，无知。《诗经·卫风·氓》："氓之蚩蚩。"
⑬ 较，明显。

若其宠钧董石①，权压梁窦②，雕刻百工，炉捶万物，吐漱兴云雨，呼噏下霜露。九域耸其风尘，四海叠其熏灼③。靡不望影星奔，藉响川骛④，鸡人⑤始唱，鹤盖⑥成阴，高门旦开，流水接轸⑦。皆愿摩顶至踵，隳胆抽肠，约同要离焚妻子⑧，誓殉荆卿湛七族⑨。是曰势交，其流一也。

富埒陶白⑩，赀巨程罗⑪，山擅铜陵⑫，家藏金

---

① 董，汉哀帝幸臣董贤；石，汉元帝时宦者石显，皆贵宠一时。
② 梁窦，后汉时外戚梁氏、窦氏，皆曾握有重权，势倾中外。
③ 叠，通"慑"，惧怕。熏灼，言势盛也。
④ 藉响，闻声响和也。川骛，如百川之归海。
⑤ 鸡人，周官，凡国事，为期则告之时，象鸡之知时，故名。
⑥ 鹤盖，言车盖如飞鹤。
⑦ 流水接轸，言车如流水。
⑧ 春秋时，吴王阖庐欲杀王子庆忌，要离诈以罪亡，令吴王燔其妻子，要离走见庆忌，庆忌不疑而纳之，要离遂乘间以剑刺杀庆忌。
⑨ 战国时，荆轲为燕刺秦王，不成而死，其族坐之。湛，同"沉"，没也。
⑩ 陶白，陶朱公、白圭。见《贾谊过秦论》"陶朱"注。白圭，周人，乐观时变，天下言治生者祖之，见《汉书·货殖传》。
⑪ 程罗，程郑、罗襃。程郑，山东迁虏，冶铸贾魋结民，成大富。罗襃，成都人，资至巨万。
⑫ 铜陵，铜山。汉文帝赐幸臣邓通严道铜山，得专铸钱，邓氏钱布天下。见《汉书·佞幸传》。

齐梁文

穴^①,出平原而联骑,居里閈而鸣钟^②。则有穷巷之宾,绳枢^③之士,冀宵烛之末光^④,邀润屋之微泽^⑤;鱼贯凫跃,飒沓鳞萃^⑥,分雁鹜之稻粱^⑦,沾玉斝^⑧之余沥。莫不衔恩遇,进款诚,援青松以示心,指白水而旍信^⑨。是曰贿交,其流二也。

陆大夫宴喜西都^⑩,郭有道人伦东国^⑪,公卿贵其籍甚^⑫,搢绅羡其登仙^⑬。加以颔颐蹙頞,涕唾流

---

① 后汉光武帝郭皇后弟况为大鸿胪,数赏赐金钱,京师号况家为金穴。见《后汉书·郭皇后纪》。
② 里閈,指乡里;閈,hàn。鸣钟,食时击钟,为富贵之仪。
③ 绳枢,以绳系户枢,指贫者之居。
④ 贫女以家无烛,与人共处,冀得其光,见《战国策·秦策二》。
⑤ 《礼记·大学》:"富润屋。"
⑥ 飒,sà;飒沓,众盛貌。鳞萃,如鱼之聚。
⑦ 贵家以稻粱饲雁鹜,而希分之。
⑧ 玉斝,玉爵。
⑨ 《左传·僖公二十四年》:"所不与舅氏同心者,有如白水。"晋文公对舅犯语。旍信,表明诚意;旍,表明。
⑩ 陆大夫,汉陆贾。高祖拜贾为大中大夫,陈平以钱五百万遗贾为食饮费。西都,长安。
⑪ 郭有道,后汉郭泰。泰善人伦,谓臧否人物。东国,洛阳。
⑫ 籍甚,声名狼籍甚盛。
⑬ 郭太游洛阳,后归乡,诸儒送之,与李膺同舟而济,众宾望之,以为神仙,见《后汉书·郭太传》。郭太即郭泰。范晔以父名泰,故改作"太"。

沫，骋黄马^①之剧谈，纵碧鸡^②之雄辩，叙温郁则寒谷成暄^③，论严苦则春丛零叶^④，飞沉出其顾指，荣辱定其一言。于是有弱冠王孙，绮纨公子，道不挂于通人，声未遒于云阁^⑤，攀其鳞翼，丐其余论，附驵^⑥骥之旄端，轶归鸿于碣石^⑦。是曰谈交，其流三也。

阳舒阴惨^⑧，生民之大情；忧合欢离，品物之恒性，故鱼以泉涸而呴沫^⑨，鸟因将死而鸣哀^⑩。同病相怜，缀河上之悲曲^⑪；恐惧置怀，昭《谷风》之盛典^⑫。

---

① 黄马，战国公孙龙之辩辞。
② 碧鸡，亦公孙龙辩辞。
③ 温郁，同"温燠"，温暖。燕有寒谷，邹衍吹律，温气乃至。
④ 风霜壮谓之严。苦，急也。嘘枯则冬荣，吹生则夏落，皆指善谈。
⑤ 遒，强健。云阁，上腾之所。
⑥ 驵，zǎng，壮马。
⑦ 轶，超过。碣石，山名，在今河北省昌黎县西北。
⑧ 阳舒阴惨，人在阳时则舒，在阴时则惨。
⑨ 呴，嘘气使湿润。泉涸，鱼相与处于陆，相呴以湿，相濡以沫，见《庄子·大宗师》。
⑩ 《论语·泰伯》："鸟之将死，其鸣也哀。"
⑪ 伍子胥《河上之歌》有"同病相怜，同忧相救"之语。
⑫ 《诗经·小雅·谷风》："将恐将惧，置予于怀。"

齐梁文

斯则断金由于湫隘①,刎颈起于苫盖②。是以伍员濯溉于宰嚭③,张王抚翼于陈相④。是曰穷交,其流四也。

驰骛之俗,浇薄之伦,无不操权衡,秉纩纊,衡所以揣其轻重,纩所以属其鼻息⑤。若衡不能举,纩不能飞,虽颜冉龙翰凤雏⑥,曾史兰薰雪白⑦,舒向金玉渊海⑧,卿云黼黻河汉⑨,视若游尘,遇同土梗⑩,莫肯费其半菽⑪,罕有落其一毛⑫。若衡重锱铢,纩微髣撇,虽共工之蒐慝⑬,驩兜⑭之掩义,南

---

① 《周易·系辞》:"二人同心,其利断金。"湫隘,低下窄小之地。
② 白盖为苫盖。
③ 伯嚭来奔于吴,子胥请以为大夫,宰嚭实因子胥濯溉而荣显,然后之害子胥者嚭也。
④ 张耳、陈余为刎刭之交,余因耳抚翼而起,乃以袭耳。
⑤ 纩,新绵,易动摇,将死,置口鼻上以为候。
⑥ 颜冉,颜渊、冉伯牛,皆孔子弟子。三国魏崔琰谓邴原、张范为龙翰凤翼。庞统号凤雏。
⑦ 曾史,曾参、史鱼。曾参,孔子弟子,史鱼,卫大夫。兰薰,若兰之香。雪白,如雪之白。
⑧ 舒向,汉董仲舒、刘向,其人如世之金玉,其辞同于渊海。
⑨ 卿云,司马长卿、扬子云,其文可黼黻天之河汉。
⑩ 言虽如颜、冉、曾、史、舒、向、卿、云,亦以游尘、土梗遇之。
⑪ 半菽,食蔬菜以菽杂半之。
⑫ 杨子取为我,拔一毛而利天下,不为也。见《孟子·尽心上》。
⑬ 共工,尧时四凶之一,为舜所流,蒐慝,言隐恶也。
⑭ 驩兜,尧时四凶之一,为舜所放。

荆①之跋扈，东陵②之巨猾，皆为匍匐逶迤，折枝舐痔③，金膏翠羽将④其意，脂韦便辟导其诚⑤。故轮盖所游，必非夷惠⑥之室；苞苴⑦所入，实行张霍之家⑧。谋而后动，毫芒寡忒。是曰量交，其流五也。

凡斯五交，义同贾鬻⑨，故桓谭譬之于阛阓⑩，林回喻之于甘醴⑪。夫寒暑递进，盛衰相袭，或前荣而后悴，或始富而终贫，或初存而末亡，或古约而今泰，循环翻覆，迅若波澜。此则殉利之情未尝异，

---

① 南荆，谓楚也。
② 东陵，《庄子·骈拇》："盗跖死利于东陵之上。"
③ 折枝，《孟子·梁惠王上》："为长者折枝。"舐痔，秦王有病召医，破痈溃痤者得车一乘，舐痔者得车五乘，见《庄子·列御寇》。
④ 将，助也。
⑤ 脂，脂油。韦，软皮。言柔滑也。便辟，习于威仪而不直。
⑥ 夷惠，伯夷、柳下惠。
⑦ 苞苴，包裹。《礼记·曲礼上》："凡以弓剑、苞苴、箪笥问人者。"故纳贿于人，亦曰苞苴。
⑧ 张霍之家，汉张安世、霍光家，皆贵家。
⑨ 贾，买。鬻，卖。
⑩ 桓谭，后汉人，字君山，光武时拜议郎，著《新论》。谭集并无以市喻交之文，《战国策》谭拾子语孟尝君，则有市喻之言，疑"拾"误为"桓"，遂居"谭"上。校订者按：阛阓，huánhuì，街市。
⑪ 林回，战国时人，有"君子之交淡若水，小人之交甘若醴"之语。见《庄子·山木》。

齐梁文

变化之道不得一。由是观之，张陈所以凶终[①]，萧朱所以隙末[②]，断焉可知矣。而翟公方规规然勒门以箴客[③]，何所见之晚乎？因此五交，是生三衅：败德殄义，禽兽相若，一衅也；难固易携，仇讼所聚，二衅也；名陷饕餮[④]，贞介所羞，三衅也。古人知三衅之为梗，惧五交之速尤[⑤]，故王丹威子以楯楚[⑥]，朱穆昌言而示绝，有旨哉！有旨哉！

近世有乐安任昉[⑦]，海内髦杰，早绾银黄[⑧]，夙昭民誉。遒文丽藻，方驾曹王[⑨]，英跱[⑩]俊迈，联横

[①] 张陈凶终，即张耳、陈馀事。
[②] 萧朱隙末，汉萧育与朱博友善，后育为九卿，博先至丞相，与博有隙，见《汉书·朱博传》。
[③] 翟公，汉下邽人，为廷尉，宾客填门。及废，门外可设雀罗，后复为廷尉，宾客欲往，公大署其门曰："一死一生，乃知交情；一贫一富，乃知交态；一贵一贱，交情乃见。"见《汉书·郑当时传》。规规然，自失也。
[④] 饕餮，见《陈琳为袁绍檄豫州》"饕餮"注。
[⑤] 速尤，召尤也。
[⑥] 后汉王丹子有同门生丧亲，家在中山，白丹欲往奔慰，丹怒而挞之。见《后汉书·王丹传》。楯楚，二木名，即夏楚，夏、楯古今字，古者扑作教刑，以此为之。
[⑦] 乐安，晋国名，地在今山东。任昉，见《任昉为卞彬谢修卞忠贞墓启》"任昉"注。
[⑧] 银黄，银印与金印。
[⑨] 曹王，曹植、王粲。
[⑩] 跱，或谓当作"特"。

许郭^①。类田文^②之爱客，同郑庄^③之好贤。见一善则盱衡^④扼腕，遇一才则扬眉抵掌。雌黄出其唇吻^⑤，朱紫由其月旦^⑥。于是冠盖辐凑，衣裳云合，辎軿击轊，坐客恒满。蹈其阃阈，若升阙里^⑦之堂；入其隩隅，谓登龙门^⑧之阪。至于顾昐增其倍价^⑨，剪拂^⑩使其长鸣，鬈组云台^⑪者摩肩，趋走丹墀者叠迹。莫不缔恩狎，结绸缪，想惠庄^⑫之清尘，庶羊

---

① 许郭，即许劭、郭泰。二人皆好人伦，多所赏识，天下言拔士者咸称许郭。
② 田文，孟尝君，见《贾谊过秦论》"孟尝"注。
③ 郑庄，汉郑当时，字庄，为大司农。每朝，候上间说，未尝不言天下长者。见《汉书·郑当时传》。
④ 眉之上为衡，盱衡，举眉扬目。
⑤ 晋王衍能言，于意有不安者，辄更易之，时号口中雌黄。
⑥ 朱紫，后汉汝南太守宗资等，任用善士，以朱紫为别。见《东观汉记》卷二十。月旦，许劭与从兄靖皆为汝南人，俱有高名，好论乡党人物，月旦辄更其品题，故汝南俗有月旦评。见《后汉书·许劭传》。
⑦ 阙里，孔子所居，在今山东省曲阜市。
⑧ 登龙门，见《范甯罪王何论》"龙门"注。
⑨ 售骏马立市，莫与之言，伯乐还而视之，去而顾之，而价增十倍，见《战国策·燕策二》。
⑩ 剪拂，谓去其旧日之不善。见《战国策·楚策四》。
⑪ 云台，汉宫中高台，东汉永平中图画二十八将于此。
⑫ 惠庄，即惠施、庄周。施死而周之说止，以世莫可与语也。

齐梁文

左①之徽烈。

及瞑目东粤②,归骸洛浦③。缌帐④犹悬,门罕渍酒⑤之彦;坟未宿草⑥,野绝动轮⑦之宾。藐尔诸孤,朝不谋夕,流离大海之南,寄命障⑧疠之地。自昔把臂之英,金兰之友,曾无羊舌下泣⑨之仁,宁慕郈成分宅⑩之德。呜呼!世路险巇⑪,一至于此!太

---

① 羊左,羊角哀、左伯桃。二人为死友,闻楚王贤,往寻之,道遇雨雪,计不俱全,伯桃乃并衣粮与角哀,自入树中死。
② 瞑目东粤,任昉为新安太守,终焉,其地在今浙江。
③ 归骸洛浦,谓归葬扬州。
④ 缌帐,死者灵帐。
⑤ 渍酒,后汉徐穉吊丧,常于家预炙鸡一只,以一两绵渍酒曝干,以裹鸡,径到所赴冢隧外,以水渍之,使有酒气,酸酒毕,留谒而去,不见丧主。
⑥ 宿草,隔年之草,《礼记·檀弓上》:"朋友之墓,有宿草而不哭焉。"
⑦ 动轮,范式吊张劭,未至,柩不进,及式至执引,柩乃前,见《后汉书·范式传》。
⑧ 障,古"瘴"字。
⑨ 羊舌下泣,春秋晋羊舌肸见司马侯之子,抚而泣之。
⑩ 郈成分宅,春秋时,郈成子自鲁聘晋,过于卫,右宰谷臣止而觞之,陈乐而不作,酣毕而送以璧,成子不辞,行三十里而闻卫乱作,谷臣死,成子乃迎其妻子,还其璧,隔宅而居之。
⑪ 险巇,犹颠危。

315

行、孟门,岂云崭绝[1]!是以耿介之士,疾其若斯,裂裳裹足,弃之长骛。独立高山之顶,欢与麋鹿同群,皦皦然绝其雾浊[2],诚耻之也!诚畏之也!

刘潜谢始兴王赐花纨簟启[3]

丽兼桃象[4],周洽昏明,便觉夏室已寒,冬裘可袭[5];虽九日煎沙[6],香粉犹弃[7],三旬沸海[8],团扇可捐[9]。

---

[1] 太行、孟门,皆山名,此言太行、孟门未为险,今之世路斯险耳。
[2] 皦皦然,洁白。雾,同"氛"。雾浊,浊气。
[3] 刘潜,字孝仪,工属文,大同中官御史中丞,出为临海太守。大宝元年卒,年六十七。始兴王,萧憺,字僧连,梁文帝第十一子,天监元年封始兴郡王。
[4] 桃,桃枝簟。象,象牙簟。
[5] 袭,重衣也。
[6] 煎沙,大旱。汤时大旱七年,煎沙烂石。
[7] 香粉犹弃,少汗,故不须敷粉。
[8] 曹植以三伏为三旬。沸海,酷暑。
[9] 捐,舍弃。

齐梁文

刘令娴祭夫徐敬业文 ①

维梁大同五年②,新妇谨荐少牢③于徐府君之灵曰:惟君德爱礼智,才兼文雅。学比山成④,辨同河泻⑤。明经擢秀,光朝振野。调逸许中⑥,声高洛下⑦。含潘度陆⑧,超终迈贾⑨。

二仪既肇⑩,判合⑪始分。简贤依德,乃隶⑫夫君。外治徒举,内佐无闻。幸移蓬性,颇习兰薰。式传琴瑟⑬,相酬典坟⑭。

---

① 刘令娴,梁秘书监刘孝绰妹。孝绰有三妹,令娴最幼,世称刘三娘。徐敬业,名悱,剡人,为晋安内史卒,丧还建业,令娴为此文祭之。敬业父勉欲造哀文,睹令娴此作,遂搁笔。
② 大同,梁武帝(萧衍)年号,公元535—546年。
③ 少牢,单以羊祭祀。
④ 学比山成,《论语·子罕》:"譬如为山,未成一篑。"
⑤ 河泻,形容吐章成文,如悬河泻水,注而不竭。
⑥ 许中,谓今河南省许昌市。
⑦ 洛下,谓今河南省洛阳市。
⑧ 潘,潘岳。陆,陆机。
⑨ 终,终军。贾,贾谊。
⑩ 肇,开始。
⑪ 判,亦作"胖",半也。得耦为合。
⑫ 隶,附着。
⑬ 琴瑟,言夫妇和谐。
⑭ 典坟,见陆机《文赋》"典坟"注。

辅仁[1]难验,神情易促。雹碎春红,霜雕[2]夏绿,躬奉正衾[3],亲观启足[4]。一见无期,百身何赎[5]。

呜呼哀哉!生死虽殊,情亲犹一。敢遵先好,手调姜橘[6]。素俎空干,奠觞徒溢。昔奉齐眉[7],异于今日。

从军暂别,且思楼中[8]。薄游未反,尚比飞蓬[9]。如当此诀,永痛无穷。百年何几,泉穴方同[10]!

---

[1] 辅仁,《论语·颜渊》曾子曰:"君子以文会友,以友辅仁。"
[2] 雕,通"凋",半伤也。
[3] 躬奉正衾,春秋时齐黔娄没而衾不蔽体,曾子令斜之,其妻曰:"斜而有余,不若正而不足。"
[4] 启足,《论语·泰伯》:"曾子有疾,召门弟子曰:'启予足!启予手!'"盖以身体受于父母,不敢毁伤,使其弟子开其衾而视之也。
[5] 赎,犹续也。
[6] 手调姜橘,木耳煮而细切之,和以姜橘,可为菹,滑美。
[7] 齐眉,汉梁鸿妻孟光每馈食,举案齐眉。见《后汉书·梁鸿传》。
[8] 且思楼中,曹植《七哀诗》:"明月照高楼,流光正徘徊,上有愁思妇,悲叹有余哀。"
[9] 飞蓬,见《徐淑答夫秦嘉书(二)》"飞蓬"注。
[10] 泉穴方同,言至死始同葬也。《诗经·王风·大车》:"穀则异室,死则同穴。"

齐梁文

梁简文帝与萧临川书[1]

零雨送秋，轻寒迎节，江枫晓落，林叶初黄，登舟已积，殊足劳止[2]，解维金阙，定在何日[3]？八区内侍[4]，厌直御史之庐[5]，九棘外府[6]，且息官曹之务，应分竹南川[7]，剖符[8]千里。

但黑水[9]初旋，未申十千之饮[10]，桂宫既启，复

---

[1] 梁简文帝，武帝第三子，姓萧名纲，字世赞，幼聪睿，识悟过人，九流百氏，经目必记，著书甚多。侯景反，为所弑，在位二年。萧临川，萧子云。梁时萧子显、子云并为临川内史，此书当是与子云者，盖梁中大通三年，简文始立为太子，而子云适迁临川内史，若子显则简文为太子时，已历侍中、国子祭酒矣。临川，郡名，在今江西。
[2] 止，语助词。《诗经·大雅·民劳》："民亦劳止。"
[3] 维，所以系舟。解维金阙，此言开舟离京。
[4] 八区，武帝后宫八区，有昭阳、飞翔、增成、合欢、兰林、披香、凤凰、鸳鸯等殿。内侍，谓供奉内庭。
[5] 直，侍卫。庐，直宿所止之处。
[6] 九棘外府，《礼记·玉藻》："（朝士）掌建外朝之法：左九棘，孤、卿、大夫位焉，群士在其后。右九棘，公、侯、伯、子、男位焉。"《周礼·天官》："外府，掌邦布之入出。"
[7] 南川，即指临川。
[8] 符，符节。剖符，谓剖而分半以与之。服官临川，乃封之于外也。
[9] 黑水，雍州之水，《尚书·禹贡》："黑水西河惟雍州。"梁普通四年，简文为雍州刺史，中大通三年，还立为皇太子，故云。
[10] 十千之饮，曹植《名都篇》有"美酒斗十千"句。

乖双阙之宴①，文雅纵横，即事分阻②，清夜西园③，眇然未克④。想征舻⑤而结叹，望横席而沾襟。

若使弘农书疏，脱还邺下⑥，河南口占，傥归乡里⑦，必迟青泥之封⑧，且靓朱明之诗⑨。白云在天，苍波无极，瞻之歧路，眷慨良深。爱护波潮⑩，敬勖光采⑪。

梁简文帝相官寺碑⑫

真人西灭⑬，汨罗汉东游，五明盛士⑭，并宣北门

---

① 言为太子后，又未筵聚也。
② 言雅集每因事阻。
③ 清夜西园，曹植《公宴诗》有："清夜游西园。"
④ 未克，犹未能。
⑤ 船尾谓之舻。此指临川之行舟。
⑥ 魏曹植留守邺，数与弘农杨修书，修亦答书焉。弘农地在今河南、陕西。邺，汉县，在今河北省临漳县西南邺镇村。
⑦ 汉陈遵为河南太守，治私书谢京师故人，遵凭几，口占书吏，且省官事、书数百封，亲疏各有意。河南，此指汉郡，地在今河南。
⑧ 迟，等待。后汉邓训为乌桓校尉，故吏知训好青泥封书，特远载至上谷贻之。
⑨ 夏为朱明。六句言吏或因公来京，则青泥之信可待，夏时所作诗可见。
⑩ 爱护波潮，望其在舟中珍重。
⑪ 此书盖送临川之行。
⑫ 相官寺，一作"湘宫寺"，在今江苏省南京市江宁区东青溪之北，宋明帝初为湘东王，及即位，以旧地建此寺。
⑬ 西灭，指得道于西方。
⑭ 五明，声明，工巧明，医方明，因明，内明也。见《天竺大论》。

齐梁文

之教，四姓小臣①，稍罢南宫之学②，超洙泗之济济③，比舍卫之洋洋④；是以高檐三丈，乃为祀神之舍，连阁四周，并非中官⑤之宅。雪山忍辱之草⑥，天宫陁树之花⑦，四照芬吐⑧，五衢异色⑨，能令扶解说法，果出妙衣⑩；鹿苑岂殊⑪，祇林何远⑫。

皇太子萧纬，自昔藩邸⑬，便结善缘，虽银藏盖

---

① 汉永平中为外戚樊氏、郭氏、阴氏、马氏诸子弟立学，号四姓。小侯，以非列侯，故曰小侯。
② 南宫之学，汉高祖过鲁，申公以弟子从师入见于鲁南宫，见《汉书·儒林传》。
③ 洙泗，见《范甯罪王何论》"洙泗"注。
④ 沙祇大国，即舍卫国，在月氏南万里，见《史记·大宛列传》注引《括地志》。
⑤ 中官，朝内之官。
⑥ 葱岭冬夏有雪，彼土人名为雪山，山有草，名忍辱草。
⑦ 拘尼陁树，其花见月光即开，见《酉阳杂俎》卷三。
⑧ 鹊山有木，其华四照，见《山海经》。
⑨ 少室之山，其上有木，名曰帝休，其枝五衢，见《山海经》。言树枝重错五出，有象衢路。
⑩ 加那牟尼将诸比丘游行教化，时有王女请佛及僧，三月受请，四事供养，还复以妙衣各施一领，见《百缘经》。
⑪ 迦尸国波罗捺城东北十里许，得仙人鹿野苑精舍，见《佛国记》。
⑫ 须达请太子欲买园，造精舍，祇陀太子言园地属卿，树木属我，二人共立精舍，号为"太子祇陀树给孤独食园"，见《贤愚经》。
⑬ 藩邸，见《谢朓辞随王子隆笺》"朱邸"注。

寡，金地多阙，有惭四事①，久立五根②。泗川出鼎③，尚刻之罘④之石，岷峨作镇，犹铭剑壁之山⑤，矧伊福界，宁无镌刻。

铭曰：洛阳白马⑥，帝释天冠⑦，开基紫陌，峻极云端，实惟爽垲⑧，栖心之地，譬若净土⑨，长为佛事，银铺曜色，玉础金光，塔如仙掌，楼疑凤皇⑩，

---

① 《宝如来三昧经》载佛言菩萨以四事，可知有劳：闻无央数人，其心恐怖，是为一劳；闻不可度生死，其心恐怖，是为二劳；闻不可限诸佛智，其心恐怖，是为三劳；闻无央数功德而成一相，其心恐怖，是为四劳。
② 信根，精进根，念根，定根，慧根，是为五根。见《大智度论》卷四十八《四念处品》。
③ 泗川，即泗水，源出山东省泗水县陪尾山，至江苏入淮，此禹迹也，今徐州以南之淤黄河，即其故道。《史记·秦始皇本纪》："始皇还过彭城，斋戒祷祠，欲出周鼎泗水，使人没水求之，弗得。"
④ 之罘，山名，也作"芝罘"。在今山东省烟台市北。《史记·秦始皇本纪》："（始皇）登之罘刻石。"
⑤ 二语见《张载剑阁铭》"岷蟠"注。
⑥ 洛阳，见《扬雄解嘲》"洛阳"注。白马，寺名，后汉明帝遣使至西域求经，白马负经而来，因以名寺。白马寺在今河南洛阳市东，故洛阳城西。
⑦ 《因本经》："须弥山顶为帝释天。"天冠，天星寺名。
⑧ 爽垲，垲，kǎi，明亮干燥处。
⑨ 净土，《法华论》："无烦恼众生住处，名为净土。"
⑩ 凤皇，晋宫中楼名，在洛阳。

齐梁文

珠生月魄①,钟应秋霜②,鸟依交露③,幡承杏梁④,窗舒意蕊,室度心香⑤,天琴夜下⑥,绀马朝翔⑦,生灭⑧可度,离苦获常⑨,相续有尽,归乎道场⑩。

---

① 《淮南子·地形训》:"蛤蟹珠龟,与月盛衰。"魄,月始生也。
② 丰山有九钟焉,是知霜鸣,见《山海经》,霜降则钟鸣,故言知也。
③ 交露,用珠串组成的帷幔。其状若露珠,故名。《妙法莲华经序》:"珠交露幔。"
④ 杏梁,杏木之梁。
⑤ 二句出《佛经》。
⑥ 简文帝《大法师颂》:"天琴夜张。"
⑦ 绀马朝翔,《起世经》:"转轮王绀马之宝,名婆罗诃,日初出时,乘此宝马流大地,还至本宫,乃始进食。"
⑧ 生灭,犹生死也。
⑨ 天人中有十六苦,六曰爱别离苦,见《正法念经》。
⑩ 道场,宣行道法之地;成道及修道之地,亦曰道场。

陈及北朝文

徐陵玉台新咏序[①]

夫凌云概日[②],由余之所未窥[③];万户千门,张衡之所曾赋[④]。周王璧台之上[⑤],汉帝金屋之中[⑥],玉树

---

① 徐陵,陈郯人,字孝穆,博涉史籍,纵横有口辩,仕梁为御史中丞,陈受禅后,文檄诏诰,多出其手,为一代文宗,官至太子太傅。至德元年,卒,年七十七,谥章。有《徐孝穆集》。玉台新咏,书名,梁简文帝为太子时,好作艳诗,乃令陵撰《玉台新咏》,所录为梁以前诗,虽皆绮丽之作,尚不失温柔敦厚之旨,未可概以淫艳斥之也。
② 凌云概日,言其高也,《周书·武帝纪》:"或层台累构,概日凌云。"
③ 由余,其先晋人也,之入戎。戎使观秦,秦缪公示以宫室积聚,由余曰:"此乃所以乱也。"见《佩文韵府》引《史记·秦纪》。
④ 张衡,后汉西鄂人,字平子,作《两京赋》,十年乃成,其《西京赋》有"号长千门而立万户"之句。
⑤ 周王,周穆王。王为姬作台,曰重璧之台。
⑥ 汉武帝年数岁,谓长公主曰:"若得阿娇,当以金屋贮之。"阿娇,长公主女。

陈及北朝文

以珊瑚作枝①,珠帘以玳瑁为押②,其中有丽人焉。其人也,五陵③豪族,充选掖庭④;四姓良家⑤,驰名永巷⑥。亦有颖川新市⑦,河间观津⑧,本号娇娥⑨,曾名巧笑⑩。楚王宫内,无不推其细腰⑪;魏国佳人,俱言讶其纤手⑫。阅诗敦礼,非直东邻之自媒⑬;婉约风流,无异西施⑭之被教。弟兄协律,自小学歌⑮;少长河

---

① 汉武帝起神屋于前庭,植玉树,以珊瑚为枝。
② 《汉武故事》:"以白珠为帘,箔玳瑁押之。"押,压也,镇帘之具;一作"柙",又作"匣"。
③ 五陵,长陵、安陵、阳陵、茂陵、昭陵也,汉时士人多宅于此。
④ 掖庭,宫旁舍。
⑤ 六朝氏族,以郡望分甲、乙、丙、丁四等为贵族,谓之四姓。
⑥ 永巷,宫中狱名,中有长巷,故称。
⑦ 颖川,东汉郡,地在今河南。新市,东汉侯国,地在今湖北省京山县东北。
⑧ 河间,汉河间国,在今河北。观津,地名,在今河北省武邑县。四地皆汉外戚所生处也。
⑨ 《方言》云:秦谓好曰娥。
⑩ 段巧笑,魏文帝宫人,始作紫粉拂面。见《古今注》"魏宫人长眉蝉鬓"条。
⑪ 《后汉书·马廖传》:"楚王好细腰,宫中多饿死。"
⑫ 《诗经·魏风·葛屦》:"掺掺女手,可以缝裳。"掺掺,纤手貌。
⑬ 非直,不善其为也。宋玉《登徒子好色赋》:"嫣然一笑,惑阳城,迷下蔡,然此女登墙窥臣三年,至今未许也。"
⑭ 西施,春秋时越美人。
⑮ 李延年,中山人,女弟得幸于上,号李夫人,延年善歌,李夫人产昌邑王,延年由是贵,为协律都尉。见《汉书·佞幸传》。

阳，由来能舞①。琵琶新曲，无待石崇②；箜篌杂引，非因曹植③。传鼓瑟于杨家④，得吹箫于秦女⑤。

以至宠闻长乐，陈后知而不平⑥；画出天仙，阏氏览而遥妒⑦。至如东邻巧笑，来侍寝于更衣⑧；西子微颦⑨，将横陈于甲帐⑩。陪游馺娑⑪，骋纤腰于结风⑫；

---

① 河阳，河阳公主。成帝微行出游，过河阳主作乐，见舞者赵飞燕而悦之。见《汉书·五行志》。
② 石崇《王明君词》序："昔公主嫁乌孙，令琵琶马上作乐，以慰其道路之思，其送明君，亦必尔也。其造新曲，多哀怨之声。"石崇，晋南皮人，字季伦，官至卫尉，好奢，为赵王伦所诛。
③ 箜篌，乐器名，《释名》谓为师延所作，空国之侯所存也，故亦作"空侯"；或谓汉武帝使乐人侯晖为之，其声坎坎，故又作"坎侯"。乐府有曹植《箜篌引》。
④ 《汉书·杨恽传》："妇，赵女也，雅善鼓瑟。"
⑤ 秦穆公时有箫史者，善吹箫，能致孔雀、白鹤，穆公女弄玉好之，公妻焉。
⑥ 长乐，宫名，汉高祖所作，在陕西西安市西北故城中，卫子夫居之。陈后，汉武帝后，闻子夫得幸，几死者数焉。
⑦ 汉高祖困于平城，陈平图美女给阏氏，谓欲献单于，阏氏言于单于，开其一角，得突出。阏氏，yānzhī，犹汉言皇后也。
⑧ 更衣，如厕。汉武帝过平阳主，既饮，起更衣，子夫侍尚衣轩中，得幸。
⑨ 西施病心，捧而颦，人见而美之。
⑩ 司马相如《好色赋》有"玉体横陈"句。甲帐，以甲乙次第名之也。
⑪ 馺娑，汉殿名，在建章宫中。
⑫ 傅毅《舞赋》序："激楚结风，阳阿之舞。"

长乐鸳鸯[1],奏新声于度曲。妆鸣蝉之薄鬓[2],照堕马之垂鬟[3]。反插金钿[4],横抽宝树。南都石黛[5],最发双蛾[6];北地燕脂[7],偏开两靥[8]。

亦有岭上仙童,分丸魏帝[9];腰中宝凤,授历轩辕[10]。金星与婺女争华[11],麝月共嫦娥竞爽[12]。惊鸾冶袖,时飘韩掾之香[13];飞燕[14]长裾,宜结陈王之佩[15]。虽非图画,入甘泉而不分[16];言异神仙,戏

---

[1] 鸳鸯,汉武帝时殿名。
[2] 魏文帝宫人莫琼树始制为蝉鬓,望之缥缈如蝉翼。
[3] 汉梁冀妻孙寿作堕马髻,见《后汉书·梁冀传》。
[4] 金钿,金华也,其为饰田田然,故名。
[5] 石黛,古代女子取以画眉的青黑色颜料。
[6] 双蛾,喻双眉。
[7] 燕脂,纡以红蓝花汁凝作燕脂,以燕国所生,故名。
[8] 口辅微涡为靥。
[9] 魏文帝《折杨柳行》:"西山一何高,高高殊无极,上有两仙童,不饮亦不食,与我一丸药,光耀有五色。"
[10] 凤鸟氏为历正,见《汉书·百官公卿表》。轩辕,黄帝,受河图作甲子,岁纪甲寅,日纪甲子。
[11] 金星,一名长庚。婺女,星名。
[12] 麝月,或曰星名。嫦娥,见《谢庄月赋》"素娥"注。
[13] 韩寿美姿容,贾充辟为掾,充女午悦焉,时西域贡奇香,着人经月不歇,武帝赐充,充女密盗以遗寿,见《晋书·贾充传》。
[14] 飞燕,即赵飞燕。
[15] 曹植《洛神赋》:"解玉佩以要之。"陈王,曹植。
[16] 李夫人少而早卒,上怜悯焉,图画其形于甘泉宫。事见《汉书·外戚传》。

阳台^①而无别。真可谓倾国倾城^②，无对无双者也！

加以天情^③开朗，逸思雕华，妙解文章，尤工诗赋。琉璃砚匣，终日随身；翡翠笔床^④，无时离手。清文满箧，非惟芍药之花^⑤；新制连篇，宁止蒲萄之树^⑥。九日登高^⑦，时有缘情之作；万年公主，非无诔德之辞^⑧。其佳丽也如彼，其才情也如此。

既而椒宫^⑨宛转，柘馆阴岑^⑩，绛鹤晨严^⑪，铜蠡昼静^⑫。三星未夕^⑬，不事怀衾^⑭；五日犹余^⑮，谁能理

---

① 阳台，山名，在今湖北省汉川市南。宋玉《高唐赋》："妾在巫山之阳，高丘之阻，旦为朝云，暮为行雨，朝朝暮暮，阳台之下。"
② 李延年歌曰："北方有佳人，绝世而独立，一顾倾人城，再顾倾人国。"
③ 情，一作"晴"。
④ 汉末一笔之匣，文以翡翠。梁简文制笔床，以四管为一床。
⑤ 傅统妻有《芍药花颂》。
⑥ 前凉张洪茂有《葡萄酒赋》。
⑦ 费长房令桓景九月九日登高以避祸。
⑧ 万年公主，晋武帝女也。左贵嫔有《万年公主诔》。
⑨ 椒宫，即椒房殿，在未央宫，汉皇后所居。
⑩ 柘馆，汉上林苑馆名。岑，高貌。
⑪ 鹤宫，太子所居。绛，赤色。
⑫ 公输班见水中蠡引闭其户，终不可开，遂象之立于门户。
⑬ 三星，参星也，《诗经·唐风·绸缪》："三星在天。"
⑭ 《诗经·召南·小星》："抱衾与裯。"
⑮ 汉律，吏五日一休沐。

曲。优游少托，寂莫多闲。厌长乐之疏钟，劳中宫之缓箭①。轻身无力，怯南阳之捣衣②；生长深宫，笑扶风之织锦③。虽复投壶玉女，为欢尽于百骁④；争博齐姬，心赏穷于六箸⑤。无怡神于暇景，惟属意于新诗。可得代彼萱苏⑥，蠲兹愁疾。

但往世名篇，当今巧制，分诸麟阁⑦，散在鸿都⑧。不藉篇章⑨，无由披览。于是然脂⑩暝写，弄墨晨书，撰录⑪艳歌，凡为十卷。曾无忝于雅颂，亦靡滥于风人⑫，泾渭⑬之间，若斯而已。

---

① 箭，漏箭，昼夜共百刻。
② 秭归有捣衣石，但秭归汉时属南郡，此云南阳，不详。
③ 扶风之织锦，见《江淹别赋》"织锦曲兮泣已尽"二句注。
④ 东王公与玉女投壶，每投千二百矫，矫即骁，骁者，箭自壶跃出，复以手接之，屡投屡跃而不坠也。
⑤ 齐姬，未详。六箸，即六博，古博具。
⑥ 萱，忘忧草。苏，紫苏。
⑦ 分诸，一作"分封"。麟阁，麒麟阁，在未央宫左，汉萧何建以藏书。
⑧ 鸿都，门名，后汉灵帝时，置鸿都门学士。
⑨ 不藉篇章，一作"不务连章"。
⑩ 脂，石脂，可薰烟为墨。
⑪ 撰录，一作"选录"。
⑫ 风人，诗人。
⑬ 泾渭，区别之意。

于是丽以金箱，装之宝轴。三台①妙迹，龙伸蠖屈之书②；五色花笺③，河北胶东之纸④。高楼红粉，仍定鲁鱼之文⑤；辟恶生香，聊防羽陵之蠹⑥。灵飞六甲，高擅玉函⑦；鸿烈仙方，长推丹枕⑧。至如青牛帐里⑨，余曲未终；朱鸟窗前⑩，新妆已竟。方当开兹缥帙⑪，散此绦绳⑫，永对玩⑬于书帷，长循环于纤手。岂如邓学《春秋》⑭，儒者之功难习；窦专黄老⑮，金

---

① 《后汉书·蔡邕传》："举高第，补侍御史，又转侍书御史，迁尚书。三日之间，周历三台。"
② 龙伸蠖屈，状书体也。
③ 石虎诏书，以五色纸着凤皇口中，令衔之飞下端门。
④ 河北胶东，皆出纸处。
⑤ 鲁鱼，言讹字也，《抱朴子·遐览》："书三写，鲁为鱼，虚成虎。"
⑥ 羽陵，藏书之所，见《太平御览》卷二十四《穆天子传》。
⑦ 汉武帝受西王母真形六甲灵飞十二事，盛以黄金几，封以白玉函，见《汉武内传》。
⑧ 淮南有《枕中鸿宝苑秘书》，刘向父德治淮南狱，得之。
⑨ 魏文帝迎薛灵芸，车皆镂金为帐，驾以青色之牛。
⑩ 《博物志》："王母降于九华殿，东方朔窃从殿南厢朱鸟牖中窥母。"
⑪ 缥帙，青白色之书衣。
⑫ 绦绳，织丝缕为之。
⑬ 玩，同"玩"。
⑭ 东汉邓皇后从曹大家受经传，见《后汉书·邓皇后纪》。
⑮ 汉景帝母窦皇后好黄帝、老子之言，见《汉书·田蚡传》。

丹之术不成。固胜西蜀豪家，托情穷于《鲁殿》[1]，东储甲观，流咏止于《洞箫》[2]。娈彼诸姬[3]，聊同弃日，猗与彤管[4]，无或讥焉。

陈后主与詹事江总书[5]

管记陆瑜，奄然殂化[6]，悲伤悼惜，此情何已！吾生平爱好，卿等所悉，自以学涉儒雅，不逮古人，钦贤慕士，是情尤笃；梁室乱离，天下糜沸[7]，书史残缺，礼乐崩沦，晚生后学，匪无墙面[8]，卓尔

---

[1] 蜀刘琰侍婢数十，皆教读《鲁灵光殿赋》，见《三国志·刘琰传》。
[2] 汉王褒为《洞箫颂》，元帝为太子，常嘉之，令后宫贵人左右皆诵读之，见《汉书·王褒传》。
[3] 娈彼诸姬，《诗经·邶风·泉水》语。娈，好也。
[4] 猗与，叹美之辞。彤管，赤管笔，古女史执以记事纳诲者。
[5] 陈后主，宣帝子，名叔宝，小字黄奴，荒淫无度。尝起结绮、临春、望仙三阁，日与妃嫔、狎客游宴其中，隋师至，匿于胭脂井，引之出，俘至大兴，在位七年。江总，陈济阳人，字总持，仕梁为太子中舍人，陈授中书令，善五七言，为后主所爱幸，当时谓之狎客。后主为太子时，以管记陆瑜卒，为之流涕，与总书，论述其美，时总为詹事。
[6] 陆瑜，陈吴郡人，字干玉，仕陈为东宫学士，后兼东宫管记，美词藻，后主在东宫，命瑜抄撰子集，未就而卒。殂化，死也。
[7] 糜沸，言扰乱也。
[8] 《尚书·周官》："不学墙面。"谓人而不学，犹面墙而立，无所见也。

出群，斯人而已！

吾识览虽局①，未曾以言议假人，至于片善小才，特用嗟赏，况复洪识奇士，此故忘言②之地。论其博综子史，谙究儒墨，经耳无遗，触目成诵，一褒一贬，一激一扬，语玄析理，披文摘句，未尝不闻者心伏，听者解颐③，会意相得，自以为布衣之赏④。

吾监抚⑤之暇，事隙之辰，颇用谈笑娱情，琴尊间作，雅篇艳什，迭互锋起。每清风朗月，美景良辰，对群山之参差，望巨波之滉瀁⑥，或翫新花，时观落叶，既听春鸟，又聆秋雁，未尝不促膝举觞，连情发藻，且代琢磨，间以嘲谑，俱怡耳目，并留情致，自谓百年为速，朝露⑦可伤。岂谓玉折兰摧⑧，遽从短运，为悲为恨，当复何言！遗迹余文，触目

---

① 局，局促。
② 忘言，谓得意忘言。
③ 解颐，谓开口笑。
④ 谓愿与为布衣之交也。
⑤ 监抚，太子有监国抚军之责，后主时为太子，故云。
⑥ 滉瀁，大水貌。
⑦ 朝露，见《江淹恨赋》"朝露"注。
⑧ 玉折兰摧，夭折。

增泫①,绝弦②投笔,恒有酸恨。以卿同志,聊复叙怀。涕之无从,言不写意。

沈炯经通天台奏汉武帝表③

臣闻桥山④虽掩,鼎湖之灶可祠⑤;有鲁遂荒,大庭⑥之迹无泯。伏惟陛下,降德猗兰⑦,纂灵丰谷⑧,汉道既登,神仙可望。射之罘于海浦⑨,礼日

---

① 泫,流涕貌。
② 绝弦,《后汉书·陈元传》:"夫至音不合众听,故伯牙绝弦。"
③ 沈炯,陈武康人,字初明,仕梁,侯景乱,陷于贼,陈武帝受禅,官散骑常侍,后以疾卒于吴中。通天台,汉武帝元封二年作,在今陕西省淳化县西北甘泉山。荆州陷,炯为西魏所虏,以母老在东,恒思归国,尝独行经通天台。为表奏之,陈已思归之意;无何,获归。
④ 桥山,在今陕西省黄陵县西北,亦曰子午山,上有黄帝冢。
⑤ 黄帝铸鼎于荆山下,鼎既成,黄帝骑龙上天,后世因名其处曰鼎湖。武帝时,李少君上言祠灶则致物,致物而丹沙可化为黄金,黄金成,以为饮食器,则益寿,益寿而海中蓬莱仙者乃可见,见之以封禅,则不死,黄帝是也,于是帝乃亲祠灶。
⑥ 大庭,古国名,在鲁城内,鲁于其处作库。
⑦ 猗兰,殿名。汉景帝梦一赤彘从云中直下入芳兰阁,乃改为猗兰殿,后王夫人诞武帝于此殿。
⑧ 丰谷,今江苏省丰县,汉高祖起于丰沛。
⑨ 之罘,见《梁简文帝相官寺碑》"之罘"注。

观①而称功,横中流于汾河②,指柏梁而高宴③,何其甚乐,岂不然与!

既而运属上仙,道穷晏驾④,甲帐珠帘,一朝零落,茂陵玉碗,遂出人间⑤。凌云⑥故基,与原田而膴膴⑦;别风⑧余趾,带陵阜而芒芒⑨。羁旅缧臣⑩,能不落泪!

昔承明既厌,严助东归⑪,驷马可乘,长卿西反⑫,恭闻故实,窃有愚心。黍稷非馨⑬,敢望徽福。

---

① 日观,峰名,在泰山上,鸡鸣时见日出。
② 汾河,源出山西省宁武县管涔山,注于黄河,武帝于此修祠事。
③ 柏梁,台名,武帝元鼎二年筑,以香柏为梁,在未央宫北阙内。
④ 晏驾,见《江淹恨赋》"宫车晚出"注。
⑤ 茂陵,武帝陵,在今陕西省兴平市东。玉碗,茂陵殉葬之物,赤眉之乱,掘汉诸陵,遂流落人间。
⑥ 凌云,即陵云台,楼观精巧,见《世说新语·巧艺》。
⑦ 原田,高平处之田。膴膴,土肥美也。
⑧ 别风,建章宫东有折风阙。
⑨ 芒芒,大貌。
⑩ 缧臣,缧绁之臣,炯自谓。
⑪ 武帝赐严助书曰:"君厌承明之庐,劳侍从之事,怀故土,出为郡吏。"承明,庐名,在石渠阁外。既厌,一作"见罢"。
⑫ 司马长卿初西去,过升仙桥,题柱曰:"大丈夫不乘驷马车盖,不复过此桥。"
⑬ 《尚书·君陈》:"黍稷非馨,明德惟馨。"

但雀台之吊，空怆魏君①；雍丘之祠，未光夏后②。瞻仰烟霞③，伏增凄恋。

北齐文宣帝禁浮华诏④

顷者风俗流宕⑤，浮竞日滋，家有吉凶，务求胜异，婚姻丧葬之费，车服饮食之华，动竭岁资，以营日富⑥。又奴婢带金玉，婢妾衣罗绮，始以创出为奇，后以过前为丽，上下贵贱，无复等差。今运属维新⑦，思蠲⑧往弊，反朴还淳，纳民轨物⑨，可量事

---

① 雀台，魏武帝所造铜雀台。
② 雍丘，县名，今河南省杞县。《陈留风俗记》载雍丘县有夏后祠。
③ 烟霞，一作"徽猷"。
④ 北齐文宣帝，姓高，名洋，字子进，高欢第二子。初即位，颇留心治术，征伐四克，威震华夏，六七年后，以功业自矜，肆行淫暴，无故杀人。在位十年。禁浮华诏，文宣帝天保元年六月所下，其时才僭位也。
⑤ 宕，放宕，放纵。
⑥ 日富，一日之富也，《诗经·小雅·小宛》："彼昏不知，壹醉日富。"
⑦ 维新，谓国运方新也。《诗经·大雅·文王》："周虽旧邦，其命维新。"
⑧ 蠲，除去。
⑨ 《左传·隐公五年》："君将纳民于轨物者也。"轨物，法度也，讲事以度轨量谓之轨，取材以章物采谓之物。

具立条式，使俭而获中！

庾信春赋 [①]

宜春苑[②]中春已归，披香殿[③]里作春衣。新年鸟声千种啭，二月杨花满路飞。河阳一县并是花[④]，金谷从来满园树[⑤]。一丛香草足碍人，数尺游丝即横路。

开上林[⑥]而竞入，拥河桥[⑦]而争渡。出丽华之金屋[⑧]，下飞燕之兰宫[⑨]。钗朵多而讶重，髻鬟高而畏风。眉将柳而争绿，面共桃而竞红。影来池里，花落衫中。

---

① 庾信，新野人，字子山，文章摛藻艳丽，与徐陵齐名，时称为徐庾体，梁元帝时，以左卫将军使西魏，被留不遣，周明帝、武帝并恩礼之，累迁骠骑大将军、开府仪同三司，世称庾开府。春赋，信仕南朝时为东宫学士之文也。
② 宜春苑，秦苑名，汉称东游苑，也称宜春下苑。
③ 披香殿，汉宫殿名。
④ 潘岳为河阳令，满县皆栽桃花。
⑤ 晋石崇有别馆在金谷。六朝小赋，每以五七言相杂成文，信始创类七言诗之体。
⑥ 上林，汉苑名，详见《司马相如上林赋》。
⑦ 河桥，在河南省孟州市南，晋杜预所造，常为兵争之地。
⑧ 东汉阴皇后，名丽华，有姿容。金屋，见《徐陵玉台新咏序》"汉帝金屋之中"注。
⑨ 赵皇后初入宫，大幸，有女弟，俱为婕妤，贵倾后宫。后立为后，女弟为昭仪，居昭阳舍，兰房椒壁。

陈及北朝文

苔始绿而藏鱼,麦才青而覆雉。吹箫弄玉①之台,鸣佩凌波②之水。移戚里③而家富,入新丰而酒美④。石榴聊泛⑤,蒲桃酸醅⑥。芙蓉玉碗,莲子金杯。新芽竹笋,细核杨梅。绿珠捧琴至⑦,文君送酒来⑧。

玉管初调,鸣弦暂抚,《阳春》《渌水》之曲⑨,对凤回鸾之舞,更炙笙簧⑩,还移筝柱⑪,月入歌扇⑫,

---

① 吹箫弄玉,见《徐陵玉台新咏序》"得吹箫于秦女"注。
② 凌波,曹植《洛神赋》:"凌波微步,罗袜生尘。"
③ 戚里,《汉书·石奋传》:"徙其家长安中戚里。"于上有姻戚者皆居之,故名。
④ 新丰,县名,故城在今陕西省西安市临潼区东北。太上皇不乐关中,思慕乡里,高祖徙丰沛屠儿、酤酒煮饼商人,立为新丰。
⑤ 石榴,顿孙国有安石榴,取汁停杯中,数日成美酒。
⑥ 蒲桃,即葡萄。西域有葡萄酒。酸,pō,再酿酒。醅,pēi,未过滤之酒。
⑦ 绿珠,晋石崇爱妾,美而艳,善吹笛。孙秀求之,崇不许,秀矫诏收崇,绿珠自投楼下而死。
⑧ 文君,卓文君。汉司马相如以琴心挑之,文君夜奔相如,俱之临邛,设酒舍,令文君当垆。
⑨ 《阳春》,高曲名。《渌水》,古诗名。
⑩ 炙,薰炙烘焙。簧,笙管中之金薄铄。笙簧必以高丽铜为之,艳以绿蜡,簧暖则字正而声清越,故必焙而后可。
⑪ 筝柱,筝长六尺,应律数,弦十有二,象四时,柱高三寸,象三才。
⑫ 月入歌扇,班婕妤《怨歌行》:"裁为合欢扇,团团似明月。"

花承节鼓①。协律都尉②，射雉中郎③，停车小苑，连骑长杨④。金鞍始被，柘弓⑤新张。拂尘看马埒⑥，分朋入射堂⑦。马是天池之龙种⑧，带乃荆山之玉梁⑨。艳锦安天鹿⑩，新绫织凤凰⑪。

三日曲水⑫向河津，日晚河边多解神⑬。树下流杯客⑭，沙头渡水人⑮。镂薄⑯窄衫袖，穿珠帖领巾。

---

① 夏加四足于大鼓谓之节鼓。
② 协律都尉，见《徐陵玉台新咏序》"弟兄协律"二句注。
③ 射雉中郎，晋潘岳有《射雉赋》，岳官太尉掾兼虎贲中郎将。
④ 长杨，汉宫名，在今陕西周至县东南，扬雄有《长杨赋》。
⑤ 柘弓，柘树枝长而劲，故以为弓。
⑥ 马埒，石虎于楼下开马埒射场。埒，liè。
⑦ 射堂，所以习射。
⑧ 陇西神马山，有泉，乃龙马所生。
⑨ 荆山，在今湖北省南漳县西，楚卞和得玉于此。北朝侯莫陈顺破赵青雀，西魏文帝解所服金缕玉梁带赐之。
⑩ 天鹿，兽名。言织成绫锦，上有鸟兽之纹。
⑪ 凤凰，凤凰锦也。
⑫ 三日曲水，晋武帝问三日曲水之义，束晳曰："昔周公成洛邑，因流水以泛酒；……又秦昭王以三日置酒河曲，见金人奉水心之剑，曰：'令君制有西夏。'乃霸诸侯，因此立为曲水。二汉相缘，皆有盛集。"颜延之有《三月三日曲水诗序》。
⑬ 解神，建筑竣事，谢土神也。
⑭ 三月三日，士民并为流觞曲水之饮，见《荆楚岁时记》。
⑮ 元日至月晦，人并为酺食渡水，士女悉湔裳酹酒于水湄，以为度厄。
⑯ 正月七日，剪彩或镂金薄为人以贴屏风，亦戴之头鬓，其俗起于晋代。

百丈山头日欲斜，三晡①未醉莫还家。池中水影悬胜镜②，屋里衣香不如花。

庾信枯树赋③

殷仲文④风流儒雅，海内知名。世异时移，出为东阳⑤太守。常忽忽不乐，顾庭槐而叹曰："此树婆娑，生意尽矣⑥！"至如白鹿贞松⑦，青牛文梓⑧，根柢盘魄⑨，山崖表里。桂何事而销亡⑩？桐何为而半死⑪？

---

① 晡，申时，三晡，盖申时之将尽也；又申时食曰餔，"晡"或"餔"字之误。
② 胜镜，言春水照人有如明镜也；镜，一作"锦"。
③ 《枯树赋》，信思乡之作也。信初至北方，文士多轻之，信示以此赋，于后无敢言者。
④ 殷仲文，晋陈郡人，累官新安太守，寻投桓玄，玄败归朝，自谓必当重位，乃由尚书迁东阳太守，意弥不平，义熙中，以谋反诛。
⑤ 东阳，郡名，地在今浙江省金华市。
⑥ 仲文至大司马府，府中有老槐树，顾之叹曰："此树婆娑，生意尽矣。"婆娑，舞貌。
⑦ 敦煌有白鹿塞，地多古松，白鹿栖息其下。
⑧ 秦文公伐雍州南山文梓木，有青牛出走丰水。
⑨ 盘魄，与"旁礴"同，广博、充塞之义。
⑩ 汉武帝悼李夫人辞："桂枝落而销亡。"
⑪ 枚乘《七发》："龙门之桐，高百尺而无枝，……其根半死半生。"

昔之三河徙植①，九畹②移根。开花建始之殿③，落实睢阳之园④。声含嶰谷⑤，曲抱《云门》⑥。将雏集凤⑦，比翼巢鸳⑧，临风亭而唳鹤⑨，对月峡而吟猿⑩。

乃有拳曲拥肿⑪，盘坳⑫反覆，熊彪顾盼，鱼龙起伏。节竖山连⑬，文横水蹙⑭，匠石⑮惊视，公输⑯眩

---

① 三河，河东、河南、河内。徙植，未详。
② 九畹，见《沈约梁武帝集序》"兰畹"注。
③ 建始殿，在洛阳，曹操所作。
④ 睢阳，郡、县名。故城在今河南省商丘市睢阳区。有梁孝王东苑，中有修竹园。
⑤ 嶰，xiè；嶰谷，昆仑之北谷也。黄帝使伶伦取竹嶰之谷。
⑥ 云门，乐名，黄帝所作。
⑦ 《步出夏门古辞》："凤凰鸣啾啾，一母将九雏。"集凤，言凤凰来集也，黄帝时凤集帝庭，食常竹实，栖常梧桐。
⑧ 宋王埋韩凭夫妻，宿昔梓生，有鸳鸯，雌雄各一。
⑨ 晋陆机河桥败，为卢志所谮，被诛。临刑，机叹曰："华亭鹤唳，岂可复闻乎。"华亭，地名，即今上海松江区，机故宅在其侧。
⑩ 《荆州记》载明月峡两岸连山，常有高猿长啸，峡在今重庆市巴南区境。
⑪ 《庄子·逍遥游》："吾有大树，人谓之樗。其大本拥肿而不中绳墨。其小枝卷曲而不中规矩。"拳曲，屈如拳也。拥肿，磊块不平。
⑫ 坳，ào；盘坳，盘曲。
⑬ 节，柱头栱也，刻镂为山。
⑭ 文横水蹙，言甫经雕镂之状。
⑮ 匠石，匠人名石也，见《刘峻广绝交论》"匠人辍成风之妙巧"句注。
⑯ 公输，见《王褒圣主得贤臣颂》"公输"注。

340

目。雕镌始就，刻劂①仍加：平鳞铲甲，落角摧牙；重重碎锦，片片真花；纷披草树，散乱烟霞②。

若夫松子、古度、平仲、君迁③，森梢④百顷，槎枿⑤千年。秦则大夫受职⑥，汉则将军坐焉⑦。莫不苔埋菌压，鸟剥虫穿。或低垂于霜露，或撼顿⑧于风烟。东海有白木之庙⑨，西河有枯桑之社⑩，北陆以杨叶为关⑪，南陵以梅根作冶⑫。小山则丛桂留人⑬，扶风则长

---

① 刻劂，曲刀也，用以雕刻者。
② 言巧匠得此树，穷致其工，雕成鱼龙、麒麟、牙兽之状，锦花、草树、烟霞之纹。
③ 松子、古度、平仲、君迁，皆木名，或谓"松子"系"松梓"之误，古度树不华而实，平仲实白如银，君迁之子如瓠形。
④ 森梢，垂貌。
⑤ 槎，chá，斜斫曰槎。枿，niè，斩而复生。
⑥ 秦始皇东封泰山，风雨骤至，避于松下，因封为五大夫。
⑦ 后汉冯异谦退不伐，值诸将争功，常独处大树下，军中号为"大树将军"。
⑧ 撼顿，摇动颠踬。
⑨ 东海，东至于海也。郑县东伍伯村有白榆连理树，士民奉为社，是即白木庙。
⑩ 西河，西至于河也。燕慕容皝于龙城植松为社。燕灭，大风拔之。后数年，社处有桑二根生焉。
⑪ 北陆，北方之地。杨叶关，未详。
⑫ 南陵，县名，今属安徽。江南有梅根及冶塘二冶，见《宋书·百官志上》。四句言四方有庙社关冶，皆以木得名者也。
⑬ 汉淮南王安好客，八公之徒，分造诗赋，或称小山，或称大山。有"桂树丛生兮山之幽"句。

松系马①。岂独城临细柳②之上，塞落桃林之下③。

若乃山河阻绝，飘零离别。拔本垂泪，伤根流血④。火入空心，膏流断节。横洞口而欹卧，顿山腰而半折。文斜者百围冰碎，理正者千寻瓦裂。载瘿衔瘤⑤，藏穿抱穴⑥。木魅睒睗⑦，山精⑧妖孽。

况复风云不感，羁旅无归，未能《采葛》⑨，还成食薇⑩。沉沦穷巷，芜没荆扉，既伤摇落，弥嗟变衰。《淮南子》云："木叶落，长年悲⑪。"斯之谓矣！乃为歌曰："建章三月火⑫，黄河千里槎⑬。若非

---

① 刘琨《扶风行》："系马长松下。"扶风，汉郡名，即右扶风。
② 细柳，见《司马相如上林赋》"细柳"注。
③ 自河南灵宝市以西至潼关，皆古桃林地，周武王克殷，放牛于此；春秋时，晋使詹嘉处瑕，守桃林之塞。
④ "若乃"以下喻己失国丧家流离异域，如木之拔本伤根。
⑤ 五岭之间多枫木，岁久则生瘤瘿，见《南方草木状》。瘿，木上隆起者。
⑥ 藏穿抱穴，言树老心空。
⑦ 睒睗，shǎnshì，光闪烁。
⑧ 山精，即山魈。
⑨ 《采葛》，诗篇名，喻小臣以事使出。此信自伤出使而被留。
⑩ 此信借夷、齐食薇事自伤屈节魏、周也。
⑪ 《淮南子》，书名，汉淮南王刘安著，书中有"桑叶落而长年悲"之句。
⑫ 此当指赤眉焚西京宫室事。
⑬ 汉武帝令张骞使大夏寻河源，乘槎经月而至。见《荆楚岁时纪》。

金谷满园树，即是河阳一县花①。"桓大司马②闻而叹曰："昔年移柳，依依汉南③；今看摇落，凄怆江潭。树犹如此，人何以堪④！"

庾信小园赋⑤

若夫一枝之上，巢父得安巢之所⑥；一壶之中，壶公有容身之地⑦。况乎管宁藜床，虽穿而可坐⑧；嵇康锻灶，既暖而堪眠⑨。岂必连闼⑩洞房，南阳樊重

---

① 二句见《庾信春赋》"河阳一县并是花"二句注。
② 桓大司马，桓温也，字元子，官至大司马。
③ 依依，柔弱貌。
④ 桓温北伐，见少时所植柳，皆已十围，慨然曰："木犹如此，人何以堪。"此赋首引仲文末引桓温，皆假以致意故，诸人不必同时也。
⑤ 《小园赋》，信伤其屈体魏、周，欲为隐居而不可得，以乡关之思，发为哀怨之辞。
⑥ 巢父居巢，见《孔稚珪北山移文》"巢父"注。
⑦ 壶公，仙人也，常悬一壶空屋上，日入之后，跳入壶中，人莫能见，惟费长房楼上见之，知非凡人也。
⑧ 管宁，字幼安，东汉末北海朱虚人，常坐一木榻，积五十年未尝箕踞，榻上当膝处皆穿。
⑨ 晋嵇康性好锻，宅中有一柳树，每夏月居其下以锻。锻，以金入火而椎之也。
⑩ 闼，宫门小者，连闼，谓门闼相连属。

之第①；绿墀青琐②，西汉王根之宅③。余有数亩弊庐，寂寞人外，聊以拟伏腊④，聊以避风霜。虽复晏婴近市，不求朝夕之利⑤；潘岳面城，且适闲居之乐⑥。况乃黄鹤戒露⑦，非有意于轮轩⑧；爰居避风⑨，本无情于钟鼓⑩。陆机则兄弟同居⑪，韩康则舅甥不别⑫。蜗角蚊

---

① 东汉樊重，南阳湖阳人，好货殖，其所起庐舍，皆有重堂高阁。南阳，郡名，地在今河南。
② 墀，chí，台阶及台阶上的地面。青琐者，刻为连环文而以青涂之也。
③ 汉王根，骄奢僭上，赤墀青琐。文起端言一枝一巢，犹可居处，己本羁旅之人，结庐容身而已，不必高堂大厦也。
④ 伏日在夏，腊日在冬，秦汉时令节，因正朔之不同，故曰拟。
⑤ 齐景公欲更晏婴之宅，婴辞，有"小人近市，朝夕得所求，小人之利"之语，见《左传·昭公三年》。
⑥ 潘岳《闲居赋》："背京沂伊，面郊后市。"
⑦ 黄鹤戒露，鹤性警，八月露降，滴草叶有声则鸣。
⑧ 春秋时卫懿公好鹤，鹤有乘轩者。此言懿公好鹤，故鹤乘轩，非黄鹤有意于轮轩也。
⑨ 爰居避风，海鸟曰爰居，止于鲁东门外三日，臧文仲使国人祀之。展禽知其避风而来，是岁，海多大风。见《国语·鲁语上》。
⑩ 言臧文仲不知，故祀爰居，爰居本无意于钟鼓。以上四句喻魏、周强欲已仕，己本无情于禄仕。
⑪ 陆机兄弟，陆机、陆云。蔡司徒在洛，见机兄弟住参佐廨中，三间瓦屋，云住东头，机住西头。见《世说新语·赏誉》。
⑫ 晋韩伯，字康伯，殷浩甥也，浩素赏爱之，随至徙所，经年还都，浩送至渚侧，因而泣下。见《晋书·殷浩传》。信时流寓长安，故云。

睫^①，又足相容者也。

尔乃窟室^②徘徊，聊同凿坯^③。桐间露落，柳下风来。琴号珠柱^④，书名《玉杯》^⑤。有棠梨而无馆，足酸枣而非台^⑥，犹得敧侧^⑦八九丈，纵横数十步，榆柳两三行，梨桃百余树。拨蒙密兮见窗，行敧斜兮得路。蝉有翳^⑧兮不惊，雉无罗^⑨兮何惧。

草树溷淆，枝格^⑩相交。山为篑^⑪覆，地有堂坳^⑫。

---

① 蜗，蜗牛。《庄子·则阳》："有国于蜗之左角者曰触氏，有国于蜗之右角者曰蛮氏，相与争地而战。"野人结圆舍，如蜗之壳，曰蜗舍。东海有虫，巢于蚊睫，再乳再飞，而蚊不为惊。见《晏子春秋》。
② 窟室，地室。晋孙登于山为窟居之。
③ 凿坯，见《扬雄解嘲》"坯"注。
④ 珠柱，琴名，琴有柱，以珠为之。
⑤ 《玉杯》，汉董仲舒说《春秋》事，有《玉杯》《繁露》等书。
⑥ 棠梨，馆名，在甘泉宫中，见扬雄《甘泉赋》。酸枣，县名，故城在今河南省延津县西南，西有韩王望气台，孙子荆故台，见《水经注·济水》。言园中但有梨枣，而无台馆。
⑦ 敧侧，不正。
⑧ 翳，遮蔽。
⑨ 罗，鸟罟。
⑩ 格，树高长枝也。言园中草树，随其所长，不加修葺。
⑪ 篑，土笼。《论语·子罕》："譬如平地，虽覆一篑，进，吾往也。"言为山也。
⑫ 地，一作"水"。《庄子·逍遥游》："覆杯水于坳堂之上，则芥为之舟。"言园之极小，任其自然而成山水。

藏狸并窟，乳鹊重[1]巢。连珠细菌[2]，长柄寒匏[3]，可以疗饥，可以栖迟。敧嵌[4]兮狭室，穿漏兮茅茨。檐直倚而妨帽，户平行而碍眉[5]。坐帐无鹤[6]，支床有龟[7]。鸟多闲暇，花随四时。心则历陵枯木[8]，发则睢阳乱丝[9]。非夏日而可畏[10]，异秋天而可悲[11]。

一寸二寸之鱼，三竿两竿之竹。云气荫于

---

[1] 重，一作"同"。
[2] 连珠细菌，言菌之细者，连缀如贯珠。
[3] 匏，壶卢，即葫芦。陆机初入洛，诣刘道真。刘尚在哀制中。性嗜酒，礼毕，初无他言，唯问："东吴有长柄壶卢，卿得种来否？"见《世说新语·简傲》。
[4] 敧嵌，同"崎岖"。
[5] 四句言园小而处所亦极狭陋。
[6] 介象，字元则，吴王征至武昌，诏令立宅供帐，后告言病，须臾便死，王埋葬之，以日中死，晡时已至建业，吏以表闻，发棺视之，惟一符耳，王思之，与立庙，时时往祭，常有白鹤来集座上，迟回复去。此言无仙术可归也。
[7] 南方老人，以龟支床足，后老人死，龟尚生。此喻己久居长安，若龟支床。
[8] 历陵，县名，汉属豫章郡，故城在今江西省九江市东。晋永嘉六年七月，豫章郡有樟树久枯，是月，忽更荣茂。
[9] 睢阳，故宋国。墨翟为宋人，尝见染素丝者而叹，故云睢阳乱丝。言园中虽有花鸟可乐，而己心灰发白。
[10] 夏日可畏，比喻人之作风严厉不易亲近。见《左传·文公七年》。
[11] 宋玉有"悲哉秋之为气也"之句。言心中只有畏悲，而无乐趣。

陈及北朝文

丛蓍①,金精养于秋菊②。枣酸梨酢③,桃榹李薁④。落叶半床,狂花满屋⑤。名为野人之家⑥,是谓愚公之谷⑦。试⑧偃息于茂林,乃久羡于抽簪⑨。虽有门而长闭,实无水而恒沉⑩。三春负锄相识⑪,五月披裘见寻⑫。问葛洪之药性⑬,访京房之卜林⑭。草无忘忧之

---

① 蓍,shī,筮草也。蓍生满茎者,其上必有云气覆之。见《史记·龟策列传》。
② 甘菊九月上寅日采,名曰金精。
③ 枣酸,枣之变种。酢,"醋"之本字;梨酢,梨之有酸味者。
④ 榹,sī,似桃而小。薁,yù,山李也。
⑤ 狂花,花不以时而开者。以上言园中草木繁茂。
⑥ 野人之家,见《后汉书·逸民列传》之"汉阴老父传"。
⑦ 愚公之谷,谷名,在今山东省淄博市临淄区西,见汉刘向《说苑·政理》。
⑧ 试,一作"诚"。
⑨ 抽簪,谓弃官也,发无簪则散。
⑩ 人中隐者,譬无水而沉也,见《庄子·则阳》篇注。言己虽显达,实志在隐遁。
⑪ 魏林类年百岁,底春披裘拾遗穗,且歌且进,孔子遇之,以为可与言。参见《高士传》。
⑫ 延陵季子出游,见道中有遗金,有披裘采薪者,季子顾令取之,披裘者怫然曰:"五月披裘而负薪,岂拾金者哉!"季子惊谢,问其姓名,披裘者曰:"吾子皮相之士,何足语姓名也。"
⑬ 葛洪,晋句容人,字稚川,著《抱朴子》,其内篇言神仙、方药等事。
⑭ 京房,汉顿丘人,字君明,治《易》甚精,著有《周易集林》。

意①,花无长乐之心②。鸟何事而逐酒③?鱼何情而听琴④?

加以寒暑异令,乖违德性⑤,崔骃以不乐损年⑥,吴质以长愁养病⑦。镇宅神以薶石⑧,厌山精而照镜⑨。屡动庄舄之吟⑩,几行魏颗之命⑪。薄晚闲闺,老幼相

---

① 草,萱草,一名忘忧草。
② 花,紫华,一名长乐花。信即景伤怀,视园中花草皆含忧。
③ 海鸟止于鲁郊,鲁侯御而觞之于庙,鸟眩视悲忧,不饮,三日而死。参见《庄子·至乐》。
④ 伯牙鼓琴,渊鱼出听,参见《韩诗外传》。二句言己如鱼鸟,失其故性,非所乐也。
⑤ 自此以下八句,言己之忧郁。
⑥ 崔骃,东汉安平人,字亭伯,窦宪辟为掾,宪擅权骄恣,骃数谏之,宪不能容,出为长岑长,骃以远出,不得意,不之官而归,卒于家。
⑦ 魏吴质见友于曹丕,大疫,知友皆死,质与丕书,有"白发生鬓,所虑日深"之语。
⑧ 薶,同"埋"。十二月暮日,掘宅四角,各埋一大石,谓可镇宅。见《荆楚岁时纪》。
⑨ 厌,禳也。万物之老者,其精能假托人形,惟不能于镜中易其真形,古之入山道士,皆以明镜悬于背后,则老魅不敢近人,见《抱朴子·登涉》。
⑩ 庄舄,事见《王粲登楼赋》"庄舄显而越吟"句注。
⑪ 魏颗,事见《李密陈情表》"结草"注。此言己思故国,至于昏疾。

陈及北朝文

携①,蓬头王霸之子②,椎髻梁鸿之妻③。爨麦两瓮,寒菜一畦④。风骚骚而树急⑤,天惨惨而云低。聚空仓而雀噪⑥,惊懒妇而蝉嘶⑦。昔草滥于吹嘘⑧,借《文言》之庆余⑨。门有通德⑩,家承赐书⑪。或陪玄武之观⑫,时

---

① 此下十句,言全家入长安。
② 后汉王霸,光武时连征不仕,妻亦美志行,初霸与同郡令狐子伯为友,后子伯为楚相,令子奉书于霸,车马服从,雍容如也,霸子时方耕于野,闻宾至,投耒而归,见令狐子,沮怍不能仰视,霸以子蓬头不知礼为愧。事见《后汉书·王霸妻传》。
③ 后汉梁鸿娶同县孟氏女,始以装饰入门,七日而鸿不答,乃更为椎髻,着布衣,操作而前。鸿喜曰:"此真梁鸿妻也。"事见《后汉书·梁鸿传》。椎髻,一撮之髻,其形似椎也。
④ 一畦,一区也。
⑤ 风,一作"树"。骚骚,风动貌。树,一作"风"。
⑥ 汉苏伯玉妻《盘中诗》:"空仓雀,常苦饥。"
⑦ 促织鸣,懒妇惊,非蝉而云蝉嘶,以其鸣声相似也;一说,"蝉"疑作"蛩"。
⑧ 草滥,谓以草莽而滥居吹竽之列,以膺禄位也;一说,"草"疑作"早"。吹嘘,相佐助也。此下言仕梁。
⑨ 借,凭借也。言仕梁承先世之德,《易·乾卦·文言》:"积善之家,必有余庆。"信初仕梁,父子出入禁闼。
⑩ 孔融告高密县为郑玄广开门衢,令容高车,号为通德门。
⑪ 汉班彪与仲兄嗣共游学,家有赐书。
⑫ 玄武观,玄武湖之亭观也,湖在江苏省南京市太平门外,梁筑园亭其上,名玄圃。

参凤凰之墟①。观受釐于宣室②，赋长杨于直庐③。

遂乃山崩川竭④，冰碎瓦裂⑤，大盗潜移⑥，长离⑦永灭。摧直辔于三危⑧，碎平途于九折⑨，荆轲有寒水之悲⑩，苏武有秋风之别⑪。关山则风月凄怆⑫，陇水则肝肠断绝⑬。龟言此地之寒⑭，鹤讶今年之雪⑮。百龄兮

---

① 梁时建康有凤凰台。
② 汉文帝思贾谊，征之，至，入则上方受釐，坐宣室上。釐，xī，祭余肉也。宣室，汉斋宫。
③ 长杨，见《庾信春赋》"长杨"注。直庐，直宿所止处也。
④ 山崩川竭，亡之征也。见《国语·周语上》。
⑤ 冰碎瓦裂，言破碎不全。
⑥ 大盗潜移，言梁武帝太清二年侯景之乱。
⑦ 长离，凤也，指梁武子孙；一说，星名。
⑧ 三危，山名，所在地各书不同。
⑨ 九折，坂名，在今四川省荥经县西邛崃山，山路艰险，登者九折乃得上，汉王阳至此回车，王尊叱驭于此。
⑩ 燕太子丹遣荆轲入秦刺秦王，丹饯之易水上，轲友高渐离歌曰："风萧萧兮易水寒，壮士一去兮不复还。"
⑪ 汉苏武使匈奴，匈奴欲降之，留不遣。李陵降匈奴，往顾之，临别与诗曰："欲因晨风发，送子以贱躯。"二句喻己出聘西魏而被留也。
⑫ 古乐府有《关山月》，伤别离也。
⑬ 陇水，在今陕西省陇县西。《陇头歌辞》："陇头流水，鸣声幽咽，遥望秦川，肝肠断绝。"二句言在西魏时有乡关之思也。
⑭ 苻坚建元十二年，得大龟凡二尺六寸，背纹负八卦古字，坚以石为池，养之，十六年而死，取其骨以问吉凶，名为客龟。大卜佐高虏梦客龟言："我将归江南，不遇，死于秦。"事见《水经注》。此信言思归江南，不欲如龟客死也。
⑮ 晋太康二年冬大雪，南洲人，见二鹤语于桥下曰："今兹寒不减尧崩年也。"言梁元帝为魏人所杀若尧崩也。

倏忽，光华①兮已晚。不雪雁门之踦②，先念鸿陆之远③。非淮海兮可变④，非金丹兮能转⑤。不暴骨于龙门⑥，终低头于马坂⑦。谅天造兮昧昧⑧，嗟生民兮浑浑⑨。

庾信哀江南赋⑩并序

粤以戊辰之年⑪，建亥之月⑫，大盗移国⑬，金陵瓦

---

① 光华，年华。
② 雪，除也，洗也。汉段会宗为都护，谷永予书戒曰："愿吾子因循旧贯，毋求奇功，终更亟还，亦足以复雁门之踦。"踦，qī，只也。
③ 《周易·渐卦》："鸿渐于陆，夫征不复。"言己远征不复也。
④ 雀入于水为蛤，雉入于水为蜃。郭璞《游仙诗》："淮海变微禽。"此言己屈节事人，非如雀雉入淮海之能变。
⑤ "九转内神，鼎中金丹，有一转至九转之法。"此自伤非如金丹之能转也。见《庾子山集注》倪璠注。
⑥ 暴，同"曝"。骨，一作"腮"。龙门山在河东界，鱼登者化为龙，不登者点额暴腮而返。
⑦ 骐骥驾盐车上于虞坂，迁延负辕而不能进，遇伯乐，仰天而鸣，以伯乐之知己也。见《太平寰宇记》。二语喻己不能死节致罹此辱。
⑧ 《周易·屯卦》："天造草昧。"天造，犹言天运。此言天道昧昧不可问。
⑨ 浑浑，言安于不识不知。
⑩ 《哀江南赋》，哀梁亡也。信在北朝虽位望通显，常作乡关之思，故作此以致意。《楚辞·招魂》："魂兮归来哀江南。"
⑪ 粤，发语辞。戊辰之年，梁武帝太清二年。
⑫ 建亥之月，十月。
⑬ 大盗移国，谓侯景为乱。景于太清二年八月反，十月兵至京城。

解①。余乃窜身荒谷②，公私涂炭③。华阳奔命，有去无归④。中兴道销，穷于甲戌⑤。三日哭于都亭⑥，三年囚于别馆⑦。天道周星⑧，物极不反。傅燮之但悲身世，无处求生⑨；袁安之每念王室，自然流涕。⑩

昔桓君山之志事⑪，杜元凯之平生⑫，并有著书，

① 金陵，战国楚邑，今江苏省南京市，梁都城。
② 台城既陷，信奔江陵。荒谷，楚地。
③ 言己去后，公室私门，皆遭其害。
④ 华阳，地名，为商州，有华阳川，即古阳华薮，山薮并在华山之阳，指南郡江陵也。言梁元帝承圣三年，被使西魏，而江陵陷，遂留北不归。
⑤ 元帝平侯景，势成中兴，而西魏兵至，陷江陵，杀帝，时承圣三年，被使西魏，岁在甲戌也。
⑥ 都亭，都会之亭。蜀汉罗宪守永安城，知后主降，率所部临于都亭三日。
⑦ 别馆，别一馆舍也。春秋时，晋执鲁叔孙婼。见《左传·昭公二十三年》。此言江陵之陷，己方奉使，为敌所执，遥临国亡也。
⑧ 岁星十二岁为一周。
⑨ 傅燮，东汉灵州人，字南容，为汉阳太守，贼王国、韩遂等围之，兵少粮尽，燮以为世乱不能养浩然之志，食禄又焉避难，慷慨进兵，临阵战殁。
⑩ 袁安，东汉汝阳人，官司徒，以天子幼弱，外戚擅权，每进见及与公卿言国家事，未尝不呜咽流涕。岁星既周，极者宜反，而元帝败后竟不能复，则但有身世王室之悲矣。此段叙作赋之由。
⑪ 东汉桓谭，字君山，著有《新论》。事，一作"士"。
⑫ 晋杜预，字元凯，伐吴，平之，功成之后，著《春秋左传集解》，自序有曰："在官则勤于吏治，在家则滋味典籍。"

陈及北朝文

咸能自序,潘岳之文采,始述家风[1];陆机之辞赋,先陈世德[2]。信年始二毛[3],即逢丧乱,藐是[4]流离,至于暮齿。《燕歌》远别,悲不自胜[5];楚老[6]相逢,泣将何及!畏南山之雨[7],忽践秦庭[8];让东海之滨,遂餐周粟[9]。下亭漂泊[10],高桥羁旅[11]。楚歌非取乐之方[12],鲁酒无忘忧之用[13]。追为此赋,聊以纪言,不无

---

[1] 潘岳有《家风诗》。
[2] 陆机有《祖德》《述先》二赋。
[3] 二毛,毛发有白色者,指半老之人。
[4] 藐是,一作"狼狈"。
[5] 王褒作《燕歌》,元帝及诸文士和之,竞为凄切,及元帝出降,验焉。信集中亦有此作。
[6] 楚老,彭城之隐人。信本楚人,故引之。
[7] 南山有玄豹,雾雨七日而不下食,欲以泽其毛而成文章。见《列女传·陶荅子妻》。
[8] 吴伐楚及郢,申包胥如秦乞师,立依于庭墙而哭,勺饮不入口七日,秦师乃出。事见《左传·定公四年》。
[9] 让东海之滨,指魏、周受禅也,盖用田和迁齐康公于海上事,云让者,微辞也。此言己先事魏,后又仕周,特借用夷、齐之典耳。
[10] 后汉孔嵩辟公府,之京师,道宿下亭,盗共窃其马。
[11] 高桥,一作"皋桥",在今苏州城西北阊门外,东汉梁鸿曾依皋伯通居于此。
[12] 汉高祖谓戚夫人曰:"为我楚辞,吾为若楚歌。"
[13] 鲁酒,鲁国之酒。楚会诸侯,鲁尝献之楚王,详见《庄子·胠箧》篇注。汉东方朔有"销忧者莫若酒"之语。

危苦之辞，惟以悲哀为主。①

日暮途远②，人间何世③！将军一去，大树飘零④；壮士不还，寒风萧瑟⑤。荆璧睨柱，受连城而见欺⑥；载书横阶，捧珠盘而不定⑦。钟仪君子，入就南冠之囚⑧；季孙行人，留守西河之馆⑨。申包胥之顿地，碎之以首⑩；蔡威公之泪尽，加之以血⑪。钓台移

---

① 此段言己遭乱，不能无言愁之作。
② 日暮途远，楚伍子胥语，穷无所归之意。
③ 《庄子》有《人间世》篇，言世变之多故。
④ 此冯异事，见《庾信枯树赋》"汉则将军坐焉"注。
⑤ 此荆轲事，见《庾信小园赋》"荆轲有寒水之悲"注。
⑥ 荆璧，卞和璧，本楚物，故称。此蔺相如完璧归赵事，见《史记·廉颇蔺相如列传》。言相如奉使不辱，己乃为魏所欺。
⑦ 载书，盟书。珠盘，珠饰之盘，以盛牛，盟会用之。毛遂从平原君入楚，定纵而还。见《史记·平原君传》。此言己聘西魏，反遭其兵，是纵不定也。
⑧ 钟仪，春秋楚人，为晋所囚，冠南冠，乐操南音，范文子称为君子，见《左传·成公九年》。
⑨ 晋执季孙，将馆之西河，事见《左传·昭公十三年》。此言己遂留长安也。
⑩ 秦既允出师，申包胥乃九顿首而坐。
⑪ 下蔡威公闭门而泣，三日三夜，泣尽而继之以血，曰："吾国且亡。"见《说苑·权谋》。此言己在魏见国亡难救也。

柳，非玉关之可望①；华亭鹤唳，岂河桥之可闻！②

　　孙策以天下为三分，众才一旅③；项籍用江东之子弟，人惟八千④。遂乃分裂山河，宰割天下。岂有百万义师，一朝卷甲，芟夷斩伐，如草木焉⑤？江淮无涯岸之阻，亭壁无藩篱之固⑥。头会箕敛者，合从缔交⑦；锄櫌棘矜者，因利乘便⑧。将非江表王气，终于三百年乎⑨？是知并吞六合⑩，不免轵道之灾⑪；

---

① 晋陶侃镇武昌，尝课诸营种柳；又侃尝整阵于钓台。玉关，玉门关也，在今甘肃敦煌市西，班超所谓但愿生入玉门关者也。
② 见《庾信枯树赋》"临风亭而唳鹤"注。河桥，见《庾信春赋》"河桥"注。言钓台柳非成玉关者能望，华亭鹤非败河桥者可闻。此段言己奉使被留。
③ 魏、蜀、吴三分天下，开吴业者孙策也，其初起时，兵一旅耳。五百人为旅。
④ 楚霸王项籍渡江而西，灭秦，与汉争天下，其渡江时，惟率江东子弟八千人。
⑤ 侯景破建业，西魏亡江陵，梁兵百万，绝无用处。此两痛之也。
⑥ 二语言梁亡之易。
⑦ 《史记·陈馀传》："头会箕敛，以供军费。"言家家人头数出谷，以箕敛之。合从缔交。
⑧ 锄櫌棘矜，因利乘便，此二语指陈霸先以布衣起兵受梁禅也。
⑨ 江表，谓江之外，即江南也。自孙权都建业，至梁敬帝太平二年，共二百九十二年，云三百，举成数也。
⑩ 六合，见《贾谊过秦论》"六合"注。
⑪ 轵道，在今陕西省西安市东北，汉高祖入秦，秦王子婴降轵道旁。

混一车书①，无救平阳之祸②。呜呼！山岳崩颓，既履危亡之运；春秋迭代，必有去故之悲。天意人事，可以凄怆伤心者矣！③

况复舟楫路穷，星汉非乘槎可上④；风飙道阻，蓬莱无可到之期⑤。穷者欲达其言，劳者须歌其事。陆士衡闻而抚掌⑥，是所甘心；张平子见而陋之⑦，固其宜矣。

我之掌庾承周⑧，以世功而为族；经邦佐汉，用

---

① 《礼记·中庸》："车同轨，书同文。"言天下一统也。
② 平阳，县名，山西省临汾市尧都区。晋永嘉五年，刘聪迁怀帝于平阳，建兴四年，刘曜送愍帝于平阳，皆遇害。此言台城之祸，拟于平阳，江陵出降，符于轵道也。
③ 以上痛梁亡。
④ 天河与海通，年年八月，有浮槎去来不失期，有好奇者，赍粮乘槎而去，初犹见星辰日月，后茫茫不觉昼夜。奄至一处，遥望宫中，多织妇，一丈夫牵牛饮于渚。此人归后，至蜀问严君平，彼为何地，君平言某年月日有客星犯牵牛，计之，正此人到彼地时也，盖其人所到处为星汉中焉。见《博物志》。
⑤ 蓬莱、方丈、瀛洲为海中三神山，自战国齐、燕诸王及汉武帝皆使人求之，终莫能至云。
⑥ 陆机初入洛，拟作《三都赋》，闻左思作之，抚掌大笑，及左赋出，不觉自失而辍笔。
⑦ 张平子，东汉张衡。班固作《两都赋》，平子薄而陋之，因更造焉。此段言己不得东归而作赋。自首至此为序文。
⑧ 庾氏得姓之先，为周掌庾大夫，庾，仓廪也，在邑曰仓，在野曰庾。

陈及北朝文

论道而当官①。禀嵩华之玉石,润河洛之波澜②。居负洛而重世③,邑临河④而晏安。逮永嘉之艰虞,始中原之乏主⑤。民枕倚于墙壁,路交横于豺虎。值五马之南奔⑥,逢三星之东聚⑦。彼凌江而建国⑧,始播迁于吾祖⑨。分南阳而赐田⑩,裂东岳而胙土⑪。诛茅宋玉之宅⑫,穿径临江之府⑬。水木交运⑭,山川崩

---

① 庾氏在汉无显者,惟东汉隐逸庾乘子孙为鄢陵著姓。
② 禀嵩华二句,叙颍川、鄢陵之地,在汉、晋时庾氏世居于此,代有名人也。
③ 言庾氏本鄢陵人,鄢陵属颍川,在洛阳东南,洛阳在北,故云负洛重世,犹再世也。
④ 临河,言再世之后,分徙新野,又临河也。河,指清水。
⑤ 中原之乏主,言怀、愍二帝皆遇害。
⑥ 晋惠帝时,童谣云:"五马浮渡江,一马化为龙。"后琅琊、汝南、西阳、南顿、彭城五王同至江东,琅琊即帝位为元帝。
⑦ 永嘉六年,荧惑、岁星、太白聚牛女之间,占曰:"牛女扬分。"后两都倾覆,而元帝中兴扬土。
⑧ 凌江建国,谓元帝都建康。
⑨ 吾祖,谓庾滔,为信八世祖。元帝渡江,滔始徙居江陵。
⑩ 南阳,春秋晋地,即今河南省获嘉县。此言滔封遂昌侯也。
⑪ 东岳,泰山也。《左传·隐公八年》:"胙之土而命之氏。"胙,报也。校订者按:胙,zuò,胙训报者,谓帝王将土地赐封功臣宗室,以酬报其勋劳。
⑫ 诛茅,诛锄草茅也。宋玉宅,在湖北省江陵县城北,庾滔徙江陵居此。
⑬ 汉立敖为临江王,都江陵。
⑭ 水木交运,谓南朝宋以水德王,南朝齐以木德王也。

357

竭①。家有直道，人多全节②，训子见于纯深，事君彰于义烈③。新野④有生祠之庙，河南有胡书之碣。⑤

况乃少微真人，天山逸民⑥。阶庭空谷，门巷蒲轮⑦。移谈讲树⑧，就简书筠⑨。降生世德，载诞贞臣⑩。文词高于甲观⑪，楷模盛于漳滨⑫。嗟有道而无凤⑬，叹

---

① 山川崩竭，见《庾信小园赋》"山崩川竭"注。
② 言自远祖滔至于高、曾，当宋、齐兴亡之际，家多直道全节之人。
③ 二句言世传忠孝。
④ 新野，县名，今属河南省。
⑤ 胡书，科斗文也。信远代居鄢陵（今属河南省），后徙新野，及滔徙江陵，史传谓信新野人，称其本也，二语历叙庾氏世有生祠、碑碣。此段叙世德。
⑥ 少微，星名，一名处士星。《易·遯卦》："天下有山，遯。"逸民，见《论语·微子》。二句言信祖庾易志性恬静，不交外物。
⑦ 蒲轮，以蒲裹轮，取其安也。此言齐永明三年，曾以蒲车束帛征易也。
⑧ 移谈讲树，冀州裴使君召管辂为文学从事，一见，清谈终日，时大热，移床于庭前树下，向晨乃出。
⑨ 就简书筠，晋代徐伯珍少孤贫，学书无纸，因以竹叶箭箨代之。
⑩ 贞臣，信父肩吾，肩吾不受贼职，潜奔江陵，故称。
⑪ 甲观，太子宫。言庾肩吾为东宫通事舍人，累官太子率更令也。
⑫ 漳滨，漳水之滨。漳水出湖北省南漳县，合沮水径江陵县入江，肩吾家于江陵，又尝为湘东王录事咨议参军，故云漳滨。
⑬ 有道而无凤，伤梁之乱世。

陈及北朝文

非时而有麟①。既奸回之奰逆,终不悦于仁人②。

　　王子滨洛之岁③,兰成射策之年④。始含香于建礼⑤,仍矫翼于崇贤⑥。游渐雷之讲肆⑦,齿明离之胄

---

① 鲁哀公十四年,西狩获麟,孔子伤其出不以时。
② 奸回,指侯景党宋子仙也。奰,bì;奰逆,蓄愤为乱。逆,一作"匿"。侯景矫诏,使肩吾出喻诸不顺者,肩吾因东道,子仙购得之,幸得释,间道奔江陵,此段叙祖、父。
③ 王子,周灵王太子晋也。晋好吹笙,作凤鸣,游伊洛间,晋叔誉聘于周,与之言,不能胜,还告平公,言太子年十五而弗能与言,谓公事之。滨洛之岁,十五岁也。
④ 兰成,信小字。射策,应试者对考试之策问也,汉武帝立五经博士,开弟子员,设科射策:中甲科,补郎中;中乙科,为太子舍人;丙科补文学掌故。此言昔日王子滨洛之岁,乃今兰成射策之年也。或谓"兰成"句亦为十五岁之故事,无以小字与古人作对之理,庚文言一事常以两故实出之云;然"兰成"为何典,无所考。
⑤ 汉桓帝时,侍中刁存口臭,上出鸡舌香与含之,故"含香"为尚书郎之典。建礼,门名,汉尚书郎主作文书起草,昼夜更直于建礼门。信解褐,授安南府参军,寻转尚书度支郎。
⑥ 矫翼,谓登仕途,渐显迹也。崇贤,太子门。信为度支郎,旋聘于东魏,还为东宫学士,自抄撰学士在东宫,还复为东宫,故云"仍"也。信年十五为东宫讲读,故前用十五岁之典作拟。
⑦ 《易·震卦》:"渐雷震。"渐,jiàn,重、再也,因仍也,雷相因仍,乃为威震,震为长子,指太子。肆,音肄;讲肆,即讲习。

筵①。既倾蠡而酌海，遂测管而窥天②。方塘水白，钓渚池圆。侍戎韬于武帐③，听雅曲于文弦④。乃解悬而通籍⑤，遂崇文而会武⑥。居笠毂而掌兵⑦，出兰池而典午⑧。论兵于江汉之君⑨，拭玉于西河之主⑩。

于时⑪朝野欢娱，池台钟鼓。里为冠盖⑫，门成

---

① 《易·离卦》："明两作离。"离为日，日为明，今有上下两体，故云。胄，长也。胄筵，太子之讲筵。太子入学，以年大小为次，不以天子之子为上，故用齿字。
② 二句见《东方朔答客难》"以管窥天"三句注。
③ 兵事总谓之戎。韬，剑衣也。武帐，置兵，阑五兵于帐中。
④ 雅，正也，梁诸乐多以雅名曲。琴本宫、商、角、徵、羽五弦，周文王增二弦，曰少宫、少商，故借用"文弦"二字。
⑤ 《汉书·陈汤传》刘向疏曰："宜以时解悬通籍，除过勿治，尊宠爵位，以劝有功。"
⑥ 信又为东宫领直，青宫兵马，并受节度，盖任兼文武。
⑦ 兵车无盖，边人执笠依毂而立，以御寒暑，名曰笠毂，见《左传·宣公四年》。
⑧ 兰池，汉宫名。典午，司马也，午属马，晋姓司马，故以典午为隐谜，而司马为掌兵官，故借用"典午"二字，意为掌兵。
⑨ 江汉之君，指元帝为湘东王时，湘东在江陵，乃楚地，故曰江汉。信尝与元帝论中流水战事。
⑩ 西河之主，谓东魏也，西河故魏地，亦借用字。拭玉，显名之意。信使东魏，与其国人士接对，颇为所称。此段自叙仕梁之声望。
⑪ 于时，梁承平时。
⑫ 里为冠盖，言其多富贵也。宜城县（今湖北省宜城市）有太山，山下有庙，汉末多士，朱轩华盖，同会庙下，荆州刺史行部见之，叹其盛况，号曰冠盖里，见《水经注》。

邹鲁[1]。连茂苑于海陵[2]，跨横塘于江浦[3]。东门则鞭石成桥[4]，南极则铸铜为柱[5]。橘则园植万株，竹则家封千户[6]。西赆浮玉[7]，南琛没羽[8]。吴歈越吟[9]，荆艳楚舞[10]。草木之遇阳春，鱼龙之逢风雨。五十年中，江表无事[11]。王歙为和亲之侯[12]，班超为定远之使[13]。马武

---

[1] 邹鲁多大儒，门成邹鲁，言其多文学也。
[2] 茂苑，繁茂之林苑。海陵，县名，今江苏省泰州市姜堰区。此喻天监中立建兴苑于秣陵之建兴里。
[3] 横塘，在今江苏省南京市西南，缘江筑堤，故称。此喻天监九年缘淮作塘。
[4] 东门，言梁地东至于海也。秦始皇作石横桥于海上，欲过海观日出处，有神人驱石下海，石去不速，神人鞭之，皆流血，见《述异记》。
[5] 南极，南方极远处，谓交趾也。后汉马援征交趾，立铜柱，以为汉之极界。
[6] 蜀汉江陵千树橘，渭川千亩竹，此其人与千户侯等，见《汉书·货殖传》。
[7] 赆，jìn，货以将意，谓外夷之入贡也。西海之西有浮玉山，见《拾遗记》。
[8] 没羽，尧时，僬侥氏贡没羽，见《竹书纪年》。僬侥在南方。二语叙梁全盛时期，远方皆入贡。
[9] 吴歌为歈。越吟，庄舄故事，见王粲《登楼赋》注。
[10] 吴、越、荆、楚，皆梁地，言其太平歌舞。
[11] 梁兴四十七年，境内无事，人民不见兵甲，此云五十年，举成数。
[12] 王歙，王昭君兄子，为和亲侯，王莽遣往匈奴。
[13] 班超，字仲升，扶风平陵人，使西域，通三十六国，后汉和帝永元七年，封定远侯。

无预于甲兵^①，冯唐不论于将帅。^②

岂知山岳闇然，江湖潜沸^③。渔阳有闬左戍卒^④，离石有将兵都尉^⑤。天子方删《诗》《书》，定《礼》《乐》^⑥，设重云之讲^⑦，开士林之学^⑧，谈劫烬之灰飞^⑨，辨常星之夜落^⑩。地平鱼齿^⑪，城危兽角^⑫。卧刁斗于荥

---

① 马武，后汉湖阳人，光武时，上言欲击匈奴，光武不许，自是诸将莫敢言兵事。
② 冯唐，汉安陵人，文帝顾问之，与论将帅。四句言南北通好，不事干戈；盖天监后，梁每举兵侵魏，及魏分东西，东魏和梁，西魏亦不闻边警。以上述梁承平之盛。
③ 言梁狃于太平，祸机潜伏，侯景之乱将起。
④ 渔阳，秦郡，地在今北京市密云区西南。闬左，闬左之居民也。秦二世元年，发闬左戍渔阳九百人，陈胜为戍长，因以起兵，见《汉书·陈胜传》。侯景起家为北镇戍兵，此借胜事指之。
⑤ 离石，县名，在今山西省吕梁市离石区。刘渊为离石之将兵都尉。侯景受高欢命，拥兵十万，专制河南，此即指之。
⑥ 天子，谓梁武帝。武帝著《毛诗问答》《尚书大义》《乐社义》等书，何佟之等撰《五礼》千余卷，帝称制断疑焉。
⑦ 重云，殿名，武帝于重云殿讲说，僧学听众万余人。
⑧ 士林，馆名。武帝开士林馆以延学士。
⑨ 汉武帝凿昆明池，极深，无土，皆为灰墨。至后汉明帝时，有西域道人来中国，或以问之，道人言天地将尽则劫烧，此劫烧之余也，见《搜神记》。
⑩ 常星，即恒星。其星常见。春秋鲁庄公七年，四月八日，夜明，恒星不见，佛从左胁坠地生。二语言武帝溺情释教。
⑪ 鱼齿，山名，在今河南省平顶山市西南，春秋时楚师伐郑，涉于鱼齿之下，见《左传·襄公十八年》。
⑫ 二语言梁不能完城郭以为保守计。

陈及北朝文

阳①,绊龙媒于平乐②。宰衡以干戈为儿戏③,搢绅以清谈④为庙略。乘渍水以胶船⑤,驭奔驹以朽索⑥。小人则将及水火,君子则方成猿鹤⑦。敝箅不能救盐池之咸⑧,阿胶不能止黄河之浊⑨。既而鲂鱼赬尾⑩,四郊多垒⑪。殿狎江鸥,宫鸣野雉⑫。湛卢去国⑬,艅

---

① 刁斗,兵营所用,以铜为之,昼炊饭,夜击持行,荥阳库中曾有之,汉李广治兵有恩,不击刁斗以自卫。荥阳,今河南省荥阳市。
② 龙媒,马名。平乐,馆名。东汉明帝至长安,取飞廉并铜马置之西门外,为平乐馆。二语言其不整武备。
③ 宰衡,宰辅也,汉王莽曾有此号。此指朱异劝武帝侯景之降,时梁、魏方和,景叛魏来降,不宜轻许,以生邻怨。
④ 清谈,见《范甯罪王何论》篇名注。
⑤ 渍水,疑作"积水";一作"溃水"。胶船,周昭王事,昭王南征,济于汉,船人以胶船进,中流胶解船散,王没于水。
⑥ 《尚书·五子之歌》:"予临兆民,凛乎若朽索之驭六马。"二语极言其危。
⑦ 周穆王南征,一军尽化,君子为猿鹤,小人为虫沙,见《抱朴子》。
⑧ 箅,bì,竹器,以蔽甑底,能淡盐味,以盐多着其上。
⑨ 山东省东阿县有井,以其水煮胶,名阿胶。
⑩ 《诗经·周南·汝坟》:"鲂鱼赬尾,王室如毁。"赬,赤也。鱼劳则尾赤。
⑪ 垒,军壁,数见侵伐则多垒。《礼记·曲礼》:"四郊多垒,此卿大夫之辱也。"
⑫ 二语言妖异迭见,为亡国之征。
⑬ 湛卢,宝剑名。此剑本为吴有,楚昭王卧而得之于床,问于风胡子,风胡子言吴王无道,杀君谋楚,故湛卢去国。

艅艎失水①。见被发于伊川，知百年而为戎矣！②

彼奸逆之炽盛，久游魂而放命③。大则有鲸有鲵④，小则为枭为獍⑤。负其牛羊之力，凶其水草之性⑥。非玉烛之能调⑦，岂璇玑之可正⑧。值天下之无为，尚有欲于羁縻⑨。饮其琉璃之酒，赏其虎豹之皮⑩。见胡柯于大夏⑪，识鸟卵于条枝⑫。豺牙密厉，虺毒潜

---

① 艅艎，舟名。楚败吴师，获其乘舟艅艎。
② 周平王东迁，辛有适伊川，见被发而祭于野者，曰："不及百年，此其戎乎，其礼先亡矣。"至鲁僖公二十三年，秦、晋果迁陆浑之戎于伊川。伊川，伊河所经地，在今河南境。二语言侯景将来也。此段言祸将作而梁君臣犹忽于武备。
③ 奸逆，谓侯景。景少而不羁，先事魏尔朱荣，荣败，归东魏高欢，又欲事魏宇文泰，后又归梁，故言其游魂放命，反覆无常之意。
④ 鲸鲵，喻不义之人，吞食小国。
⑤ 枭獍，恶兽，枭食母，獍食父，喻恶人。
⑥ 匈奴畜牧多马牛羊，逐水草而居，喻景为夷狄。
⑦ 玉烛，四季调和之气。言人君德美如玉，可至四时和气之祥。
⑧ 璇玑玉衡，以齐七政，见《尚书·舜典》。
⑨ 二语言梁许景降。马络曰羁，牛缰曰縻，谓笼络之如牛马。
⑩ 二语言梁之纳景也。春秋时，戎有献虎豹皮于晋以求和者。
⑪ 胡柯，一作"胡桐"，出古西域鄯善国。大夏，西域古国，在今阿富汗北部一带。
⑫ 条枝，又作"条支"。西域古国，今幼发拉底、底格里斯两河间地；其地有鸟卵如瓮。二语喻梁通使于景。

吹。轻九鼎而欲问①，闻三川而遂窥。②

　　始则王子召戎③，奸臣介胄④。既官政而离逷⑤，遂师言而泄漏⑥。望廷尉之逋囚⑦，反淮南之穷寇⑧。出狄

---

① 春秋时，楚子观兵于周疆，周使王孙满劳之，楚子问周九鼎之大小轻重，事见《左传·宣公三年》，盖有无王之意。
② 战国时，秦武王尝言欲车通三川，见《史记·秦本纪》，盖有窥周室之意也。三川，指周之伊、洛、河三水。此言景潜图反叛。此段叙侯景内附，以及其谋叛。
③ 王子，谓萧正德也。正德，临川王宏子，武帝胤嗣未立时，养以为子，正德自谓居储贰，既不能得，愤恨，阴伺国衅，侯景反，遂与通，而朝廷不知，以为平北将军，正德遂引贼入，梁之倾覆，皆正德致之。
④ 奸臣介胄，即指以正德领兵。
⑤ 逷，tì，远也。贼先以正德为天子，及台城开，乃降为侍中、大司马，故云。
⑥ 春秋时，齐寺人貂漏师于多鱼，言其泄军情也。正德既为贼所卖，乃密书与鄱阳王契，令以兵入，贼遮得书，矫诏杀之，故引寺人貂事为喻。
⑦ 廷尉，秦官，主听狱。逋囚，逃逋之囚。谓景得罪东魏奔梁也。晋诏征苏峻，峻言台下云我反，反岂得活，我能山头望廷尉，不能廷尉望山头，遂作乱，此句引用其事。
⑧ 景附梁，东魏讨之，景败于涡阳，故称为穷寇。反，转盛之词。三国魏诸葛诞据淮南反，此引其事。

泉之苍鸟①，起横江之困兽②。地则石鼓鸣山③，天则金精动宿④。北阙龙吟⑤，东陵麟斗。⑥

尔乃桀黠⑦横扇，冯陵畿甸⑧。拥狼望于黄图⑨，填卢山于赤县⑩。青袍如草，白马如练⑪。天子履端废朝⑫，

---

① 狄泉，地名，在今河南省洛阳市故洛阳城中。晋永嘉中，洛阳步广里地陷，有苍白二鹅出，苍者飞去，白者不能飞，陈留人董养谓步广为周狄泉盟会地，白为国讳，苍为胡象，旋有刘渊之乱。此以景比刘渊也。
② 横江，在今安徽省和县东南。景败涡阳，退袭寿春而据之，梁又与东魏和，以景无能为也，景不自安，遂自寿阳举兵内向。
③ 吴兴长城夏架山有石鼓，鸣则主三吴有兵，晋安帝时曾大鸣，遂有孙恩之乱。
④ 金精，太白星也，兵象，太清三年，太白昼见。
⑤ 梁普通五年，龙斗于曲阿王陂。
⑥ 东陵，梁帝陵，建陵也。中大同元年，陵口石麒麟动，有大蛇斗隧中。四句言先时灾异之迭见。以上叙内奸引寇。
⑦ 桀黠，谓性情凶狡。
⑧ 冯，píng；冯陵，倚势欺陵也。王国地千里曰畿。去王城五百里为甸。
⑨ 狼望，匈奴中地名。黄图，谓畿辅。
⑩ 卢山，单于南庭山。中国名赤县神州。扬雄有"前世岂乐倾无量之费，快心于狼望之北哉？……运府库之财填卢山之壑而不悔也"之语。
⑪ 大同中童谣云："青丝白马寿阳来。"景涡阳之败，求锦于朝，给以青布，及景围台城（梁宫城），皆以所给用为袍，乘白马，青丝为辔。古诗："青袍似春草。"孔子与颜渊俱上泰山，望吴昌门外，孔子见白马，指问渊，渊言见有系练之状。见《论衡·书虚篇》。
⑫ 天子，指武帝。端，正月；履端，犹言在历之始。武帝被围，正月不视朝。

陈及北朝文

单于长围高宴①。两观当戟②，千门受箭。白虹贯日，苍鹰击殿③。竟遭夏台之祸④，终视尧城之变⑤。官守无奔问之人，干戚非平戎之战⑥。陶侃空争米船⑦，顾荣虚摇羽扇。⑧

将军死绥⑨，路绝长围。烽随星落⑩，书逐鸢飞⑪。

---

① 单于，指景。景于台城外筑长围，在东宫置酒奏乐以为乐。
② 两观，两台双植，又称两阙，昔者帝居，每门树此于前，以标表宫门，登之可遍观。
③ 聂政之刺韩傀也，白虹贯日，要离之刺庆忌也，苍鹰击于殿上，见《战国策·魏策四》。太清元年及三年，皆曾白虹贯日。
④ 夏台，夏时狱名，在今河南省巩义市西南，桀囚汤于此。
⑤ 《竹书纪年》谓尧德衰，为舜所囚，今山东省莒县，西有小城阳，俗谚以为囚尧城云。
⑥ 干戚，即今之盾斧。二语言援兵之不力，时援兵二三十万在城外，不能奏勤王之效。
⑦ 争，一作"装"。晋苏峻反，温峤借资蓄器用于陶侃，卒平之，景围台城，元帝自荆州遣王琳献米万石，未至而都城陷，琳乃中江沉米，轻舸而还，此以侃喻琳。侃成功而琳无成，故曰空。
⑧ 晋陈敏反，顾荣临阵，以白羽扇挥之，敏众皆溃，景围台城，羊鸦仁攻之，为所败，此以荣喻鸦仁。荣却陈敏而鸦仁败于景，故曰虚。此段叙侯景围台城。
⑨ 绥，退却。语见《司马法》。
⑩ 边备昼举燧，夜举烽，故曰随星落。侯景围台城，数月不举，粮尽，诈表解围，以缓援兵，武帝许之，及援兵稍散，景已得粮，遂背盟，城内举烽鼓噪。
⑪ 景筑长围困城，中外隔绝，有献计放纸鸢，藏敕于中，冀得外达，然为贼所射落，计卒不果。

遂乃韩分赵裂，鼓卧旗折。失群班马①，迷轮乱辙②。猛士婴城③，谋臣卷舌。昆阳之战象走林④，常山之阵蛇奔穴⑤。五郡则兄弟相悲⑥，三州则父子离别⑦。护军慷慨，忠能死节。三世为将，终于此灭⑧。济阳忠壮，身参末将；兄弟三人，义声俱唱。主辱臣死，名存身丧。狄人归元，三军凄怆⑨。尚书多算，守备

---

① 班马，离群之马。班，分开，《左传·襄公十八年》："有班马之声，……齐师其遁。"
② 迷轮乱辙，师遁无序之状。"遂乃"至"乱辙"四句言援兵之溃散。
③ 婴城，闭门自守。
④ 昆阳，今河南省叶县。汉光武与王莽兵大战于昆阳，莽兵驱虎、豹、犀、象之属以助威。
⑤ 诸葛亮造八阵图，累石为八，相去二丈，桓温见之曰："此常山阵蛇势也。"
⑥ 五郡，湘东王绎、邵陵王纶、武陵王纪、庐陵王续、南康王绩。五人皆武帝子，为兄弟。续、绩先已卒，有子嗣爵。
⑦ 三州，湘东为荆州，武陵为益州，邵陵时在颍州也。三人于武帝为父子。二语叙梁宗室，以下叙诸将。
⑧ 护军，韦粲，粲字长倩，与景战，死之，赠为护军将军。粲祖叡、父放皆将兵，故曰三世为将。"将三世者必败"，见《史记·王翦传》。
⑨ 江子一、子四、子五兄弟三人，籍济阳（今河南省兰考县境）。子一字元亮，为南津校尉，城被围，与两弟开门出，皆力战死。主辱臣死，语见《史记·越王勾践世家》。春秋晋先轸死于狄，狄人归其元，面如生，贼义子一而归之，故以为喻。元，首也。

是长。云梯可拒，地道能防。有齐将之闭壁，无燕师之卧墙。大事去矣，人之云亡①！申子奋发，勇气咆勃，实总元戎，身先士卒。胄落鱼门，兵填马窟，屡犯通中，频遭刮骨。功业夭枉，身名埋没。②

或以隼翼鷃披③，虎威狐假④。沾渍锋镝，脂膏原野。兵弱虏强，城孤气寡。闻鹤唳而心惊⑤，听胡笳

---

① 尚书，羊侃也。侃字祖忻，为都官尚书，贼至，守御有方，寻以疾卒，台城遂陷。齐将闭壁，指乐毅以燕师入齐，诸城皆下，独田单拒守即墨也。燕师卧墙，指慕容宝兵败，慕容垂愤疾，筑城而还也。垂疾而筑城，侃疾遂死，故云"无"。大事去矣，为陶侃讨苏峻时，长史殷羡谓侃语。
② 申子，柳仲礼小字。仲礼有胆力，贼渡江，被推为大都督，与贼战，为贼所刺，被救幸免，自此壮气外衰，不复言战，后遂降贼。鱼门，邾国城门。邾与鲁战，获僖公胄，悬诸鱼门，见《左传·僖公二十二年》。马窟，长城下往往有泉窟，可饮马，古时因有《饮马长城窟行》。通中，被创深入也。刮骨，指关羽中毒矢贯臂，医为刮骨去毒之事。自"胄落"至"刮骨"四句，言仲礼临阵之遇险。此段叙援兵之无用，及诸将之覆败。
③ 鷃，小鸟。鷃披隼翼，不明者以为隼，明者视之知为鷃，见《亢仓子·君道篇》。
④ 虎随狐而行，百兽见之，皆走，虎不知兽之畏己，以为畏狐，见《战国策·楚策一》。
⑤ 苻坚伐晋，战于淝水，大败，惧甚，至闻风声鹤唳，亦以为晋兵。

而泪下①。据神亭而亡戟②，临横江而弃马③，崩于钜鹿之沙④，碎于长平之瓦。⑤

于是桂林⑥颠覆，长洲麋鹿⑦。溃溃沸腾，茫茫堨黩。天地离阻，神人惨酷。晋郑靡依⑧，鲁卫不睦⑨。竞动天关⑩，争回地轴⑪。探雀鷇而未饱⑫，待熊蹯

---

① 晋刘琨为胡骑所围，中夜奏胡笳，贼闻之，皆为流涕。
② 神亭，地名，在今江苏省常州市金坛区西北。太史慈与孙策斗于神亭，策得其戟。
③ 横江，见前。此引孙策说袁术谋脱身事。
④ 钜鹿，即巨鹿，今河北省平乡县，项羽大破秦军于此。县东北有纣所作沙丘台。
⑤ 长平，战国赵邑，在今山西省高平市西北，秦白起大破赵兵于此。赵将赵奢与秦军相距武安，秦兵鼓噪，武安屋瓦皆震。此当言碎于武安之瓦，而言长平者，合两役言之。二句言兵之振动。此段总叙败兵之状。
⑥ 桂林，吴苑名。
⑦ 长洲，吴苑名，吴王阖庐游猎处。伍子胥有见麋鹿游姑苏之台之语。二语言台城既陷，建康荒芜。
⑧ 《左传·隐公元年》："周之东迁，晋郑焉依。"
⑨ 二语言台城陷后，诸王自相残害，无图贼之意。
⑩ 黑帝行德，天关为之动，见《史记·天官书》。
⑪ 木华《海赋》："又似地轴挺拔而争回。"
⑫ 鸟子初生，须母哺而食者名鷇，鷇，kòu。战国赵武灵王被围，欲出不得，探雀鷇而食之，三月余饿死。

陈及北朝文

而讵熟①。乃有车侧郭门②,筋悬庙屋③。鬼同曹社之谋④,人有秦庭之哭。⑤

尔乃假刻玺于关塞⑥,称使者之酬对⑦。逢鄂坂之讥嫌⑧,值毦门之征税⑨。乘白马而不前⑩,策青骡而转碍⑪。吹落叶之扁舟,飘长风于上游。彼锯牙

---

① 春秋楚太子商臣围其父成王,王请食熊蹯而死,不听,乃缢,盖熊掌难熟,冀时久得援也。二语叙武帝之死,武帝征求于景,多不称旨,至御膳亦被裁抑,因愤而疾,疾久口苦,索蜜不得,再曰"荷荷"而崩。
② 葬埋不殡于庙曰侧。武帝葬时,景使卫士于要地以大钉钉之,谓欲令其后世灭绝。此句言景恶葬武帝。
③ 战国齐闵王无道,淖齿弑之,擢其筋,悬之东庙。此言景又弑简文帝。
④ 春秋时,曹人或梦众君子立于社宫而谋亡曹,见《左传·哀公七年》。此句总结建康之亡。
⑤ 此句言己奔江陵求援之意,逗出后文。此段叙台城陷落,两帝遇害,建康灭亡。
⑥ 汉甯成诈刻传出关归家,见《汉书·酷吏传》。
⑦ 楚太子元入质于秦,黄歇使变服为楚使者,御以出关。
⑧ 鄂坂,指今湖北境。伍子胥自楚奔吴,尝遇厄于昭关,信自吴奔楚,备受查察,故引其事。
⑨ 郑瞒伐宋,毦班御皇父充石,败之,宋武公以门赏毦班,使食其关门之租,因名为毦门;毦,ér。
⑩ 公孙龙常持白马非马之论,人不能屈,后乘白马,无符传,欲出关,关吏不听,故虚言难以夺实,见桓谭《新论》。
⑪ 李少君死后,人有见其在河东蒲坂乘青骡者,汉武帝闻而发其棺,无所有。

而钩爪，又循江而习流①。排青龙之战舰②，斗飞燕之船楼③。张辽临于赤壁④，王濬下于巴丘⑤。乍风惊而射火⑥，或箭重而回舟⑦。未辩声于黄盖⑧，已先沉于杜侯⑨。落帆黄鹤之浦，藏船鹦鹉之洲⑩。路已分于湘

---

① 信西上江陵，又遇景遣大兵袭击郢州。锯牙钩爪，喻景也。循江习流，喻景袭郢之兵也。
② 青龙，舟名，借为战舰之号。
③ 飞燕，战船名。船楼，即楼船。
④ 张辽，三国魏将，字文远，官至征东将军，时江陵以王僧辩为征东将军，故以比之。赤壁，山名，在今湖北省赤壁市，吴周瑜大破曹操于此。张辽本以合肥之战著名，"赤壁"疑"合肥"之误。
⑤ 王濬，晋灭吴之将，字士治，以喻胡僧祐也。景района陷郢，进攻荆州，僧辩命众军乘城固守，元帝又命僧祐援之。巴丘，山名，在今湖南省岳阳市西南隅。
⑥ 景攻荆州，不克，乃为火舰烧栅，风不便，反自焚。
⑦ 贼数败，景乃烧营夜遁，旋军夏首，倍道归建康。孙权乘大船观曹操军，操令弓弩乱发，箭着船，偏重，几覆，此引其事以喻景。
⑧ 黄盖，字公覆，孙权将，赤壁之役，权以火攻计破曹操，先令盖往诈降，盖驾舟急进，乘风纵火，忽为流矢所中，堕水，为吴人所得，不知为盖，置厕床中，盖强以一声呼韩当，当曰："此黄公覆声也。"急为易衣，因以得生。江陵将陆法和破景将任约，约逃入水，因擒之，此以黄盖事为喻。
⑨ 景既遁归，王僧辩率兵沿流而进，攻郢州，景将宋子仙、丁和等困蹙，僧辩命杜龛乘其不备袭击，大破之，子仙、和皆被擒，郢州平。杜侯，三国魏杜畿，字伯侯，受诏作御船，船成，试之，遇风覆没，畿溺死，此即引以喻杜龛擒宋、丁事也。
⑩ 黄鹤，山名，在今湖北省武汉市江夏区，西北有黄鹤矶，黄鹤楼在焉。鹦鹉洲，长江武汉段江心洲，现属武汉市汉阳区。落帆藏船，谓避之也。

陈及北朝文

汉,星犹看于斗牛。①

若乃阴陵失路②,钓台斜趣③。望赤壁而沾衣,舣乌江而不渡④。雷池栅浦⑤,鹊陵焚戍⑥。旅舍无烟,巢禽无树。谓荆衡之杞梓,庶江汉之可恃⑦。淮海维扬,三千余里⑧。过漂渚而寄食⑨,托芦中而渡水⑩。居于七泽,滨于十死。⑪

嗟天保之未定⑫,见殷忧⑬之方始。本不达于

---

① 信由郢、巴至江陵,故曰路分湘汉。斗牵牛,为吴分野。二句言己渐至江陵,犹怅望旧国旧都也。此段叙初去金陵,中途所历。
② 阴陵,山名,在今安徽省定远县西北,项羽至此迷失道,为汉兵追及。
③ 钓台,在武昌。斜趣,言兵败而遁。
④ 曹操败于赤壁,见前。乌江,在今安徽省和县东北。项羽兵败,至乌江,乌江亭长舣船待,而羽不渡。舣,yǐ,使船靠岸。二句以操、羽之败比景。
⑤ 雷池,即大雷水,在安徽省望江县南。栅浦,于江浦筑栅以为防也。
⑥ 鹊陵,即鹊头山,在今安徽省铜陵市。景戍兵于鹊头,为王僧辩兵所破。
⑦ 杞梓,皆美材,产荆、衡。二语言诸王皆无能为,惟江陵之元帝可靖乱也。
⑧ 《尚书·禹贡》:"淮海惟扬州。"信自金陵溯江而上,约三千余里。
⑨ 韩信微时穷困,钓于城下,一漂母哀之,饭信十余日。漂母,以水击絮也。
⑩ 伍子胥奔吴,追者在后,江中一渔父,令止芦之漪,后渡使过江。
⑪ 十死,言屡濒于死。此段叙己至江陵,见所过残破,及途中之艰苦。
⑫ 《诗经·小雅·天保》:"天保定尔。"潘岳《西征赋》:"忧天保之未定。"
⑬ 殷忧,忧心。

危行①,又无情于禄仕。谬掌卫于中军②,滥尸丞于御史③。信生世等于龙门,辞亲同于河洛④,奉立身之遗训,受成书之顾托⑤。昔三世而无惭,今七叶而方落⑥。泣风雨于《梁山》⑦,惟枯鱼之衔索⑧。入骸斜之小径,掩蓬藋之荒扉,就汀洲之杜若⑨,待芦苇之单衣。⑩

---

① 危行,高峻之行,见《论语·宪问》。
② 元帝即位,以信为右卫将军。
③ 元帝先承制,除信御史中丞。在位不事事曰尸。数语言信至江陵,复为元帝所任用。
④ 龙门,山名,在今河南省洛阳市,大禹所凿,司马迁生于此,故以称迁。信以迁自比,故曰等。迁父谈为太史官,病且卒,迁使蜀适反,父子见于河洛之间,信父肩吾卒于江陵,故以为喻。
⑤ 司马谈临殁,嘱迁复为太史,不忘己所著论。
⑥ 陈寔及子纪、孙群,事汉魏,世有重名,而德渐减。金日䃅、张安世皆七世仕汉,此信引以为喻,言先世皆无惭盛德,及己身而衰落也。
⑦ 曾子耕泰山下,雨雪不得归,思其父母,作《梁山操》。
⑧ 枯鱼衔索,几何不蠹,二亲之寿,忽如过隙,为子路语,言以索贯枯鱼之口而售之,不久生蠹也。二句信自叙思亲。
⑨ 汀,水边平滩。杜若,香草。
⑩ 三国吴诸葛恪当国时,童谣云:"吁汝恪,何若若,芦苇单衣篾钩络,于何相求常子阁。"恪诛,以苇席裹身,篾束腰,投于石子冈。元帝猜忌,信忧谗待死,自拟屈原、诸葛恪,故云。此段叙仕于元帝,思亲虑患。

陈及北朝文

于是西楚霸王①,剑及繁阳②。鏖兵金匮③,校战玉堂④。苍鹰赤雀,铁轴牙樯⑤。沉白马而誓众⑥,负黄龙而渡江⑦。海潮迎舰,江萍送王⑧。戎车屯于石城⑨,戈船掩于淮泗⑩。诸侯则郑伯前驱⑪,盟主则荀罃暮至⑫。剖巢熏穴,奔魑走魅⑬。埋长狄于驹门⑭,斩蚩尤于中

---

① 项羽自立为西楚霸王,以喻元帝;一说,指陈霸先。
② 繁阳,楚地。此言命将讨景也。
③ 鏖,áo,苦战多杀也。金匮,以金为匮,汉高祖与功臣剖符作誓,丹书铁券,金匮石室,藏之宗庙。
④ 玉堂,见《扬雄解嘲》"玉堂"注。
⑤ 苍鹰、赤雀、铁轴、牙樯,四者皆战舰名,此下叙陈霸先、王僧辩等讨景。
⑥ 见《丘迟与陈伯之书》"刑马作誓"注。
⑦ 禹南巡渡江,黄龙负舟。
⑧ 楚昭王渡江,得萍实,大如斗,孔子谓惟霸者能得之。
⑨ 屯,聚也。石城,即石头城,在今江苏省南京市西,孙权所筑。陈霸先于石头西筑栅攻景。
⑩ 戈船,船下置戈者,借喻战船。掩,隐蔽。王僧辩督诸军乘潮入淮。
⑪ 《左传·昭公四年》载诸侯如楚,郑伯先待于申。
⑫ 鲁襄公十一年,诸侯伐郑,齐、宋先至,其暮荀罃至。荀罃,晋大夫。时晋主夏盟,故曰盟主。
⑬ 此二句言师之进逼,侯景及贼臣之出奔。
⑭ 鲁文公十一年,鲁获长狄侨如,杀之,埋其首于子驹之门,子驹,鲁郭门也。

冀①。然腹为灯②，饮头为器③。直虹贯垒④，长星属地⑤。昔之虎踞龙蟠⑥，加以黄旗紫气⑦，莫不随狐兔而窟穴，与风尘而殄瘁⑧。西瞻博望⑨，北临玄圃⑩。月榭风台，池平树古。倚弓于玉女窗扉⑪，系马于凤凰楼⑫柱。仁寿之镜徒悬⑬，茂陵之书空聚⑭。若夫立德立

---

① 黄帝戮蚩尤于中冀之野。二句叙斩侯景，景出奔，将自沪渎入海，羊鲲杀之，送于王僧辩。
② 汉董卓被诛，尸于市，体肥，守尸者燃火置其脐中，光明达旦，景尸暴建康市，百姓争取屠脍，故以卓为喻。
③ 赵襄子怨智伯荀瑶，既杀之，漆其头以为饮器。饮器，饮酒之器也，景首传至江陵，元帝命悬市三日，然后煮而漆之，以付武库，故以荀瑶为喻。
④ 虹为百殃之本，众乱所基，见而头尾至地，为流血之象。垒，军垒。
⑤ 长星属地，长星坠也，主亡主将。
⑥ 金陵素以龙蟠虎踞之形势著称。
⑦ 有言黄旗紫气，恒见东南，扬州之君，终成天下，即指建康之地。
⑧ 殄，灭绝。瘁，病困。
⑨ 博望，山名，在今安徽省当涂县西南，一名天门，亦曰东梁山，与和县西梁山相对。
⑩ 玄圃，苑名，梁简文帝尝于其中述武帝所制五经讲疏。
⑪ 王延寿《鲁灵光殿赋》："玉女窥窗而下视。"
⑫ 凤凰楼，晋宫阙名，在洛阳。
⑬ 晋仁寿殿前，曾有大方铜镜，高五尺余，广三尺二寸。
⑭ 茂陵，汉武帝陵。帝崩时，令以杂书三十余卷随身敛。以上叙讨平侯景，兼伤故都之残毁。

言①，谟明寅亮②，声超于系表③，道高于河上④。更不遇于浮丘⑤，遂无言于师旷⑥。以爱子而托人，知西陵而谁望⑦。非无北阙之兵，犹有云台之仗。⑧

司徒⑨之表里经纶，狐偃之惟王实勤⑩。横珊戈而

---

① 古称三不朽，太上立德，其次立功，其次立言。
② 谟明，言谋无不明，见《尚书·皋陶谟》。寅亮者，敬而明之，见《尚书·周官》。
③ 三国魏荀粲有"象外之意，系表之言"之语。
④ 河上，汉人，文帝时，结草为庵于河之滨，常读《老子》，莫知其姓氏，称河上公。四句称简文帝。
⑤ 浮丘，古仙人，接周王子晋上嵩山。
⑥ 师旷，晋乐师，名旷，字子野。旷往见王子晋，欲与辩言，晋谓曰："吾后三年，将上宾于帝所，汝慎无言！"旷归，未及三年，告晋死者至。二句言简文为贼所制，不遇浮丘，即位二年，为景所弑，犹无言于师旷也。
⑦ 台城陷后，太子（即简文）以幼子大圜属元帝，并剪爪发寄之。西陵，曹操陵，以喻简文墓。魏兵至江陵，元帝令大圜充副使请和，元帝降魏，大圜入长安，不得一瞻父之陵寝，故文云。
⑧ 当景率兵外出时，南康王会理等谋在内举事，为贼臣王伟所知，会理等皆被害，景谓简文知之，遂怀逆谋。云台仗，本天子所主，而王伟等所用防守者，皆为主兵，是云台甲仗反为贼也。此言如会理等非无北阙内应之兵，而贼臣守兵，犹有云台之仗，以致忠良受戮，帝亦被弑。此段悼简文帝。
⑨ 司徒，谓王僧辩也。僧辩讨平侯景，元帝即位，授为镇卫将军、司徒。
⑩ 狐偃，晋大夫。晋文公返国，欲霸诸侯，偃曰："求诸侯莫如勤王。"时周室方有难也。此言僧辩之师，犹狐偃勤王之举。

对霸主①，执金鼓而问贼臣②。平吴之功，壮于杜元凯③；王室是赖，深于温太真④。始则地名全节⑤，终则山称枉人⑥。南阳校书，去之已远⑦；上蔡逐猎，知之何晚！⑧

镇北之负誉矜前，风飙凛然⑨。水神遭箭⑩，山灵

---

① 珊，通"雕"。晋惠公令韩简挑战于秦，秦穆公横珊戈出见使者。霸主，谓景。
② 汉景帝时，胶西王卬附吴王濞反汉，既被擒，韩颓当执金鼓见之，诘问其发兵状。贼臣，亦谓景。
③ 杜元凯，杜预。晋武帝欲灭吴，惟预意与帝同，后预率诸军平吴。
④ 温太真，温峤，有讨王敦平苏峻之功。四句极称僧辩。
⑤ 全节，地名，又称全鸠里，在旧河南省阌乡县东，汉戾太子死处。
⑥ 枉人，山名，在今河南省浚县西北，纣杀比干于此。
⑦ 大夫文种既佐越王句践灭吴，句践赐剑令死，种叹曰："南阳之宰，而为越王之禽！"此言僧辩功成见害，时江陵已亡于魏，僧辩与陈霸先同立元帝子敬帝，既僧辩又自北齐纳萧渊明为梁嗣，霸先因袭执而杀之，及其子颁。
⑧ 秦始皇臣李斯，上蔡人，惑于赵高，与共杀始皇长子扶苏，而立二世，既高又潜斯谋反，二世收之，斯临刑，顾谓其子曰："吾欲与君复牵黄犬出上蔡东门逐狡兔，其可得乎！"此言僧辩舍内主而立外君，以致如李斯之父子俱戮。此段叙王僧辩。
⑨ 镇北，谓邵陵王纶也，纶于武帝大同中，为扬州刺史，扬州在江北，故云；一说，"北"疑"东"之讹，以纶在中大同元年为镇东将军也。纶于太清二年，曾率大兵发京口，直据钟山，大破景兵，一时甚著威望，故曰矜前。后纶卒为景所败。
⑩ 秦始皇梦与海神战，占者谓海神不可见，以大鱼、蛟龙为候，因令人持捕鱼具入海，候大鱼出射之，至之罘，射杀一鱼。

见鞭①。是以蛰熊伤马②，浮蛟没船③。才子并命，俱非百年。④

中宗之夷凶靖乱，大雪冤耻⑤。去代邸而承基⑥，迁唐郊而纂祀⑦，反旧章于司隶⑧，归余风于正始⑨。沉猜则方逞其欲，藏疾则自矜于己。天下之事没焉，

---

① 此见前"鞭石成桥"注。
② 纶将兵援台城，至钟山，有蛰熊啮其所乘马。蛰，藏伏。
③ 纶讨景，济江，中流浪起，有物伤舟，几覆。此言纶少时险躁，不为山川之神所祐，故功终不成。
④ 高阳氏有才子八人，武帝八子，故以为比。并命者，谓纶后为元帝所逼，见害于魏也。纶既亡灭，江陵亦败，兄弟忌贼，皆不永年，故云俱非。此段叙邵陵王纶。
⑤ 中宗，谓元帝也，帝庙号世祖，以其启中兴之业，故曰中宗，以比晋元帝。元帝名绎，字世诚，武帝第七子，始封湘东王，侯景为乱，诸王无奈之何，惟帝卒遣王僧辩等讨平之，报万民之冤，雪武帝、简文两君之耻。
⑥ 汉文帝先为代王，大臣绛、灌等平吕氏，迎入，以天子法驾至代邸请即帝位。
⑦ 尧先由其异母兄帝挚封为唐侯，旋受挚禅为天子。二句言元帝由湘东王为帝也，侯景既平，诸臣劝进，王乃于承圣元年冬十一月即帝位于江陵。
⑧ 王莽篡汉，更始为帝，将北都洛阳，以光武行司隶校尉，令前整修宫府，光武于是致僚属，作文移，从事司察，一如旧章。
⑨ 王敦见卫玠，谈论弥日，甚叹美之，言不图永嘉之中，复闻正始之音。正始为三国魏末年号，其时士大夫竞尚清谈，世称正始之风。

诸侯之心摇矣①。既而齐交北绝②，秦患西起③。况背关而怀楚，异端委而开吴④。驱绿林之散卒，拒骊山之叛徒⑤。营军梁溠⑥，蒐乘巴渝⑦。问诸淫昏之鬼，求诸厌劾之符⑧。荆门遭廪延之戮⑨，夏口滥逵泉之诛⑩。蔑

---

① 言元帝性猜忌，好自矜，虽有大勋，卒使臣下离贰，忽焉摧灭。
② 时东魏已灭，为北齐，与梁常有使命往来，然兵争不已。
③ 秦，谓西魏也，西魏都长安，故称。承圣三年，魏遣于谨等大举伐江陵。
④ 项羽背楚怀王"先入关者王之"之约，不王高帝于关中，而己又怀乡土，都于彭城，所谓背关怀楚。泰伯至吴，端委以治周礼，为吴开国之君。端委，礼衣也。此言元帝依恋江陵，不归都建康。
⑤ 绿林，山名，在今湖北省京山市，王莽篡汉，王匡等起兵于此，号绿林，后因以称劫盗。骊山，在今陕西省西安市临潼区东南。英布遣戍骊山，骊山戍徒十数万，布与相结，亡为群盗，汉兴，附汉，后以叛亡。此言武陵王纪引兵自蜀犯江陵，元帝拔任约、谢答仁于狱使将兵拒纪，二人皆侯景将也；绿林散卒喻任、谢，骊山叛徒喻纪。
⑥ 梁，桥也。溠，zhā，水名，在今湖北省随州市西北。此为楚伐随之事，见《左传·庄公四年》。
⑦ 蒐，检阅。乘，兵车。巴渝，见《司马相如上林赋》"巴渝"注。二句言元帝遣兵自楚攻蜀。
⑧ 鲁僖公十九年，宋襄公杀鄫国之君以祭社，公子目夷言其用淫昏之鬼以求霸，霸必不成。元帝闻武陵王来，使方士画其像于版，亲钉支体以厌之，故用宋襄公事为喻。
⑨ 荆门，山名，在今湖北省宜都市西北，元帝遣将破武陵王，斩之于此。廪延，春秋郑邑，郑庄公弟叔段恃母宠，欲自此袭郑，为庄公所逐，文引此以喻元帝之不兄。
⑩ 夏口，即今汉口，简文帝大宝二年邵陵王纶在此承制百官，元帝令王僧辩以舟师逼之，纶后遂为西魏所害。鲁庄公三十二年，季友使人酖僖叔，僖叔归及逵泉而卒，僖叔为季友兄，故引此以喻元帝之不弟，纶为武帝第六子，元帝为武帝第七子。

陈及北朝文

因亲以教爱①,忍和乐于弯弧②。既无谋于肉食,非所望于《论都》③。未深思于五难④,先自擅于三端⑤。登阳城而避险⑥,卧砥柱而求安⑦。既言多于忌刻,实志勇而形残。但坐观于时变,本无情于急难⑧。地惟黑

---

① 因亲以教爱,语见《孝经·圣治章》。
② 《孟子·告子下》:"其兄关弓而射之。"二句言兄弟不能亲爱,而反弯弓以伤和乐。
③ 既,一作"慨"。鲁与齐战,曹刿请见鲁庄公,欲言战事,其乡人谓肉食者已谋之,刿言肉食者鄙,未能远谋,遂入见;肉食,指在位者。后汉杜笃尝作《论都赋》奏光武,谓不宜都洛阳,应返关中。此言元帝既在江陵即位,恋土,不还都建康,臣僚多楚人,亦主不动,致魏兵至,不能御,遂亡其国。
④ 楚灵王暴,被弑,子干为王,晋叔向言取国有五难:有宠而无人,一也;有人而无主,二也;有主而无谋,三也;有谋而无民,四也;有民而无德,五也。子干涉五难以弑旧君,必不济,后子干果又被杀,见《左传·昭公十三年》。
⑤ 文士笔端,勇士锋端,辩士舌端,此三端者,君子避之,而元帝与武陵王书,有"我韬于文士,愧于武夫"之语,是自擅三端也。
⑥ 阳城,山名,在今河南省登封市北,《左传·昭公四年》:"阳城,……九州之险也。"
⑦ 砥柱,山名,见《贾让治河议》"底柱"注。二句言元帝苟安荆楚,犹登至险以求安。
⑧ 兄弟急难,为《诗经·小雅·常棣》语。四句言元帝忌克残忍,当始讨侯景时,但坐观时变,不急加谋,及简文时出师,不过欲自即尊位,并非欲救简文。

子,城犹弹丸①。其怨则黩,其盟则寒②。岂冤禽之能塞海③,非愚叟之可移山。④

况以沴气朝浮⑤,妖精夜殒⑥。赤鸟则三朝夹日⑦,苍云则七重围轸⑧。亡吴之岁既穷⑨,入郢之年斯尽⑩。周含郑怒⑪,楚结秦冤⑫。有南风之不竞⑬,值西邻之责

---

① 贾谊有淮南比大诸侯,仅如黑子着面之语。黑子、弹丸,皆言其小。元帝在江陵,文轨所同,千里而近,人户著籍,不盈三万。
② 寒,歇也,特指终止盟约。此言元帝交邻无道,致起魏师。
③ 赤帝之女,嬉游东海,溺死,化为冤禽,名曰精卫,常取西山木石以填海,见《山海经》。
④ 北山愚公年九十,以太行、王屋二山方七百里,出入迂曲,欲平之,见《列子·汤问》。二句言元帝以一小国结怨强邻为不量力。以上言元帝中兴后之失德失政。
⑤ 沴,lì;沴气,恶气。元帝承圣三年,六月,有黑气如龙,见于殿内。
⑥ 承圣三年,十一月,有流星坠于城中。
⑦ 鲁哀公六年,楚有云如众赤鸟,夹日以飞,三日。
⑧ 轸,星宿名,为楚分野。楚有苍云如霓,围轸七蟠,见《春秋文耀钩》。四句言元帝即位以来,灾异迭见。
⑨ 吴伐越,晋史墨谓不及四十年,越将为吴,以越得岁而吴伐之。事见《左传·昭公三十二年》。
⑩ 谓吴伐楚,入楚郢都。郢地即当江陵。二句言梁运将终。
⑪ 春秋时周郑交恶,以喻魏师之至,萧詧以元帝杀其兄誉而与会师。
⑫ 楚结秦冤,谓西魏憾元帝对其使者失礼,因遣于谨率大兵来伐。
⑬ 南风不竞,晋师旷谓楚出师无功语。见《左传·襄公十八年》。

陈及北朝文

言①。俄而梯冲②乱舞,冀马③云屯。俴秦车于畅毂④,沓汉鼓于雷门⑤。下陈仓而连弩⑥,渡临晋而横船⑦。虽复楚有七泽,人称三户⑧。箭不丽于六麋⑨,雷无惊于九虎⑩。辞洞庭兮落木,去涔阳兮极浦⑪。炽火兮焚

---

① 西邻责言,晋献公筮嫁伯姬于秦,遇归妹之睽,其繇有曰:"西邻责言,不可偿也。"后晋惠公与秦交战,果为秦获。二句言梁有可败之道,故魏得乘虚而入。
② 梯冲,云梯及攻城之车。校订者按:冲,《左传·定公八年》:"主人焚冲。"杜预注:冲,战车。
③ 冀马,冀州北土,产良马。
④ 俴,jiàn,浅也,《诗经·秦风·小戎》:"小戎俴收。"收,车轸,兵车轸较平时车之浅者。畅毂,长毂,兵车毂较平时车之长者。
⑤ 沓,重叠。雷门,会稽城门。汉王尊有"毋持布鼓过雷门"之语,门有大鼓,越击此鼓,声闻洛阳。
⑥ 陈仓,秦县,故城在今陕西省宝鸡市东。三国蜀兵伐魏,围陈仓,诸葛亮损益连弩,木牛流马,皆出其意。
⑦ 临晋,关名,在陕西省大荔县东。韩信击魏豹,魏塞临晋,信益为疑兵,陈船欲渡,而伏兵间道直袭豹所,房之。此言西魏之兵势。
⑧ 楚虽三户,亡秦必楚,为楚南公语,《史记》于项氏起兵时引用之。
⑨ 晋魏锜如楚致师,楚潘党逐之,及荥泽,见六麋,射一麋以顾献。见《左传·宣公十二年》。
⑩ 王莽末,拜将军九人,皆以虎为号。《后汉书·冯衍传》:"(皇帝)……破百万之阵,摧九虎之军,雷震四海。"此言江陵衰弱,不能御魏师。
⑪ 洞庭,湖名。在今湖南境。涔阳浦,接于楚都之郢。极,迷也。《楚辞·九歌·湘夫人》:"洞庭波兮木叶下",又《湘君》:"望涔阳兮极浦",二句信自叙江陵被兵时,已先使于魏,故曰"辞"曰"去"。

旗①，贞风兮害蛊②。乃使玉轴扬灰，龙文折柱③。

下江余城④，长林故营⑤。徒思拑马之秣⑥，未见烧牛之兵⑦。章曼支以毂走⑧，宫之奇以族行⑨。河无冰而马渡⑩，关未晓而鸡鸣⑪。忠臣解骨，君子吞声。章

---

① 晋献公之筮有曰："火焚其旗，不利行师。"见《左传·僖公十五年》。
② 秦伐晋，筮之，其卦遇蛊，曰："千乘三去，三去之余，获其雄狐。"狐蛊，其君也，蛊之贞，风也，及战，遂获晋惠公。
③ 江陵将破，元帝尽焚古今图书十余万卷，以宝剑击柱折之曰："文武之道，今夜尽矣！"后出东门降魏。龙文，宝剑名。此段叙江陵之亡。
④ 王莽时，张霸、陈牧、王匡等起云杜、绿林，号曰下江兵。梁时，其地属武宁郡。
⑤ 长林，晋县，故城在今湖北省荆门市北，亦属武宁郡。
⑥ 拑，qián，通"钳、箝"；《公羊传·宣公十五年》："（围者）拑马而秣之，使肥者应客。"谓以木衔马口，不令食粟，示有所蓄积。魏师至，凡二十八日，征兵四方，未至而城陷，故曰徒思。
⑦ 齐田单守即墨，取牛千头，衣以五采，束矛盾于其角，系火于其尾，穿城而出，冲突燕兵，燕兵大败。以上言魏兵直取武宁，遂入江陵；武宁本可固守，惜无良将，因以致败。
⑧ 晋智伯欲伐仇犹（夷狄国名），道险不通，乃铸大钟遗之，仇犹平险以纳之，仇犹臣章曼支谏，不听，章曼支断毂而驰逃，至十九日而仇犹亡。
⑨ 晋假道于虞以伐虢，虞臣宫之奇谏不可许，勿听，宫之奇遂率族去国，晋既灭虢，遂灭虞也。见《左传·僖公五年》。
⑩ 光武北徇蓟，王郎购之十万户，光武驰去，至滹沱河，王霸诡称冰坚可渡，遂前，河冰真合，乃渡，未毕数骑而冰解。
⑪ 齐田文（孟尝君）入秦，秦留之，后幸得脱，夜半至函谷关，关法，鸡鸣始出客，文客有善为鸡鸣者，群鸡闻之，皆鸣，乃出。此言江陵败亡之日，去国者多也。

华①望祭之所，云梦伪游之地②。荒谷缢于莫敖，冶父囚于群帅③。硎谷摺拉④，鹰鹯批攩⑤。冤霜夏零⑥，愤泉秋沸⑦。城崩杞妇之哭⑧，竹染湘妃之泪。⑨

水毒秦泾⑩，山高赵陉⑪。十里五里，长亭短亭⑫。

---

① 章华，楚宫名，楚灵王所建。
② 汉高祖疑韩信反，用陈平计，伪游云梦，时信为楚王，迎谒，因执之。
③ 荒谷、冶父，皆楚地。楚屈瑕伐罗，大败，瑕缢荒谷，群帅囚于冶父以听刑，见《左传·桓公十三年》。莫敖，楚官名，即瑕也。
④ 硎谷，一名坑儒谷，在今陕西省西安市临潼区骊山下，秦始皇坑儒生于此。摺拉，折齿拉胁，魏齐使人辱范雎如此。
⑤ 攩，fèi。批攩，击仆。言残人如鹰鹯。
⑥ 邹衍尽忠于燕惠王，王信谗而系之，衍仰天而哭，时正夏季，天为降霜。
⑦ 后汉耿恭为匈奴围于疏勒，绝其水道，吏士渴乏，恭向井拜祷，泉水奔出。见《后汉书·耿恭传》；事在秋七月，水本应涸，故以秋沸为异也。
⑧ 齐庄公伐鲁，齐人杞梁殖战死，其妻哭于城下，城为之崩。见《列女传·齐杞梁妻》。
⑨ 湘妃，尧二女娥皇、女英，皆舜妃也。舜南巡崩，葬于苍梧之野，二女相与恸哭，泪沾竹，竹纹为之斑斑然。自"章华"句至此，言魏兵入江陵后，梁人遭难情形。此段总叙江陵之亡，以著惨痛。
⑩ 晋郑伐秦，秦人毒泾上流，师人多死，见《左传·襄公十四年》。
⑪ 陉，井陉，赵地，在今河北井陉县东北井陉山上，险要地也。韩信东下井陉击赵，未至井陉口三十里，使人潜入赵壁，拔赵帜，立汉帜，赵兵还见之，以为后路为汉所袭取，惊溃，因破赵。
⑫ 秦法，十里一亭，亭有长；又《白孔六帖》载"十里一长亭，五里一短亭"；古人送别，常以长短亭为程限。

饥随蛰燕①,暗逐流萤②。秦中水黑③,关上泥青④。于时瓦解冰泮,风飞电散。浑然千里,淄渑一乱⑤。雪暗如沙,冰横似岸⑥。逢赴洛之陆机⑦,见离家之王粲⑧。莫不闻陇水而掩泣⑨,向关山而长叹。况复君在交河,妾在青波⑩。石望夫而逾远⑪,山望子而逾多⑫。

① 晋时,中原丧乱,百姓避难于鲁,饥不得食,掘野鼠、蛰燕而食之。
② 后汉灵帝崩,袁绍等勒兵诛宦官,少帝与陈留王协(即汉献帝)等出宫避乱,夜不知路,随萤光以行。
③ 《尚书·禹贡》:"黑水、西河惟雍州。"雍州,秦地。
④ 关上泥青,即指青泥城,在陕西省蓝田县;又秦西有青泥关。以上言梁人被掠入关之苦。
⑤ 淄渑,二水名,二水异味,合则难别。二句言贵贱混杂不分,皆被掳辱。
⑥ 魏平江陵,献俘长安,时方冬季,天寒雪冻,死者填满沟壑。
⑦ 陆机为吴人,吴亡于晋,遂入洛。
⑧ 王粲为山阳人,避董卓乱,入荆州依刘表,登江陵城楼,因怀归而作《登楼赋》。二句信言在长安遇诸被俘之人。
⑨ 陇山在今陕西省陇县,东西百八十里,登山东望秦川,极目泯然,山东人行役升此而顾瞻者,莫不怨思,故歌曰:"陇头流水,分离四下。念我行役,飘然旷野。登高远望,涕零双堕。"
⑩ 交河,故城名,在今新疆维吾尔自治区吐鲁番市西。青波,楚地,在今河南省新蔡县西南。此言两地远隔,夫妇相离,设为闺怨之辞。
⑪ 武昌北山有望夫石,相传有贞妇送其夫远役,于此立而望夫,因死,形化为石云。
⑫ 《述异记》载中山有韩夫人愁思台、思子陵。

才人之忆代郡①,公主之去清河②。栩阳亭有离别之赋③,临江王有愁思之歌。④

别有飘飖武威⑤,羁旅金微⑥。班超生而望返⑦,温序死而思归⑧。李陵之双凫永去⑨,苏武之一雁空飞。⑩

若江陵之中否⑪,乃金陵之祸始⑫。虽借人之外

---

① 楚汉相争时,武臣立为赵王,间出,为燕军所获,有厮养卒往说燕将而归之,武臣因以美人妻卒为报,南齐谢朓因有《咏邯郸故才人嫁为厮养卒妇》诗。
② 清河,故国,故城在今河北省清河县东。晋临海公主,先封清河,洛阳之乱,为人所略卖,备受困苦,元帝立,主诣县自言,乃改封临海,见《晋书·惠贾皇后传》。
③ 栩阳亭,不详。《汉书·艺文志》有《别栩阳赋》五篇。
④ 《汉书·艺文志》有《临江王及愁思节士歌诗》四篇。此段叙梁人被掠入关之苦。
⑤ 武威,汉郡,今甘肃省武威市。
⑥ 金微,山名,在漠北。
⑦ 班超久镇西域,年老思归,上疏有"不敢望到酒泉郡,但愿生入玉门关"之语。见《后汉书·班超传》。
⑧ 温序,东汉初时人,为隗嚣将所拘,伏剑死,其子梦序告曰:"久客思乡里。"即弃官归葬。
⑨ 李陵别苏武诗曰:"双凫俱北飞,一凫独南翔。"陵、武皆在匈奴,武后得归,陵则以降匈奴,终不返汉。
⑩ 此段信自叙为魏所留,不得南归。
⑪ 江陵,在今湖北,元帝以为都。否,pǐ;中否,谓被魏所克。
⑫ 江陵陷于元帝承圣三年,明年,王僧辩、陈霸先等以元帝子方智即位建康,年十三,为敬帝。未几,禅位于陈,故曰金陵之祸始。

力①，实萧墙之内起②。拨乱之主忽焉，中兴之宗不祀。伯兮叔兮，同见戮于犹子③。荆山鹊飞而玉碎④，隋岸蛇生而珠死⑤。鬼火乱于平林，殇魂游于新市⑥。梁故丰徙，楚实秦亡⑦。不有所废，其何以昌⑧？有妫之后，将育于姜⑨。输我神器，居为让王。⑩

---

① 萧詧称藩于魏，魏封为梁王，魏兵至，詧与会师同入江陵，故曰借人外力。
② 萧之为言肃也，墙，屏也，君臣相见，至屏而加肃敬，故曰萧墙，谓至近之地也。萧詧于元帝为侄，以侄伐叔，故曰萧墙内起，言祸生于内也。
③ 江陵既陷，元帝太子元良及子方略等皆见害。犹子，侄也，谓詧也。
④ 荆山，见《庾信春赋》"荆山"注。昆山旁以玉璞抵乌鹊，见《盐铁论》。
⑤ 隋侯见大蛇伤断，以药为涂之，后蛇衔大珠为报，因名为隋侯珠。见《水经注》。玉珠，皆喻帝子，碎、死，言皆遭难。
⑥ 平林，在今湖北省随州市东北。新市，见《徐陵玉台新咏序》"新市"注。后汉中兴，平林、新市皆起兵，二者皆楚地。鬼火，磷也。殇魂，即伤魂，鸟名，相传为一冤死妇人之灵。二句伤战后中兴之臣死者多也。
⑦ 战国时，秦灭魏，迁大梁于丰。秦末，项氏起兵，立楚怀王孙心为楚怀王，终以亡秦；又前"三户"注，言亡秦必楚。文皆反言之以切时事，梁故丰徙，谓元帝从建业徙都江陵也，楚实秦亡，谓魏自关中灭楚地之江陵。
⑧ 晋里克有"不有废也，君何以兴"之语，见《左传·僖公十年》，文语盖本此，言梁亡陈始兴。
⑨ 二语为占辞，见《左传·庄公二十二年》。妫，陈之姓，出于虞舜。姜，齐之姓。春秋时，陈公子完奔齐，及战国而陈氏代齐。以喻陈霸先将受梁禅。
⑩ 敬帝在位三年，逊位于陈霸先，于是梁为陈矣。《庄子》有《让王》篇。以上叙江陵之灭，及梁之禅陈。

陈及北朝文

　　天地之大德曰生，圣人之大宝曰位①。用无赖之子弟，举江东而全弃②。惜天下之一家，遭东南之反气③。以鹑首而赐秦④，天何为而此醉！⑤

　　且夫天道回旋，生民预焉。余烈祖⑥于西晋，始流播于东川⑦。洎余身而七叶，又遭时而北迁⑧。提挈老幼，关河累年。死生契阔，不可问天。况复零落将尽，灵光岿然⑨。日穷于纪，岁将复始⑩。逼迫危

---

① 二语为《易·系辞》。
② 江东，指建业一带地。二句言武帝任用不肖子弟，皆以为州郡，致尽失江东地。
③ 汉高祖问吴王濞，言汉后五十年，东南有反者，岂若耶，见《汉书·高帝纪》。二语谓誓与元帝本一家，乃自相残害，适以启陈。
④ 鹑首，星次之名，荆州上当天文，自张宿十七度至轸宿十一度为鹑首。魏灭江陵，立誓为梁王，仅资以江陵一州之地，襄阳、南郡等鹑首之次，皆归于魏，故文云。
⑤ 此段言梁亡由于武帝失政，其子孙又自相吞并。
⑥ 烈祖，谓庾滔。
⑦ 言滔过江家江陵。荆山在东北，漳水所出，东至江陵，故曰东川。
⑧ 信自叙北迁长安。
⑨ 岿然，独貌。汉室中微，盗贼蜂起，西京未央、建章诸殿，皆已堕坏，惟景帝子恭王在鲁所建灵光殿，岿然独存。文引此喻知交将尽，惟己独存，犹鲁灵光殿。
⑩ 月令十二月，日穷于次，月穷于纪，星周于天，数将终，岁将始。

虑，端忧暮齿①。践长乐之神皋②，望宣平之贵里③。渭水贯于天门④，骊山回于地市⑤。幕府大将军之爱客，丞相平津侯之待士⑥。见钟鼎于金张，闻弦歌于许史⑦；岂知灞陵夜猎，犹是故时将军⑧；咸阳布衣，非独思归王子。⑨

---

① 端忧，端然忧虑。暮齿，暮年。此言永滞异地而忧煎。
② 长乐，宫名，在长安中，见《徐陵玉台新咏序》"长乐"注。神皋，神明之界局。
③ 宣平，长安城东北第一门。贵里，以其里中多贵显者所居，故称。
④ 秦始皇筑咸阳宫，引渭水灌都，以象天汉。
⑤ 骊山，始皇陵。地市，地下城市，相传秦始皇墓中多珍宝，故称为秦皇地市。
⑥ 北周明帝宇文毓、武帝宇文邕皆曾为大将军。汉武帝相公孙弘封为平津侯，宇文护曾为大冢宰。丞相平津侯，指宇文护。二语信言在周，备蒙恩礼也。
⑦ 金、张、许、史，汉时大臣外戚之贵显者。二语言与长安贵戚交游；然非所好也。
⑧ 汉名将李广家居数岁，常射猎蓝田山中，尝夜从一骑出，从人田间饮。还至灞陵亭，灞陵尉醉，呵止广。广骑曰："故李将军。"尉曰："今将军尚不得夜行，何乃故也！"止广宿亭下。此信言己犹梁故右卫将军也。
⑨ 楚太子质于秦，黄歇说秦相范雎，请归之，言若不归，不过咸阳一布衣耳。时梁宗室客长安者甚多，言思归者不独诸王，尚有己也。此段先自叙在长安之遭际，结出思归之本旨。

陈及北朝文

颜之推家训文章[1]

夫文章者，原出五经[2]：诏命策檄，生于《书》者也；序述论议，生于《易》者也；歌咏赋颂，生于《诗》者也；祭祀哀诔，生于《礼》者也；书奏箴铭，生于《春秋》者也。朝廷宪章，军旅誓诰，敷显仁义，发明功德，牧民建国，施用多途。至于陶冶性灵，从容讽谏，入其滋味，亦乐事也。行有余力，则可习之[3]。

然而自古文人，多陷轻薄：屈原露才扬己[4]，显暴君过；宋玉体貌容冶，见遇俳优[5]；东方曼倩，滑稽不雅[6]；司马长卿，窃赀无操[7]；王褒过章《僮

---

[1] 颜之推，临沂人，字介，初仕梁，后仕北齐，齐亡入周，隋开皇中召为文学，深见礼重。有文集及《颜氏家训》二十篇，此篇为其家训之一。
[2] 五经，《易》《书》《诗》《礼》《春秋》。
[3] 《论语·学而》："行有余力，则以学文。"
[4] 露才扬己，班固评屈原语。
[5] 宋玉，屈原弟子，为楚大夫，体貌艳丽，曾作《登徒子好色》《神女》《高唐》诸赋，辞多淫冶，楚襄王乃以俳优待之。俳，pái；俳优，杂戏。
[6] 东方曼倩，即东方朔。《汉书·东方朔传》赞："'依隐玩世，诡时不逢。'其滑稽之雄乎！"滑稽有三说：一说，滑，乱也，稽，同也，言辩捷之人，言非若是，说是若非，能乱同异也；一说，读为骨稽，流酒器也，言出口成章，辞不穷竭，如滑稽之吐酒也；一说，犹俳谐也。
[7] 司马长卿窃赀无操，见《扬雄解嘲》"司马长卿窃赀于卓氏"注。

约》①；扬雄德败《美新》②；李陵降辱夷虏③；刘歆反覆莽世④；傅毅党附权门⑤；班固盗窃父史⑥；赵元叔抗竦过度⑦；冯敬通浮华摈压⑧；马季长佞媚获诮⑨；蔡伯喈同恶受诛⑩；吴质诋忤乡里⑪；曹植悖慢犯法⑫；杜笃

---

① 《王褒僮约》，选在前。
② 王莽篡汉，雄为大夫，作《剧秦美新》，论秦之剧，称新之美，时论讥之。新，莽国号。
③ 李陵事详见《司马迁报任安书》。
④ 刘歆，汉宗室，后改名秀，向子，字子骏，官至京兆尹，封红休侯。王莽少时，与歆俱为黄门郎，及篡位，引为国师。
⑤ 傅毅，见《魏文帝典论论文》"傅毅"注。毅初为车骑将军马防军司马，后为大将军窦宪司马。
⑥ 班固继其父彪续成《汉书》，刘勰、刘知几并讥固盗窃父史。
⑦ 东汉赵壹，字元叔，西县人，恃才倨傲，不为乡里所容，作《穷鸟赋》以自遣。抗竦过度，即指壹恃才倨傲。
⑧ 东汉冯衍，字敬通，杜陵人，幼有大志，尝作《显志赋》以自厉。浮华摈压，言人多短其文过于实，以致废弃。
⑨ 东汉马融，字季长，茂陵人，著述甚富，为世通儒。融不敢违忤势家，至为梁冀草奏李固，又作大将军《西第颂》，以此颇为正直所羞。
⑩ 蔡伯喈，即蔡邕，以仕董卓，为王允收付廷尉，死于狱中。
⑪ 吴质，见《魏文帝与朝歌令吴质书》"吴质"注。诋忤乡里，谓质为乡里所毁责。
⑫ 曹植尝乘车行驰道中，辟司马门出，武帝大怒，公车令坐死，由是重诸侯科禁，而植宠日衰。

陈及北朝文

乞假无厌①;路粹隘狭已甚②;陈琳实号粗疏③;繁钦性无检格④;刘桢屈强输作⑤;王粲率躁见嫌⑥;孔融、祢衡,诞傲致殒⑦;杨修、丁廙,扇动取毙⑧;阮籍无礼败俗⑨;嵇康凌物凶终⑩;傅玄忿斗免官⑪;孙楚矜夸凌

---

① 杜笃,东汉杜陵人,字季雅,与美阳令游,数从请托,不谐,颇相恨,令怨,收笃送京师。
② 路粹,三国陈留人,字文蔚,韦诞评其性颇忿鸷。隘狭,即言性情褊窄。
③ 粗疏,韦诞评琳语。
④ 繁钦,三国魏颍川人,字休伯。性无检格,谓不守法,韦诞评之如此。
⑤ 输作,罚其输力作苦。魏文帝为太子时,尝请诸文学,酒酣,命夫人甄氏出拜,坐中众人咸伏,刘桢独平视,武帝闻之,收桢,减死输作。
⑥ 王粲在荆州依刘表,表以粲貌寝而体弱通侻,不甚重也。率躁,即指通侻而言。
⑦ 孔融为曹操所忌而被害。祢衡,以狂傲为黄祖所杀。
⑧ 杨修,东汉华阴人,字德祖,有俊才,为曹操主簿,操有所隐,修辄知而揭之,操忌其才,杀之。廙,yì,丁廙,东汉沛人,字敬礼,博学洽闻,建安中为黄门侍郎,魏文帝即位,以其党曹植,诛之。
⑨ 阮籍嫂归宁,籍相见与别,或讥之,籍曰:"礼岂为吾辈设也。"
⑩ 康与向秀共锻大树下,钟会往造,康不礼,会谮于司马昭,被杀东市。
⑪ 傅玄,晋泥阳人,字休奕。玄进皇甫陶,及入而抵玄,以事与陶争言喧哗,皆坐免官。

上[1]；陆机犯顺履险[2]；潘岳干没取危[3]；颜延年负气摧黜[4]；谢灵运空疏乱纪[5]；王元长凶贼自贻[6]；谢玄晖侮慢见及[7]。凡此诸人，皆其翘秀者，不能悉纪，大较如此。

至于帝王，亦或未免。自昔天子而有才华者，唯汉武、魏太祖、文帝、明帝、宋孝武帝[8]，皆负世议[9]，非懿德之君也。自子游、子夏、荀况、孟轲、

---

[1] 孙楚，晋太原人，字子荆。楚参石苞骠骑军事，负才气，长揖曰："天子命我参卿军事。"苞奏其讪毁朝政，此其矜夸凌上。
[2] 陆机委身成都王司马颖，被害。
[3] 潘岳性轻躁，趋势利，谄事贾谧，每候其出，望尘而拜，其母曰："尔当知足，而乾没不已乎。"后为孙秀所诬，被诛。干没，侥幸取利。
[4] 颜延年每犯机要，权贵以其《五君咏》辞旨不逊，尝欲黜为远郡。
[5] 空疏乱纪，谓不合于理而乱法纪也，此指谢灵运以谋叛诛。
[6] 南齐王融，字元长，为竟陵王子良谋主，齐武帝病笃，子良在殿内，太孙未入，融欲矫诏立子良，诏草已立，帝重苏，俄崩，西昌侯鸾奉太孙登殿，收融赐死，此其凶贼自贻也。自贻，言自取其祸。
[7] 谢玄晖，即谢朓。朓常轻江祐，祐不堪，构而害之，下狱死。
[8] 汉武名彻，景帝子；魏太祖，曹操；文帝，曹丕；明帝，曹叡，文帝子；宋孝武帝，姓刘，名骏。
[9] 世议，言为世所讥议。

枚乘、贾谊、苏武、张衡、左思之俦[1]，有盛名而免过患者，时复闻之，但其损败居多耳。每尝思之，原其所积，文章之体，标举兴会，发引性灵，使人矜伐，故忽于持操，果于进取。今世文士，此患弥切，一事惬当，一句清巧，神厉九霄[2]，志凌千载，自吟自赏，不觉更有傍人。加以砂砾所伤，惨于矛戟，讽刺之祸，速乎风尘[3]，深宜防虑，以保元吉[4]！

---

[1] 子游、子夏，皆孔子弟子，列于文学科。荀况，见《刘向战国策序》"孙卿"注，著有《荀子》。孟轲，即孟子，见《刘向战国策序》"孟子"注。枚乘，见《枚乘谏吴王书》"枚乘"注。贾谊，见《贾谊过秦论》"贾谊"注。苏武，见《庾信小园赋》"苏武有秋风之别"注。张衡，见《徐陵玉台新咏序》"张衡"注。左思，见《钟嵘诗品卷上序》"一左"注。
[2] 九霄犹九天，谓天空极高之处。
[3] 四句言文字每易致祸。
[4] 元吉，大吉，《易·坤卦》："黄裳元吉。"

图书在版编目（CIP）数据

汉魏六朝文 / 臧励龢选注；李润生校订. —北京：商务印书馆，2022
（学生国学丛书新编 / 王宁主编）
ISBN 978-7-100-21635-7

Ⅰ. ①汉… Ⅱ. ①臧… ②李… Ⅲ. ①古典散文—散文集—中国—汉代②古典散文—散文集—中国—魏晋南北朝时代 Ⅳ. ① I263

中国版本图书馆 CIP 数据核字（2022）第 160740 号

权利保留，侵权必究。

学生国学丛书新编
汉魏六朝文
臧励龢　选注
李润生　校订

商务印书馆出版
（北京王府井大街36号　邮政编码100710）
商务印书馆发行
北京市十月印刷有限公司印刷
ISBN 978 - 7 - 100 - 21635 - 7

2022年11月第1版	开本 787×1092　1/32
2022年11月北京第1次印刷	印张 13⅛

定价：68.00 元